Confessions of a Wall Street Shoeshine Boy

Doug Stumpf

ウォールストリートの靴磨きの告白

ダグ・スタンフ　椿 香也子 訳

ランダムハウス講談社

●目次

はじめに――アギラール・ベニチオ　9
はじめに――グレッグ・ワゴナー　12

第一部　抜け目なく

1　ギル　18
2　ギル　28
3　ギル　37
4　グレッグ　50
5　ギル　53
6　ギル　64
7　ギル　70
8　グレッグ　76
9　ギル　82
10　グレッグ　90
11　グレッグ　96
12　ギル　101
13　グレッグ　112
14　グレッグ　122
15　ギル　125
16　ギル　131
17　ギル　138
18　グレッグ　143
19　グレッグ　151
20　ギル　154
21　ギル　162

22 グレッグ 167
23 グレッグ 176
24 グレッグ 183
25 ギル 186
26 グレッグ 189
27 ギル 194
28 グレッグ 199
29 ギル 210
30 グレッグ 218
31 ギル 222

第二部 靴を磨く

32 ギル 230
33 ギル 237
34 ギル 245
35 ギル 253
36 ギル 258

第三部 嘘じゃない

37 グレッグ 268
38 ギル 277
39 グレッグ 283
40 ギル 296
41 グレッグ 311
42 ギル 315
43 ギル 329

44 ギル 334
45 グレッグ 340
46 ギル 347
47 グレッグ 354
48 ギル 364
49 グレッグ 370
50 ギル 375
51 グレッグ 381
52 ギル 384
53 ギル 390
54 ギル 395
55 ギル 402
56 グレッグ 406
57 グレッグ 410
58 グレッグ 414
59 ギル 418
60 グレッグ 423
61 ギル 427
62 ギル 429
63 グレッグ 431
64 ギル 435
謝辞 441
訳者あとがき 443

装幀／馬場崎仁

ジェフに

金《かね》だよ。ここじゃ、それがなけりゃ駄目だ。
金がないなら、ただのまぬけさ。

――アギラール

ウォールストリートの靴磨きの告白

CONFESSIONS OF A WALL STREET SHOESHINE BOY
by Doug Stumpf

はじめに

アギラール・ベニチオ

これはおれの物語だ。書いたのはグレッグ・ワゴナーで、内容のほとんどは事実だが、なかには誇張された部分もある。米国人《アメリカ》が靴磨きの生活に関心を持つかどうかはわからないが、できれば大物と呼ばれるような人たちにこの本を読んでもらいたい。そうすれば、おれがきびしい生活のなかで正直に一生懸命働いていたこと、決してまちがったことはしなかったってことをわかってもらえるからだ。おれはなんの力もないつまらない人間だが、それでもれっきとしたアメリカ人だ。父さんはずいぶんまえにおれのために市民権を取得してくれた。

ほんとうのことを言うと、ミスター・グレッグがこの本を書きたがった理由を訊かれたら答えに困る。今もよくわからない。でも、すごいことだ。本が出たら、みんなおれに脱帽する。脱帽ってことばの意味は誰でも知っていると思うが、脱帽されたらすごい自信になる。ゲットー風に言ったらこんな感じだ——よう、おまえさんには脱帽だ。

本が大当たりしたら、テレビに出てほんものの靴磨きってやつを視聴者に見せることになるかもしれない。おれがアメリカで毎朝見ていた番組——あれなんていいかもしれない。かなり有名じゃないと出演できないけれど。レジーってやつとブロンドの女性が出ているＷＡＢＣの番組だ（毎朝九時から放送している〈ライブ・ウィズ・レジス・アンド・ケリー〉のこと）。あれはいい。出演するとしたら、ジーンズにワイシャツを着てネクタイをしめるつもりだ。ワイシャツはちょっと変わった緑と白のストライプなんかがいい。とにかくそういう感じの。青いネクタイが合うはずだ。あるいは、青いシャツか、青と白のストライプのシャツにピンクのネクタイをする。色合いによってはピンクもいける。それからブレザーだ。紺のブレザー。

おれはサングラスが好きだ。なかでも〈ヴェルサーチ〉が。でも、サングラスはしない。視聴者はおれの眼をしっかり見たいだろうから。ただし、〈ボン・ダッチ〉の帽子はかぶる。今はやりの、一風変わったスタイルの帽子だ。もし青と白のストライプのシャツにピンクのネクタイをするなら、それと同じストライプ――青と白とピンク――の帽子をかぶる。それから少しだけ先が尖《とが》っている茶色の〈グッチ〉の靴。あれはすごく形がいい。最近はあまり見なくなったけれど。靴ひもがなくて留め金だけがついているタイプだ。

ちょっと緊張して登場するおれにレジーが質問をはじめる。おれは答える。この本を通して伝えたいのは、人にはそれぞれの人生があるってことだ。金持ちの家に生まれる人間は大勢いるが、誰もがそんな幸運に恵まれるわけじゃない。

もしビル・クリントンが番組を見ていたら、彼に電話をかけて呼び出すことも可能かもしれない。ビル・クリントンと友だちになれるやつはそう多くない。もし実現したら最高だ。とても想像できない！　彼と一緒にテレビに出て、しゃべったり歩きまわったりするなんて。

本が大当たりしたら、やろうと思っていることがある。ヨーロッパ一周だ。まえからすごくやってみたかった。ヨーロッパ一周。少なくとも五ヵ月はかけてまわりたい。いろいろな国へ行けばいろいろな国の人と知り合いになる。ちっぽけな国にも見るところはたくさんある。たとえばイタリア。イタリア人ってすごくおもしろそうじゃないか？　二週間、いや三週間はそこで過ごして、また別の国へ行く。フランスだ。そのあとはトルコ。それから次は——ギリシャだ。上品に、クールに振る舞う。そうすれば多くのことを学べるからだ。

でも、おれは金持ちに生まれたかったとは思わない。なぜって、底辺からのし上がることを知っている人間はあまりいないからだ。母さんがよく言うように、何もないところからトップへ昇り詰めた人間は失敗したってどうってことはない。元の生活に戻るだけだからだ。でもトップにいる人間がすべてを失ったら相当しんどい。金持ちってやつは自分の身にそんなことが起こるなんて思わない。だからすべてを失わずにすむのならどんなことだってやる。そりゃあもう、死にもの狂いで。

はじめに

グレッグ・ワゴナー

この物語は、ライターである私が今までで最高のスクープをどうやって手に入れたかを記したものだ。残念ながら、この物語はフィクションとしてしか出版できない。そのため内容や登場人物には変更が加えてある。

話の内容はギルというニックネームのアギラール（これは本名ではなく、彼が選んだ名前だ。アギラールはポルトガル語で〝鷲《イーグル》〟を意味するらしい）という人物から聞いた情報がおもとになっている。ギルにはじめて会ったのは新聞社で働いていたころで、私は〈ユーリの靴修理店〉のそばを通って会社へかよっていた。ユーリというのはロシア人オーナーの名前だ。そこでは三人の靴磨きが働いていて、全員がブラジル人だった。そのうちひとりは、見た目は五十歳だが、実際は三十五歳前後というしかめっ面の男で、一日じゅう客の足もとにかがみ込んでいるせいで姿勢が悪かった。そして、十分にチップを寄越さない客にポルトガル語で悪態をついていた。ニューヨーク市では靴を磨いてもらったら最低でも二ドルはチップを渡すのが常識だ（たいていの客は靴磨きの給料がチップであることを知らない――靴修理店のオーナーは彼らに給料を払わないし、払ったとしてもそれはほんのわずかな額なのだ。包囲戦がおこなわれたスターリングラードで子供のころ危うく餓死しかけたというユーリは、従業員に週八十ドルを支払っていたが、それは修理のために店に持ち込まれた大量の靴を磨くことが条件だった。クリスマスになると彼は従業員にチョコレートバーを一本ずつ渡した)。悪態をつく男の態度の悪さにはそれなりの理由があることを、私はのちにギルから聞いた。この男はブラジルで暮らす妻と四人の子供へ毎月千二百ドルを送金していた。残った金では、米と豆を食べ、クィーンズのはずれにあるワンルームの部屋に同居人と一緒に住むのがやっとだった。とはいえ、態度の悪さが仕事にマイナスになることくらい彼にだってわかりそうなものだ。ギルも彼に何度かそのことを指摘してみたらしい。効果はなかったようだが。

反対にふたりめの男——二十代後半の同性愛者——は愛想がよく、客に気に入られようと一生懸命だった。だが、こちらが話をしたくないときも会話に引き込もうとするので、私はとかく敬遠しがちだった。

三人めがギルだった。靴磨きをはじめたとき彼はまだ十七歳だった。ハンサムで、青い眼に明るい茶色のカーリーヘアのギルは、状況を見ながら愛想を振りまいていた。客が興味を示さなければ、下を向いたまま仕事をし、客が反応すれば、ぱっと笑顔になってスポーツやその朝のタブロイド紙に載ったゴシップについて話をはじめた。客足が途切れたときは、私と一緒に店の外へ出てきて少しだけ自分のことを話した。ブラジル人とポルトガル人が集まる巨大なコミュニティのなかで母親と一緒に暮らしていること——コミュニティはニュージャージー州ニューアークにあるフェリー・ストリートを中心に形成されていた。高校を中退したことをすでに後悔していること。情熱を捧げているのはサッカーだが、ニューヨーク・ニックスやニューヨーク・ヤンキースも大好きだということ。

ギルは若く魅力的だったので、客のなかには彼のファンクラブを結成する者まで現れた。私もチップを二ドルから五ドルにあげた。十ドル、二十ドルのチップを渡す客も目にするようになった。そういった客は、チップだけでなくバスケットボールや野球の試合のチケット――彼らの勤める一流企業所有のシーズンチケットのうち、誰も使わないもの――もギルに渡していた。多額のチップを受け取り、客の注目を一身に集めるギルに、ほかのふたりが嫉妬するのではないか――普通ならそう考える。だが、そんなことはなかった。むしろその逆だ！　態度の悪い男を笑わせることができるのはギルだけだった。ふたりはガラスのウィンドウ越しに道行く女性へ熱い視線を送ったり、ポルトガル語で冗談を言ったりして愉《たの》しんでいた。同性愛者は、ギルに高校を卒業させるためのキャンペーンをはじめ、その活動にしょっちゅう客を引っぱり込もうとしていた。

私は三十三歳になったとき、退屈だった新聞記者の仕事を辞め、もっと金になるライターの仕事をするために雑誌《グロッシー》と契約した。自宅で仕事をするようになるとあまり革靴を履かなくなり、ユーリの店の近くを通ることもなくなった。そのためギルにも会わなくなった。だがある日、店のそばを通りかかったとき、ふと懐かしくなって彼を訪ねてみようと思いついた。ギルはそこにはいなかった。新しい仕事を見つけたのだと同性愛者が教えてくれた。それも別の店にではなく、ウォールストリートにある会社のなかに。ウォールストリートの会社が専属の靴磨きを置いていることにはびっくりしたが、銀行に勤める友人によれば、たいていの会社がそうしているとのことだった。

それでも私とギルは再会した。そのいきさつについてはこのあとすぐに説明する。多くのジャーナリストの例にならい、私も自分の書く話のなかでは登場人物にならないように努めている。だが、今回、それはどうやっても無理だった。というのも、ライターである私がどのようにこの話を入手したかということが話の骨組みになっていて、それが重要な部分でもあったからだ。妻のアニーは私にこんな質問をした。読者はあなたのことをどんなふうに受け止めると思う？

私は答えた。正直なところ、まったくわからない、と。

第一部　抜け目なく

1　ギル

　おれはブラジルのサンパウロの隣りにあるサントアンドレという場所で生まれた。治安はまあまあで、金持ちもいなければ貧乏人もいない、いわばその中間といった場所だ。クィーンズのアストリアとかニュージャージー州のニューアークに似ている。どちらにもブラジル人がたくさん住んでいるし、通りでひったくりを見ることもないが、すごい高級車を見ることもないからだ。とにかくサントアンドレは、ごく普通のひっそりとした場所だ。

　ブラジルで父さんは建築許可を申請する仕事をしていた。父さんの父親、つまりおれのじいさんはブラジルでもほんとうに貧しい町で生まれた。半端《はんぱ》じゃない貧しさだ。サンパウロにやってきたときは何ひとつ持っていなかった。おそらく一本のジーンズさえも。そこからどうやって這《は》い上がったのかはわからないが、じいさんは住宅の建築許可を申請する仕事に就いた。というか、ブラジルで家を建てようと思ったら山ほどの手続きが必要だから、じいさんはたいていそういった手続きを代行していた。父さんはじいさんから手続きのやり方を教わった。そしてじいさんに指示された家へ行って建築許可の申請を代行するようになった。賄賂《わいろ》が横行しているブラジルではこの手の仕事は簡単だ。要はコネをつけること。建築のための許可証が欲しかったら、手続きを代行してくれる人間に金を払わなけりゃならない。代行してくれる人間をすでに知っているなら、彼らのところへ行って金を払えばいい。そうすれば、彼らはまた別の誰かに金を払い、すぐに許可証を持ってくる。なぜって、そうでもしなければ二年経っても許可が下りないからだ。

じいさんは、たいていスーパーマーケットみたいなでかい物件を扱っていた。だが、父さんはじいさんとはちがって金に頓着しない人間だった。たとえば依頼人がこう言ったとする。まだ家を建てている最中だし、あれやこれやに金がかかるんだ。すると父さんは答える。それなら少しでいいから今払ってくれ。そうすればこっちも食料とか雑貨なんかを買いにいける。父さんは、手数料を全額払え、なんて言わない。そういうところは今も変わっていない。

母さんはある家に養子としてもらわれた。母さんの母親はその家の掃除婦だった。そしてある日、その家の人にこう言った。貧しくて育てられないので、娘を養子に出そうと思うんです。すると、そこの奥さんは言った。わたしたちには子供がいないからうちで娘さんを引き取りましょう。そうして母さんはその奥さんに引き取られた。二歳半くらいのときだ。

その家の夫婦は母さんを可愛がった。ところが、母さんの母親が毎月のようにやってきては金を無心したので、言い争いが起きるようになった。それに加えて、そこの奥さんはかなり信仰心が強かったので、母さんはカソリックスクールへ入れられてしまった。一度、カソリックスクールで修道女たちと一緒に生活してみるといい。母さんによれば、そりゃあもうひどい生活らしい。母さんはいまだに教会を嫌っている。教会へは絶対に行かない。修道女も大嫌いだ。とにかくカソリックスクールでの生活は悲惨なものだったらしい。実際にどんなふうだったのか、話してくれたことはないけれど。

しばらく経って母さんは学校を卒業し、家に戻ってきた。里親である夫婦は非常にいい人たちだったが、非常にきびしい人たちでもあった。母さんは外出はおろか、何ひとつ自由なことができなかった。今でも母さんは外出もしないし、自由に何かをするなんてこともない。おれは母さんにいつも言っている。なあ、母さんはもう五十過ぎじゃないか。いったいあと何年生きられると思ってるんだ？　休暇でもなんでも取ればいいのに、母さんはそういうことをしない。

その後、母さんは父さんと出会った。当時、女性が家を出るには結婚しか方法がなかった。おれは、母さんはただ家を出たかったから父さんと結婚したんだと思う。母さんが十八歳、父さんが二十八歳のときだ。それから母さんはすごく熱心に仕事をした。ひところはブラジルの大会社で働いていた。その会社はかなりまえに倒産してしまったが、当時はマネジャーのすぐ下で働いていて、金を保管してある金庫の鍵を持たされていたし、ダイヤル番号とかそういったこともすべて教えられていた。それにその仕事でかなりの金を稼いでいた。母さんはすごく恰好いい女だった。今だって、それは変わらない。だが、ここでやっている掃除婦の仕事じゃ、そう恰好よくはいかない。なぜって、この国では英語を話さない人間の生活はきびしいからだ。そりゃあもう半端じゃないくらい。だから、父さんは靴磨きをしていたのだ。

もし大金持ちの家に生まれていたら、おれはこの仕事に就くことはなかったと思う。もちろん金持ちはこんな仕事はやりたがらない。他人の靴を磨きたいなんて思わない。以前は仕事場へ来るとよくこんなことを思った。くそっ、トレーダーはどうしてあんな目でおれを見るんだ？　今はちがう。今はもっとリラックスしていられる。なぜって、おれはここに靴を磨きに来ているわけじゃないからだ。おれはここに社会勉強のために来ている。ここの人間と話をし、観察するために。どちらかと言えば、おれは靴磨きというよりエンターテイナーだ。その考えが気に入っている。そんなふうに考えると気分がいい。

トレーディングフロアにはやたらと長いデスクがあって、みんなはそこに隣り合わせに坐《すわ》っている。高校のパソコン教室で生徒が着席するみたいに。フロアにはそういう長いデスクの列がいくつも並んでいる。自分のまえにフラットスクリーンのコンピュータを三台も置いている人もいるし、三台どころか四、五台置いている人もいる。コンピュータには数字が表示されているが、その数字が何を意味するのかおれにはわからない。

そうなんだ。なんで数字が役に立つのか知るチャンスはあった。ときどき仕事の内容を教えてもらえたからだ。でも、どうしても頭にはいらなかった。細かいことが多すぎて、こむずかしいんだ。ここで働いているのはトレーダーだけじゃない。とにかくいろいろとこんがらかってる。この人はこれを売っていて、あの人はあれを売っている。二列向こうに坐っている男に何かを売ろうとしてる人もいる。とにかくややこしくて、さっぱりわからない。

今日、ミスター・ターナーの靴を磨いていたおれはスクリーンをのぞき込んで思った。まったく、くそみたいな数字ばっかりだ。どうしたら、いい数字と悪い数字を見分けることができる？それを見分けるにはきっと何年も勉強しなけりゃならない。ビジネスってものを知らなけりゃならない。でもそれは生やさしいことじゃない。なんたって数字を扱うんだから。

フロアはいつも人であふれかえっていて騒々しい。みんなが仕事の話をしたり、電話に出たり、ぶらぶらと歩きまわりながら雑談したりするからだ。まるでタイムズスクエアにいるみたいだ。あそこには山ほど人間がいるが、歩きまわっている人より坐っている人のほうが断然多い。ここの連中は誰彼かまわず話しかける。そしてその合間に電話をかける。でもまた、おい！　とか、待て！とか叫ぶ。そして受話器に手をあてて、お互いに質問を交わす。電話を一本受けているところへ、また別の電話がかかってくることもある。誰かがそれを取らなけりゃならない。で、電話に出た人は自分宛《あ》てじゃないと——たいていは別の誰か宛てだ——こう叫ぶ。おい！　あんたと話したいって客から電話だ。すると相手は指を一本立ててぐるぐるまわす。あとで折り返すという意味だ。あるいは、席を外していると伝えてくれと頼む。電話に出るか出ないかは儲《もう》かる取引かどうかによるんだと思う。だが、彼らはたいていこう言う。ああ、あとで折り返すよ。折り返しの電話の数は相当なものだ。

デスクには小さなマイクが据えつけてあり、彼らはそれを使ってお互いを呼び出す。そしてマイクに向かってまくしたてる。彼らはお互いの内線番号も知っている。たとえば三列まえに坐っている人間の。そしてこう言う。おい、どこそこの株をいくらか手に入れたんだが、興味はあるかい？するとと相手は、あるとか、ないとか答える。彼らはそういった取引を単に好きでやっているんだと思う。なぜって、そのためにわざわざ前日にどこかの株を買っているからだ。ここでは多くの人間がそういった取引を好きでやっているように思う。

窓ぎわの上のほうにはかなりの数のテレビ画面が設置されている。午後になると、画面はいつも同じ女性——名前はわからない——を映し出す。フロアで話題になるのはたいてい彼女の髪型だ。

しょっちゅう髪型が変わるから。彼女は美人だ。髪の色は黒。

仕事をするとき、おれはそこそこプロっぽく、そこそこひょうきんに振る舞うことを心がけている。そうすれば客から好かれるし、客は靴を磨いてもらいたいと思っていなくても仕事をくれる。朝ここへやってきて、まず最初に何をするか。来た早々道具箱を取り出し、必死な顔をして、やあ、どうも、靴磨きはいかがです？　なんておれは言わない。そんなことはしないで、目立たないところに道具箱を置き、みんなに朝の挨拶をする。ヘイ、おたくら調子はどうだい？　ヘイ、元気かい？　ヘイ、ミスター・ピアスン！　ヘイ、元気か、ティム？　元気か、ジム？　みんな、調子はどう？　ミセス・アリス、息子さんは元気かい、あのちっちゃな天才は？　ヘイ、ジャレド、ゆうべニックスがスパーズ（サンアントニオ・スパーズのこと）を負かすのを見たか？

おれは人を笑わせるのが好きだ。どんなことでも話すし、どんな人にも話しかける。たとえばある社員のところへ行ったときは、もっぱらサッカーの話をする。その人のうしろの席の人とは服装の話をする。その向こうのデスクについている人とはNBAの話をする。野球の話はまた別の人とする。家族は元気かい、とこっちから尋ねたりする相手もいる。ブラジルのことを話したがる人の話を聞くこともある。誰が誰で、何が好きか、なんという名前か、子供はいるか——そういった情報はすべておれの頭にはいっている。しかも仕事柄、相手にするのはひとりじゃない。百人以上だ。おれは、その一人ひとりに対して何を言えばいいか、どうアプローチすればいいかを知りつくしている。相手が超まじめなら、こっちも超まじめになる。ハイとか、やあとか、サーとか言ってから、こう切り出す。ここで靴磨きをしてるんですが、どうです、ひとつ？　でも、よく知ってる連中にはこうだ。ヘイ、調子はどうだい？　よう、元気かい？　そのなかにティムって男がいて、彼はしょっちゅうおれのところへやってきてはおどかしたり、つついたりする。だからこっちも彼のデスクの近くを通るときは椅子を蹴ったり、背中をつかんで揺さぶったり、頭をこづいたりする。そんなことをやっても全然問題ない。彼らのなかには女の話を受けつけない連中もいる。それでもおれは二度ばかり試してはみた。彼らは結婚していて、すごくまじめだ。まったく、ここには人が大勢いて、その性格はさまざまだ。ここでやっていくには彼らにアプローチする方法を心得ていなけりゃならない。彼らを笑わせなけりゃならないのだ。

といっても、おれは仕事欲しさに躍起《やっき》になっているわけじゃない。なぜって、今日靴を磨いてもらいたいと思わない人も、明日になったら磨いてもらいたいと思うかもしれないからだ。それに靴を磨いてもらいたくないときでも、心のこもった扱いを受けていれば彼らはこう言ってくれる。おい、ギルが来てるよ。ちょうどいい、靴でも磨いてもらおうか。

ここにいる人間のだいたい六八パーセントが靴を磨いてもらうときには靴を脱ぐ。残りの人間は靴を磨いてもらうときも靴は履いたままだ。以前、靴を脱いだ人に、どうしてって訊いたことがある。なんで靴を履いたままでいないんだい？　するとその人は言った。偉そうな感じがするだろ？　実際にはこう言った。すごく失礼な感じがするだろ？

靴を脱ぐ客に対しては、それぞれのデスクをまわって靴を回収し、端のほうに坐ってそれらを磨く。脱いでもらった靴を磨くときは、まず、かかと部分を両脚のあいだにはさんで——膝よりちょっと上にくるように——先端部分が少し突き出るように固定する。すると自分と靴とのあいだにちょうどいい間隔を置いて磨くことができる。ズボンをタオルですっぽり覆っておけば汚すこともない。

道具箱を手にデスクの真ん中まで行き、靴を履いてもらったまま磨くこともある。磨き終えたら、元いた場所へ戻る。廊下で磨くこともある。デスクのそばに坐り込んでそこにいるみんなの靴を磨くこともある。建物のなかならどこであろうと靴を磨かせてもらえる。だが、おれは自分専用に隅っこのほうのある場所を確保している。

靴を履いたままでいたい人もいれば、脱ぎたい人もいる。靴を履いたままで磨いてもらいたいという人は往々にして靴磨きにかかる時間を気にする人だ。あるいは靴を履かずに歩きまわることを嫌うか、おれの話を聞きたがる人だ。

デスクの一番端にはたいてい誰かしら坐っているから、おれはその人に話しかける。ときどきその人はこう言って仕事に戻る。ちょっと待った、みんな忙しそうだ。だから、おれは話しかけるタイミングをはかるようにしている。そういうことはとても重要だと思う。ここで働く連中には、無駄話をしたり、テレビ画面を見たり、食べものを注文したりする時間はほとんどない。しかも、ときどきとても忙しくなる。だから、アプローチするときはその方法をわきまえなきゃならない。おかしいのは、ここにやってくる研修生《インターン》はそういったことを知らないってことだ。研修生が何か質問しようとする。するとここの連中は怒鳴りつける。向、こ、う、へ、行ってろ！　おれのほうが研修生よりもよっぽど優遇されている。というか、ここの連中は決しておれのことをぞんざいに扱ったりしない。すごく忙しそうなときでも、おれが顔を出すと彼らは指をウェーブさせて、忙しいことを伝えてくれる。

働きはじめのころ、ここの連中はおれのことを何も知らなかった。初日にいたっては、英語がひとことも話せない移民だと思っていた。というのも、おれが、靴を磨きましょうか？　とか、靴磨きはどうですか？　なんてことしか口にしなかったからだ。おれは誰とも会話をしなかった。

おれは黙々と仕事をした。最初のころ、おれの服装はすごくゲットーっぽかった。想像してみてほしい。バンダナに〈ナイキ〉のエアジョーダン、〈ロカウエア〉のジーンズといった恰好の若僧を。迷彩柄のズボンもよく穿《は》いていた。しかも白と黒と紫とグレーの迷彩柄を。そんなむちゃくちゃな色のズボンにブルーのエアジョーダンを組み合わせていた。ベイビーブルーのやつを。それにヤンキースの帽子はつばをうしろにしてかぶっていた。最初はまさにそんな恰好だった。みんなはおれのことをじろじろ見ていたし、おれはおれで彼らに、よう、元気？　なんて話しかけていた。とにかく自分をまる出しにしていた。どんな人間を相手にしているのかわからなかったし、どんな人間を相手にしていようとほとんど気にもしてなかった。彼らはおれに何をしてくれるでもなかったし、おれは単にここへ金を稼ぎに来てただけだったから。まあ、たいがいは。

だがそのうち、ここの人間をもっとまともに扱うようになった。服装もゲットーっぽいものからもっとクールな〈アルマーニ・エクスチェンジ〉へ変えた。アルマーニってほんとうにクールだ。みんなに対しても、より上品で、より礼儀正しく、より洗練された話し方をするようになった。相手が何を言うか、予測しようと努めた。相手が服装の話をすれば、こっちも服装の話をする。雑誌をいくつも読んでいるから、話題には事欠かない。知らないことが話題になっても、なんとか切り抜ける。たとえば、住んでいる家を売る話をしてきた人がいたとする。場所はウェストチェスター。ウェストチェスターなら知っている。ライだって、ラーチモントだって知っている。なんでも訊いてくれていい。仕事の上でつき合う人間の住む地区や、金持ち連中の住む場所はすべて把握している。たとえ一度しか行ったことのない場所でも。

2　ギル

みんながおれに関心を持つようになったのはなぜか？　それはおれが春休みにマイアミに遊びに行ったのが発端だった。おれといとこのファビオは車でマイアミへ出かけ、写真をたくさん撮った。マイアミで知り合いになった連中の写真を。旅行に行くまえ、トレーダーたちはおれに無関心だった。だが、戻ってみると彼らの態度は少しずつ変わりはじめた。別におれに一目置くようになったわけじゃないが、以前とはまったくちがう眼でおれを見るようになったのだ。へえ、こいつけっこうやるじゃないかって感じ。マイアミの写真に写っていたのはほとんどがアメリカ人の若い連中だ。だからたぶんトレーダーはこう思ったんだろう。へえ、ギルはメキシコ人とつるんでいるわけじゃないのか。

とにかく彼らはマイアミの写真がひどく気に入ったようだった。そして写真を見たときから態度が変わった。そりゃもう、手のひらを返したように。みんな口々に言った。やるじゃないか、ギル！　そしてものすごくよろこんだ。そこには彼らを夢中にさせるもの――マイアミで知り合った女の子たちのヌード――が写っていたからだ。写真は今も家に置いてある。嘘じゃない！　つまりおれはヌード写真を仕事場の連中に見せたのだ。最初は見せようなんて思っちゃいなかった。そんなことをしたら馘《くび》になるかもしれないからだ。でも、仲のいいミスター・ティムにはその写真を見せた。その日の朝は彼に写真を見せたくて半端じゃないくらい早く起きた。朝の八時くらいに。おれはミスター・ティムに向かって言った。こっち、こっち、こっちに来いよ。坐ってないでこっちへ来いよ！　おれがどれだけ休暇を愉しんだか見せてやるよ。

ティムは席を立ち、写真をひと目見ると言った。すごいな！　驚いたよ！　やるじゃないか、ギル。いったいどうやってこんな写真を手に入れたんだ？　もっとよく見せてくれよ。そしてもう一度写真を見ると言った。ギル、おまえって最高。うらやましいよ。ティムのおかげでおれはいっぱしの男になったような気になれた。まったくおかしなもんだ。でも悪くない気分だった。

それからミスター・ティムは写真を持ってみんなに見せてまわった。でも写真を見たミスター・ピートはそれをおれに返してきた。彼はすごくシャイなのだ。シャイな人間ってのは恥ずかしくなると顔を赤くして下を向いちまう。

ミスター・ジョン・ピアスンも写真を見た。すると言った。ギル、今度マイアミに行くときは教えろよ。ホテル代と飛行機代はおれが持つから一緒に行こう。向こうへ行ったらおまえさんは女の子に電話をしてホテルに呼び出すだけでいい。彼はそんなことを口にしていた。嘘じゃない。だからおれは答えた。オーケー、ミスター・ジョン。彼はふざけてそんなことを言ったのかもしれなかった。でも顔は真剣だった。ミスター・ジョンはたまに冗談を言う。この手の男を相手にするのは釣りをするのと同じだ。糸を垂らせば餌に食いついてくる。マイアミに連れていくと言ったら、彼はほんとうについてくるかもしれない。それは誰にもわからない。人間ってやつはすごくクレージーになることもあるからだ。たとえばおれがこう言ったとする。いいですか、ミスター・ジョン。

これはおれたちふたりだけの秘密ですよ。費用はすべてあんたが持つ。向こうに着いたらおれは女の子を連れてくる。だけど、マイアミに着いたあとの費用もすべてあんた持ちだ。さあ、行きましょう。彼は誘いに乗るだろうか？　おれは乗ると思う。彼は結婚している。それもロシア人のスーパーモデルと。でも、女好きだ。おそらく年俸は二百万ドル。けっこうなおっさんだ。四十は軽く過ぎてる。

　ここで働く大勢の連中がおれをまともに扱うようになったのは、おえらいさんがおれに丁寧な態度を取るのを見たからだ。ちゃんと立ち止まって話をする姿を。彼らはきっとこう思ったんだろう。ふん、あの人たちがギルに話しかけるなら、おれも話しかけておいたほうがいいだろう。おれを邪険に扱うのはごく少数のくそ野郎だけだ。おれが靴磨きだから馬鹿にしている。あのガキは一セントの価値もないね、って感じだ。彼らは挨拶もしない。三年間、何も言わずにおれのまえを素通りしている。まるでおれがそこに存在しないみたいに。それでもたまに彼らの靴を磨くこともある。彼らは言う。ヘイ、靴を磨いてもらえるか？　おれの名前を知ろうなんて気はない。すごく事務的だ。おれのことなど気にもかけないし、おれについて何かを知ろうなんて気もない。

　だが、おれのことを心底気にかけてくれる人たちもいる。彼らはおれの生活を知ろうとしてくれる。そういうのは態度を見ているとわかるもんだ。彼らは言う。おまえを邪険に扱うのはどいつだ？

　とにかくそんなふうにおれは仕事場の連中とつき合っている。靴を磨くことはそれほど重要じゃない。肝心なのは人がおれをどう扱うかってことだ。ここの連中のなかには何百万ドルって価値があるように見える人もいれば、ただのまぬけにしか見えない人もいる。人をクズ同然に扱う人もいる。おれは相手の人となりを見て接する。たとえば、靴を修理店に持っていって靴底を張り替えてきてくれと頼まれても、すぐに腰をあげて行ってきてやろうなんて気にはなれないやつもいる。まあ、そんなのはこの会社全体でふたりか三人ぐらいだけれど。でもおれがそう思うのは、彼らが金をくれないからじゃない。態度の問題なのだ。彼らはおれをまともに扱わない。

靴磨きの料金は三ドルだが、たいていの客は五ドルはくれる。片手で数えられるほどじゃないが、三ドルしか払わない客はほんのわずかだ。だから今は三ドルを渡そうとする客にはこう言うことにしている。すみませんね、サー。料金は四ドルに値上げしたんです。客のなかに山ほど靴を持っているイギリス人がいる。彼は二千ドルもする靴を履いていていつもイギリスやヨーロッパのブランドの服を着ている。でも最近、おれはあまり彼のところに顔を出さない。なぜって、三ドルしかくれないからだ。あのイギリス人はけちだ。まえは彼のことが好きだったけれど、今は彼に関わるのは時間の無駄だと思っている。

だが、逆に十ドルくれる客もいる。ミスター・フレッド・ターナーだ。六フィート三インチ、青い眼の三十歳。金持ちの家の出だ。半端じゃないくらい金持ちの。彼はここで働いてはいるが、すでに十分な金を持っている。金の使い方をよく知っていて、決してお高くとまったりはしない。ミスター・フレッドはたぶんカソリック教徒だ。ユダヤ人かカソリック教徒のどちらかだ。そして大金を稼いでいる。最初のうち彼は、やあ、元気か？　と挨拶するだけだった。だが、そのうち立ち止まっておれのほうにちゃんと顔を向け、元気か、ギル？　と訊くようになった。そうやって彼のほうから話しかけてきた。おれは驚いた。その後、彼はおれと世間話をしたり、おれの生活について尋ねてくるようになった。だからおれは自分のことを話した。すると彼は言った。そうか、きみのお母さんは掃除婦をしているのか。きっとおれのことを気の毒に思ったんだろう。なんとか助けてやりたいけれど方法がわからない、といった表情を浮かべながらおれの顔を見ていたからだ。

彼はみんなに対してもおれに対してもまったく同じ態度で接する。それは彼を見ていればわかる。それに彼はおれのことをとても気にかけてくれている。おれの話に興味がないときも、そんなことはどうでもいいよ、なんて言わずにただ自分の世界にはいり込んでコンピュータをじっと見つめている。口数は多くないが、彼にはいつもびっくりさせられる。

最初のうち、彼がくれるチップはそれほど多くなかった。だが、そのうちたっぷりとチップをくれるようになった。彼には気取ったところがない。身につけるものは上品だけれど馬鹿みたいに高くない――〈ピンク〉の上品なシャツに上品なズボン、そして〈ジョンストン・アンド・マーフィー〉の上品な靴。彼は自分がもっとも注目を浴びているような態度で歩きまわったりもしない。でも、人から見たら、彼はもっとも注目を浴びている男に見える。それが彼という人間なのだ。

秘書連中の話では、彼の婚約者は彼には似つかわしくないそうだ。ここで働く秘書はほとんどがかなりの歳で、いつも男の話に花を咲かせている。一番ルックスがいいのは誰か、一番お洒落《しゃれ》なのは誰か、一番給料がいいのは誰か。そして自分たちの生活よりもトレーダーの生活のほうをよく知っている。トレーダーが電話をしているときやことばを交わしているとき、彼らの話をひとことも聞き逃さないからだ。

秘書たちの多くが仕事中想像するのはトレーダーとお近づきになり、彼らと結婚することだ。トレーダーが自分の奥さんと過ごす時間はそれほど多くない。だから、秘書たちはそこにつけ込んで彼らと浮気をはじめる。すると未来の妻になれるという可能性も生まれる。妻になったら、仕事をせずに家にいられるし、金も使える。だが、そういう結末を迎えるのはたいてい秘書が若いうちだけだ。歳をとったら、まずそういうことは起きない。それでも彼女たちの多くは相も変わらずここで働き、相も変わらず夢を見る。だが、かなわない夢は、かなわない。ローナの夢がかなわなかったように。

秘書のローナはトレーダーが食事などに使った経費の処理をしている。彼女は言った。ねえ、フレッドが彼女をここに連れてきたのよ。そこでおれは訊いてみた。彼女ってどんな女性《ひと》？　スーパーモデルみたいな感じ？　いいえ、とローナは言った。全然モデルみたいじゃなかった。彼には釣り合わないわ。ごく普通の女に見えたもの。

おれはローナと親しい。彼女は、あのトレーダーの給料はいくらで、このトレーダーの給料はいくらかといったことをなんでも知っている。彼女自身の給料も高い――たぶん、年俸七万ドルくらい。いい車も持っている。ＢＭＷのクーペ、Ｚ３。アストリアでひとり暮らしをしていて、四匹の猫を飼っている。そしてその猫たちをとても愛している。美人だし、ブロンドだし、尻の形もいい。ちょっと太めだけれど。でも、トレーディングフロアの男たち、特に白人たちの好みはでかい胸の、がりがりに痩《や》せた女の子だ。ローナみたいに尻のでかいグラマーな女は好みじゃないのだ。

ローナは三十五歳のギリシャ人。年じゅう日焼けサロンにかよっていて、ときどき黒人みたいに真っ黒になる。彼女はおれが行くと雑談するときもあるけれど、挨拶さえしないときもある。機嫌のいいときもあれば、悪いときもあるのだ。まあ、それはおれには関係ないことだ。彼女の問題だから。この会社にはそういうちょっと変わった人間もいるのだ。

ローナは社員のゴシップをすべて知っている。たとえば、もし誰かがガールフレンドとか奥さんに隠れて浮気をしたら、すべて彼女の知るところとなる。主な社員に関する書類をすべて見ているからだ。大金を稼ぐ社員たちの書類を。もし彼らが必要もないのにホテルへ行ったりしたら、すぐに彼女に知られる。たとえば、以前、フロアにすごくボスっぽい男がいた。スーツと靴にすごい大金を使うような男だ。おれはその服装を見て、彼はボスにちがいないと思った。でもあるとき、彼と話をしているとローナがこちらを見ていて、あとからこう言った。あの男のこと知ってる？　おれは答えた。知ってるよ、ボスだろ？　すると彼女は言った。とんでもない、彼はわたしの給料の半分しかもらってないのよ。おれは言った。それってマジかい、ローナ？

ローナの好みは、年寄りの金持ちか、マッチョな男——腕っ節の強い若僧だ。金持ちの男にデートに誘われればよろこんで出かけるんだろうが、誘われることがないので、彼女は以前よくおれのいいとこのファビオと出かけていた。ファビオはブラジル人だが、イタリア人みたいな顔をしている。そして半端じゃないくらい体を鍛えてる。生活すべてをスポーツクラブで体を鍛えることに捧げている。

ファビオはゼロックス係だ。どこかでファックスが壊れれば、行って交換する。コピー機の紙が切れれば、補充する。カートリッジのインクがなくなれば、それも交換する。そういったこまごましたことが仕事だ。頼まれれば書類をコピーして冊子にする。彼の乗っている車はスバルだ。

ファビオとローナはデートはしたものの、つき合うことはなかった。ローナに言わせれば、やつは自分の話ばかりするらしい。自分の肉体と車の話ばかり。そこで、おれはファビオの意見も聞いてみた。ふたりともおれの知り合いだからだ。するとファビオは言った。彼女の尻にはたぶん脂肪の塊《セルライト》ができてるんだよ。だから、あんまり固くないんだ。そして彼女についてあれこれしゃべった。彼女のおっぱいを見たか？　ぺっちゃんこだ。たぶん、近いうちにあのペチャパイは垂れ下がって腹に届くよ。それを聞いておれは爆笑した。

今日、ローナのところへ行くと彼女は箱に足を乗せていた。履いていたのは〈ナインウエスト〉の靴。悪くない。六十ドルから七十ドルで買える手頃な靴だ。革質もいいし、スタイリッシュだ。一年もたせたら履き替えればいい。彼女はちょっと機嫌が悪かった。そして、この会社の誰が好きで、誰が嫌いかという話をやたらとしていた。どうやら、それが機嫌の悪い原因らしかった。ときどき彼女は社員から仕事以上のことを頼まれる。会社には、要求だけして礼も言わない、感じの悪いやつがいるのだ。そして、彼女は彼らの態度が悪ければそれを人に言いふらす。でもね、と彼女は言う。あの人たちは絶対わたしを馘にはできないのよ。

ギル、わたしはあの人たちの秘密を知っている。あの人たちが何をやっているかということを。彼らのうちの何人かをひどい目に遭《あ》わせてやってもいいんだから。そこで、おれは尋ねる。それって本気かい、ローナ？　いたって本気よ、と彼女は答える。本気ですとも。けれどもおれは、それははったりにちがいないと思っている。ローナはその日たまたま彼らにむかっ腹を立てていただけだ。彼女はお天気屋だ。半端じゃないくらい腹を立てていたかと思うと、次の日にはそんなことはまるでなかったかのようにこう言う。ねえ、調子はどう？　いい天気ね、万事順調？

3　ギル

忙しくないとき、ここの人間はもうよろこんでおれの話を聞く。たとえば、ミス・リンジー・ミンターはおれの話が大好きだ。嘘じゃない。彼女は三十一歳。超イケてる。五フィート十インチの長身で眼がとても青い。モデルみたいだ。それにあのボディときたら！　もう半端じゃない。両親は敬虔《けいけん》なカソリック教徒だということだ。ミス・リンジーはとにかく靴に一番金をかける――〈マノロ・ブラニク〉に〈グッチ〉に〈フェラガモ〉。毎日ちがう服を着て、ちがう靴を履いている。とにかく毎日ちがう。彼女はおれにとても親切だ。いつも話しかけてくれるし、今日は儲かった？なんて質問をしてくれる。そしてたくさんチップをくれる。六ドルとか七ドルのチップを。

彼女はおれがどんな生活をしているかといった話が好きだ。そしていつもおれの話に調子を合わせてくれる――あら、わたしもボーイフレンドと一緒にその場所へ行ったわ。そこにそのヒップホップ歌手がいてその歌をうたってた。そして彼女はその歌手を知っている振りをする。でも、彼女は彼を知らない。ヒップホップの雑誌を読んだらすぐわかるようなことさえ知らない。たとえば、彼がうたってるのはギャングスター・ラップで、彼自身も悪党だということを。

おれの住む世界に彼女が住みたいと思うことなどないのはわかってる。ニューアークのことを話したら、彼女はおれがゲットーのかなり治安の悪い地区に住んでいると思ったらしい。ここの人間はみんなそうだ。犯罪のない安全な場所に住む余裕などおれにはないと思っている。それにおれがネズミみたいに地下鉄から這い出てきたと思っている。そんな眼でおれを見る。コンピュータを使いこなすことも、クラブで遊べるだけの金を稼ぐこともできないと思っている。そして言う。ギル、ほんとうにそんなところへ行ったのかい？　そんなことをする余裕があるのかい？　おれは四六時ちゅうそんな質問をされている。

彼らはニューアークを知らない。クィーンズも知らない。知っているのは、マンハッタン、ニュージャージーの一部、ハンプトンズ、それにコネティカットだけだ。それ以外の場所には行かないし、おれの住んでいる場所も知らない。

ミスター・ティムとミスター・ジムは二十代の若僧で、ミス・リンジーの近くに坐っている。彼らはまるで双子のきょうだいだ。ふたりとも髪がとても短く、ブロンドの色も同じで、履いている〈トッズ〉の靴も同じだ。で、彼らが毎日何をしているかというとお互いにタックルを掛け合っている。本気のタックルを。嘘じゃない。寄るとさわると相手を床に組み伏せようとする。まるでガキみたいにお互いを床に引き倒す。ティムが席についていると、ジムがやってきてタックルをする。ふたりは「やっつけてやる」みたいなことをいつも言い合っている。とにかく汚いことばで罵《のの》り合う。きっと人の気を惹《ひ》きたいんだろう。まったくガキみたいだ。ほかのみんなが仕事をしているところへ行って、これ見よがしにお互いにつかみかかったり、拳《こぶし》を振り上げたりする。おい、今日はやられたけど次は倍にして返してやる、とティムが言えば、その頭をぶっ叩いてやる、とジムが言い返す。ふたりはそんな応酬を繰り返す。

ふたりはミス・リンジーのことが好きだが、彼女は彼らを相手にしない。彼女のボーイフレンドは金持ちだ。ジムに言わせれば、金持ちのじじいだそうだ。ローナに言わせれば、だからこそつき合っているらしいが。ティムはリンジーについてこう言っていた。男に近づいてくる女性ってのはたいていなんらかのサインを出してるんだ。あなたにはチャンスがあるのよ、っていうサインを。で、そういうときはほんとうにチャンスがあるもんだ。でも、上品な女性はまた別だ。もしサインを出してきてもおれたちには絶対にわからない。リンジーはまさにそういうタイプの女性なんだよ。おれたちは常に彼女をモノにしたいと考えるけれど、彼女は常に上品なゲームでかわすんだ。

おれはミスター・ジムにブラジル人の女の子に出会った話をした。ティムもジムも気楽に話せる相手だからだ。そして、信じられないような話だぜ、って言った。すると彼は言った。何が？ それはおれがブラジル人向けのチャットルームで知り合った女の子の話だった。彼女は以前フロリダのマイアミに住んでいた。こっちに移ってきてまだ半年で、すごく退屈していた。母親以外、知り合いがいなかった。それでインターネットを通じて誰かと知り合いになろうとした。で、おれと彼女は写真を交換した。写真を見ておれは思った。やった！ というのも彼女は二十四歳でブロンドで、服の上からでも完璧なボディだとわかったからだ。ファビオはおれをけしかけた。やっちゃえよ。彼女とファックしちまえ。

でも、そんな気持ちで誰かに会いたくなかった。おれはいつも女の子とはまず友だちからはじめようと努力する。性急にことを進めたくはない。だからまず彼女のことを知りたいと思った。

よく足を運んでいるバーがあったから、そのことを彼女に話した。で、彼女はそのバーに行き、おれもファビオと一緒にそこへ行った。彼女はお母さんと一緒だった。お母さんは半端じゃないくらい歳をとってた。四十五とかだ。でも恰好よくて、そんな歳にはとても見えなかった。結局おれとその子はバーで話をして、ある程度仲よくなり、ファビオは彼女のお母さんと仲よくなった。

それから二日しておれたちはポートワシントンのすぐ隣りのロングアイランドへ出かけた。彼女がそこでベビーシッターをしているからだ。彼女はおれからするとごくごく普通の女の子だった。おかしな子じゃなかったし、見かけもおかしな感じはしなかった。彼女は地下の一室を充《あ》てがわれてた。おそらく雇い主は医者だろう。奥さんがなんの仕事をしているのかはわからなかった。子供はふたりいた。

彼女に連れられてその家に行き、おれたちはソファに坐ってキスをしたりしていちゃついた。彼女はそこにあった飲みものを出してくれた。ワインみたいに見えたが、イチゴの味がした。そういう酒は酒店に行けば七ドルででかいボトルが買える。飲んだあと急に体がぽかぽかしてきた。そう思っていると、彼女はおれのペニスを引っぱり出して夢中でしゃぶり出した。そして言った。ねえ、あたしのやり方好き？　おれは言った。マジかよ？　彼女はすごく卑猥《ひわい》なことを口にした。言うことすべてが卑猥だった。おれは言った。降参だ。すると彼女は言った。今からいいことをしてあげる。おれは観念して言った。オーケー。

寝室に行くと、彼女は主導権を取りたがり、おれをベッドに押し倒すと言った。シィーッ、シィーッ、黙んな！　おれは言った。おいおい、こんなことしていいのか？　だが彼女は、シィーッ、シィーッ、あたしがしゃべってるときは黙ってな！　とだけ言った。おれは思った。こいつ、頭がおかしいんじゃないか？　彼女はそこそこいい女だった。というか、おれは彼女のことをいい女だと思っていた。おつむのほうも含めて。そうこうするうちに彼女はおれの体じゅうにキスをしはじめた。キスされて少しいい気分になったが、同時に不快感も覚えた。そういう感じ、男ならわかるはずだ。おれは彼女にそのことを伝えた。いやなんだ、そういうのに慣れてない、と。キスされたり、抱きしめられたりするのはいいけど、誰かに黙ん、な、なんて言われるのには慣れてないんだ。

そしたら彼女はおれのケツの穴を舐めた。嘘じゃない。ちょっと温かくて気持ちよかったが、そんなことをされておれはひどく罪悪感を覚えた。終わったあと、おれは尋ねた。なあ、おれのことゲイだと思ってるのか？　彼女は答えた。いいえ、なんで？　なんでって、今までおれにこんなことをした女はいなかったからさ。別にいいじゃない。気持ちよくなかった？　変な気分だよ。おれは思った。この子はおれのことをなんだと思ってるんだろう？　そもそもこの手の女の子とはどういう場所で知り合うものなんだろう？　サンパウロの女の子の多くがそうだったように、普通の女の子はこんなことはしない。そもそもアレをしゃぶったりなんてしない。だから、リオから来たこの子や、おれが出会ったリオ出身の女の子たちのほうがおかしいのだ。彼女たちにとってはケツを舐めることもアレをしゃぶることも当たりまえなのかもしれないけれど。

その話をミスター・ジムにすると彼は言った。驚いたね！　その話、リンジーにも聞かせてやれよ。おれは答えた。あんた、気はたしかかい？　そんなことミス・リンジーに言えるわけがない。おれは彼女に敬意を払ってるし、彼女のまえでは汚いことばを使ったことさえないんだ。それにこんな話をしたら仕事にも悪い影響が出る。いいかい、おれは仕事ではよそゆきの英語を使いたいと思ってる。そうすれば人から、へえ、この若僧は単なるはったり屋じゃなく、すごく熱心なんだって思ってもらえるからだ。でも、ミスター・ジムは言った。いいから、いいから。彼女にその話を聞かせてやれ。よろこぶから。

おれは彼女のところへ行った。そしてこう言った。リンジー、こんな話をしていいもんかどうか。だって、あんたがどういう反応を見せるかわからないし。でも、ジムが話してもだいじょうぶだって言うから。すると彼女は言った。いいわよ、ギル、話して。リンジー、おれ、その女の子とデートしたのははじめてなんだけど、彼女がおれに何をしたかわかるかい？　いいえ、何をしたの？　おれのケツの穴を舐めたんだ。するとミス・リンジーは言った。やだ、嘘でしょ！　そして体をゆすって笑った。というか、一応笑う振りをして見せてから言った。どうやってその子と出会ったの？　そして彼女はその晩おれたちがほかにどんな行為をしたかということを根掘り葉掘り訊いてきた。

今じゃ、リンジーの靴を磨くたびに訊かれる。今日はどんな話を聞かせてくれるの、ギル？　そこでおれは自分についてありのままを話し、彼女はそれをよろこんで聞く。ミスター・ティムは言っていた。たぶん、例の金持ちの彼氏は年寄りだから勃《た》たないんだよ。だからおまえの話を聞くとい、い、い、あのときの思い出がよみがえるのさ。

でも、ミセス・アリスがデスクにやってくるとそんな会話はとてもできない。ミセス・アリス・ノーザーはこのフロアのボスだ。彼女はセックスの話が好きじゃない。まったくといっていいほど。そしてその手の話をすると怒り出す。ギル、やめてちょうだい！　セックスの話がしたいならバーでしなさい！　ここでは駄目よ。そんな話はここですべきじゃないの。で、おれは質問する。ミセス・アリス、このフロアの連中が奥さんに隠れて浮気しているとは思わないんですか？　彼女は答える。思わないわ。おれは続ける。そんなのおかしい。それは単にあんたの……と、そこでおれは話をやめる。彼女の旦那のことに触れるわけにはいかないからだ。ローナによれば、彼女の旦那は四六時ちゅう浮気をしているらしい。旦那は別の会社でトレーダーとして働いている。

ミセス・アリスは身長六フィートで体重百四十五ポンド。すごく歳をとっている。四十七歳だ。彼女はティムたちの二列向こうに坐っているが、よくこっちのデスクにやってくる。ここにはすごい数のデスクの列が並んでいるが、彼女はあえて彼らの列にやってくる。そしてティムたちが聞きたくないような話をいろいろする。彼女はボスだから彼らはしかたなく話を聞きたがっている振りをする。でも、彼女が席に戻るとすぐに悪口を言いまくる。

で、そのレディー、ミセス・アリスは四人の子持ちだ。ミセス・アリスに言わせれば、彼らはこの世で一番すばらしい子供たちなんだそうだ。たとえば彼女はこんな話をする。息子がサッカーの試合に勝ったのよ。あの子は学校でサッカーをやってるの。その程度でミセス・アリスはサッカーのことを知った気になっている。またか、とおれは思っちまう。というのも、ここにはサッカーのことを知った気になっているやつがほかにもいるからだ。彼らは聞いたこともないような選手の話をはじめる。おれに言わせればもっとも有名な選手はブラジルとかアルゼンチン出身の選手だが、この会社の連中の頭に浮かぶのはイギリスの選手だ。まったく、くそくらえだ。あの英国リーグってのには我慢がならない。最低だ。試合もつまらない。録画の試合を見るようなものだ。

ミセス・アリスはもうひとりの息子の話もする。息子がいかにチェスが強いか、チェスの試合をしにどれだけさまざまな国へ行っているかという話を。嘘じゃない。彼女の息子はチェスのチャンピオンなのだ。実際、その子は七歳にしてすごくチェスが強い。三十とか四十の歳をとった連中と対戦しても勝っちまう。要するに、ちょっとした天才チェス少年ってやつだ。けれども、ミセス・アリスは娘たちの話はしない。なぜかは知らない。

とにかくミセス・アリスは自慢屋だ。彼女が席に戻ると、まわりから聞こえてくるのは彼女を罵倒する声だけだ。彼女はいったい会社に何しに来てるんだ？　私生活の話をするためか？　子供たちの話をするためか？　おれたちはそんな話を聞きに会社に来てるわけじゃないんだ。

とはいえ、そういう彼らも常に子供の写真を持ち歩いている。でも、ほんとうに子供を愛しているんだろうか？　おれはそうは思わない。彼らの子育ては普通とはちがう。生活が普通の人とはちがうからだ。彼らは常にストレスを抱えて生きている。客の金で損失を出したら、一巻の終わり。そしてウォールストリートで終わっちまったら、人生も終わりなのだ。

夏になると、奥さんをハンプトンズへ行かせる人もいる。彼らのほとんどがそこにビーチハウスを所有しているからだ。奥さんは子供たちを連れてハンプトンズに行き、旦那のほうは働く。働いて、働いて、働いて、そして週に一度しか奥さんに会えない。でも、それがなんだ？　彼らは単に奥さんも子供も好きじゃないだけだ。なぜって、もし奥さんが好きで、子供が好きなら、彼らと一緒に過ごすはずだからだ。そういう連中のなかには、ただ人に見せびらかすために子供をつくるやつもいる。それは子供を愛しているのとはちがう。想像してみてほしい。奥さんが金儲けをして、旦那も金儲けをして、家に帰らない。彼らはたいてい朝の五時とか六時に家を出る。それ以上遅く家を出ることはない。だから、子供の面倒はベビーシッターがみてる。彼らは夜の十時まで家に戻らないときもある。すると子供の顔を見ずに一週間が過ぎてしまうこともある。子供は早く寝てしまうからだ。そして週末になると彼らは決まってゴルフをしにカントリークラブへ出かけていく。

ここで働いている人たちはみんな、ミセス・アリスとその旦那についてのちょっとした話を知っている。あるときミセス・アリスは旦那の会社の上司を装った男からの電話を受けた。その男はあれこれしゃべりまくり、穏やかな口調で彼女の旦那が会社の金を横領したことを伝えた。そして、ご主人は仕事を失うだろう、みたいなことを口にした。そのあとは刑務所行きでしょうね、と。ミセス・アリスはどうすればいいかわからなくなった。彼女は言った。その件について何かわたしにできることはないでしょうか？　その男はミセス・アリスに電話をかけてきた。彼女としてはその話がほんとうでないなんてわかりっこない。彼女はまともにものが考えられない状態だった。

それから男は彼女に言った。ご主人を刑務所に行かせない唯一の方法は――もし奥さんが金を持ってるなら――ご主人が盗んだ金を戻すことです。そうすれば誰にも知られずにすみます。ですが、戻すことができるのは現金のみです。なんといってもきわめて内密なことですから。誰にもしゃべっちゃいけませんよ、これはわれわれだけの秘密です。もし、誰かに知られたら、ご主人は刑務所に行くことになるんですからね。それで、彼女は誰にもしゃべらなかった。旦那にさえも。嘘じゃない。

どこどこの通りで会いましょうと男は指示をした。自分はリムジンのなかにいるから、と。そして言った。あなたはブリーフケースに現金を詰め、私の車が停まったときにそれを手渡してくれるだけでいい。ミセス・アリスは銀行へ行って、自分と旦那が何年もかけて貯めた金をすべて引き出し、知り合いですらない男にくれてやった。金を渡すことは旦那には黙っていた。実際会ってみるとその男はいかにも上司然としていたらしい。それに、いいスーツをかちっと着こなしてリムジンに乗ってきた男が上司じゃないなんて、いったい誰が思う？

それからミセス・アリスは家に帰った。そのあと旦那も帰ってきて、彼女はどうしたらいいのかわからなくなり、泣きながら旦那を抱きしめて言った。あなたは刑務所に行かなくてもいいのよ。すると彼は言った。なんの話だ？　つまりは詐欺だった。でもミセス・アリスは気づかなかった。男が旦那の上司だと思い込んでいた。

そのあと旦那が彼女にどういう態度をとったかは知らない。もちろんそんなことをしたからって彼女を殴ったりはできなかっただろう。でももし、おれがその旦那だったら怒り狂うところだ。そしてまくしたてる。まったく信じられないよ！　なんでおれに電話をしない？　これは信頼の問題だ。おれときみとの。おれはひどく熱くなっちまうだろう。屈辱を感じて一ヵ月は落ち込むだろう。毎朝眼を覚まして彼女の顔を見ると、ただもうひたすらひどい気分になって、どうしてあんなことをしたんだって言いたくなるだろう。

おれの話を気に入ってくれているもうひとりの人はミスター・ジョン・ピアスンだ。彼には九人の部下がいて、オフィスもある。ミスター・ジョンは、そこそこ金融関係者っぽくて、そこそこクールだ。そして〝おれがここのボスだ〟って顔をしている。でも顔は下品だ。

彼のオフィスの正面でおれは一年を過ごした。秘書の横で彼の靴を磨きながら。最初の半年間、彼はひとことも口を利かなかった。おれのところへやってきて靴を渡し、オフィスへ戻っていった。おれのことを見さえしなかった。けれども今じゃ、たいてい木曜か金曜あたりになるとこう言う。おい、ギル。こっちへ来て一緒にサンドウィッチを食わないか？　そして靴磨きの代金に七ドルくれる。

オフィスのなかだとおれたちは友だち同士って感じになる。ミスター・ジョンはストリップバーへ行った話や、そこで知り合いになった女性の話を聞かせてくれる。そういうことはみんながやっていることだが普通他人には話さない。嫌われたくないからだ。でも、そんな彼もフロアに出るとすごい堅物に変わる。全然ちがう人間に。挨拶だってただ、ハイ、としか言わない。オフィスの外ではおれはただのギル、ただの靴磨きになる。

ミスター・ジョンには三人の子供がいる。一緒に暮らしている奥さんは、ローナによればスーパーモデルみたいなロシア人だそうだ。彼は古い車をニューモデルの車に買い換えるように、古い奥さんと新しい奥さんを取り替えたらしい。ニュー・スーパーモデルに！　ローナの話では、古いほうの奥さんは彼の金の大半をふんだくり、新しいほうは残った金を使いまくっているらしい。そして彼に新しい家を買わせたという話だ。ミスター・ジョンはその家に何百万ドルもの金を注ぎ込んだ。ロシア人の女性ってのはすごくものに執着する。それは誰もが知っていることだ。

彼の家のまわりには会社の人間が何人か住んでいる。だから彼らはジョンの家のことをよく知っている。ここの人たちは同じ地区に住んで、お互いの家を往き来する。どんなふうに家を建て、室内にあれを揃えた、とか、これを揃えた、なんて話をいつもしている。たいていおれはそういった調度品の名前を知らない。バスルームにはこれとこれとあれを揃えた、とか、部屋には何なにの絵があって、これこれを飾っているとか言われても、おれにはなんの話かさっぱりわからない。

去年、クリスマスパーティの席でミスター・ジョンは彼の年俸が二百万ドルであることを教えてくれた。酔っぱらっていたからだ。でもその後はそういった話は一度もしていない。年俸について話をしたのはその日だけだ。年俸二百万というのがどういうことなのかおれにはわからない。五十万でもわからないし、十万でもわからない。自分が年にいくら稼いでいるのかさえわからない。

だが彼は、始終金がないと言っている。といっても実際に金がないわけじゃなくて、奥さんが大量に買い込んだ服やら宝石やらの代金がものすごくかさんでいるだけだ。投資のプロである彼は言う。よう、ギル。おれはもううんざりなんだ。女房が電話をかけてきて——今の電話、聞こえたろ？——あれやこれやを買うのに金が欲しいと言う。あいつはいつももっと金が欲しいと思っている。ベビーシッターを雇い、働きに出るわけでもなく家にいるくせに、もっと金が欲しいと言うんだ。そして使って使って使いまくる。あの女は悪魔だよ。

ミスター・ジョンはいつも、自分は勤勉で、家族によりよい暮らしをさせるために会社でがんばっていると主張している。でも彼は女好きだ。ラスベガスのバチェラーパーティ（一般には独身最後の日の新郎を囲む男性だけのパーティを指す）にも参加していた。誰もが酔っぱらってた。何人かはコカインを吸っていた。そこにいた彼の友だちはみんなトレーダー仲間だ。彼らはそれぞれ娼婦を連れていた。彼が娼婦とファックしたかどうかは知らないが、彼女の首から上は拝借したらしい。つまり、くわえてもらったってことだ。でも彼はそれを浮気だとは考えていない。それを聞いておれは思った。へえ！　なるほど。でも娼婦にアレをくわえさせたら、それは自動的に浮気ってことになるんじゃないか？　ちがうのだろうか？

ここの男たちは浮気に関しては口は堅い。だが、おれが話し出せば乗ってくる。休暇のときに撮った写真をミスター・ジョンに見せたとき、彼は自分の浮気について話しはじめた。おれが靴を磨いていると彼は真剣に話し出した。そうだな、ギル、おまえさんには話さずにはいられないよ。昨日、おれは客先に行ったんだが、顧客との話はそれほど長くかからなかった。で、そのあと時間をつぶしたくてバーへ行ったんだ。そこでひとりで飲んでいるとすごい美人がやってきて、おれに話しかけてきた。おれは彼女に飲みものをおごってやり、話をして、一緒に飲みはじめた。そして状況を見て彼女をホテルに連れていった。ホテルを出たのはたぶん、午前三時半くらいだ。だけどな、女房はきっとよろこぶよ。今日はあいつに豪華な宝石か何か、すごくいいものを買ってやるつもりだから。彼は奥さんには客と会っていたと言いわけをしたらしい。

おれは言った。ミスター・ジョン、おれが女とセックスした話をすると、ここの人たちはなんでいつも自分たちはそんなことはしないって顔をするんでしょうね？　すると彼が何て言ったと思う？　おいおい、あいつらだっておまえと同じことをやってるよ。ただ、おまえの話を聞くのも大好きだよ。おまえの理性が吹っ飛んじまったときの話なんかを。あいつらもみんな、同じことをやってるのさ。

4　グレッグ

ギルは連中が思っている以上に頭がよかった。私が気に入ったのはそこだ。彼はすべてを聞き、すべてを覚えていた。だから最初から彼の話に惹かれたのだ。私はビジネス関係の取材記者だが、会社人間ではない。人と反対の考え方をしたり、人とはちがう視点を見つけることを好む。最初に書いた記事は、自分たちの会社を非公開企業にした役員グループについてだった。彼らは工場を案内しているあいだじゅうずっと、いかに従業員を大切にしているか、いかに地域社会を支援しているかといった話をしていた。が、私が眼をとめた労働組合のリーダーは通路の端に行くとこう言った。あなたが見てまわっているのはすべてただの見せかけですよ。役員たちは会社のことも、ここで働く人間のこともたいして気にかけちゃいない。給付金を払わずにすむように、企業年金を廃止しようと動いているんですから。

私が惹かれるのは　反骨精神が旺盛であったり、世間からはみ出していたり、体制に逆らって人とはちがう道を選んだり、自ら危険に飛び込んでいったり、というタイプの人たちだ。彼らについて書くのは私が刺激を求めているからだ。もしかしたら彼らと自分とを比較し、危険なたぐいの行動を起こすだけの勇気を自分のなかに持とうとして書いているのかもしれない。実際、いまだに私はそんな行動など起こしたことはないけれど。

私の父と母、そして兄はみな医者だ。家族は冗談抜きで私を〝一家の厄介者〟として人に紹介する。父はいまだにこんな質問をする。「いったいいつになったらまともな仕事に就くんだ？」

父の弟、つまり私の叔父は投資の専門家でかつてはかなり規模の大きい年金基金の運用をしていた。父も叔父も非常に競争心が強かったので、お互いに助け合うということはなかったが、叔父は努めて私にやさしく接してくれた。最初にトレーディングフロアに足を踏み入れたのも彼がいたからだった。

といっても実際には、私はまだ母に抱かれた状態で叔父に案内されていた。蛍光灯がまぶしかったことを今も覚えている。冬着をたくさん着せられてとても暑かった。体の大きな禿頭《はげあたま》の男――両腕は毛むくじゃらで、黒々とした体毛をシャツの襟元からものぞかせていた――が父に大声で話しかけ、私を抱こうとした。私は泣き叫んだ。心理学の博士号がなくてもその理由はわかるはずだ。

大学に行くと私は授業に出るより学内新聞に記事を書くことに時間を費やした。だが、なぜか好きなことを仕事にして食べていけるというふうには考えなかった。そこでビジネススクールへ進んだ。父が学費を出してくれるからというのが主な理由だった。メディカルスクールでなくとも、行かないよりはましということだ。父は、ＭＢＡは〝その後どんな職に就くにしろ、精神を鍛えるのに役立つ〟と言ってなんとか私を説得したのだった。

ビジネススクールで私は劣等生だった。教授たちが教えようとする数値がちゃんと頭にはいらなかった。彼らが標準偏差の計算式を示したり、資産スワップと債務スワップのちがいを説明したりするのをうつろな眼で眺めていた。リクルートのために若き成功者たちがマンハッタンからやってきたときは、取引に明け暮れる生活を語るそのスーツ姿を異様だと感じた。いったい誰が毎日スーツを着たいなんて思うだろうか？

かろうじてＭＢＡを取得した私は、いつものように父の言いぶんが正しいことを実感した。おかげでかなり名の知れた経済誌に記者として就職することができたのだ。ジャーナリズムを専攻していた友人たちは――ギルの好きな表現を借りれば――くそ辺ぴな場所《ウエスト・バブルファック》で犯罪記事を書いて五年間も過ごすはめになっていたが、私は経済界の要人たちが読むメジャーな雑誌から仕事をスタートすることができたのだ。給料はそれほど高くなかった。特にビジネススクールのクラスメートたちが得ている給料に比べれば。だが、彼らをうらやましいとは思わなかった。ひとりかふたりの例外を除き、彼らはみな不幸になっていた。自分の能力を過信しながら、リタイアする日を夢見て、金にがんじがらめにされていたのだ。

当時の私は、大企業のなかの卑劣な連中や私腹を肥やす乗っ取り屋に噛みつく気の荒い記者と呼ばれたりしていた。ものごとを否定しすぎると記事を批判されることもあった。だが、それこそ読者が好むものだし、私が感じたままを書いた記事だった。

かねてから私は告発者の話を記事にしたいと思っていた。高い地位に就く者や力を振るう者が下っ端の人間に足をすくわれるといったような。だがそんな話はそうやすやすとは手にはいらない。たいていの場合、告発者はつぶされたり、権力者に買収されたり、記者に話をしないように弁護士から言い含められたりしてしまう。だが、そんなとき、ギルが親友エディの話を持ち込んできたのだった。

5　ギル

　馘になった、とエディが言ったのは、〈TJフライデーズ〉の店でだった。おれたちはよく〈TJフライデーズ〉に立ち寄った。夕方の五時から七時までは二ドルのスペシャルビールが飲めるからだ。一緒に行くのは、ビル内のゴミを集め、床とかトイレとか、とにかくなんでもかんでも掃除する連中だ。ビルの階数は五十階くらいあるから、会社は清掃係を大勢雇い、ふたりでひとつの階を掃除させている。彼らはクールでおれみたいに単純だ。ブラジル人がふたり、それにドミニカ人とプエルトリコ人が何人かいる。彼らのうちの多くはこの国で生まれたか、この国にずっと暮らしているかで、そのため仕草が白人っぽい。ひとり新人がいるんだが、そいつは見かけだけでなく話し方までアイルランド人っぽい。それから見た目も髪型もユダヤ人みたいなやつもいるが、聞くところによれば彼はイタリア人だということだ。

　おれたちはここに来て、飲んで憂さを晴らす。みんなはたいてい食べものを注文するが、おれはここの食べものが好きじゃない。〈TJフライデーズ〉ってのは、ぶらりとはいったものの、これといって気に入るところなど見つからないのに、結局酒を飲んじまうって種類のバーだ。何しろビールが安い。ついでに言えばこいつらもケチだ。ときどき腹も立つが、彼らは少ない給料で家族を養い、故郷に仕送りをしている。だから、彼らと飲んで話をするくらいはしにここへ来る。

〈ＴＪフライデーズ〉でするのはたいていたわいのない話だ。おれたちのグループはおそらく十人、いやそれよりもっと多い。みんな仕事の話をするのが好きだ。いかにお互いが助け合って仕事をしているかという話を。だが、それも最初だけだ。ときどきひどく酔っぱらって何を話しているかさえわからなくなる。おもしろ半分にお互いの悪口を言い合うこともある。半端じゃなく酔っぱらったときは女の子たちを相手にまったく馬鹿げた振る舞いをはじめる。彼女たちのところへ行ってからかうのだ。体にさわったりとかじゃなく、ただ近づいていってこう言う。ヘイ、元気？　きみにキスしたいんだけど。そんなふうにふざけて話しかけるとこう言われる。お断りよ。

なかでもホアンは無類の女好きだ。ドミニカ人で既婚者だが、ガールフレンドがたくさんいる。やつの英語はやたらと訛りが強い。スペイン語訛りってやつだ。やつはおれに訊く。ギル、おまえはひとりで住んで《リイイーヴ》いるのか？　おれは答える。いや、母さんと一緒だ。なんでそんなことを訊く？　すると彼は言う。なんだよ、おまえ、知らないのか？　おれにはいっぱいガールフレンドがいる。ぴちぴちの女の子たちだ。おまえの家にそのなかのふたりを連れていくよ。おれは言う。おい、おい、おまえ結婚してるんじゃないのか、ホアン？　彼は言う。これはおれたちだけの秘密だ、いいな？

でも、やつが住んでいるのはブロンクスのはずれだ。おれはブロンクスとは関わりを持ちたくない。あそこはとにかく危険だ。あの地区は好きになれない。ブロンクスへ一度でも行って、一日あの地区を車でまわってみるといい。百六十一丁目まで行ったらみんなこう言う。なんてこった、ここじゃ、ゴミを収集しないのか？　あの地区では誰も通りを掃除しない。アパートメントにペンキを塗ったりもしない。とにかくひどくみすぼらしくて、寂しい場所だ。

おれはたいていファビオとエディとつるんでいる。一緒に出かけたり、クラブに行ったりする。くそったれファビオは見てくれがすこぶるいい。まさにスーパーマンだ。やつは毎日ジムにかよっている。でも、バーに行っても決して女の子に言い寄ったりはしない。いつだって女の子のほうからやってきてくれるのを待つ。自分のことを超イケてる野郎だと思っているからだ。金はなくとも、やつにはボディがある。

ブラジルにいたころ、ファビオは十二歳の女の子と出会い、デートをするようになった。やつにとってはじめてのガールフレンドだ。彼女とセックスするための方法はひとつ（これはブラジル式だ）――まず、彼女と彼女の母親と一緒にリビングルームにいるときにこう言う。ちょっとキッチンで水を一杯もらいます。そしてガールフレンドにも一緒に来るように言い、キッチンで大急ぎでセックスをする。時間にしたら三分か四分。母親がリビングルームにいるっていうのにだ！　リビングルームからキッチンまでは廊下があり、母親がソファに頭を預けているかぎりふたりの姿は見えない。でも体を起こして背筋を伸ばせばふたりの姿が見える。でも、母親は一度もそんなことはしなかった。だから、とファビオは言った。その子とはたくさんセックスをしたんだ。それがやつなりのセックスのしかただった。まったく勇ましいことだ。やつはそうやってガールフレンドの処女を奪った。まったくブラジル人ってのはイカれてる。

ファビオはとにかくセックスしか頭にない。あんなやつには会ったことがない。ポルノ映画なんかじゃ満足しない。モデルみたいな女と近づきになれるくせに、知り合った夜にセックスできるような女を求める。やつと一緒に〈チャイナ・クラブ〉へ行ったとき、おれはやつを残して朝の三時半に家に帰った。なあ、おれは帰るよ、明日は仕事だから、と言って。するとやつは、ちょっと待てよ、まだ物色中だ、と言った。フロアに少しばかりいた女の子たちには男たちが張りついてた。だが、やつは誰かしらをゲットしたいと考えていた。おれは言った。おい、いい加減にしろよ——朝の三時半までねばって誰もゲットできないなら、どんな子が残っていようとどうにもならないさ。

おれがクラブに行くのは女の子と知り合うためじゃない。彼女たちが洒落たクラブへ集まるのは金持ちの男を探すためだって知ってるからだ。夜が明けたら、女の子をどうすりゃいい？　おれは靴磨きだってことを話すのか？　うちに来るかって誘うのか？　勘弁してくれ。そんなのうまくいきっこない。おれは母さんと住んでるんだから。

おれがクラブに行くのはそこに来る客が好きだからだ。連中はことばってものを知っている。おれの今の境遇を考えると、語彙《ごい》を広げてもっとたくさんの英語を学びたい、とか、もっときちんとした話し方ができるようになりたいと思うのは当然のことだ。今までみたいな話し方をしていちゃ駄目だ。考えてもみてくれ。就職しようってのに、よう、調子はどうだい、仕事をもらいに来たんだけど、なんて口を利いたらどうなる？　感じがいいとはとてもいえない。だから、面接する人のところへ行ったらこう言う。こんにちは、新聞の募集を見て来ました。申込みをするために用紙をいただきたいんですが、と。きちんとした話し方を心がける。きちんとした話し方ができるかどうかなんて見た目じゃわからない。そこが肝心なところだ。

おれはよくエディとつるんでいる。彼はおれがいる九階と十階のトイレを掃除している。エディってのはおもしろい男だ。相手が誰であろうと、たとえば最高経営責任者《CEO》のビル・ビグローであろうとぞんざいな口を利く。エディはミスター・ビグローのところへ行って、「よう」なんて言っている。実際に彼がしゃべっているのを聞いてもとても信じられないくらいだ。たとえば、彼がトイレの掃除をすべて終えたあとに、金持ちのトレーダーのひとりがやってきて、便器に小便を撒《ま》き散らしたとする。エディはそいつを見てこう言う。「おい、おれが掃除を終えたばかりのところに小便を撒き散らしたな」そんな乱暴な口を利いておきながら涼しい顔をしている。それがエディ流だ。おれがトイレに行って手を洗い、洗面台に水でもかけようもんなら、彼はこっちをじろりと見て言う。おい、びちゃびちゃにするな。

エディは人を笑わせることができる。そこが彼のいいところだ。やつのためならひと肌脱いでもいいとおれはいつも思っている。エディはいつもしあわせそうだ。彼の場合、しあわせの定義はかなり単純なのだ。おれたちはいつも一緒にテレビゲームをしたり、食事に出かけたりする。共通の話題で盛り上がり、サッカーについて語る。人間関係について意見を交換することもある。仕事や車の話をする。エディはいつだって車とサッカーに夢中だ。彼の馴染みのストリップバーへ行ったときのことだ。すげえ、イカした場所だな、とおれが言うとエディは、ああ、すごいだろ、と言った。そこでは女たちが踊ってた。けれどもおれたちは女たちにはかまわず、ただ語り合った。おれがそんな場所で語りたい気分になることなどめったにない。いつもだったらストリッパーに眼が釘づけになる。

おれはバディ《ともだち》リストの一番最初にエディを入れた。あのＡＯＬのサービス、バディリストだ。画面の右側の小さなボックスに友だちを登録しておくと、彼らがオンラインになったとき、つまりAOLを使用したとき、画面に彼らの名前が現れる。彼らがチャットルームにはいれば、会話をすることができる。

オンラインにするといつでもエディをつかまえられる。彼は七時半に帰宅したら、あとは夜中の二時半までずっとパソコンのまえに坐っているからだ。エディはよくサントスのことを話題にしているサイトを見ている。そのサイトを見ている連中はたいていチームに対するメッセージを書き込む。サントスはわれらサンパウロのサッカーチームで、あのペレもブラジルにいるあいだはずっと在籍していた。彼はサントスでプレーして成長したのだ。今のチームメンバーにはとても若くてすごい選手がふたりいる。ペレに引けを取らないプレーをするロビーニョと、もうひとりはミッドフィールダーのジエゴ（ジエゴは二〇〇四年にポルトガルのFCポルト、二〇〇六年にドイツのヴェルダー・ブレーメンに移籍している）。ふたりともすごい選手だ。ブラジルで大成功をおさめて、四六時ちゅうテレビに映っている。

おれもパソコンを使う頻度は高い。ネット上では友だちに会えるからだ。AOLのブラジル版にはいり、そこからオーカット、つまり会員制のチャットルームにはいる。そしてそこにいる人たちのプロフィールを見て、ハイ、と打ち込む。するとたいてい返事が返ってくる。ヘイ、調子はどう？　お互いの写真を交換し、出身はブラジルのどこかとか、趣味は何かとか質問する。ときどき女の子に出くわすこともある。そういうときは彼氏彼女って感じの会話じゃなく、もっと友だちっぽい会話をする。相手がしようとする会話をこっちもするように心がける。たとえば、もしかしたらいつかお互いに会うことになるかもね、みたいな会話を。お互いに会ってみなくちゃ駄目だ、なんて会話はしない。野暮なことは言わない。お互いのことが気に入ったら会えばいいのだから。そもそもネット上で話をするのはお互いのことを知るためだ。ファビオはチャットルームには来ない。会話をする忍耐を持ち合わせていないのだ。

　エディもチャットルームで女性と会話をするのが好きだが、やつがもっと好きなのはなんといってもサッカーのチャットルームだ。エディはおれの知るなかで一番のサッカーマニアだ。たとえば先週の話だが、彼は泣きながら電話をかけてきた。おれは言った。おい、エディ、何があったんだ？　すると彼は言った。話してもおまえは信じないよ。おれは言った。なんだよ、言ってみろよ。そしてエディは話しはじめた。シャック（アメリカのバスケットボール選手）は知ってるだろ？　彼はロマーリオのサッカーシャツを額に入れて家のなかに飾ってるんだ（ロマーリオは世界でももっとも有名なサッカー選手のひとりだ）。で、それがどうしたとおれが尋ねると、彼は言った。ＭＴＶを見てたらシャキール・オニールがロマーリオのサッカーシャツを額に入れて家に飾ってるのが見えたんだぞ。すげえ感動だよ。つまり、シャックが額に入れて家に飾っているすべてのサッカーシャツを紹介する様子をＭＴＶが放送していたということだけらしい。

　おれは言ってやった。まったく、おまえってほんとにクレージーだよ、エディ。彼は心底サッカーにのめり込んでいて、サントスの選手のサッカーシャツを山ほど買っている。試合のビデオなんかも買っている。おれと同じくサッカーにとことんのめり込んでいるのだ。おれの叔父たちもサッカー好きだが、グッズは買わない。彼らはテレビで試合を見、昔のサッカーの話をして愉しむ。彼らに言わせれば今のサッカーは昔のサッカーとはちがうんだそうだ。

エディを怒らせるにはちょいとサントスの悪口を言うだけでいい。おれはサントスが負けてすごく腹が立ったときは彼に電話をかけて喧嘩を吹っかける。なあ、おまえは勝手にあのチームを応援してろよ。なんたって腰抜け連中ばかりだからな、というふうに。たとえばこのあいだの水曜日、おれはテレビとインターネットの両方で試合を見ていた。エディも同様にインターネットで試合を見ていた。だから、オンラインでやつに話しかけた。やつをからかうのが好きだからだ。おれはネットに書き込んだ。おい、おまえのチームは腰抜け揃いだ、と。というのも、その夜のサントスの試合はなんともお粗末だったからだ。おれは続けた。なあ、今年はいってきたのはどんな選手だったっけ？　名前すらわからないんだけど。そしてさらに続けた。やっぱりレアル・マドリードだよ。レアル・マドリードこそ真のサッカーチームだ。するとエディも書き込みをした。おまえ気はたしかか？　なんでそんなことを言う？　それでもファンか？　チームがどれほどひどい状況にあろうと応援するのがファンだろ？

おれたちはいつもそんな言い合いをしている。エディが言う。それじゃ、おまえはどこのチームを応援するつもりだ？　あとで電話をかけてきて後悔したなんて言うなよ——われらがサントスは勝つんだから。おれは言う。わかった、わかった。ちょっとおまえをからかっただけだ。ただの冗談だよ。すると彼は言う。おれだってそんなことわかってるさ。

サッカー観戦ほどオーガズムを感じさせてくれるものはない。女とセックスするよりもいいくらいだ。サントスが手強いライバルチームと対戦するのを見ていると、おれは人が変わったようになっちまう。サントスをけなすやつがバーに十人いたら、たとえこっちがたったひとりだとしても言い返してやる。ひとことも返さずに家に帰るなんてことはしない。

つまり、おれはエディとファビオとても仲がいい。いとこ同士なんだ、って人に言ってまわるくらいに。実際に血がつながっているわけじゃないけれど。おれたちのあいだにあるのは信頼だ。一緒に出かけて、なんでもしゃべり合える友だちってのはいいものだ。たまにおれたちは他人のことをネタにする。たとえば、あいつは馬鹿だよな、ファビオのお下がりの女とつき合ってるんだから、みたいなことを話したりもする。そういうのが愉しい。くだらないかもしれないけれど、愉しい。おれたちはパーティに行くときも、バーベキューをするときもいつも一緒だ。おれには何もないが友だちはいる。彼らと一緒に過ごす時間は愉しい。彼らはおれの家族も同然だ。

そういうわけでその日もおれたちは〈ＴＪフライデーズ〉に集まった。そしたらエディが言ったのだ。馘になった、と。おれは言った。おいおい、よせよ。冗談だろ？　エディは言った。まじめに言ってるんだ。何があった、とおれ。ここじゃ話せない。なんで？　あとで話すよ。エディの話では、おれのいるフロア、つまりやつの担当してたフロアは今後ジーザスが掃除をすることになるそうだ。

ジーザスはいろいろな雑用をしているが、トイレ掃除が主な仕事だ。ジーザスは半端じゃない年寄りだ。六十歳くらいだろう。ホンデュラスという中米の国の出で、肌の色は黒いがヒスパニックだ。けれどもアメリカ暮らしがすごく長いから黒人みたいな話し方をする。ジーザスはおれたちと一緒に〈ＴＪフライデーズ〉で飲んだりしない。けちなやつだからだ。それにかなりの変わり者だ。おれたちのことを頭が悪いと言っては、いつも自分のほうが優秀だって顔をする。

おれはジーザスが何を考えているかなんて気にしたことはない。彼に話しかけたこともない。顔を合わせたとき、向こうが、よう、と言ってくればこっちも、よう、と返すが、挨拶なんかされなくても一向にかまわない。彼にはうんざりさせられるからだ。たとえば、ミスター・フレッドの靴を磨いていたときのことだ。ミスター・フレッドはおれにこう言ってくれた。あそこの会議室を見てごらん。食べものが余ってる。行ってランチを取っておいでよ。で、おれは答えた。それじゃあ、ミスター・フレッド、まず、あんたの靴を先に磨かせてもらうよ。そして終わったらサンドウィッチをもらいに行く。そう答えたのは、食べものがそこに長い時間置かれていたからだ。でも人が出ていって、ジーザスの野郎が掃除をしに会議室にはいるのが見えたから、おれは急いで言い直した。ミスター・フレッド、やっぱりちょっと待っててくれるかい？　サンドウィッチをひと切れもらってくるよ。おれは会議室にはいり、よう、ジーザス、元気かい、と声をかけた。サンドウィッチをひと切れもらえるかな？　もちろんサンドウィッチをとろうと思えばできた。彼は答えた。それなら、ここの掃除を手伝うことだな。そのことばを聞いておれは言ってやった。要らないよ、このくそおやじ。

彼は片眼が斜視だ。だが、おれが心底いやだと思うのはそんなことじゃなく、荷物用エレベーターに乗って誰かと話をしているときなんかに、彼が会話を盗み聞きしようとしているってことだ。たぶん、自分の悪口を言っていないかどうか確認しているんだろう。彼はトレーダーの会話も聞き逃さない。おれがトレーダーなんかと話をしているとゴミバケツを手にやけにゆっくり歩いてきて、近くに立ち止まり、耳をそばだてる。そんなとき彼のほうを見ようもんなら、彼は友だちを装って声をかけてくる。よう、ギル！　そういう態度には腹が立つ。誰かと話しているときには近寄らないでくれと言いたい。とにかく彼にはうんざりだ。

エディによれば、ジーザスはインターネットでドミニカ共和国にいる女の子と知り合いになり、そのつき合いは一年間続いているという。彼女の歳は十九歳。ジーザスは彼女に毎月五十ドルを送っている。来年になったら彼女をアメリカに呼び寄せようと考えていて、ビザ申請のためにほかに百ドル送ったらしい。で、彼女がビザを取得できる確率はどのくらいあるか？　五万分の一くらいだ。エディは彼に言った。どうしてそんなことをする？　何を考えてるんだ？　そんなのは夢物語じゃないか。夢が見たいならナンバーくじでもやったらどうだ？　おれもインターネットにはいって十九歳の女の子になりすましてみようかな。電話口には妹を出して。そしたらあんたはおれに五十ドルを送ってくれるだろうから。

6　ギル

エディは言った。トイレにいたから馘になったんだ。彼の仕事はトイレ掃除だから、彼はほとんどの時間をトイレで過ごしている。おれも手を洗うときはいつもトイレに行くし、靴墨をすべて洗い流すために優に十分や二十分はそこにいる。仕事をぶっつづけでやると手が靴墨だらけになるからだ。靴墨とか泥とかで手が汚くなると、トイレに行き、念入りに手を洗う。エディはトイレで一時間も二時間も過ごしている。何もすることがないときはそこで《ニューヨーク・ポスト》を読んでいる。だからトイレでおこなわれることについてはよく知っていて、いろいろな話を披露してくれる。トイレでマスを搔いていたやつもいたらしい。でも、それが誰かなんてことはエディは言わない。

会社にはトイレに入りびたっている連中もいる。たいていはおえらいさんだ。下っ端連中はそうしょっちゅうトイレには行かないが、おえらいさんはトイレに行ってばかりだ。それは歳のせいで小便が近くなるからじゃなく、時間つぶしをしたいからなのだ。トイレにこもって四十分も新聞を読んでいる人もいるくらいだ。だが、下っ端がそんなことをするところは見たことがない。

トイレに足を踏み入れるとそこは戦場さながらだ。まさに戦争中。そこでみんなが立てる音といったら。腹具合が相当悪いんじゃないかって感じだ。午後の一時半から二時までトイレは混み合っている。その時間帯は誰もがトイレに行くからだ。だから、おれはその時間帯は別のフロアのトイレに行く。清潔で空いているトイレはいくつもある。

トイレで何が一番おもしろいって、人ってそこまで派手に屁をこけるのかってことだ。彼らは無頓着におれの隣りで手を洗いながら屁を放つ。おれは心のなかで毒づく。まったくあんたがそんなことをする人だとはね、と。そこで彼らがどんな顔をして屁をこくのか見ようと鏡をのぞき込む。そして思う。おいおいあんた、トイレを出たらいっぱしのおえらいさんじゃないのかい？　なのにおれの横で屁をこくとはね。しかも、その屁の派手なこと。だけど彼らはそんなことおかまいなしだ。

なかでもピートの屁は最悪だ。音は出ないが、とにかく最悪。トイレに行って、隣りでピートに屁をされたらおれはすみやかに退散する。彼は、屁が出るぞ、なんて警告は絶対してくれないからだ。それに音も立てずに屁をされて、そこで息でも吸い込んじまったら、もうひとたまりもない。咽喉《のど》ににおいが張りついちまう。屁ってものが生理現象だということはわかっているが、ときどきはそれがいかに迷惑かってことを彼らに知ってもらいたい。

ここの連中はトレーディングフロアでも屁をこく。まるで動物だ。音が聞こえてくることもあるが、たいていの場合はにおいだけが漂ってくる。それも最悪のにおいが。すれちがいざまに屁をして、そのまま歩きつづけるようなやつもいる。連中はいつだって屁をこく。おかまいなしに。だが、誰かがにおいに気づいて、まわりのみんなに知らせることもある。誰かここで屁をしたぞ！　それも特大の！　最低！　くせえ！　そしてみんな声を揃える。ゲーッ。

年じゅう屁ばかりしているやつの名前を消臭スプレーの缶に貼ったりする連中もいる。トレーディングフロアを歩きまわろうが、誰かのうしろに坐っていようが、においの根源はたいていあんただろ、ってわかるんだ。最初こそ誰が屁をしたのかみんなにはわからないが、たびかさなると誰かがどこかで消臭スプレーを買ってくる。そして印刷した名前をスコッチテープで缶に貼る。〝これはピートの持ちものです〟なんて文句を加えたりもする。そしてそのスプレー缶を椅子のすぐ近くの床上に置いておく。そしてそのときが来たら——においがしたら——においの根源のケツに向けて噴射をはじめる。いや、まじめな話。まったくイカれた連中だ。

そんなことをされるやつはひとりじゃない。二、三人はいる。でも、屁をこくやつで一番始末が悪いのは体を鍛えている連中だ。筋肉をつけるためにあのシェイクなるものばかり飲んでいるからだ。ときに彼らは何がはいっているかわからないようなものまで飲んでいる。ただ筋肉を増やすために。そういうもののせいで胃がおかしくなったり、ガスがたまりやすくなるのかどうかはわからないが、とにかくあの連中の屁は一番ひどい。原爆級だ。彼らはトレーディングフロアのかなり広い範囲に悪臭を撒き散らすことができる。なにしろここには空気の流れなんてものはない。あるのは一日じゅうつけっぱなしの空調設備か暖房で、でっかい換気扇なんてものはないのだ。

おれも原爆級は二度ほど経験した。誰かの靴を磨いていると、音もなく何やらにおってきた。最初は知らん顔をして仕事をしていたが、そのうちにおいが充満してきた。そこでとうとうおれは立ち上がり、客に言った。すみませんね、十分ほどしたら戻ってきます。ほかの人の靴を磨きに行ってきます。とにかく今は勘弁してください。あとで続きをやりますから。

まったくイカれてる。でも連中はおかまいなしだ。それは彼らが大学出で、金持ちで、生きているうちにすべてのものを手にしているからだ。彼らは、自分以外の人間は彼らの無礼を我慢すべきだと思っている。だが、それはちがう。人を動かすのは金じゃない。その人の人となりだ。だが、連中の愛する世界では人を動かすのも金だ。とにかく彼らはそう考えている。

いつだったかエディが言っていた。ここの連中は酒を飲んでもいないのにトイレの汚さはバーのトイレ並みだ、と。バーに行って酔っぱらってトイレに行ったとする。そして自分のペニスを引っぱり出したら、普通はあの小さな穴を狙おうと意識を集中する。だが、この会社にはペニスを引っぱりだしたら、そこいらじゅうに小便を撒き散らすようなやつがいる。一番手前の便器が特に汚い。小便したいやつはさっとやって、すぐに出て行こうとするからだ。床もひどい状態だ。まさにバーのトイレ。慎重に歩かないと足が小便まみれになっちまう。

それにこのあいだは誰かが便器のふたの上にくそをしたって話だ。嘘じゃない！ エディがそう言っていた。

女子トイレがどうなっているのかはわからない。そこでおれはトイレ掃除をしている女性——たぶんドミニカ人だ——に訊いてみた。女子トイレってどんな感じだい？ おれの考えでは女性ってのは男より清潔なはずだった。でも彼女はこう答えた。ひどいわよ。で、おれはさらに尋ねた。ひどいってどんなふうに？ だって、女性ってのはトイレは坐ってやるんだろ？ でも彼女は、女子トイレは男子トイレと変わらないと言った。おれには想像もつかない。

おかしいのは、女性がポーチを持ってデスクを離れると野郎連中の声が聞こえてくることだ。あんなにでっかいポーチを持ってトイレに行くなんてこれみよがしだよな。そうやって女性がポーチを持ってトイレに行くと決まって野郎連中は言う。彼女、生理だぜ。そりゃあ、そうなんだろう。ここでは女性がポーチを持ち歩く姿はあまり見かけないからだ。彼女たちは化粧はこのフロアですませている。

で、なぜエディは馘になったか？　それはミスター・ジェフ・スティードがトイレの用具入れのなかにはいって携帯電話で話しているところを見ちまったからだ。嘘じゃない。用具入れには流しがあって、ぼろ切れとか石鹼とかモップがしまってあるが、エディはたいていそこに私服を置いている。で、彼がトイレに行って用具入れのドアを開けると、そこに携帯を手にしたミスター・ジェフがいたってわけだ。トレーディングフロアではトレーダーの携帯電話の使用は禁じられている。理由は知らない。おれはフロアで唯一、携帯とアイポッドの使用を許されている。トレーダーたちは言う。ギル、ほんとに権力を持ってるのはおまえだよ。なんたってこのトレーディングフロアでただひとり、携帯を使えるんだから。

ミスター・ジェフは、ハイ、と挨拶してきたそうだ。そして、ランチを食べて散らかしたのでゴミ袋を探していたんだ、と言った。だが、エディはそんなたわごとを無視して言った。いったいここで何してる？　あんたはここにはいっちゃいけないことになってる。するとスティードは言った。いいか、おまえの態度はなってない。そしてトイレからぷいと出ていった。

そのあとエディは上司に呼び出されてオフィスへ行った。そして上司からこう言い渡された。エディ、おまえには辞めてもらわなきゃならない。おまえの態度が悪いという苦情が来たんだ。おまえが人に暴言を吐いたり、嘘を言ったりしているって苦情だ。

エディはミスター・ジェフが用具入れのなかで携帯電話を使っていたことを説明しようとした。

だが、上司はただこう言ったそうだ。そんなことはどうでもいいんだ。そんな話は聞きたくない。

7　ギル

ミスター・ジェフが用具入れで携帯を使っていたせいでエディが馘になったことをおれはローナに話した。彼女は怒りをあらわにした。汚れ仕事なんかをする連中とも親しくするのがローナだ。彼女はクリスマスになると決まって雑用係やメールルームで働くメッセンジャーや、おれみたいな靴磨きのために寄付を募ってくれる。ほらほら、もっと出せるでしょ、とか言いながらトレーダーたちに金を出させるのだ。去年おれは四百八十ドルもらった。嘘みたいだ。

彼女は言う。トレーダーがなんであんなに文句ばかり言うのかわからないわ。彼らは年に百万ドルもボーナスをもらっているのよ。なのにトイレを掃除してくれる人に対して文句を言うなんて。銀行口座に百万ドル入れてもらえるなら、わたしは文句なんて言わない。それだけもらえれば一生食うに困らないもの。あの連中は自分たちのことをなんでもできる、ちょっとした神かなんかだと思ってるのよ。そしてローナはこうも言っていた。なかでも、ジェフ・スティードは最悪。金切り声をあげるし、私のことを犬みたいに扱うの。たしかにおれもそんな話は聞いていた。ミスター・ジェフは時限爆弾みたいなやつだと。

ローナはミスター・ジェフが韓国に出張に行ったときの話も知っていた。彼が泊まったホテルで一番高いワインは米ドルで二百ドルちょっとで、韓国ではそれが最高級品だった。だが、ミスター・ジェフは言った。ここじゃぼくの欲しいワインは置いてないのか？　五つ星ホテルのくせに二百五十ドルのワインしか揃えてないのか？　つまり、彼はもっと高いワインをご所望だったってことだ。ローナは言っていた。二百五十ドルのワインで満足しないなんて、あの男はいったいどんな世界に住んでいるのかしらね。たしかに、とおれは思った。おれなんて五ドルのワインでいい気分になれる。

ミスター・ジェフが親しくしている友だちはいったい何人いるんだろう？　彼は友だちのことを考えたことがあるんだろうか？　おれだったら、そんなに使える金があるんなら、自分だけじゃなくみんなに愉しんでもらいたいと思う。自分だけじゃなくほかの人にも。おれはみんなが愉しくなればいいと思う人間だ。もし、そうできる余裕があるなら。もし金があるなら。おれは今まで豪勢な誕生パーティを開いたことがない。だからもし金があったら場所を借りて友だちをみんな呼びたい。五十人、いやそれ以上の友だちを。もし金があるなら。

でもミスター・ジェフは見かけはスマートだ。服もスタイリッシュに着こなしている。それに実際、金をたくさん稼いでいる。でも使い道を知らない。彼みたいな若僧には金額が多すぎるんだろう。それじゃあ彼は稼いだ金をどうするのか？　きっとどこかに行って見せびらかしているんだろう。この会社の連中は、金を持ってることをおおっぴらに見せびらかすか、だんまりを決め込むかのどちらかだから。

連中の頭にあるのは金のことだけだ。彼らはある種の見せかけの世界に住んでいる。人間味がないし、ほんとうに大切なことは話さない。そして年じゅう食べものの話をしている。ディナーに行って、あれを食べたとか、これを食べたとか、こんなワインを飲んだとか、深夜の一時半まで遊んで家に帰ったとかいう話を。話すのはそんなことばかりだ。彼らはたしかにいい暮らしをしている。でも彼らが話をするのは自分のほうが他人よりもいい暮らしをしてることを示すためだ。おれとはちがう。もしおれが人に、あそこのレストランに行ったとか、こんなドリンクやあんなドリンクを飲んだとかいうのは、相手の気分をほぐすためだ。そしておれという人間を知ってもらうためだ。

だが、連中ときたらこうだ。聞いてくれよ、昨日食べたパスタは百ドルもしてね、ワインは四百ドルだった。結局、支払いは三千ドルになっちまったよ。そんな話を聞くとおれは思う。ただの夕食に？　彼らはいったい夕食に何時間かけるんだ？

彼らのやることを見ていたら、なんでそんなに金を無駄にするのかと誰もが疑問に思うことだろう。彼らは毎晩レストランで食事をする。ジェフは〈バッボ〉って店に行く。そんな名前のレストランは聞いたことがない。彼は、昨日はすごくうまいものを食べたよ、とか言って、おれなんかの知らない食べものの名前を並べたてる。おもしろいのは、おれは靴を磨きながら彼らの会話をちゃんと聞いてるってことだ。ジェフは、あれを食べた、これを食べたと続ける。で、おれは思う。いったいなんだ、そりゃ？　いったいどこのことばをしゃべってるんだ？　英語じゃないのはたしかだ。マッシュポテトとかフライドポテトとかじゃないから。まったくちがう食べものだ。どうして連中はそんなものを食わなきゃならないんだろう？

最近、よくこんな質問をされる。ヘイ、ギル、おまえはチップでけっこう儲けてるんじゃないのかい？　彼らはなんにも知らない。金を稼ぐのはそんなに簡単じゃない。おれは給料をもらえない。自営業だからだ。それにたとえ今日稼げたとしても明日は稼げないかもしれない。先週も先々週も、働けたのは二日と半分だった。銀行が半日しか営業しない日があったり、休日があったりしたからだ。それに金曜は雨降りで靴を磨いてほしいという人はいなかった。なのに、多くの連中がおれがいくら稼いでいるかを知りたがり、いくら稼いでいるのかと年じゅう訊いてくる。よほど興味があるらしい。だからおれは言ってやる。いいかい、たとえ金を稼げてもおれにはなんの補償もないんだ。すると彼らは言う。へえ、なるほど、補償はないのか。怪我でもしたらどうするんだい？　おれは、わからないと答える。今のところ怪我はしてないから。そんなの、そうなったとき考えるしかないだろう？

たとえ大金が手にはいっても、おれはそれを人に見せびらかしたいとは思わない。なぜって、人間ってのは変わるものだからだ。言ってる意味はわかるな？　もしおれが家や車なんかを買えるようになったらまわりの連中はいったいどんな眼でおれを見るだろう？　そういうことをどうしても考えちまう。おれはエディやファビオと今のままの関係を持ちつづけられるなら、むしろ金なんか要らない。ほんとうだ。それにもしおれが金を持っていたら、まわりのやつらは仲が悪くなる。どんな種類の車であれ、真新しい車を買ったら、みんなおれとばかり出かけたがる。家があれば、みんな競っておれから何かもらおうとするだろう。そんなのはいやだ。そりゃあ金持ちになればいいこともあるだろう。でも、いろいろな意味で今ある友情は、それよりも強いものなのだ。

たぶんトレーダーはおれがみじめな生活をしていると思っている。自分たちみたいに山ほど服も買えず、持ち家にも住めないなんてかわいそうだと思っている。たしかに彼らは持ち家に住んでいて、どこに行こうが何を飲もうがなんでも好きにやれる。そしてちょっとした優越感にひたっている。でもその一方でおれのことを、なんでこいつはこんなにしあわせそうなんだ？　と思ったりもしている。おれはいつも笑顔だし、いつも冗談を言っているからだ。靴を磨きながら。

彼らにあきれることもある。年に百万ドルも稼いでいるくせに嘆くことしかしないやつがいるからだ。おれには理解できない。百万ドルも稼いでおきながら何を嘆くことがある？　そういうやつらはめったやたらにものを買いまくり、王さまみたいな暮らしをしている。そういう暮らしが当たりまえになっている。彼らがヤンキースタジアムの上のほうの席に坐ることは決してない。必ず前の席に坐る。おれはエディに言ったことがある。なあ、ここの連中のライフスタイルはおれたちのものとはちがうんだよな。

そんなライフスタイルで思い出すのは映画『キャッチ・ミー・イフ・ユー・キャン』でレオナルド・ディカプリオが演じた天才詐欺師だ。あの映画は三回見た。おもしろい映画だ。とにかくおもしろい。若くてもいろいろなことが可能なんだって思わせてくれる。

ローナは言った。エディは弁護士を雇うべきね。二、三年まえ、かなりの人数の女性たちが会社で差別を受けて、弁護士を雇ったの。その裁判を担当した判事は女性でね、ものすごい大金を女性たちに支払うよう会社に言い渡したのよ。でも、おれは内心思っていた。エディが雇えるような弁護士がどこにいるっていうんだ？　彼は弁護士の知り合いなんてひとりもいない。雇えるだけの金もない。

仕事を終えてから、おれは歩いて、歩いて、ただひたすら歩いた。歩くのが好きなのはそれが唯一のストレス解消法だからだ。タイムズスクエアにあるマクドナルドのまえにやってきたときミスター・グレッグの姿が見えた。ユーリの店にいたころのお客さんだ。おれは声をかけた。グレッグ、元気かい？　おれのこと覚えてる？　ギルか？　とグレッグは言った。よう、ギル、元気だったかい？

おれはエディの身に起きたことをグレッグに話そうと思った。彼ならきっと力になってくれると考えたからだ。そして言った。グレッグ、おれはただの靴磨きだし、あんたにどうしてほしいのか、あんたに助けてもらえるのかどうかもわからない。だけどどうか一分だけ話を聞いてほしい。おれのいいいとこがこのあいだ馘になったんだ。何も悪いことをしていないのに。これがあんたに助けてもらえることなのかどうかおれにはわからない。でもたいていの人間はあんたには力があるって言ってるし、おれはなんにもわからないし。だからできればアドバイスが欲しいんだ。そしたら少なくともこういったことを解決してくれる人のところへ行くことができる。いとこのエディはあるトレーダーが何か携帯電話で話しているのを聞いちまったんだ。で、それをよくないことだと思った。会社の規則を知っていたからだ。でもそのトレーダーはエディの上司に告げ口をし、そのせいでエディは馘になったんだ。

おれは続けた。なあ、グレッグ。文句を言っただけで人は解雇されるものだろうか？　この国の法律はどうなってるんだい？　ここじゃ、力のない者はただ馘になるしかないのかい？

8 グレッグ

ああ、餓になるしかないかもしれないな、あからさまな差別がないかぎり。エディの場合、差別の問題ではなかったようだし。私はギルにそう言うしかなかった。だが、心のなかで思った。これは私向きのネタじゃないか?

私はギルにマクドナルドで夕食をおごると言い、その後チーズバーガーとフライドポテトを食べながら、ウォールストリートの大企業〈メドヴェド、モーニングスター、アンド・ビグロー〉での仕事について話を聞いた。実はギル自身も山ほど問題を抱えていた。母親のクレジットカードの負債額は一万一千ドルに達し、しかも彼女は債務返済を請け負う会社に三年間にわたって支払っていた金を騙《だま》し取られていた。ギルと同じように靴磨きをしていた父親は氷の上で転んだ拍子に背骨を折ってしまい、ブラジルへ帰国した。以来、ギルは父親の生活を支えている。だが、ギルはとにかくエディの問題について話したがった。

そのトレーダーが電話で話していた内容をエディが聞いていたかどうか? それを尋ねるとギルはエディに電話をした。聞いていないという返答だった。足がかりとなる材料はない。〈メドヴェド、モーニングスター、アンド・ビグロー〉の広報に電話をしても無駄だろう。おそらく彼らは今回の件については知らされていない。私がまだ新聞記者だったら、その件についてそれ以上追いかけることはなかっただろう。ギルのこともエディのことも忘れ、次の日の記事を書くことに汲々《きゅうきゅう》としていたことだろう。

だが、月刊誌の記事はさほど回転が早くない。正直なところ、私は《グロッシー》に移ったものの万事順調というわけではなかった。《グロッシー》編集長エド・ブラウンは新聞記者としての私の仕事ぶりに感銘を受けて、たっぷりの給料とたっぷりの期待をもって私を雇い入れてくれた。だが、二年契約のうちの一年と九ヵ月が過ぎても、私は彼にたいした記事を差し出すことも言いわけをすることもできずにいた。

思い返してみると新聞の仕事は楽だった。たいていの記事の内容は明確で、短い記事を書いているぶんには内容の深さなど期待されない。まとまりのない原稿を書いてもデスクが直してくれる。もちろんスピードは要求されるが、そういうことは習得できるものだし、いずれにせよ日にいくつも記事を書く通信社の記者ほどのスピードは要求されない。

記者になりたてのころ、新聞の仕事は刺激的だった。自分の記事がはじめて掲載されたときのことはよく覚えている。私はブロードウェイのど真ん中のベンチに腰かけ、長い、長いあいだ自分の名前を見つめていた。有名紙の活字のなかに自分の名前を見てもそうやすやすとは信じられなかったが、その記事は瞬時に私を人から認められる存在にしてくれた。最終的には父も私の仕事に敬意を払うだろう——そう思うことさえできた。父は毎日、その新聞を熱心に読んでいたのだ。

以来、私は自分の記事が掲載されるたびに、コンピュータの横に紙面を広げ、仕事をしながら自分の名前を盗み見た。

しかしときが経つと、新聞に記事が載っても——たとえそれが第一面であっても——一時的な充足感しか得られず、それも長つづきしないということがわかってくる。大切なのは何か意味のある文を書くことだ。だが、新聞記者はそんな枠などもらえないし、そんな自由も許されない——第一面を飾る記事でさえ、千二百ワードしか許されない。だから仕事は単調になる。欲望はおさえつけなくてはいけない。毎朝十一時十九分になると記者たちはみな、その日の新聞のことを頭から追い出し、次の日の新聞に取りかかってるじゃないか。私はいつもそう思っていた。冷酷な仕事だ。

そのうち私の記事はマンネリ化しはじめ、ただ機械的に仕事をこなす自分に気づいた。仕事に対してだけでなく自分に対しても不満が募った。新しい煙草に火をつけて自己嫌悪に陥る喫煙者みたいな気分だった。何か行動を起こす時期だった。だが、友人のケヴィンにこう言われるまでその何かがわからなかった。「まわりを見ろよ。二十年後、三十年後に自分がなりたいような人物がここにいるか？　パーティションに囲まれて仕事をする六十のおっさんたちを見てみろよ。あんなふうになりたいなんて思うか？」

そこで私は突然エドから来た申し出に飛びついたというわけだ。

友人たちは《グロッシー》に転職する私をうらやんだ。華やかなパーティ、映画俳優とのつき合い、本や映画脚本の執筆のオファー、〈プラダ〉でのディスカウント。だが、それは実際とはちがう。《グロッシー》にはショーにだけ出ていればいい馬と過酷な労働を強いられる馬とがいて、私は後者になるべく雇われたのだった。

残念ながら、新聞社での経験はさほど役には立たなかった。勝手がすべてちがったのだ。まずトピック選びの方法から違った。《グロッシー》は月刊だから、今日付の新聞で見つけたネタが四ヵ月後も人の興味を惹くかどうか、六千ワードを埋められるだけの十分なコンテンツがあるかどうかを見きわめなければならない。

新聞記事は最初の二段落で報道内容を伝える。だが、《グロッシー》の記事にはストーリー性がなければならない。結論を最初に持ってくるような攻め方はできない。肩の力を抜いて、ストーリーが自然と進むにまかせるのだ。〝短めの本〟というのが理想的な《グロッシー》の記事だ、とエドは言う。ライターは話術に長《た》け、地方の特色を知り、そして何にもまして魅力的な人柄でなければならない。そのトピックが金だろうと政治だろうとスポーツだろうと、《グロッシー》のストーリーはどれも純粋に人について書かれている。どんな読者にとってもそれが興味の対象だからだ。そしてわれわれライターはそれらのストーリーを派手な文体でまとめ上げる。中庸な新聞にはそんな芸当はできない。

はじめて書いたストーリーを渡したとき、私はエドに質問された。「これはいったい誰の記事だね？」

学ぶべきことは山ほどあったが《グロッシー》の連中、特にほかのライターたち――石器時代から活躍している大物たちのグループ――に私を教育しようなんて気はさらさらなかった。大物連中はベストセラーを書き、ジャーナリズムにおける賞を獲得し、ご意見番として定期的にテレビに出演する。転職が決まったあと、私は人からこんなことを言われた。「気をつけろよ。マスコミに追いかけられないように」

誰が？　私が？

新聞の仕事の振り分けは必然的に平等だ。記者たちはどんなものであれ情報を得るために一丸となって働く。だが《グロッシー》ではエゴのぶつかり合いだ。他人のテリトリーに足を踏み入れようものなら、それがわざとでなくとも狙い撃ちに遭う。特ダネをめぐっては熾烈な競争があり、紙面の枠の価値は〝不動産〟並みに高騰する。大物たちの好きな言い方をすれば、一年間に《グロッシー》が掲載できる連載記事は百しかない、ということだ。誰かが枠をひとつ使えば、ほかのライターの入り込む余地はそれだけ少なくなる。

私の給与の額が漏れ、それが人の口にのぼったときは、大物たちがそのことを無視し、忘れてくれることをひたすら願った。というのもふたを開けてみれば、私は大物連中の何人かと同額の、もしくはそれ以上の給与をもらっていることがわかったからだ。うわべだけの微笑みや大げさな挨拶のなかに、私の失態をひたすら待っている彼らの真意が透《す》けて見えた。残念ながら、私は彼らに多分に攻撃材料を与えてしまった。私自身、最大限の努力はしたものの、私に励ましのことばはかけても個人レッスンまではやる時間のないエドによれば、私の記事は相変わらず〝《ニューヨーク・タイムズ》紙のセクションBの一ページ目に掲載すべき〟内容だということだった。このままでは私は売れっ子ライターではなくどこにでもいるライターだと判断されかねなかった。誰もどこにでもいるライターに売れっ子ライター並みの給与を支払ったりはしまい。エドは記事の善し悪しを野球の安打になぞらえる。これまでのところ私の記事はせいぜいシングルヒットだ。ここらでホームランをぶちかまさなくてはならない。

ジェフ・スティードについてもう少し話をしてくれ、と私はギルに頼んだ。

9　ギル

ジェフ・スティード。やつには何度もコケにされた。おれの髪型についてああだ、こうだとしょっちゅうからかうくせに、おれの眼のまえを通っても挨拶もしない。ギル、おまえはいつぼくの靴を磨いてくれるんだい？　それがミスター・スティードのお決まりのせりふだ。おれは答える。おれのほうは朝の九時からあんたが帰る午後五時まで、いつだって空いてますよ、サー。なのにおれがいつ靴を磨けるか知りたいんですか？　靴を磨く時間なら一日じゅうありますよ。だが、そう言うと彼は切り返す。ヘイ、ギル、おまえがここに来るのはおしゃべりをするためか？　それとも靴を磨くためか？

おれは磨きたくないやつの靴は磨かない。店で働いていたころはそんな自由は許されなかった。でもここでは無理に靴を磨く必要はない。それが気に入らないならおれをここからほうり出せばいい。世のなかにはほんとうに口の利き方ってものを知らない連中もいるのだ。あのくそ野郎、ジェフ・スティードみたいに。

ジェフのデスクにはほかにふたりのトレーダーがいる。そのうちのひとりがフレッド・ターナーだ。彼らふたりが仲がいいとは思えない。挨拶を交わすのを見たことがないからだ。彼らはお互いに牽制しあってる。誰が誰と仲がいいかなんてのは見ていればすぐわかる。仲がいい同士はしょっちゅう相手にちょっかいを出しているからだ。

あるとき靴を磨きにデスクまで行くとジェフが言った。ギル、二分だけ待ってくれ。会議室に行って食いものをもらってくるから。で、彼が行っちまうと、フレッドが訊いてきた。靴を磨いてくれないか？　で、フレッドのところへ行くとジェフが戻ってくるなりわめいた。なんだよ、ギル！　ぼくが先だと思ったのに。彼はいつでも自分が一番じゃないと気がすまない。おれはそれを忘れていた。しまった、と舌打ちすると、フレッドはちょっと間を置いてからこちらをちらりと見て笑った。彼はこう言いたかったのだ。見たか？　やつをつついて怒らせてやったぞ。

ミスター・ジェフはひどいコーヒー中毒だ。日に十杯はコーヒーを飲んでいる。ここの連中はみなコーヒーを飲む。コーヒーはいわば彼らのコカインだ。たいてい十二時に昼食をとり、二時になると誰かしらが〈スターバックス〉に行く。今日はおれ、明日はおまえ、といった具合に順番で買い出しをする。当番になった人は階下《した》に行って〈スターバックス〉で十人分のコーヒーを注文し、それを入れた紙袋をふたつ手にさげて戻り、みんなに配る。彼らを刺激し、元気にするのはコーヒーだけだ。だが、彼らの歯はひどいことになっている――どんどん色がついているのだ。もう白とはいえない。ほとんど黄色だ。

靴を磨きに行くと、ミスター・ジェフはよくコイン投げをしようと言った。そしてたいてい二十五セント硬貨を使い、表か裏かをおれに当てさせた。おれが表に賭けて勝てば十ドルもらえる。裏が出て彼が勝てば靴磨き代は無料だ。おれは彼に十九回くらい連続して負けていた。負けるたびにからかわれるので相当腹も立っていた。彼はいつもこう言っておれをからかった。ヘイ、ギル、今日もただで靴を磨いてくれるのかい？

　だが、それもおれが十ドルを勝ち取る日までだった。彼はかっかしながら言った。賭け金を二倍にしないか？　そしてふたたびコインを投げた。おれは表に賭け、二十ドルをいただいた。すると彼は二十ドルの倍を賭けると言い出した。そしてもう一度コインを投げ、おれは四十ドルを手に入れた。彼は、ちくしょうと言いながら顔を真っ赤にしていた。そしてもう一度コインを投げた。おれは表に賭け、八十ドルを勝ち取った。

　ミスター・ジェフは言った。くそっ、負けたぶんを全部こんなガキに払わなきゃならないなんて！　彼は椅子に深く坐り直すとおれに金を払い、電話をかけはじめた。おれは彼を知る人たちほぼ全員のところへ行ってそのことを話した。するとみんな、マイクを使ってジェフを呼び出した。マイクはスピーカーフォンみたいになっていて、内線番号をかけるとすぐにつながり、相手と話ができる。みんなは言った。ヘイ、ギルから聞いたんだけど、おまえ、彼に靴磨きの借りがあったそうじゃないか。で、そのぶんを全部、現金で払ったんだって？　どんな気分だ？　そんなふうにフロアじゅうの人が彼をからかった。

　そのときおれはトイレに行く途中だった。ミスター・ジェフの姿は見えなかったが彼はすぐうしろにいた。そして言った。おい、ギル、ひとつ言っておく。ぼくがおまえに負けたなんて二度と人に言いふらしたりするな。体裁が悪いからな。

　だが、おれとミスター・ジェフとの関係がほんとうに悪くなったのは彼が〈ロレックス〉をはめていたときのことだ。おれは靴を磨くとき、靴とそして腕時計を見る。ここの連中の多くが〈ロレックス〉を持っている。彼らにしてみれば権力を示すものだからだ。つまり、いくら稼いでいるかを示すものなのだ。〈ロレックス〉と馬鹿みたいに高価な靴が。だが、なんといっても〈ロレックス〉だ。〈カルティエ〉の場合もあるけれど。

ミスター・ジェフはいつも腕時計をはめていた。でも、おれがそれを気にしたことはなかった。時計に気づいたのは、仕事のないある日のことだった。フロアを歩きまわっていると、靴を磨いてくれと頼まれたので彼のところへ行った。すると彼の腕にはめられていたゴールドの〈ロレックス〉が眼にはいった。そこでおれは機嫌を取ろうとして言った。ミスター・スティード、いい時計ですね！　いったいいくらするんです？　二万ドルとか？　すごいな。あんたがその時計を売って、その金をおれにくれたら、おれは夢にまで見た車を手に入れられますよ。まちがいなくそのくらいの価値がある。すると彼は言った。いや、これは単なる模造品さ。おれは言った。へえ、ほんとに？　そしてあとでミスター・フレッドにそのことを話した。知ってるかい？　ミスター・ジェフは二万ドルもする〈ロレックス〉をはめてる。でもそれは模造品なんだって。あれだけの金を稼ぐ人が模造品を身につけるなんてこと、あると思う？　するとフレッドは言った。思わないね。

その後、みんながジェフをからかいはじめた。おまえのがほんものの〈ロレックス〉かどうか見てやるよ。ほんものっぽいね。ワオ、スティード！　おまえ、この〈ロレックス〉に二万ドルも払ったのか？　すると彼は、いいや、そんなに高くなかったよ、と言った。彼がそのことを恥ずかしいと思ったかどうかはわからない。でも、彼はその日から二度と〈ロレックス〉をはめなかったし、話題にもしなかった。あの日から一年以上経つが、一度も腕時計をはめていない。ただの一度も。まったく馬鹿げてる。でもおれは彼に対して申しわけない気持ちになっていた。そんなことになるとは思わなかったからだ。おれが彼から時計を取り上げたわけじゃないけれど。

〈ロレックス〉事件があった次の日の四時半ごろ、おれは会社に顔を出した。フレッド・ターナーの靴を磨きに来たのだ。彼はたいてい六時くらいまで会社にいる。で、ミスター・フレッドのところへ行く途中、ミスター・ジェフに会った。彼はわめいた。ヘイ、ギル、いったいどうしてたんだ？　おまえのこと一日じゅう探してたんだぞ。おれのことを馬鹿にしてるみたいだな。こんなことはもう三度めだ。次に同じことをしたら、おれから金を稼げると思うな。しまった、とおれは舌打ちした。とはいえ、ほかの人たちは誰ひとりとしておれにそんな口の利き方はしない。だって、おれがいったい何をした？　何もまちがったことはしていない。それに彼はおれの携帯電話の番号を知っている。お客の誰もがおれの番号を知っている。おれが名刺をみんなに配ったからだ。お客はめったに電話なんてかけてこない。でも、たまにかけてくることもある。だから、ミスター・ジェフだっておれに電話できたはずだ。あのくそったれ男にはまったく腹が立つ。

おれはミスター・フレッドのところへ行って、サー、今日はただにしとくよ、と言った。どうしてかって？　それはあんたがおれに絶対いやな態度を取らないからさ。ミスター・ジェフが言ったこと——あれにはむかついたが、おれは言い返したりしなかった。そんなことをしたら、あいつはきっと……とにかくここじゃ、言い返したりはできない。なぜって、ここの連中はよそでさんざん悪さをしているくせに、会社ではどんな些細《ささい》なことも大げさに騒ぎ立てるからだ。そういうわけで、おれはフレッドの靴をただで磨いた。彼は料金を払おうとした。おれは、いいから、いいからとそれを断った。彼はほとんど毎日靴を磨かせてくれるからだ。

次の日、会社に行くとミスター・ジェフに声をかけられた。ヘイ、ギル、こっちへ来いよ。昨日のこと、怒ってるのか？　そこでおれは言った。まあ、そんなとこですね、サー。だって、あんたの頼み方は適切じゃなかった。母親にだってあんなふうに言われたことはない。すると彼は言った。悪かった、おれはただ靴を磨いてもらいたかっただけなんだ。おれは言った。いや、それはちょっとちがうんじゃないですか？　だっておれはたいていここにいるし、ここのみんなはおれの携帯番号を知ってる。名刺を渡してあるからです。あんただっておれの番号を知ってるはずだ。彼は言った。ああ、そうだな、名刺はここにある。おれは言った。なら、なんで電話しないんです？　おれはこの会社の人たちのことをみな同じように気にかけてる。それでも、あんたがおれをお払い箱にしたいと言うならおれには何もできない。だけど、あんな口の利き方はされたくないんだ。

彼は言った。申しわけない、ギル。おれは言った。いいんです、サー。おれはあんたに悪意を持ったことなんてない。ここの人全員が好きだからです。そういったことをおれはいつもと変わらない声の大きさで言った。デスクにいる全員に聞こえるように。かまやしないさ。デスクにいた連中は仕事を中断してミスター・ジェフを見た。そしていっせいにおれを見た。その顔は言っていた。ギルがそんなことを言うなんて信じられない。誰もジェフにそんなことを言ったりしないのに。

ここの人たちは仕事場では自分をほとんど見せない。すごく頭にきても、受話器を叩きつけるだけで、相手と話をしようとはしない。だからみんながおれを注目していた。するとミスター・ジェフはおれの手を握って言った。ぼくだっておまえのことが好きだ。どうやら誤解があったようだな。で、おれは言った。そうですね、サー。おれだってあんたのことは好きです。もちろんそんなのは全部嘘っぱちだ。

このところ、彼は靴を磨いてほしいときは前日におれのところへやってくる。ギル、明日、靴を磨いてもらえるかな？　おれは答える。ええ、その靴を履いてきてもらえるなら。で、おれが出向くと、電話中のミスター・ジェフは相手に言う。おっと、ちょっと待ってくれ。シュー・ドクターのご到着だ。ヘイ、ギル、どこに行ってたんだい？　今日はずっとおまえのことを探してたんだぞ。そしておれに靴を渡し、立ち上がって大げさに言い立てる。ギル、おまえはおれのシュー・ドクターだ。わざわざ来てくれるなんてうれしいね。今じゃ、靴を磨きに行くと、彼はいつもそんな調子だ。そうでなければ、磨く必要のない靴を履いてくる。で、おれがその靴を返すと、きっちり六ドル払ってくれる。毎回毎回靴を磨いてもらうときには大げさな物言いをする。よう、ギル、おれの靴を頼むよ、なんて軽い言い方はしない。何をしていようとそれをいったん中断して、わざわざおれに注意を向ける。おれはもう、どうでもいいやと思っていた。彼とは関わりになりたくない。変なやつだ。

今日、おれはミスター・フレッドの靴を磨いていた。すると彼が、ジェフの声を聞いているとイライラする、と言った。そのときジェフはかなりの大声で電話をしていた。それを聞いておれは笑った。内容は覚えていないが、彼がおもしろいことをしゃべっていたからだ。フレッドは首を振りながら言った。あいつには我慢できない。なんだってあんな大声で話す必要がある？　そこでおれは言ってみた。ちょっと迷惑な人だね。すると彼は言った。ああ、ぼくは毎朝、やつが大声で話すのを聞かされてるんだ。ジェフが大声で話すとミスター・フレッドはデスクの上の電話を叩きつけ、テレビをつけて大音量にする。だが、ジェフとは話そうとしない。おれだったら、直接本人のところへ行ってこう言う。おいおい、そんな大声じゃなくもう少し静かに話してもらえないか？聞かなくていいことまで聞こえちまうよ。

だが、ジェフの成績は常にトップだ。金儲けをして、それを愉しんでいる。コイン投げでおれが負けると、彼はおれのまえを通るたびに、ヘイ、ギル、靴を磨いてくれてありがとう、と言う。そうやっておれをからかう。あいつの言いたいことはわかる。勝ったんだから靴磨き代はただだ。おまえに金を払う必要なんてないのさ。

おれはグレッグに言った。あいつの靴は金輪際磨かない。エディを馘にしたからだ。

10　グレッグ

いや、逆に彼の靴を磨いてほしいんだ、と私はギルに言った。今までよりももっと彼と親しくして、常に眼を光らせていてほしい。それから秘書や雑用係やゼロックス係に、最近のスティードの態度で何かおかしなところに気づかなかったかどうか訊いてみてくれ。もし、スティードがインサイダー取引をしているところを押さえられれば、私はそれを《グロッシー》に書けるし、会社を揺さぶってエディを元の仕事に戻してやることもできる。

ギルは、スパイをするという案がいたく気に入ったようだったので、注意を惹かないように釘を刺さなければならなかった。ギルがスパイをするあいだ、私のほうはスティードの経歴について調べるつもりだった。

インターネットで検索すると、チャリティイベントでスティードがモデルやそこそこ有名な女優たちと一緒に写っている、社交記事の写真が画面に現れた。また雑誌《パーム・ビーチ・ナウ！》には彼のプロフィールが載っていて、派手な装飾をほどこして修繕された、ピンク色の化粧しっくいの邸宅も紹介されていた。金ぴかのバスルーム、巨大なベネチアングラスのシャンデリア、真っ白に輝く安っぽい感じのフランス家具。記事によればスティードは千五百万ドル以上の価値があるマンハッタンのタウンハウスも所有し、値は張るが趣味の悪い美術品をオークションで大量に買っているということだった。また、彼はいくつかの非営利団体の役員を務めていた。つまり、かなりの額の金を寄付しているということだ。いくら彼が花形トレーダーであっても、その生活には金がかかりすぎている。

私には〈メドヴェド、モーニングスター、アンド・ビグロー〉に情報源がいる――しかも、かなり信頼できる情報源だ。彼は大学一年のときの私のルームメートで、名前はアイザック・モーザー。個人資産の運用をしている。大学時代、アイザックは学期がはじまる一週間まえにポーカーゲームでその学期の食費をまるまるすってしまった。彼が不朽の名声を得たのはそのときだ。解決策として百ポンド入りのドッグフードをひと袋買ったのだ。たとえそれが単に、私を含む友人たちにちゃんとした食べものを買わせる策略だったとしても、効果はあった。

アイザックと私は同じころにニューヨークへやってきた。私たちは最初の二年はよく一緒に飲み歩いて過ごした。だが、彼がシェリルとデートに出かけるようになり、やがて結婚すると、会う回数は減った。私はどうもシェリルが好きになれなかった。そして子供ができると彼は、すべてが子供中心の、子供のことしか気にかけないパラレルワールドに迷い込んでしまった。それでも当時はまだ、何人かで集まってバスケットボールをしたり、一杯飲みに行く約束はしていた。だが、子供が病気になったり、子供の風邪を移されたり、子供が寝てくれなくてひと晩じゅう起きていたり、まる一日子供と一緒にいるせいでシェリルの機嫌が悪かったり、といったさまざまな理由で、彼はいつも直前になって約束をキャンセルした。それでも、なんとか年に一、二度程度はお互いに顔を合わせるようにしていた。私が連絡すると彼はいつもうれしそうに、呑気な酒飲みで、博打《ばくち》好きで、そしてプレイボーイだったころの思い出を話していた。

私は反故《ほご》になりやすいわれらが親睦会の約束を取りつけるという名目で彼に電話をかけ、探りを入れた。「ヘイ、アイザック。このあいだ、パーティでおまえの会社の人に何人か会ったよ」

「へえ、そうかい。誰だい？」心ここにあらずといった声の調子から彼がコンピュータの画面を見ているのがわかった。

「フレッド・ターナー」と私は言った。

「彼なら知ってる。いいやつだよ。ハーヴァード出だ。たしかローズ奨学生じゃなかったかな。まさにうちの新星だよ。うちが独自にやっている、トレーディングの特別プロジェクトの参加者だ。若い社員十二人に五千万ドルのトレーディングの枠を持たせるんだ。で、その勝者だけがこの会社に残れる」

「ターナーは勝者のひとりになれるかな？」

「さあね。確率は四分の三だが。うちみたいにでかい会社だと並以上の成績を保つにも相当のストレスを要求されるからな」

「アリス・ノーザーは知ってるか？」

「ヒャー、彼女に会ったのか？　アリスはマネージング・ディレクターでね、たいしたタマだよ」

「どんなふうに？」

「まあ、話してもかまわないだろう。おまえがうちの会社の人間のことを記事にしようとしても、どうせそっちの法務部が許可しないだろうから」

「どうかな？　いいからじらさないで教えてくれよ」

「彼女が出世したのは、CEO専用のトイレでビグローのじいさんにフェラチオをしてやったからだって噂だ」ビグローは〈メドヴェド、モーニングスター〉の最高経営責任者《CEO》だ。

「嘘だろ？　なんでそんなことが外へ漏れたんだ？」それは彼女についてギルから聞いた印象とはまったくちがっていた。正反対だ。

「それに旦那の上司の名を騙《かた》った男に金を騙《だま》し取られたなんて話もある」

「その話は聞いた。でも、誰だって巧妙な手口の詐欺には騙されるんじゃないか？」私はなぜ会ったこともないアリスをかばっているのか自分でもわからずにいた。

「そりゃあ、そうさ――でも、実際、知らないやつにおたくの奥さんは犯罪に手を染めてますよ、と言われたら、少なくともかみさんに電話して確認くらいはするだろ？」

「おれにはかみさんがいないから」

「まあ、その件は置いておいてだな」と彼は笑いながら言った。「アニーは元気か？」アニーは大学時代からの私のガールフレンドだ。私と彼女は籍こそ入れていないが、実質上は結婚しているようなものだ。しかし、すでに何人かが再婚している私の友人たちのあいだでは、私たちが結婚しないということが永遠の頭痛の種となっている。

「元気、元気。働きすぎだけどな。ああ、それからもうひとり、ジョン・ピアスンって男がいたな」

「なんと。いったい誰のパーティだったんだ？　なんでおれは呼ばれなかったんだろう。上の連中はおれを餌にしようとしてるのかな」彼は半分本気で言っているようだった。

「そんな心配はないさ。アニーの顧客のひとりに招待されてね。ただの退屈な慈善パーティだよ」

アニーは大手企業の顧問弁護士で、時間のあるときに非営利団体や慈善団体のために無料法律相談を受けている。

「ピアスンは危機管理責任者だよ。株式部のナンバーツーだ。若くてど派手なロシア人モデルの奥さんがいる。奥さんにも会ったか？」

「いや……会ってない」手のひらに汗がにじみ出した。私は嘘は苦手だ。それにどうやら深入りしすぎたようだ。

「有名な話があるんだ。今の奥さんは三番めでね。ピアスンはロシアに出張に行って彼女と出会った。二番めの奥さんもロシア人で、ピアスンは彼女とも出張に行ったときに出会ったんだ。だが、ある日彼が早めに帰宅すると、二番めの奥さんはロシア人の配管工とセックスの真っ最中だった。ホームシックにかかっちまったんだと！」

「おまえの会社じゃ、隠しごとはできないようだな」

「そういう仕組みになってるのさ」

「ジェフ・スティードは知ってるか？」

「彼にも会ったのか？　ピアスンも出席していた慈善パーティで？　彼はおれの指導クラスにいたんだ。かなりのゴマすり野郎だよ。ビグローの奥さんの知り合いでね、おれたちみたいに職を失わないようにあくせくする必要はないのさ。ナン・ビグローがすべてお膳立てしてくれるんだから」

「おまえはスティードのファンってわけじゃなさそうだな」

「ファンになるほど彼のことは知らない。単に噂話を知ってるだけだ。そういえば彼は〈ヤング・ライオンズ〉に入会しようとして拒否されたらしい」

「なんだい、それは？」

「若き株式トレーダーたちのクラブさ。ほとんどがヘッジファンドの株式トレーダーだ。月に一度集まって、お互いの自慢話に花を咲かせてる。たとえひとりでもメンバーに反対票を投じられたら、入会は認められないんだ。で、誰かがスティードの入会に反対した。彼にしてみたらひどい屈辱だよな。ま、会社での業績には影響しなかったようだが。金を稼ぐことにかけちゃ、彼はトップクラスだから」

「その気の毒《プアー》な若僧はけっこう稼ぐのか？」

「気の毒？　冗談言っちゃ困るよ。彼は貧乏《プアー》なんかじゃない。両親はロサンジェルスの宝石商か何かだ。おっと……ちょっと立て込んできた。もう切らないと。次の火曜に会おう」

11 グレッグ

私が繰り返し見る失敗の夢は一種類ではない。二種類だ。ひとつは、仕事のやり方を忘れてしまったことに気づく夢だ。きれいさっぱり忘れてしまい、しかたなく両親の家に戻るはめになる。ふたつめはアニーに捨てられ、バワリー通りの薄汚いホテルで空《から》になった酒壜に囲まれて暮らしている夢だ。数少なくなった友人たちが食料を持ってきて、正気に戻るよう私に懇願している。

二回連続で私の書いた記事をボツにしたあと、エドは私に有名人のプロフィールについての特集記事を書くように命じた。金のためにだけ働いているライターは、評価はさほど得られなくとも役得――四つ星ホテルでの滞在や、必要経費で愉しむロサンジェルスの友人たちとのディナー――の多い特集記事を好む。そういった記事は一、二週間で書き上げられるので、契約内容をまっとうするのは馬鹿ばかしいほど簡単だ。われわれライターは一年のあいだにある一定の数の記事を提出すればいいのだから。だが、私が理想とするプロ意識の高いライター向きではない。そういう特集記事を書くのは屈辱でさえあるのだ。

有名人のプロフィールについて書いたことはないが、それを書くのに特別な才能は必要ない。一日か二日、俳優と一緒にボウリングをするか、ゴルフをして午後を過ごせばいいのだ。肝心なのはそのとき相手に、自分のことをぺらぺらしゃべってるのではなく、それ以外のことをしていると思わせることだ。そしてその月にその俳優が熱を入れている映画――それがどんなものであれ――のディレクターや共演者からの賛辞を並べ立て、家に戻って、聞いた話に尾ひれをつけ、うまく飾り立てた記事を書く。死体に頬紅や口紅で化粧をほどこすようなものだ。というのも、活躍の場を与えられている俳優のプロフィール記事はすでに少なくとも半ダースは紹介されているからだ。

それに記事を書こうにもネタがありきたりすぎる。俳優は決しておもしろおかしい生活をしているわけじゃない。撮影現場で過ごしたり、撮影現場まで移動することに大半の時間を取られてしまうからだ。それに個人的なことは話したがらない。だからといって責められる筋合いはないだろうが。ミス・ドル箱女優《Aリスト》から新たな恋の話を聞き出すくらいの努力はできるのだが、そんなことは考えただけで吐き気がした。それに、うまく聞き出せるかどうかもわからないのだ。俳優たちは詮索好きな記者たちのぶしつけな質問をかわすため、広報担当者にみっちり仕込まれているのだから。

結局、ミス・Aリストへのインタビューの詳細は広報担当者のマーシーが取り決めてくれた。私はただ火曜日の午後二時にビバリー・ヒルズホテルのプールに行けばいいだけだった。つまり、ハリウッドを代表する、豪華にしてグロテスクなピンクとグリーンのホテルに宿泊しなければならないということだった。泊まったのはタール色の屋根を見下ろす、陽の射さない小さめの部屋だったが、室内は洒落ていた。なんだかんだいいながらも私は〈ポロ・ラウンジ〉でマティーニを飲んだり、タルタルステーキを食べたり、またはプールサイドでクラブサンドウィッチを食べたりして、おおかたの時間をつぶし、まる一日をそんなふうに過ごしたあとは、セレブたちに身売りするのも悪くないかもしれないと考えていた。

ミス・Ａリストはセレブたちのご多分に漏れず、興行収入の多さに反比例してマスコミとの接触は少ないのだと、われらがセレブ担当、ニーナ・ジャスクが教えてくれた。つまり、ボウリングもゴルフもなし、ミス・Ａリストにとって私との二時間は永遠とも感じられるらしい。そういうわけで、彼女が姿を見せることもなく火曜日は過ぎていった。水曜日も木曜日も同様だった。朝になるとマーシーが電話をかけてきて、言った。「同じ段取りで、明日に変更《リスケ》してもらえないかしら?」

私はこの待ち時間を利用してロサンジェルス育ちのジェフ・スティードの経歴を調べようと思った。ミス・Ａリストのための時間を使って、命じられたわけでもない記事の調査をするのはエドに対するちょっとした背任行為だとは思ったが、ほかにできることもなかったのだ。

私はケヴィンに電話した。執筆した本でピューリッツァー賞を獲得し、ベストセラー作家になった彼は私のすぐあとに新聞社を辞めていた。ケヴィンは見かけも態度も東海岸のお坊ちゃんという感じだったが、ロサンジェルス育ちだった。そしてスピルバーグに本の映画化権を法外な値段で買い取らせるとすぐさま生まれ故郷に戻っていった。彼は壁がぴかぴかのガラスでできた、ノイトラ（二十世紀中頃に活躍したオーストリア生まれの米国建築家）の設計による家を買った。そこからは市《まち》のすばらしい景色が一望できた。そしてそれだけでは足りないと思ったのか、彼はテラスの一角に永遠に往復できないのではないかと思えるほど馬鹿でかいプールをつくった。

かつてケヴィンの父親はハリウッドのプロデューサーで、母親はロサンジェルスの社交界の一員だった。もしケヴィンがロサンジェルスにいる誰かを知らなかったとしても、彼の知り合いがその人物を知っている。実際ふたを開けてみると、彼とスティードが同じ私立の進学校にかよっていたことがわかったのだ。スティードの父親は俳優専門の二流弁護士、母親は高価な宝石を販売する会社の経営者で、ケヴィンの母親はその顧客だった。子供のころのスティードは誰の眼からみてもうすのろで、たいていいじめの標的にされていた。一番の原因はブリーフケースを持ち歩いていたからで、いつもそれをクラスメートたちに窓からほうり投げられていた。大好きなバリー・マニロウ風の曲をつくってピアノで演奏しても、まったく人気を集めることができなかった。

ケヴィンは八年生のときのことを思い出した。当時の彼はつかのまではあったが――「彼には申しわけなかったと思うよ」――スティードの親友だった。そしておかげで、もう少しでもっと早く大金持ちになるところだった。スティードのピアノ教師が、誰も知らないアラバマの会社、〈ミッドトゴー・エレクトロニクス〉の株が買いだという、かなり確実な情報をスティードに教えたのだ。スティードの両親はそんな情報を信じて株を買うことを許さなかったため、彼は成人になったら自由になる自分名義の債券を現金化するための書類に母親の筆跡を真似て署名した。そしてその現金でその会社の株を二千株買った。スティードはケヴィンにもその情報を流し、ケヴィンの父親はおもしろ半分に十株を買った。

その後、信じられないことに、ふたりの少年たちは株価が日に、四ドルか五ドル、もしくは六ドル上昇するのを毎週見つづけることになった。その上昇は六ヵ月以上続き、三ドルだった株価は最高で三百ドルにまで達した。ケヴィンは株価が百五十ドルになったとき怖くなった。彼の父親はいまだにその株をもっと買わなかったことを後悔しているらしい。スティードは株価がピークを過ぎた少しあとで売り抜けた。書類を偽造したことについて両親からおとがめはなかった。株価が急落すると、その会社の株は株式市場の不正操作を学ぶための事例として有名になった。

12　ギル

エディが電話してきて言った。ビーチに行こうぜ。で、おれは答えた。冗談言うなよ、こっちは支払いが溜まってんだ。おまえ、家賃の支払いはどうするつもりだ？　インターネットや電話やケーブルテレビの支払いは？　収入がないってこと、それを一度でも考えたことがあるか？　だが、エディはひたすら出かけたがった。ミスター・グレッグはエディを助けると言ってくれたが、実際に助けられるかどうかはわからない。彼は今、カリフォルニアにいるが、いつまでそこにいるのかもわからない。

でも、おもしろかったのは今日、仕事場に行ったらＦＢＩの捜査官みたいな気分になったってことだ。ミスター・グレッグはおれにちょっとしたスパイになってミスター・ジェフを監視するように言った。おれは仕事場では靴を磨く以上のことは何も知らない、ただのブラジル小僧の振りをする。ここの連中は気づかない。他人に注意を向けることなどないからだ。ギルはちょっとおつむの弱い靴磨きだ、くらいにしか思わない。ギルが知ってるのは靴についてだけだ、と。たしかにおれは靴については多くの知識がある。だが今は昔とちがってほかにもたくさん知識を持っている。

ミスター・ジェフのところに顔を出すと、彼はイライラした様子だった。そばにフレッド・ターナーがいた。フレッドはトレードをしてなきゃいけないはずで、大のトレード好きだが、今日はうまくトレードを成立させることができなかったらしい。そこをついてジェフが彼に喧嘩を吹っかけた。もちろんあくまでビジネスライクに。彼らが何を言い合ってたかは覚えてないが、とにかくビジネスライクに議論の応酬となり、結局、フレッドがこう言って終わった。もういい、この件については終わりにしよう。ジェフは相当かっかしていた。顔が真っ赤だった。まわりの連中はただ黙々と自分の仕事をこなしていた。

ジェフってやつは金をたくさん稼げないと、もうおかしくなっちまってほかのことはどうでもよくなる。その日に利益を出せるトレードの邪魔になるようだったら、友だちのことさえどうでもよくなる。そんなときは彼はたいてい彼らに数字だけを伝える——いや、実際はわめき立てる。でも、ときどきは彼らのところに言って謝ることもある。さっきはトレードのことで頭がいっぱいだったんだ、と言って。とにかく彼は金への執着が強すぎてほかの人間のことをすぐ忘れちまう。

あるとき研修生が数字を伝えようとジェフに向かってかなりの大声で叫んだ。ジェフは立ち上がると、その研修生のところへ行ってこう言った。ひとつ言っておくが、おれはわめかれるのに我慢ならない。ちゃんとおれのところまで来て、株価を教えられないのか。彼は悪態こそつかなかったが、心のなかではそうしたかったにちがいない。でも、なんだって女の子にそんなことを言う必要がある？　まだ若いのに、かわいそうだ。そうやって誰かをことばで傷つけるのは最低だ。そんな口を利かれたら、おれなら会社を辞める。よろこんで辞めてやる。でも、下っ端にとっておえらいさんの言うことは絶対だ。たとえば、階下《した》に行ってコーヒーを買ってこい、と言われれば、ハイ、わかりましたと言うしかない。おまえみたいなボスはくそくらえだ——実際はボスじゃなく、単に金を稼いでいるやつなんだが――と思っても、そうやって威張れる立場になるためにはへいこらしなきゃならないってことをみんな知っているからだ。おれの場合は、わかったよ、ミスター・ジェフ、またあとで来る、と言っちまえばすむけれど。

おれはミスター・ティムの靴を磨くために別のフロアへ移動した。ティムは言った。今日は大損しそうなんだ、ギル。そこでおれはひとつ彼を笑わせてやろうとブラジルにいるふたりの叔父の話をした。彼らは結婚しているが、機会があればいつでもよそでセックスをしたいと思っている。あるときふたりは酒を飲んで酔っぱらい、最後に売春宿に行きついた。そしてそれぞれ女の子を選んだ。実はおれのいとこもそこに連れていかれていた。そのとき彼はまだ十七歳だった。で、いとこも女の子を選んだ。たぶん売春宿なんてはじめての経験だったと思う。ブラジル人の父親と息子の関係はここアメリカのそれとはちがう。ここじゃ父親は年じゅう、見るな！　見るな！　と言うけれど、ブラジルじゃ父親は、行って女のケツをさわってこい、と言う。そして生まれてはじめて売春宿へ行くときは父親自身が連れていく。嘘じゃない。

叔父のうちのひとりは部屋にはいって、女の子とセックスをはじめた。女の子は、もっと激しく、もっと激しく、と言った。そのうち、叩いて、お尻を叩いて、と言いはじめた。そこで叔父は尻を叩いてやったんだが、それでもその子は、もっと激しく、もっと激しくと言いつづけた。そしてそのうち動きを止めて叔父の顔を見ると言った。あんたのチンポがはいってるかどうかわかんないんだけど。小さすぎて。

叔父は部屋を飛び出した。かなりかっかしていた。そしてほかのふたりの部屋をノックしてまわり、おい、帰るぞ、と言った。あの売女《ばいた》め、おれのチンポが小さいとぬかしやがった。

ミスター・ティムが訊いてきた。きみの叔父さんはほんとにそんな話をしたのか？

ミセス・アリスが向こう側のデスクからこちらにやってきた。そして言った。あなたたち、またいやらしい話をしてるんじゃないでしょうね。するとティムは言った。そんなわけないでしょう、アリス。ギルの叔父さんについてのちょっとした話をしてただけですよ。そうだろ、ギル？

おれは笑った。

ミスター・ピートもおれの客だ。今は彼から料金を六ドルもらっている。けれども彼はケチな男だ。六ドルもらうにはかなり長い時間、靴を磨かなければならない。一足分の靴を磨くのに少なくともたっぷり十五分はかけないと、四ドルしかもらえなかったりする。だが、きちんと十五分かけ、話を聞かせてやれば六ドルもらえる。

まえにピートが四人掛けのデスクについていたころ、おれは月曜になるとそのデスクに行って四人分の靴を磨いていた。で、最初に四人分の料金を払う番の人が二十ドルをくれた。その次にそこへ行くと、二番めの人が二十ドルをくれた。次には三番めの人が二十ドルをくれた。そしてピートの番になったが、彼がくれたのは十二ドルだった。みんなが二十ドルをくれたのに、ピートだけがくれなかった。

おれは彼に言ったことがある。ピート、おれは金なんてどうでもいいんだ。いつでもあんたのところへ来るよ。あんたはおもしろい人だから。でも、むかつくことも多い。だって、あんたのいるデスクへ行って、みんなの靴を磨いてたころ、あんたが支払う番になると十二ドルしかくれなかった。つまり、差額は八ドル。その分、おれは損してた。それでもあんたに対してみんなと同じ仕事をしなきゃならなかった。するとピートは笑い出した。そして言った。それじゃ、これからは一足分の料金を六ドル払うから、今まで損した分の埋め合わせにしてくれよ。

ピートってやつは、とにかく金に関しては異常だ。彼がケチなことは誰もが知っている。安物の服を買い、食事にも金をかけない。ティムが言っていた。ギル、信じられるかい？　あのくそったれは通りに停まってる小型のバンまで行ってコーヒーを買ってるんだ。ドーナツが五十セント、コーヒーが五十セント、ふたつで一ドル。胸の悪くなるような代物だ。まったく、あんなやつがボスだなんてな。

ピートはどけちなくそ野郎だ。自分でもそう豪語する。おれはどケチなくそ野郎だ、と。彼はおれが毎日会社に来ようが来まいが気にかけない。気にかけるのはどのくらい一生懸命靴を磨くかだ。忙しい、忙しいと言って電話に出たりしているくせに、おれのことをちゃんと見ている。どうやってるのかわからないがちゃんと観察している。そしてこう言う。今日はおれの靴にちゃんと時間をかけてくれたか？

ピートは人にランチをおごったことがない。人のために金を使う、それがここの人たちだ。お互いにランチをおごり合う。八、九人、いや十人分の、二百ドル分くらいのランチを注文する。そして仲間だけがそれに手をつける。

彼らはおれの嫌いなあのくそみたいなスシを好んで注文する。そんなものもらっても、おれはひとつも手をつけないからすべてゴミ箱行きになる。スシなんてゲーッだ。

ハンバーガーを頼むこともある。おもしろいのは、彼らがでかいハンバーガーを頼んで、バンズをはがし、それをゴミ箱に捨ててしまうことだ。そして肉だけを食べる。だから次に電話で注文するときにはバンズは無駄になるから要らないと言ってやればいいのにと思う。おれだったら、こう言う。無意味だよ。バンズはなしでいい。

中華料理やスペアリブやチキンなんかを注文する日もある。肉汁たっぷりのチキンだ。マッシュポテトやサラダやパスタの日もある。やたらとでかいチーズケーキを注文するときもある。チームの成績がとてもいいときはエビや魚なんかを注文する。

おれは料理の置いてあるところへ行って声をかける。ヘイ、おたくら調子はどうだい？　やあ、ギル、何か食ってけよ。ああ、そうするよ、あとでね。先に靴を磨かせてもらうよ。そしてひととおりまわったら、訊いてみる。何か少しもらえるかな？　どうせ余った料理はゴミ箱行きなのだ。

木曜と金曜は特にいい。このあいだ彼らが注文したのはロブスターとステーキだった。おれは訊いた。ロブスターを食べてもいいかな？　一度も食べたことがないんだ。するとジムが言った。ギル、味はどうだい？　おれはひと口食べて吐きだした。なんていうか、よくわからないよ。彼は言った。正直に言っちゃえよ――まんこみたいなにおいがするだろ？　それもきれいなやつじゃなくて、すごく不潔なやつだ。おれは言った。あきれたな、なんでそんなこと知ってるんだ？

パスタやカラマリ（イカに衣をつけて揚げたイタリア料理）なんて日もある。イタリア料理はすごくうまい。彼らは料理やソーダやジュースをたっぷり注文する。

だが、ミスター・ピートは他人に食べものをおごるなんてことはしない。自分の食べるものしか買わない。それにときどき食べものを小さなスーツケースに入れて持ってくる。その食べものは全部ラップで小さくくるんである。おれはいつか訊いてみたいと思っている。それって、いったいなんなんだい？　って。

でも、あるときピートにも観念するときが来て、みんなにランチを買うことになった。なぜかは知らない。彼は普通ならそんなことはしない。彼がケチなことはすでに周知のことだ。で、ピートは通りの向かいの店にランチを注文した。そのランチを見ておれは思った。嘘だろ？　サンドウィッチがほんの少し、それもターキーサンドウィッチだった。ローストもされていない質の悪い《ターキー》ターキー。ピートが頼んだのはそれだけだった。まったく、いったい誰がこんなものを食べる？　普通だったらハムとかツナとかいろいろな種類のサンドウィッチを頼むのに。彼の注文したものを食べた人は、ひとりかふたりしかいなかった。ミスター・ジムのほうを見ると彼は言った。まいったね。ケチだとは思ってたけど、これほどとは思わなかった。

おれはミスター・ジョンのオフィスへ行った。すると彼の顔は――ひどいことになってた。眼の下には隈《くま》ができていて、一睡もしていないような感じだったし、頭にはどこかに打ちつけたようなやたらとひどい切り傷ができていた。おれは尋ねた。ミスター・ジョン、いったいどうしたんです？　喧嘩ですか？　それとも奥さんにやられました？　彼は答えた。いや、昨日は仕事仲間と食事に行っただけだ。

でも、ひどく酔っぱらっちまった。と彼は状況を説明した。食事が終わると、彼はくそっ、家に帰らなきゃと言いながら自分の車を取りに駐車場へ向かった。そして車のほうに歩いているとフォードのエクスプローラーが近くに停まり、窓が開いた。見るとなかにはふたりの女が乗っていた。ひとりはどちらかというと黒っぽい肌で、もうひとりは白い肌をしていた。彼女たちは言った。わたしたちとアレしない？　で、彼はもちろん、と答えた。すると彼女たちは、お金をもらうことになるけど、と言った。いくらだい？　と彼が訊くと、ふたりは三百ドルずつだと答えた。で、彼がどうしたかというと、ATMへ走り、彼女たちをホテルへ連れ込んだ。だが、朝の三時に眼を覚ますと、女たちは消えていた。現金もクレジットカードもなくなっていた。

彼はニュージャージーの自宅へ帰るためにリムジンを呼んだ。ニュージャージーへ着くと、リムジンの運転手は何度も彼を起こそうとした——起きてください、起きてください。だが、結局彼は起きなかった。で、運転手がどうしたかというと、彼を道端に置き去りにした。冗談じゃなく、ほんとうに。ミスター・ジョンは道端で眠り、朝の七時に自宅のすぐ脇で眼を覚ました。

そして言った。あれ！　彼は何がどうなっているのかわからなかった。おれは大笑いして言った。ミスター・ジョン、それ、ほんとの話ですか？　彼は答えた。おれはそのくらいへべれけだったんだよ、ギル。おれは言った。そりゃ、正真正銘のへべれけだ。奥さんはどう思ってるんです？　すると彼は言った。馬鹿言っちゃ困るよ。彼女はそんなことは知らない。ショッピングのできる朝の十一時までは絶対眼を覚ましゃしないんだから。

それからおれはミスター・フレッドの顔を見に行った。誰もが彼に深い尊敬の眼を向ける。彼のことを神のように思っている。フレッドは中心的な存在で財産もあって、背丈は理想的な六フィート三インチだ。彼にはここのボス連中が束になってもかなわない風格がある。

まったく、なんで彼がボスじゃないんだろう。みんな、ボスに対するよりフレッドに対する態度のほうがいい。フレッドには敬意をもって接する。でも、それは彼が金を稼いでいるからじゃない。おれもあんなふうになれたらいいと思う。もちろん、無理だけれど。なぜってあんなふうに無口にはなれないからだ。彼は言わんとすることを確認し、きちんと把握していないと話をはじめないタイプだ。どんなふうに振る舞えばいいかもわかっている。そんなのなんだか変な気もするが、でも恰好いい。彼が自分自身を恰好よく見せてしまうからだ。

ミスター・フレッドはいつもはおれに話しかけてはこないが、おれが道具箱に坐って靴を磨いていたりすると背中の真んなかをぴしゃりと叩く。トイレに行く途中でおれのまえを通りかかったりすると。そんなに強く叩くわけじゃなく、肩を軽く叩くくらいのノリで。ヘイ、ギル、ちょっと通りかかったんだ。そんな感じ。彼の場合、そういう何気なさがすごくクールだ。

彼はすごい金持ちだが、着飾ったりはしない。靴も二足しか持っていない。彼の履いている〈ジョンストン・アンド・マーフィー〉はおれの好みじゃないが、見た感じは悪くない。革質も悪くない。ミスター・フレッドらしい靴だ。彼は無口だ。みんながジョークを飛ばし合っていても、オフィスでは自分の仕事に集中している。けれども歳は若い。三十一か三十二だ。たぶん、ここの女性たちはみんな彼のことが好きだ。そして彼の婚約者に嫉妬している。

彼はいつも飛行機に乗ってどこかへ出かける。たくさん旅行をしている。週末の逃避行というわけだ。行き先はカリフォルニア、サウスビーチ、そしてアスペン。彼は金持ちだが、それをひけらかすようなことはあまりしない。でも、すごく気前がいい。とにかくものすごく気前がいい。ここの連中の多くは金を持っている。人間は金を持つと、それを見せびらかしたくてしょうがなくなるものだ。でもフレッドは見せびらかしたりしない。そして金を出すときはどんと出す。おれにチップをくれるときみたいに。

今日、彼は十五ドルくれた。おれは言った。ヘイ、ミスター・フレッド、お釣りだよ。すると彼は、釣りは取っておけよ、と言った。オーケー、どうもありがとう、とおれ。フレッドが相手だとおれは黙って靴を磨けばいい。それでも今は彼から最低でも十ドルはもらっている。

彼は来年の夏に結婚するらしい。おれもぜひ結婚式に出席したい。噂では婚約者はそれほどきれいじゃないらしいけれど。でも出席したい。きっと夢のような結婚式になる。ブラジルの結婚式とはまた感じがちがうはずだ。

フロアで二時間ほど過ごすとジェフが電話をしてきて言った。ヘイ、ギル、おまえ、いったい何やってんだ？　おまえの携帯はいつでも話し中じゃないか。それは当たっている。携帯でいとこたちと三十分以上話をすることもあるからだ。電話をかけたり、かかってきたりで。だから請求額がとても高くなっちまうこともある。でも、ここじゃ話をする相手がいないから誰かと話がしたくてつい電話をしちまう。ときどきおれは携帯をかけながら、靴を回収したりする。ここで携帯を使えるのはおれだけだ。

だから、おれはジェフの怒りを買った。おれは言った。あんたはこのフロアじゃ携帯を使えないかもしれないけど、トイレに行けば使えるんじゃないですか？　彼は気はたしかか、とでも言いたげにおれの顔をまじまじと見た。

そして笑い出した。おまえはいったい誰だ？　ＣＩＡか？

ジェフはちょっとした冗談を言ったんだろうが、実際、それはちょっとした冗談ではなかった。

彼は言った。ギル、おまえはぼくたちを警察に引き渡す気なんだろ？　トレードの件か何かで。それで金をもらってるのか？　警察が企業に送り込んでるスパイみたいに。

おれはただ笑っていた。ほかにどうすればいい？

すると彼は言った。ギル、おまえはスパイなんだろ？　そうだ、スパイだ。

どうしてそんなこと言うんです？

スパイだってことはわかってる。

彼はふざけてそんなことを言っていた。おれにはそれがわかっていたが、彼は自分が真実を言い当てていることに気づいていなかった。彼は続けた。そのアクセントも嘘なんだろ？　ぼくは騙されないぞ。おまえはアメリカ人なんだろ？　おれは言った。そうですよ、ミスター・ジェフ。父さんがずいぶんまえに市民権を取得してくれたから。

彼は言った。嘘はもうやめろよ。誰のために働いてる？　ＦＢＩか？　ＣＩＡか？

ジェフはただおれにちょっかいを出していただけだ。冗談でそんなことを言っていただけだ。彼は言った。おまえはほんとはもっと頭がいいんだろ？

彼は知っていた。でも、ほんとうのことは知らなかった。

13 グレッグ

ケヴィンはかつてスティードを知っていた人たちと私を引き合わせようと言ってくれた。だが、私は言った。ありがたいんだが、今回の件は慎重を要するんだ。嗅ぎまわっていることをスティードの耳に入れたくはない——とにかく、今のところは。だが、ある情報源のひとりはケヴィンの話から安全だと思えた。名前はヴァージル・ピータースン。第二次世界大戦をテーマにした映画や西部劇に数多く出演したのち、十年続いたテレビの連続ホームコメディーのなかで、有名な保安官役を演じ、それが当たり役となった。引退まえのピータースンは、著名なプロデューサーだったエイブ・エックスの夫人で、すでに他界したエイミー・エックスと親しい間柄にあり、また隣人でもあった。エイミーは高校を卒業したばかりのスティードを個人秘書として雇った。スティードは四年、ないしは五年にわたって彼女のもとで働き、ふたりはとても親密な間柄になった。ケヴィンの話では、彼女はスティードに高級時計やデザイナーブランドの服を買い与え、ハリウッドで開かれるパーティに連れていき、さらには自分のヨットに乗せて海外での休暇を一緒に過ごしていたという。

「つまり、スティードは若い愛人だったと?」

「というより、息子の代わりだったのさ」とケヴィンは言って、エイミーがカルト教団に入信した実の息子を勘当したいきさつを語った。

ケヴィンはピータースンの電話番号を教えてくれた。ピータースンは現在、パームスプリングスの郊外で馬の飼育をしているという。私は彼に電話をかけ、自分がジェフ・スティードについての記事を書いていることを話した。

「あの子は元気にしてるかい？」そう尋ねたピータースンの声には愛情があふれていた。「もう何年もあの子に会ってない」ピータースンは《グロッシー》の読者ではなかったが、よろこんで話をすると言ってくれた。「私のことはヴァージルと呼んでくれ」

彼の〝なんてことのない小さなポニー牧場〟へは私のほうから出向いていくと申し出た。しかし彼はこう言った。「今はまだ都会からやってきた人間に、四方が岩や牧草だらけの〝リオ・ヴァージル〟の道を歩いて靴を汚してほしいとは思わないんでね。いずれにせよ、ミセス・ピータースンも私もひと晩くらい町で過ごすのも悪くないと思っているんだ。きみがふたり分のステーキとうまいマティーニを何杯かおごってくれるならなおさらね」（その後、〝小さなポニー牧場〟のことを話題にするとケヴィンは大笑いして言った。「小さなポニー牧場だって？　彼があそこで何を育ててると思う？　アラブ種だよ。一頭、二十万ドルもする馬さ」）

ヴァージルはヨシュアツリー国立公園の近くにあるホテルへの行き方を教えてくれた。四時間半ほどのち、私は荒野の真っただなかに建つ、コンクリートの箱にチェックインしていた（酒を飲んだあとにLAまでの真っ暗闇の道を運転したいとは思わなかったので部屋を一泊分予約しておいたのだ）。一面に広がる砂漠のなかで眼にはいるものといったら、車の往来のない、埃っぽいハイウエイの向こうにある、ウェスタングッズを扱う百貨店だけだった。ホテルのレストランでピータースン夫妻と会うまで一時間ほど時間があったので、私はその百貨店をのぞきに行った。店内は客でごった返していた。アメリカンインディアンの鉢や三脚台や人形、そしてたくさんのトルコ石のジュエリー、鋲《びょう》つきのブーツ。なかでも一番人気があったのは、すばらしいカウボーイハットのコレクションだった。私はループタイを買った。その土地で浮いた存在にならないために。

ピーターースン夫妻は五時きっかりにやってきた。七十代後半という歳にしてはヴァージルは大きな男だった。デニムのジャケットにヘビ革のブーツ、そしてものすごくつばの広いステットソン帽——そのつばの上ならフォークソングのコンサートも開けそうだった。おそらく十歳は年下であろう奥方は、ウィノナという名前で、みんなにはウィーと呼ばれているということだった。笑顔は見せるものの、ほとんど会話に加わらない彼女は一マイルはあろうかと思われる房のついたバックスキンのベストに明るいブルーのブラウスを着ていた。そのブラウスはきらきら輝く水色の眼を際立たせていた。

ヴァージルはシャツのポケットに手を突っ込んで写真を一枚取り出した。若いころに宣伝に使っていた、サイン入りのスチール写真かと思ったが、それは近寄りがたい雰囲気をたたえた、初老の女性の写真だった。たとえるなら金襴のドレスをまとったソーセージ、といったところだろうか。彼女はでかい宝石をトラック一台分ほど身につけていた。そして彼女の隣りにはタキシードを着た、カーリーヘアの痩せた若者がにやにや笑いながら立っていた。「エイミーだ」と、ヴァージルは写真を指さして言った。「たいした女性だった。きみも彼女に会えればよかったんだが。こっちがジェフだ。とてもいい子でね、音楽的な才能もあった」

スティードが現在、ウォールストリートでかなりの成功をおさめていることを話すと、彼は強弱のはっきりした西海岸の発音で言った。「まあ、それもまったく驚くには当たらんな」

早い時間のせいだろう、レストランに私たち以外の食事客はいなかった。注文したステーキを口に詰め込むあいだ、ヴァージルは亡きエイミーについて話してくれた――彼女の主催した慈善事業、開いたパーティ、遠隔地への旅行、驚くほど趣向を凝らした、すばらしい家。だが、そういった話は単に、エイミーの亡き夫、エイブと、彼の飛ばした伝説的なジョークについての本格的なスピーチの前置きにすぎなかった。エイブが酔っぱらってまぬけづらになったときの話にはじまり、ボートから落ちる話にいたるまで抱腹絶倒の笑い話が続いた。エイブは人まえで服を脱いだり、小便をしたり、名士といわれる人にとんでもなくいやらしい口を利いたりしたらしい。話の落ちになると、ヴァージルとウィーはその都度発情期の二頭の馬のように頭をうしろにのけぞらせて大笑いをし、涙をあふれさせ、咳き込んだり、息を詰まらせたりしていた。ヴァージルは何度か、ほんとうに腹を抱えなければならなかったほどだった。だがどの笑い話もその場にいなければおもしろくない、といったたぐいのものだったので、私は何度も笑った振りをしなければならなかった。

四杯めのマティーニを注文するためにヴァージルがやっとひと息入れてくれたので、私は尋ねた。「ジェフはいつごろからエイミーのもとで働くようになったんですか？」

「そうだな……十二年くらいまえだったろうか。ちょうどエイミーに癌が見つかったときだよ。ジェフは神からの贈りものだったんだ……神さまからのね。彼女に生きて癌と闘う気力を与えてくれた。当時、彼女の子供たちはジェフほど母親のことを気にかけていなかった。臨終のときも病院にさえ来なかった」彼は今にも六連発銃でガラガラヘビを撃ちそうな顔をして言った。「エイミーは娘とは折り合いが悪かったからな。息子のほうは、もうまともとはいえなかった。かわいそうだが」

「ジェフはエイミーの個人秘書というより、愛人だったと聞いていますが」

「いや、それはちがう。たしかに彼はエイミーにとってすばらしい友人だった。だが、あの子は金を扱わせたら、天才だった。最終的には彼女の資産の運用をすべておこなうようになった――彼女にはそれだけの金があったからね。エイブもプロデューサーとしてかなりの成功をおさめたが、エイミーによれば、ジェフはエイブが遺した金を倍にしたそうだ」

「彼女は金の管理がきちんとできない人だったんですか？」

「いいや、お若いの。彼女は老いぼれちゃいなかった。自分がどんな投資をしているかを知っていた。そうじゃなかったとしても、少なくとも投資のできる人間を見つける術《すべ》は心得ていた。少額の金でジェフに運用ごっこをさせていただけだった。でもあの子には不思議な才能があった。つまりな、彼にどこかの株を選んでもらえば、あとは何もせずに株価が月まで上昇するのをただ眺めていればいいってことだ。ジェフは例のインターネット関連の株でひと財産を築き、かつ、株が暴落するまえにエイミーに手を引かせた。おかげで私も少し稼がせてもらった。彼の助言に感謝しているよ、あの株にかぎってはな。というのも、ときどきあの子はちょっと……やりすぎてしまうんだな。エイミーの弁護士が止めにはいらなければならないくらいに。あるとき、あのわんぱく坊やは株券の複製をつくって、それを売ろうとしたんだ。だが、その株券はエイミーが担保として差し入れていたものだった」彼はクックと笑った。

「エイミーは彼にコミッションを払っていたのでしょうか、それとも決まった給料を？」

「ふたりがどんな取り決めをしていたのか、私も知らなかったんだ。最後までね。彼女の遺言の執行者だったから知ることになったけれど」

　彼は表に極秘と書かれた茶封筒を取り出すと、テーブルの上をすべらせてそれを私に寄越した。

「きみが遺書の内容に興味を持つんじゃないかと思って、持ってきたんだ。だが、これを渡すわけにはいかない――たとえきみが弁護士でも」そう言うと彼はステージ向けの大げさなウィンクをしてみせた。「まあ、十五分くらいなら階上《うえ》の部屋に持っていって中身を読んでもかまわないがね。だが、コピーはするな。それに十五分以内に返したほうがいいぞ。さもないと警察を呼んできみをつかまえなけりゃならん」彼はそう言うと意地の悪い眼でこちらを見た。

　私はエレベーターに乗り込むとすぐに封筒を開け、エイミーの遺書を取り出した。コピーする方法もなければ、それだけの時間もなかったので、部屋にはいるとすぐにトイレに駆け込み、ドアを閉めると早口で内容をテープレコーダーに吹き込んだ。十四分後、私はレストランに戻り、ピータースンに封筒を返した。

　ヴァージルは、まるで盗難車のレクサスSUVの後部座席で一流娼婦といるところを見つかったメキシコ人のちんぴらを見るような目つきで私をにらんだ。「たとえ一語でもコピーしていたら、きさまを殺さなきゃならん」そう言うと彼は、ショルダーホルスターからでかい銃を取り出してそれをまっすぐ私の鼻先に突きつけた。私は顔面蒼白になっていたにちがいない。というのもすぐにヴァージルとウィーが体をふたつ折りにして笑い出したからだ。「きみは若いから私の出ていた番組を見てないんだろうな」彼は眼から流れ落ちる涙をぬぐいながら言った。「私は毎回、今のせりふをしゃべっていたんだ。いわばひとつの決めぜりふだな。『きさまを殺さなきゃならん……』」

私は最後にもう一度笑った振りをした。もうこれ以上笑った振りはできなかった。「まったく、ちびりそうなくらい驚きましたよ。おっと、下品なことを言ってすみません、ウィノナ」

「あら、あなた」と彼女はその日はじめてことばらしいことばを発した。「そんなのわたしの生まれた場所では〝こんにちは〟くらいよく聞くことよ」

「きみはどうして私が遺書を見せたか不思議に思っているんじゃないか？」とヴァージルが言った。

図星だった。エイミーは遺産のほとんどを息子と娘に遺していた。ジェフには少しの私物と一万ドルしか遺されなかった。とすると、この遺書はいったいどんな意味を持つというのか？

「まあ、ここからがほんとうにおもしろい話なんだ。今となってはきみに話したところでなんの害もないだろう。もう昔の話だし、彼女の子供たちも遺言の内容はちゃんと認めているし。死期が近いことを知ったとき、エイミーに近い人間はふたりいた。ジェフと管財人のケン・ストランドだ。彼女はそのふたりにそれなりの額の現金を遺してやりたいと思っていた。というのも父親が信託財産を設定しておいたから、子供たちに現金は必要なかったんだ。それに彼女は子供たちにそれ以上の金を渡したら、彼らがまったく駄目な人間になってしまうだろうと考えていた。しかし、ジェフとケンに金を遺せば、子供たちは欲をむきだしにして遺書に異議を申し立てるにちがいない。そこでジェフがひとつの計画を思いついた。それはパナマにペーパーカンパニーを設立し、彼がそれを管理するというものだった。ペーパーカンパニーについては知ってるかい？」

もちろん知っていた。パナマには法人税はなく、会社の設立者は本名を報告する義務もない。本名は設立者本人の所有する無記名株券のうちの一枚に書かれているのがせいぜいだ。パナマ政府は情報の開示を求められても、パナマ国内で犯罪行為がおこなわれないかぎり、現地法人の名称しか公開しない。

「それでジェフはエイミーに、そのパナマのペーパーカンパニーから鉱区と石油の採掘権を取得するための約束手形に署名させた。そしてその手形は彼女が亡くなったときに遺産から振り出された。彼女の子供たちに遺産が渡るまえにね。彼女がジェフとケンに遺してやりたいと思った金は思いどおり彼らの手に渡った。そして子供たちはいまだにそのことを知らない」

それがスティードが若くして富を得た理由だった。そのやり方は違法というわけでも不道徳というわけでもなさそうだったが、高校を卒業したばかりの小僧がやるような芸当ではないような気がした。

そのときはもうすでに三人ともぐでんぐでんに酔っていたので、私はそれぞれにコーヒーを注文した。ヴァージルは慎重に新たな話題を持ち出した。その話を懐で温めていたのは明らかだった。

「きみのところの雑誌を一冊買ったよ。正直な話、非常に感銘を受けた。非常にね。それで思ったんだ。この私に、い、い、いついての記事を載せてはどうか、と。読者も保安官ビリー・ボブの馬の飼育方法にかなり興味を持つんじゃないだろうか。なんといっても、彼らはビリーが馬にまたがるのを何十年と見てきたわけだから」

「ヴァージル、そりゃ、なかなかいいアイディアだ」その時点で私は相当に酔っていて、何をしゃべっているのかほとんどわからない状態だった。

ヴァージルは六杯めのマティーニの残りで私と乾杯すると、老齢化した前立腺という事情があって男子トイレ《リトル・ボーイズ・ルーム》に行かねばならない、と言った。

彼が声の届かないところへ行ってしまうと、ウィーは不意に話し出した。「わたしはね、彼のことはあんまり好きじゃなかった」このときの彼女はジンを飲んで悲しみにくれる役にぴったりだった。化粧も髪もひどい状態になっていて、ことばも不明瞭だった。

「ジェフ・スティードのことですか?」

彼女は明らかに自分の意見を口に出す機会を待っていた。「そう。ドアノブについた鼻水みたいにいやらしい男よ。いつもころころと態度を変えてた。いわゆる投資ってやつのせいで彼は何度かエイミーを面倒に巻き込みそうになったのよ。たしかオハイオのなんとかっていう保険会社がからんでたんじゃないかしら。いうまでもないことだけど、彼女にはあの子なんか必要じゃなかった。金の亡者、それがエイミーよ。だから息子さんも母親との関係を断ったのよ。それに、エイブが亡くなる五年ほどまえ、エイブとエイミーはＦＢＩの尋問を受けていた。インサイダー取引の容疑で。エイミーはお姉さんから情報をいくつか手に入れていたの。ＦＢＩは何も証拠をつかめなかったけれど、わたしは知ってる。だってエイミーはその情報をヴァージルに話したんだもの。ヴァージルは話を聞くと株式ブローカーのところへすっ飛んでいった。あの人たちがみんな刑務所に行かずにすんだなんて奇跡だわ」

「ウィー、いったいなんの話をしてるんだい?」ヴァージルが戻ってきた。

「エイブがアヴァロン半島で船から落ちて、翌朝、打ち上げられた救命ボートのなかでパンツに魚を入れたまま見つかったときの話よ」

「やれやれ、あの話か」

14 グレッグ

一泊三百九十五ドルだった私の部屋の料金は金曜には一泊六百九十五ドルに跳ね上がろうとしていた。私は〈ポロ・ラウンジ〉で飲むことにさえうんざりしはじめていた。エドから命じられた、この世でもっとも楽な仕事は失敗に終わりそうだった。ほかのすべてのものと同様に。私のせいで十一月の特集記事はなしだ。運がよければエドから餞を言い渡されたあとに《モダン・ブライド》で本の書評を書く仕事をもらえるかもしれない。マーシーに宛てたEメールは次第に捨てばちで辛辣なものになっていった。「至急インタビューをする必要あり。インタビューができない場合、弊誌は特集記事をアンジェリーナ・ジョリーに変更予定」

これ以上は引き延ばせないというときになってようやく、ミス・Aリストはブーゲンビリアのあいだを悠然と進んできた。その姿は肘にぶら下がった〈エルメス〉のバーキンとよく合っていた。「スケジュールのことではいろいろとごめんなさいね」と彼女はそう言って身を乗り出し、私の眼をのぞき込んだ。そして「撮影が夜だったから」と言いわけすると、椅子に深く腰掛けた。「あまり怒ってらっしゃらないといいのだけれど」

「まったく怒ってなどいませんよ。もっとひどい場所で足止めを食うこともありますから」

彼女は笑って言った。「それでも、普段はここよりいい暮らしをしてらっしゃるわよね。お住まいはニューヨーク?」

私はうなずいた。「どうしてご存じなんですか?」

彼女はにっこりした。「単なる勘よ」

続く二時間のあいだ、彼女は快活に自分の人生を語った。ジュリアード音楽学校で学んだかつての日々にはじまり、「欲に支配されて選択を誤らないように」と決意し、ビッグチャンスをつかむまでの話を。私はニーナからアドバイスされたとおり、読者の唯一の関心事である質問は最後の最後まで取っておいた(といっても、きわどい質問は最後に取っておけ、さもないとインタビューはその場で打ち切りになるというジャーナリズムの黄金律をニーナなどから聞く必要があったわけではないが)。インタビューが終わりに近くなるころには、酒を何杯か飲んだせいで私の舌はなめらかになっていた。彼女の舌もそうであってほしかった。

「こんな質問をするのはちょっと気が引けるんですが」と私はおそるおそる切り出した。「コリン・ファレルとはおつき合いをされてるんですか?」

ミス・Aリストは心持ち顔を赤らめて、〝わたしのお粗末な性生活〟に関心を持つ人がいるなんてびっくりよ、という顔をしてみせた。

「すみません……でも、読者はこういうことに興味深々なものでしょう?」

「わたしは独身よ」そう言うと彼女は私の手に自分の手を軽く触れさせた。「あなた、わたしと結婚してくださる?」彼女は息を呑むほどセクシーな低い笑い声で私を包み込んだ。どんな屈強な男もとろとろに溶かしてしまう笑い声だった。

翌日、ハリウッドで今はやりのレストランの外へ出ると、車を待つ彼女の姿があった。「ハイ」と私は声をかけた。「こんなふうに会うのはもうやめにしたほうがいいね」すると彼女はにっこり微笑んで、私にチケットを渡した。彼女は私のことをレストランの駐車係だと思ったのだった。

15　ギル

おれはエディに言った。ミスター・グレッグが助けになってくれる。するとエディが訊いてきた。その人、弁護士を雇ってくれるのか？　おれは言った。エディ、ものごとはそうスムーズにはいかない。でもな、ミスター・グレッグは力のある人だ。それにすごい実力者なんだ。彼が今回の件をすべて記事にすれば会社は金を払わなきゃならなくなる。おまえに対して。エディは言った。いくらだい？　おれは言った。エディ、のんびりかまえてろ。今回の件を記事にするのには時間がかかるんだ。

エディの気分をよくしようと、おれは彼と一緒に金曜の夜、〈フロー〉に行った。飲みもの代から何からすべておれが支払った。〈フロー〉はクールなスポットだ。そこでリル・シーズを見た。ビギーの友だちだった男だ（ビギーはもう死んじまったが、体のでかい男だった。ヒップホップグループ、〈ジュニア・マフィア〉のラッパー、ノトーリアス・BIGだ。リル・シーズもかつてはビギーと、そしてその後はリル・キムと一緒にグループを組んでいた）。そう、それでその日、リル・シーズに会ったんだ。実際のリル・シーズは、五フィート四インチくらいの小男だった。おれは彼のところへ行って声をかけた。ヘイ、調子はどうだい？　というのも、彼がソロアルバムを一枚しかリリースしていないことを雑誌で読んでいたからだ。たしか、九九年か二〇〇〇年のリリースだった。アルバムの売り上げは十三万八千枚。かつての有名ぶりを考えるとくそみたいな売り上げだ。ヒップホップ界でもっともクールな男と一緒にグループを組んでいた男としては。

彼はビデオで見た感じとはちがっていた。すごく貧相だった。くすんで見えた。彼としゃべったとき、おれは全然ゲットーっぽいことばを使わず、こう言った。あんたの最新アルバムを買いましたよ。二曲くらいすごくいいのがあったね。すると彼は言った。そう、それはどうもありがとう、ファム。ファムってのは家族《ファミリー》同然って意味で、ヒップホップの連中のことばだ。なあ、調子はどうだい、ファム？　みたいにいうのを聞いたことがないかな。

エディはナターリアというコロンビア人の女の子と話をしていた。とてもきれいな子だ。彼女は低所得者向けの公営住宅に住んでいて、エディの知り合いだった。おれは言った。エディ、あの子、よくこのクラブにもぐり込めたな。公営住宅に住んでるんだろ？　彼は言った。ああ、DJの知り合いなのさ。

彼女はすごく高級な服を着ていた。外見だけじゃ、どこに住んでいるかなんて絶対にわからない。歩き方も決まっていた。おれは今まで彼女に会ったことはなかった。彼女のほうもブラジル人とはあまりつき合いがなかった。彼女は二十二歳くらいに見えた。おれと同じくらいの歳だ。そこでおれたちは話をはじめた。彼女はヘネシーばかり飲んでいた。DJが友だちだから、ただでヘネシーが飲めるのだ。DJがチケットを持っているから彼女はそこへ行くだけでいい。ひと晩じゅうただで酒が飲めるというわけだ。

おれはレッドストライプ（ジャマイカのビール）を飲んでいた。おれたちはずっとそこで飲んで、飲んで、ただひたすら飲んでいた。そのうちナターリアが言い出した。ねえ、地下に行きましょうよ。地下ではファンクや古いロックなんかを流していた。足取りはかなり危なっかしかったが、彼女は階段を降りるときもヘネシーを手に持ったままだった。おれは彼女のうしろについて階段を降りていった。エディは彼女のすぐ隣りにいた。そして、地下まであと八段というところで彼女は足をすべらした。そんなところで足をすべらせたら、尻で階段を降りることになる。ヒャー！　飲みものがぶちまけられた。エディはぶっ飛んじまったのか、彼女を見てただ大笑いしていた。それを見ておれも笑っちまったが、やつにこう言った。そういう態度は女の子に対して失礼だぞ、と。だが、当のナターリアも笑っていた。腕とお尻が痛いと言いながら。酔っぱらっていたから、気分を悪くすることもなかったんだろう。

おれたちはそこでなんとなく朝の四時までたむろしていた。その後、いきなりナターリアがおれにキスをして、舌をからませてきた。だが、彼女は酔っぱらっていた。それがドラッグのせいなのか酒のせいなのかはわからなかったが。おれは彼女とは関わり合いになりたくなかった。相手の女性がしらふのときは話もするが、相手が酔っぱらっていたり、ドラッグをやっていたりすると、もう話す気がなくなるのだ。

おれたちは朝の四時に店を出た。ナターリアは家に帰れないほどへべれけだった。おれは彼女をタクシーに乗せ、自分の家に向かった。母さんはボストンの友だちのところへ泊まりに行っていていなかった。結局、おれたちは一緒に寝た。ただ、眠っただけだ。翌朝、彼女は眼を覚ますと言った。あんたって、生まれてはじめて女の子を家に連れ込んだんじゃない？　おれは言った。まあ、そんなところだ。

それからおれたちは市《まち》へ出た。彼女が映画代を払った。普通、女性は男の映画代を払ったりはしない。でも、彼女は払った。払いたがった。ピザレストランに行ったとき、おれが食事代を出したから、彼女はおれの映画代を払わなきゃと思ったんだろう。おれは言った。払いたいならどうぞ。

日曜日、おれたちはファビオにつき合って、やつの車でヨンカーズの〈ホーム・デポ〉へ出かけた。ファビオは母親のために修理しなければならないものがあった。やつは店にはいり、おれとナターリアはふたりでそのまま外にいた。彼女は言った。ねえ、こういう状況ってわたしの理想なの。日曜日、わたしの夫はすごく早起きをして家の修理をするの。家じゃなくてもいいけど、とにかく修理が必要なものを修理するわけ。それが彼女が結婚生活に求めるものだった。おれは黙って彼女の話を聞いていた。彼女は言った。夫にするなら面倒見のいい人じゃないと駄目ね。おれは言った。へえ、なるほどね。すると彼女は言った。でね、夫はわたしのためならなんでもやってくれるの。ああ、それこそ完璧な結婚生活よ。おれは言った。なあ、いつかそんな旦那が見つかると思ってるのかい？　一生無理だね、まじめな話。

すると彼女は言った。ねえ、あんたってそんなだから恋人ができないのよ。おれは言った。きみはおれが何人の女の子とつき合ってきたか知ってるのか？　知らないだろ？　彼女は言った。男はみんな浮気性よ。おれは言った。きみのそのご立派な旦那はいつまできみに我慢できるんだろうね。きみみたいな女の子と結婚することがわかったら、おれならすぐさま別れるね。彼女は言った。お好きにどうぞ。

人はたいてい誰かとつき合うようになると、その人との関係は将来どうなるのだろうと考える。男に関してナターリアの頭に常にあるのは、男をコントロールしたいという考えだそうだ。彼女はさそり座生まれだから。おれの母さんもさそり座だからよくわかる。母さんも同じような考えの持ち主だ。まったくさそり座の女は恐ろしい。誰かが自分のことをさそり座と言ったら、おれは、うちの母さんもさそり座だよ、と言ってその人から逃げ出す。おれは水瓶座だ。水瓶座生まれには自由が必要だ。それにいろいろなタイプのたくさんの女性とつき合えるという能力も持っている。

ところが、だ。おれが生活のために靴磨きをしていることをナターリアに話しても、彼女はそのことを気にしなかった。そして言った。恥じることなんてないわ。あんたはたくさんお金を稼いでいるし、いい仕事をしてる。彼女が気にしないってことはおれにとって重要なことだった。女の子たちに話しかけると彼女たちはおれの職業を訊く。おれの職業を訊かない女性、たとえ訊いてもそれを気にしない女性、ただおれを見て好きになってくれる女性――そういった女性たちはおれの話を聞けば、おれがいずれ生活レベルをあげていける男だってことをわかってくれる。おれはそういう考え方をする女性が好きなのだ。

おれは誰かについて知りたいことがあれば、その人と話をする。その人がおれのことを好きになってくれるとしたら、それはおれがその人といろいろな話をしたからだ。おれがなんの仕事をしてるか、どんなものを持ってるかは関係ない。ナターリアはおれの気に入ることを言ってくれた。おれもナターリアの気に入ることをしゃべった。それでおれたちはお互いをちょっと好きになった。

もしおれが金持ちで、アパートメントや車を買い、今よりいい服を着て、今より高級な場所に出かけていって、そしてそこで女の子に出会ったら、その子はおれのことをいったいどう思うだろうか？　あら、彼は素敵な車を持ってる。あら、彼には家もある。でも、彼女がおれという人間を好きになることはないだろう。

いつもそんな考えが頭のなかにある。たとえこの先、金持ちになってもおれはブラジルの女の子と結婚するつもりだ。金がないふうを装ってブラジルへ行き、一ヵ月か二ヵ月そこで過ごす。そして相手がほんとうにおれのことを好きかどうか見きわめるのだ。

16　ギル

今日、ミスター・ジェフの顔を見に行くと、彼は言った。CIAのお出ましだ！　最近、彼はたいていおれのことをそう呼ぶ。CIA、と。まえはいつもシュー・ドクターと呼んでいたのに。まあ、どう呼んでくれてもかまわないが。それにしても彼はどうかしちまったんだろうか？　おどけているつもりだろうが、態度が大げさすぎる。おそらく本性を隠そうとしているんだろう。

ミスター・ジェフの横にはマシューが坐っている。テキサスから来た研修生だ。ミスター・ジェフはマシューにいろいろなことを教えている。ここの人たちは研修生が来るといろいろなことを教え込まなければならない。そういうわけで、ミスター・ジェフは午後から時間を取って、マシューに一から十までを教え込んでいた。

研修生のほとんどはどこか間が抜けてる。みんな、くそ生意気なガキどもだ。どういう基準で選ばれているのかは知らないが。彼らはおれを見ると、なんだってここに靴磨きがいるんだ？　って顔をする。だが、もちろん口には出さない。ただ、おれのまえを通り過ぎるとき、とんでもなく場ちがいなものを見るような眼を向けてくる。あいつらはみんなくそ辺ぴな場所《ウエスト・バブルファック》で学校にでもかよっているんだろう。バブルファックってのはファビオが遠い場所のことを言うときに使うことばだ。やつは言う。なあ、ウェスト・バブルファックへ行こうぜ。なんだか世界の果てに行くような感じだ。

たいていの研修生たちが学校でやることといったら、せいぜい勉強するかパーティするかだろう。だから、ほんものの都会の生活ってものを知らない。ビルのなかで靴磨きが働いているってことを知らない。たぶん、靴磨きなんかで生活が成り立つんだろうかと不思議に思っているんだろう。彼らはトレーダーのひとりから、彼はギルだよ、と紹介されてもおれと握手しようとはしない。おれの手が汚れていて、そんなものにさわったら自分たちの素敵な服まで汚れちまうと思っているからだ。

けれども、そんな研修生たちのなかでマシューだけはおれとも気軽につき合う。いつもおれと握手をする。おれの手についた靴墨で服が汚れるのもおかまいなしだ。

マシューは以前、ジョージ・ブッシュの娘のひとりとつき合っていた。嘘じゃない。ブッシュの娘にちょっかいを出したってわけだ。その子の家に電話をかけるといつもジョージ・ブッシュはマシューのことを〝くそガキ〟と呼んでいて、まるで知り合いを嫌うようにマシューのことを嫌っていたらしい。これは正真正銘ほんとうの話だ。

マシューは二十歳の、よくいるさらさらのストレートヘアの男で、すごくお洒落だ。〈グッチ〉みたいな高級な服は着ないが、どんな服を着ればいいかよくわかっている。彼の父親は金持ちだった。でも、エンロン事件とはまた別の、似たような不正行為をして刑務所に入れられていた。合法的に見せかけて金を盗むのは、誰かの頭に銃を突きつけて金を盗むのとはちがうが、それでも多くの人が彼の父親のせいで金を失った。父親は連邦刑務所に収容されているそうだ。

その話をしたのはマシュー本人だ。おれは思った。なるほど、こいつはタフになろうとして父親が刑務所に行った話をしているんだ、と。彼はちっともタフなタイプには見えなかったけれど。おれはフレッドに向かって言った。ミスター・フレッド、マシューの話を聞いたかい？　彼はすぐ近くに坐っていた。そして言った。ああ、それはほんとうの話だよ。だが、彼のお父さんは、なんというか、ホワイトカラー向けの刑務所にいるんだよ。彼みたいな人がほんものの刑務所に行くと思うかい、ギル？　彼がいる刑務所ではシャンパンも飲めるし、ゴルフだってできる。おれは言った。ほんとうに？　いったいそれはどんな刑務所なんだい？　彼は言った。金があるとそういう刑務所にはいれるんだよ。おれは言った。なんとね。

おれはミスター・ダミアンのところへ行った。彼はすごい額の金を稼ぐ人たちのグループのデスクにいる。そこは一見の価値がある。おそらく彼らは企業の合併みたいなものを商売にしている。そのグループのなかで誰が金を稼いで、誰がさほど金を稼いでいないか、おれは知っている。とにかく知っている。

ミスター・ダミアンはこの会社で一番おもしろい人だ。黒人だけれど、実力がある。頭が切れる、典型的なビジネスマンだ。身だしなみもよく、七百ドルもする靴を履いている。

ミスター・ダミアンはどちらかというと、昔気質《むかしかたぎ》の黒人だが、白人に対する口の利き方をよく心得ている。仕事でも私生活でも抜け目がない。そしてボスだ。ほんものの。口がうまいし、言うことも恰好いい。おれたちはいつも女の話をする。おれはこう訊いたことがある。ダミアン、あんたは結婚してるのになんで年じゅう出かけたり、女の子の話をしたりしてるんだい？　すると彼は言った。かみさんは弁護士なんだよ。おれは言った。へえ、奥さんのこと好きじゃないのかい？　彼は言った。好きじゃないね。

で、彼は社内で一番眺めのいい場所を知っている。パントリーの入り口が見えるところだ。パントリーではチョコレートバーやガムやスナック菓子を売っていて、コーヒーを淹れるマシーンや電子レンジやシンク、それに小さな冷蔵庫なんかが置いてある。だから、たくさんの女性がこぞってそこへ行く。

ダミアンはパントリーの入り口の近くに坐り、通り過ぎる女性たちをただじっと眺める。女性はみな、ソーダやあれやこれやを仕入れにパントリーのなかへはいっていく。彼が坐っているあいだ、おれはそこで彼の靴を磨く。すると彼が言う。ちくしょう、ただ見てるしかできないなんてな、ギル。彼女たちにちょっとでも触れようもんなら、おれは馘になっちまう。彼は超がつくほどおもしろい。彼のことは大好きだ。ときどきおれは彼につき合ってそこに一時間くらい坐っていることがある。

そこで靴を磨いていると、女性たちが向こうからやってくるのが眼にはいる。でもダミアンの坐っている角度からだと彼女たちが見えないときもある。そんなとき、おれは彼の靴を指で軽く叩く。ちょっと、ちょっと、右を見て、右だよ。すると彼が言う。おいおい、すげえな！　彼女の資産《アス・エット》（本来の単語asset（アセット）を、わざとass（尻の意、アス）で切って発音している）はどのくらいだと思う？　おれは言う。ヘイ、ダミアン、そんなの知るか。ときどき痩せこけたアメリカ人の白人女性を見ると、彼は紙を一枚手に取ってこう言う。ギル、これを見てみろよ。ここに何か見えるか？　たしかに手に持った紙を横の角度から見たら、何も見えない。ただ一本の線が見えるだけだ。おれは言う。なるほど。彼は言う。これはまさにあの子のケツだよ。

　あるときミスター・ダミアンが言った。なあ、知り合いにスペイン人の女の子がふたりいるんだが、おれはどう接していいかわからないんだよ。でも、おれはスペイン人女性の好みをよく知っているふうに見せかけたいんだ。おれは言った。それなら、その女の子たちのボーイフレンドになりたいって言えば、彼女たちはその日の晩に身を捧げてくれるよ。それはまちがいない。おれはスペイン人の子ふたりと経験がある。彼女たちは話をしたとき、乗り気には見えなかったが、実際はやる気満々だった。おれは彼女たちにこう切り出した。ガールフレンド、っていうかつき合う相手を探してるんだ。彼女たちは、へえ、と言った。そしてすぐにやらせてくれた。

　それからそのパントリーの近くで一時間くらいミスター・ジャレドと立ち話をした。彼は〈アレン・エドモンズ〉の靴を履いている。服装は地味だ。ここで働く若僧の多くはそういう地味な服を着る。実際は二十三歳でももっと年上に見えるような努力をしている。そうすれば尊敬されるからだ。だが、ジャレドってやつは働かない。なんの仕事をしているのかは知らないが、とにかく働かない。見た感じは金持ちで、買いものが大好きだ。このあいだも外出したと思ったら、千ドルもするDVDを買ってきた。嘘じゃない。ジャレドのところへ行くと、彼はたいていコンピュータでゲームをしている。インターネットでゲームをダウンロードし、ビリヤードとか野球とか、ほかのちょっとしたゲーム——チョコレートバー〈スニッカーズ〉のサイトからダウンロードできる——をして遊ぶ。インターネットを使って賭けごとをしていることも多い。野球賭博とかそういったものを。それが彼のやっていることだ。

おれは彼に話しかけた。よう、ジャレド、あんたの仕事は最高だね。おれだって仕事中は賭けなんかできないのに。彼は冷静だ。ものすごく冷静な男だ。おれは訊いてみた。なあ、ジャレド、インサイダー取引ってどんなものだい？　おれはグレッグがインサイダー取引ということばを口にするのを聞いていた。でも、それについておえらいさんには訊きたくなかった。それじゃ、注意を惹きすぎる。ジャレドは言った。どこでそんなことを聞いた？　おれは言った。ここの会社の人だよ。それをやると逮捕されたりするんだろ？　ジャレドはおれのほうを向いて言った。ギル、たとえばおれに長いつき合いの信用できる友人がいたとする。で、おれたちはそれぞれ別の会社に勤めているんだが、そのことを知る者は誰もいない。知っていたとしてもそれはその友人が親しくしている連中だけだ。で、その友人はおれに電話をかけて指示する。おれはその指示に従い、誰よりも先に、ある株を買う。なぜかって、その株で大金が稼げるからだよ。でも、大金が稼げるのは友人が情報を流してくれたおかげで、ほんとうはやっちゃいけないことなんだ。その株の取引をしているのはその友人だから。彼はその株については一から十まで知ってる。その場合、それは違法行為なんだ。おれは言った。なるほど、わかったよ。でも、そんなことでほんとうに逮捕されるのかい？　彼は言った。もちろん。おれは言った。へえ、最近は何をやっても逮捕されるんだな。おれはこのあいだ回転式改札口《ターンスタイル》を飛び越えて逮捕されたよ。彼は笑い出した。馬鹿を演じることもときには必要だ。何かについて誰かに尋ねたり、質問をするときには、馬鹿げたジョークを飛ばさなきゃならない。そうすればこっちがほんとうのまぬけだというイメージを相手に植えつけることができる。質問された連中は思うだろう。ふん、こいつはほんとうに馬鹿だな。こいつになら何をしゃべっても害はない。

今日、リンジーに頼まれて彼女のブーツを磨いた。今思うと、なんであんなことを言っちまったのかよくわからないが、とにかくおれは彼女にこう言った。リンジー、ちょっと話したいことがあるんだ。リンジーは言った。なあに？　おれは言った。なんでおれがあんたのことをすごく好きか、わかる？　彼女は、つき合ってくれ、みたいなことを言い出すんじゃないかって眼でおれを見た。でも、おれはこう続けた。なんであんたのことをすごく好きかっていうと、ここで働きはじめたころ、あんたはおれを見くだしたりしなかったからだ。いつでもおれのことをひとりの人間として見てくれていた。それがすごくうれしかった。ほんと、感動した。だからおれはあんたを尊敬してる。おれがそう言うと、彼女は眼に涙をためたりはしなかったけれど、驚いた顔をした。口がO《オー》になってた。そしておれに二十ドルくれた。でも、おれは金が欲しくてそんなことを言ったわけじゃない。ほんとうにそう思っていたから言ったんだ。

17 ギル

月曜日、おれたちはみんなでラドロー・ストリートにあるバーに行った。そしてそこでナターリアは酔っぱらい、おれもある程度酔っぱらった。で、おれは言った。なあ、ファビオ、しばらくここで時間をつぶしていてくれないか？　彼は言った。わかった。そこでおれはファビオのスバルを借りてナターリアとともにルーズベルト島へ行った。ルーズベルト島の最南端では、たいていの人がマリファナを吸っている。死んだみたいにひっそりとした場所だ。そこへ行って彼女に夜景を見せた。美しい夜景だ。マンハッタンのすべてが見渡せる。ライトがきらめいて高層ビルがとてもきれいだ。

夜景を見て彼女は言った。ねえ、すごく素敵ね。おれたちは話をしながら車に戻った。そして車に乗り込み、キスをはじめた。彼女はとてもきれいに見えた。すべてが情熱的で愛にあふれていた。彼女のことをすごく好きだと思った。もう、彼女以外何も要らないと思った。そのくらい彼女はきれいに見えた。クレオパトラみたいだ。ストレートヘアで服のセンスもいい。おれにとっては完璧な女性だ。それにおれと一緒にいたいと思ってくれている。

でも、彼女は本気でおれに惚れちまったようだった。結局、おれたちは火曜日も一緒に過ごした。すると彼女はおれに、ガールフレンドはいるかとか、あれこれ質問をしてきた。そして、あんたのことすごく好きよ、と言った。なんで？　とおれが訊くと、彼女は言った。ゲットーの人じゃないから。ゲットーっぽくないもの。おれは尋ねた。どういう意味だい？　すると彼女は言った。ゲイっぽいってことよ。おれは言った。本気でそんなこと思ってるのか？　それなら今すぐ、ゲットーっぽくふるまってやろうか？　お望みならおれだっていくらでもゲットーっぽくなれるんだぜ。彼女は言った。駄目よ。そのままのあんたが好きなんだから。髪型も個性的だし、服のセンスもいいし、ほかにもいろいろ理由はあるけど。おれは言った。わかったよ。でも、なんでおれがゲイっぽいんだい？　彼女は言った。あんたの話し方よ。ゲイの人たちってたいていすごく丁寧なことばを使うの。おれは思った。なるほど。女の子ってのは丁寧な話し方も好きだし、ゲットーっぽい話し方も好きだってことか。でも、おれはどちらかというとゲットーっぽく決めたい。そう言うと彼女は言った。やめてよ。

そして彼女は言った。で、わたしたちは？　おれは言った。「わたしたちは？」って何が？　これからも会ってくれる？　と彼女。ああ、いいよ。とおれ。でも、彼女の望みはおれをボーイフレンドにすることだった。おれはまだそこまでは考えられなかった。問題は彼女がおれを支配したがるってことだ。おれはそういうのは好きじゃない。今はまだいろいろな人と会ってみたい。

それでも、いまいましいことに彼女はおれを夢中にさせる。ふたりしておれの家へ行くと家には誰もいなかった。で、おれたちはなんとなくこそこそしながら、そこで二時間半過ごした。ほんとうは誰かが家に来る心配などなかった。母さんは働きに出ているからだ。ナターリアとおれは少し酒を飲んだ。ところが、彼女はおれの上に乗っかってきた。そして言った。この体位、好きでしよ？　おれは言った。降参だ。すると彼女はおれの首をつかんだ。おれは思った。くそっ、この女、おれの首を絞めるつもりだ。おれは慌てて彼女の両腕をつかんだ。そしてしばらくしてから、なんで首を絞めたのか訊いてみた。すると彼女は言った。いいじゃない！

彼女には用心しなけりゃならない。こういう女の子のことは知っている。勘が鋭いのだ。ヒップホップの歌詞にもあった。彼女たちの望みはまずセックス、そして次がボーイフレンドだ。

ファビオも忠告してくれた。ナターリアと出かけるのはかまわないが、絶対、絶対、ほかの女の子と一緒のところを見つかるなよ。彼女とのつき合いがうまくいかなくなったあとに、おまえがほかの女の子と出かけたりしているのがバレたりしたら、彼女に人生をめちゃくちゃにされるぞ。それこそ、超がつくほどめちゃくちゃにされる。ファビオがそんなことを言ったのは、その朝、スペイン人の女性たちが登場するラジオ番組で彼女たちの話を聞いたからだ。ボーイフレンドが浮気をしたら、どう復讐するかという内容だった。彼は言った。なあ、絶対、絶対、浮気はするな。嘘をつこうなんて気も起こすな。もし嘘がバレたら、おまえは終わりだ。ナターリアはブラジルの女の子みたいに泣き寝入りはしない。コロンビアの女の子は泣かずに行動に出る。

まったくそのとおりだった。おれがほかの女性を見ているのに気づくと、ナターリアは怒り狂う。そしておれの腕に強烈なパンチを浴びせて言う。なんでほかの女を見なきゃならないわけ？

木曜日、おれとナターリアはアストリアのブラジル人向けのナイトクラブへ行った。でも、そこへ行くまえに喧嘩をしたから、店にはいったあとはお互いに眼を合わせようともしなかった。ブラジル人っていうのはそういうところがある。喧嘩したあとにどこかへ出かけたら、近くに坐ることさえしない。人それぞれやり方はちがうんだろうが、そうやってお互いに自分が強いってことを示そうとするのだ。相手のことなんか全然気にならないってことを。おれは知り合いの男たちと狂ったように飲みはじめた。ナターリアも二杯くらい酒を飲んでいたが、おれたちみたいにむちゃな飲み方はしなかった。おれはコロナを六本にテキーラを何杯か飲んでいて、すでにべろんべろんに酔っていた。

店内におれ好みのブロンドの女の子がいた。完全に酔っていたおれは、彼女に話しかけた。彼女もまんざらではなさそうだった。おれは言った。ちょっと外に出よう。話があるんだ。外に出たおれは、すぐ近くの角から一ブロック離れたところにその子を連れていってキスをしようと思っていた。で、その角から二歩離れたときだった――それはまちがいない――誰かが振り絞るような声でおれの名前を叫ぶのが聞こえた。アアァギラール。おれは凍りついた。文字どおり。そしてそのとき握っていたブロンドの女の子の手を放して言った。あの……ほんと……悪いんだけど、今のはまえのガールフレンドなんだ。振り返りはしなかった。チャンスがあればおれは逃げ出すか駆け出すかしたと思う。そうしなかったのは、ナターリアをなんとかなだめようと考えたからだ。さもないと彼女におれの人生をめちゃくちゃにされるからだ。まちがいなく。ブロンドの子はおれを見て言った。何それ？　おれは答えた。ごめん。

振り返ると、ナターリアが膝をついているのが見えた――まるで、祈りを捧げているみたいだった。嘘じゃない。彼女は泣いていた。両手を固く、固く握り合わせて、息を荒らげていた。心臓発作でも起こすんじゃないかと思ったほどだ。おれはその姿を見て何を言えばいいかわからなくなった。現場を押さえられていたからだ。すると彼女は立ち上がった。まわりにいた女の子たちが彼女を押さえてくれた。一緒にクラブに来ていた子たちだ。ナターリアはおれに殴りかかったが、女の子たちが彼女を押さえ、それを止めてくれた。

おれと彼女は別々の車で帰らなければならなかった。おれにも彼女にもなだめてくれる友だちが必要だった。おれたちのせいでみんなが愉しむはずだった夜が台無しになった。家に着くと、彼女は何もしようとせず、ただおれに質問を浴びせた。彼女とつき合ってるの？　彼女が好きなの？どうしてわたしにこんな仕打ちをするの？　あんたがブロンドを好きなのはわかってる。彼女はひと晩じゅう泣いていた。おれは言った。ごめんよ、ナターリア。きみを傷つける気はなかった。酔っぱらってたんだ。こういう状況ではとにかく冷静になる必要がある。動揺したままじゃ、言いわけのことばも出てこないからだ。

18　グレッグ

「で、彼女とやっちゃったの？」

アニーは冗談でそう言ったが、同時に私の眼にわずかでも罪悪感が浮かぶのではないかと探ってもいた。普段、彼女は嫉妬したりしない。だが、プールサイドで映画女優にインタビューするためにまるまる一週間ホテルで過ごしたことなど今まで一度もなかったのだ。

「彼女はそういうタイプの女性じゃないよ……でも、結婚してって言われた」

「どういうこと？」その口調からすると今や彼女の警報装置《アラーム》はオンになっていた。

「いや、ちょっとした悪ふざけだよ。彼女、ニューヨーカーが意外におもしろいってことに気がついたのさ。もっと頭でっかちでくそまじめな人間だと思っていたみたいだから」彼女が私をレストランの駐車係と勘ちがいしたことは伏せておいた。

「また彼女に会うの？」

「おいおい、ハニー、単なる冗談だって。彼女はおれなんかに興味はないよ。聞いたところじゃ、彼女、コリン・ファレルとつき合ってる。それを認めさせることはできなかったけどね。ネギはもっと細かく刻んだほうがいいかな？」

アニーはものすごい勢いで肉をミンチにしていた。「いいえ、それでいいわ」

家で夕食をつくるときはアニーが料理長だ。メニューを決め、材料を合わせ、味つけをする。私は下ごしらえと皿洗いの担当だ。つくっていたのは韓国風マーボードーフだった。アニーの両親は韓国人だが、アニー自身は生まれも育ちもジョージア州だ。父親はそこでケミカルエンジニアとして働いていた。顔は美しい東洋人なのに南部訛りの英語を話すところが、私がアニーに惹かれた理由のひとつだった。

「カリフォルニアに滞在中、このあいだきみにも話した〈メドヴェド、モーニングスター〉のトレーダー、ジェフ・スティードについて調べる時間があった。彼はもともとカリフォルニアの出なんだ」

「へえ、そうなの」

「これはかなりでかい記事になるかもしれない。スティードは子供のころから犯罪体質だったことがわかったんだ」

「ミス・Aリストとプールサイドにいてよくそんなことがわかったわね」

「勘弁してくれよ、アニー。まじめな話なんだぞ。これはおれにとって重要なことなんだ」

「ごめん。でも、ひとりのトレーダーが違法行為をしたことがそんなに大きな記事になると本気で思っているの?」

「ひとりのトレーダーの違法行為はたいてい多くのお友だちの告発につながるのさ。八〇年代のはじめに逮捕された、〈ドレクセル・バーナム〉のトレーダー、デニス・レヴァインのことは覚えてるかい?」

「なんとなく」

「証券取引委員会《SEC》がレヴァインを摘発すると、調査の手は関係者すべてに及び、最終的にはイヴァン・ボウスキーやマイケル・ミルケンにまで伸びた。たしか、関係者のなかには〈ウォッチテル、リプトン、ローゼン・アンド・カッツ〉のやり手弁護士もひとりいたはずだ」

「ああ、思い出した。あれは大事件だったわ」

彼女がトーフのなかにコチジャン——韓国の唐辛子入りソース——を入れてかき混ぜたので、私は皿に載せたキム——ゴマ油と塩で味つけされたノリ——を出した。トーフとライスをキムと一緒に食べようと思ったのだ。普段はキムだけをポテトチップのように食べるのだが。

今はふたりで韓国料理をよくつくるが、それは皮肉といえば皮肉だった。出会ったころのアニーは韓国料理を一切食べなかったからだ。学校で唯一のアジア人——実際は唯一の非白人——だった彼女は大変な苦労をした。そのときのことを話すと、いまだに怒りがこみ上げてくるらしい。弁当箱に詰められたキムチや両親の下手な英語のことでは同級生みんなにからかわれた。母親がつくる料理のせいで家のなかには変なにおいがぷんぷんしていた。肌が浅黒いせいで、みんなからシャワーも満足に浴びられないのかと言われた。よその家へ遊びに行くと、うちの飼い犬を食べる？と訊かれた。

人とちがうということが引き金となり、自分の殻に閉じこもってしまう者もいる。だが、アニーの場合はより強く、より外向的になった。雑誌やテレビ番組を研究して女優たちが着ているような服を母親に買わせ、弁当はピーナッツバターとジャムのサンドウィッチにしてくれるように頼んだ。学校で料理の持ち寄りパーティがあり、母親にスンドゥブ・チゲ——トーフ入りの辛いスープ——を持たされたときは、途中でそれを捨て、教師には忘れてきたと告げた。

彼女は卒業生総代を務め、その学校で初のハーヴァード大への進学者になった。大学ではアジア人の学生たちに誘われても彼らのグループにはいろうとはしなかった。外国人であることを克服しようと今までがんばってきたのに、今さらアジア人のグループにはいりたいなどとは思わなかったのだ。彼女の友だちはみんな白人だ。ときどき、彼女が私を選んだのは彼女の見つけた男のなかで私が一番色が白かったからじゃないかと思うことがある。

だが、三十二歳にしてアニーは自分の文化の原点を見つけ出す努力をはじめた——遅ればせながら、と言いながら。失ったものを見つけようという気持ちが強くなったのだ。

「スティードは高校を出たてで、パナマにペーパーカンパニーをつくり、裕福な女性の相続人たちを騙して自分がその女性の金を相続した」

「そんなことをしてなぜつかまらずにすんだのかしら?」

「実際、彼がやったことは違法ではないんだ。その女性はスティードに金を遺したいと思っていた。自分の血を分けた子供たちは金を相続するに値しないと考えていたから」

「それなら彼はどんな罪を犯したというの?」やはり、アニーは弁護士だ。

「今の話は彼のずる賢い行為の一部にすぎない。ほかにも、担保として差し入れられていた株券の複製をつくってそれを売ろうとしたなんて話もある。これはもちろん、違法だ。それに銀行の書類に母親の筆跡を真似て署名した。つい最近では、トイレの用具入れのなかで携帯電話を使っているところを清掃係に見つかっている。インサイダー情報をもとに取引をおこなっていないなら、わざわざそんなところで携帯を使う必要はないはずだ」

「ガールフレンドに隠れて誰かと浮気してるのかも」アニーは眼を大きくしてみせた。「冗談はさておき、もしそれがインサイダー取引に関わる事件なら、あなたはいったいどんな話を書くつもりなの？」

「一度法を破ったやつはもう一度法を破る。ウォールストリートの連中は資産を持つことは全知全能であることと同じくらいの価値があると考えているんだ。金持ちになればなるほど賢く立ちまわれると考えている。つまり、自分たちには法の手も及ばないと。そうやって連中はしばらくのあいだは罪を免れる。でも少し経つと不注意になる」

「それであなたは、ええと、あの靴磨きの子……」

「ギルだ」

「……その子の密告を当てにしているわけね？」

「ギルだけじゃない。あの会社すべてに――清掃係や秘書やゼロックス係に至るまで――ネットワークを張っているよ。トレーダーは彼らには注意を払わない。彼らの姿などほとんど眼にはいらないんだ」

アニーは腰をあげ、木の香りのする食後のお茶――ボリ茶を淹れた。「うまくいけば特ダネになるかもね」

彼女は私のやることをすべて支持してくれる。私はアニーのそんなところが大好きだった。聡明な人間からドジじゃないと思われているなら、きっと私はドジじゃないんだろう。

「映画化の可能性もあるわね」と彼女は続けた。「ミス・Aリストがうまく立ちまわればセクシーな秘書役は彼女のものかも」

「そんなことになったら誰かさんがやきもちを焼くんじゃないかい？」

「焼いてほしいくせに」

おそらく、私とアニーが結婚しない（そしていまだに別々のアパートメントを借りている）理由はひとつしかないといえるだろう。韓国にいる彼女の親戚の存在だ。彼らはアニーにつき合っている相手がいることは知っているが、その相手は韓国人だと思っている。もし私が白人だと知ったら、憤慨するにちがいない。彼らの信条である韓国国民としての誇りは、アニーがここアメリカで味わった人種差別と同じくらい私を打ちのめした。だが、アニーによれば、その誇りは在韓米軍の存在に大いに関係があるという。韓国でも米軍の軍人と結婚する女性はいるが、その場合、往々にして相手の軍人の学歴は低く、また女性のほうもほとんどが下層階級の人間らしい（韓国では人々の意識のなかに厳格な階級制度が存在するのだ）。つまり女性が白人の男とつき合うのは、その女性が韓国人男性にふさわしくないから、つまり相手にされないからだと決めつけられてしまうのだ。白人は次善の策というわけだ。

だが、正直に言えば、私とアニーにとって韓国にいる親戚たちの存在は今のところ別段問題になっていなかった。私たちはまだ子供を持つ覚悟ができていなかったのだ。とりわけアニーはいくつか問題を抱えていた。子供を産めなくなる年齢が近づくにつれ、また休みには際限なくベビー・シャワー（赤ちゃんを祝うパーティ。出産予定の母親に友人が贈りものをする）へ出かけるようになるにつれて、不安な気持ちがいっそうふくれ上がっているようだった。彼女は妊娠をまるで大学の科学実習か何かのように考えていた——体内で成長するエイリアン、コントロール不可能なエイリアンだと。フルマラソンを二度完走した熱心なランナーである彼女は、自分にこう言い聞かせようとした。出産なんて、短距離を何本か走るくらいのこと。わたしの得意とすることよ。だがそう思えるのもつかの間で、すぐに子供を産んだ友人から出産のときは体がふたつに引きちぎられそうだったという話を聞かされるのだった。

　アニーは子供を産んだあとに、太って老婆のように体がたるんでしまうことを心配していた——そうなってもグレッグはわたしのことを魅力的だと思ってくれる？　私はこの市《まち》にセックスの対象となるママさん《MILF》（マザー・アイド・ライク・トゥ・ファックの略）がどれだけたくさんいるかを指摘した。だが、彼女は友人たちから〝妊娠太り〟は最後の五キロがどうしても落とせないという話をいやというほど聞かされていると言った。

　いい母親になれるかどうかも彼女の心配の種だった。こごとを言いすぎる母親や細かいことにまで口出しをする母親になって、子供に嫌われたりはしないだろうか？　子供にとってよい手本になれるだろうか？　払うべき犠牲に腹を立て、知らず知らずのうちに子供に怒りをぶつけたりしないだろうか？　生まれてきた子供を好きになれなかったらどうしよう？　彼女は言った。そんなときはリセットボタンを押して最初からやり直したくなると思う。そんなことを考える自分が恐ろしいわ。

　またキャリアへの影響という懸念もあった。彼女の話では、子供を産むことについて問題はないというのが会社の方針だった。ただし、六週間後には子供を産んだ素振りなど一切見せずに仕事に復帰し、顧客への請求できる時間を減少させないこと――それが会社の要望だった。赤ん坊と過ごすために六週間以上の休暇を取りたいなどと言ったら、それまで歩んできた出世コースからはずされるのだ。

それでは私自身は子供を持つことをどう考えているか？　まあ……みんなやっていることだし、いつかは子供を持つべきだとは思う。それに私が父から与えられたよりもいい教育を子供に与えるという愉しみや、私の小さな分身が走りまわるのを眺めるという愉しみもある。しかし、《グロッシー》における問題が私を悩ませる。明日にも仕事を失うかもしれないのに、どうして子供を持とうなんて気になれる？　実際、アニーは高給取りだが、私は主夫になりたいとは思わない。うちのアパートメントにもひとり主夫がいる。バリバリのキャリアウーマンである奥さんが仕事に出かけているあいだ、彼はこづかいを稼ぐため自分の子供と一緒に他人の子供の面倒をみている。そして許可もなく共同スペースを使って誕生パーティを開いたりしている。もしその男みたいになれば父が何ていうか、その声が聞こえてきそうだ。

19　グレッグ

　ギルがヤンキースの試合に私を招待してくれた。彼はあるトレーダーの靴を一ヵ月間無料で毎日磨き、試合のチケットを手に入れたのだった。ファビオやエディは誘わなかったんだ、とギルは言った。あいつらには試合の内容が理解できないから。彼らはテレビで野球放送が流れているといつもこう訊くらしい。「いったいどういうルールになってるんだ？」

　太陽が照りつける暑い午後、私たちは三塁側の最前列に坐っていた。地元ヤンキースがレッドソックスにこてんぱんにやられる姿がはっきり見える席だった。ギルと私はふたりして添加物まみれのホットドッグを食べ、ビールをしこたま飲んで、ほかの観客と一緒に大騒ぎをし、選手たちに向かってヤジを飛ばした。

　ギルのスパイ行為はあまり実を結んでいなかった。そこで私はローナに働きかけてはどうかと言った。「エディを助けられる人物に会ったと彼女に話してくれ。だが、私が《グロッシー》の記者だということは伏せてほしい——彼女を警戒させてしまうから」

「彼女は気にしないと思うけど」とギルは言った。

「いいから言うとおりにしてくれ。きみの話では、彼女はあの会社の何人かを刑務所にぶち込めるくらいの、いわば秘密を知っていると言ってたんだろ？」

「ああ、そう言ってた。彼女は会社の連中のことならなんでも知ってる。そうそう、まえにミスター・ビグローの靴を磨いていたとき……」

「きみはビル・ビグローの靴を磨いているのか?」

「ああ、いつも磨いてるよ」

「なんで早くそれを言わないんだ。彼はどんな人間だ?」

「落ちついた感じの人だよ。やたらとでかいオフィスを持ってる」

ビグローはウォールストリートの伝説だ。何年かまえ、彼のプロフィール記事を書いたことがあるが、彼から聞き出せたのは趣味――ブリッジをすることと、コネティカットにある土地でアンティークローズ（さまざまな改良が加えられているモダンローズ以前につくられた系統のバラのこと。オールドローズの呼称のほうが一般的）を栽培すること――の話だけだった。おかげで、人から聞いた話をもとに彼の経歴の欄を埋めなければならなかった。ギルも言っていたが、ビグローは生まれながらの金持ちではない。南部の貧しい家の出で、アメリカンフットボールの奨学金をもらって地元の州立大学へ進んだ。そして朝鮮戦争に従軍したのち、ニューヨークへやってきたが、私立の名門大学をひいきにする会社は、アイビーリーグの学位もなく、名門の家柄でもない彼に興味など示さなかった。そのため彼は〈メリル・リンチ〉タイプの証券会社からキャリアをスタートさせるしかなかった。その後、小さな会社に転職したビグローは、ずる賢く、口汚いことで有名なその会社の創立者が愛してやまないもの――ブリッジ――を覚えてなんとか彼に取り入った。創立者が引退すると会社を引き継ぎ、瞬く間に収益をあげてその会社を急成長させた。そして長い年月をかけ、過去の自分とはまったくちがう名門出のワスプというイメージをつくり上げた。

ビグローは自分が昔気質《かたぎ》の価値観を持つ男であることを誇りに思っていたが、彼の従業員はその価値観を単なるケチの婉曲表現だと――ボーナス時にはひときわ声高に――言っていた（彼がまわした有名な社内メモのひとつは、社用車の使用を制限することを勧告していたが、その理由は〝歩くことは体によい〟しかも〝かかる費用は革靴の代金だけ〟というものだった）。ビグローは再婚しているが、それは単に最初の妻に先立たれたからだ。ひとり息子は成人していて、私がプロフィール記事を書いたときにはバーテンダーの仕事をしていた。顔が青白いことを除けば、彼は父親に瓜ふたつだった。

だが、いくら上品ぶってみても仕事となればビグローは抜け目のない策士だ。乗っ取りや合併といった激動の時代を乗り越え、今の地位に君臨し続けているのだから。

20 ギル

ミスター・ビグローは最高経営責任者《CEO》だ。半端じゃなく歳をとっている。七十歳くらいだ。はじめて彼に呼ばれたとき、ローナが言った。ねえ、ひょっとしたら、あなたはビグローに気に入られるかも。彼はこの会社のオーナーなのよ。そこでおれは言った。へえ。じゃあ、もしすごく気に入ってもらえて、こっちから頼み込んだらこの会社に雇ってもらえるかもね。なんたってここの社員全員を、すごい額の金を稼いでいる人たちを雇ったのは彼なのだ。彼が望めば、フロアで犬を散歩させることもできる。ミスター・ビグローの価値は金額にしたら二億五千万ドルはくだらないだろう。

はじめて彼のオフィスへ行ったときはびびっちまった。あそこはこのビルのなかでもちょっとちがう場所にある。特別専用エレベーターに乗らないと行けない。三十階でエレベーターを降りるとドアがふたつ見える。エレベーターホールをはさんで左右にガラスのドアがあるのだ。ビッグボス、ミスター・ビグローがいるところへは、やたらと長い廊下を進まなきゃならない。もっとも、そこを歩くのは気分がいい。トイレに置いてあるものも壁に掛けてあるものもすごいものばかりだからだ。映画に出演しているような気分になれる。『マトリックス』みたいな。とにかく何もかもがすごい。

廊下の先には受付の秘書が坐る素敵なデスクが見える。秘書はプエルトリコ人のきれいな子だ。それに感じもいい。おれがはじめて受付に行ったときは微笑みながら、ハイと言ってくれた。秘書のなかには挨拶さえしないやつもいるのに。それから彼女は電話でほかの秘書を呼び出した。ミスター・ビグロー直属の秘書だ。たぶんその直属の秘書はビグローに確認を取っているんだろう。おれはその場で待たされた。十分か二十分くらい。待つのはどうも好きじゃない。二十分はとても長い。その後、そのもうひとりの秘書はただおれを彼女のところへ連れていかせるためだけにわざわざ年寄りの黒人警備員を寄越した。おれはミスター・ビグローのオフィスへ連れていかれるものだとばかり思っていた。

まあ、それはどうでもいいことだ。とにかくおれは彼のオフィスへやってきた。やたらとでかいオフィスに。そこでおれは思った。たまげたね、ここの窓はでかいなんてもんじゃない。壁全体が窓だ。一度でもあそこへ足を踏み入れたらみな思うはずだ。ここはこのビルのどの場所ともちがう世界だ、と。まず絨毯からしてちがう。その上を一歩でも歩いたら足が沈み込んじまう。おれは足を踏み出すとき、靴を脱ごうかどうしようか考えた。靴を履いたままでいいのかどうかわからなかったのだ。それに絨毯を汚したくなかった。泥や靴墨なんかのことを考えると。もしこの絨毯を汚したら、おれはきっと馘にされる。こういうすごい場所のおえらいさんを怒らせたら、おれなんか消されちまう。そして彼らはそのあともずっとおれに腹を立てつづけるのだ。

銀のふたをかぶせた昼食の皿がミスター・ビグローのところへ運ばれてきた。この階の奥のどこかでつくられた料理だ。オフィスには棚いっぱいの本や絵やほかにもいろいろなものが山ほどあった。たぶんトイレもあるんだろう。というのも、隠れたところにドアがあって——おれはそこがトイレだと思うんだが——そこから彼が出てくるのを見たからだ。オフィスにはいったとき、彼の姿が見えないと思ったらそのドアから出てきたというわけだ。オフィスに置いてある家具は木製の古いものだ。彼はやたらとでかい机に電話を置いて、そこですべての仕事をこなしている。まるくて小さなテーブルがくっついたソファや、古めかしい椅子もある。すべてが木製だ。

彼の真正面には大きな薄型テレビが置いてあり、すべての株取引を常時映し出している。彼はほかの番組は見ない。おれはてっきり彼がＥＳＰＮ（スポーツ専門チャンネル）を見ているのかと思っていた。なぜって、オフィスにはスポーツ関係の絵や、おれの知らないトランプゲームをしている人たちの絵がやたらとたくさんあったからだ。絵のひとつには署名があったけれど、誰が描いたものかは質問しなかった。おれはただその絵を眺めた。ローナの話では、その昔、金融業界で働きはじめるまえ、彼は毎日アメフトをしていたらしい。トランプゲームのほうはいまだに毎日やっているらしい。

はじめて会ったとき彼に、やあ、元気かいと言われ、おれは、はい、元気です、サー、と答えた。彼は言った。よろしい、それじゃ靴を磨いてもらおうか。おれは言った。わかりました。彼の靴は、〈グッチ〉は〈グッチ〉でもひと昔まえのものでバックル部分が緑と赤のイタリア国旗で飾ってあった。古いスタイルだった。最新の〈グッチ〉みたいにスタイリッシュじゃない。彼の服は趣味のいいネクタイにズボン吊りといった、とてもきちんとしたものだった。シャツは白地に赤のストライプ。なかなか着こなしがうまい。髪の毛はうしろになでつけられていた。おれが靴を磨いていると、彼は電話をかけて相手に言った。ヘイ、ジョージ、元気かい？　例の取引なんだが……

なんとかかんとか。取引の話になるとおれは、へ？　って感じでさっぱりわからない。電話が終わると彼は新聞を手に取って読んだ。《ウォールストリート・ジャーナル》だ。そしてやたらとでかい葉巻に火をつけ、それをモクモクと吹かした。ひどいにおいがした。

おれは三十分くらいそのオフィスにいた。部屋のなかを見まわしたりして時間をつぶして。でも靴磨きには五分もかからなかった。そして三ドルもらった。彼は料金がいくらかさえ訊かなかった。おれは、料金は四ドルですよ、サー、と言おうとした。そうしたら六ドルくれるかもしれないと思ったからだ。だが、先に彼から、どうもありがとう、と言われてしまった。

ミスター・ビグローの靴を磨いたら、きっと二十五ドルか三十ドルくらいはもらえるはずだ――誰もがそう考えるにちがいない。だが、彼はいつも三ドルしかくれなかった。五千万ドルも年俸を取っているくせに。嘘じゃない。去年の年俸はそのくらいだったとローナが言っていた。彼はコネティカットに一千万ドルもする豪邸を持っている。金持ち連中はたいていコネティカットやウェストチェスターに家を買う。ニュージャージーに家を買う人はあまりいない。

この会社でミスター・ビグローのことを好きな人はいない。去年、ほんのひと握りの人たちを除いて、誰にもボーナスを出さなかったからだ。みんな、彼のことを嫌っている。あの野郎は金をひとり占めしやがった、と言っている。彼が大金を手にしたのに対し、ほかのみんなはくそほどの金ももらえなかった。だからみんな、彼に腹を立てている。彼をいい人だと思うやつはここにはいない。

おれにとっても問題だった。彼のオフィスへ行くと五分から三十分は待たされる。だからその時間の分だけ、おれは金を稼ぎそこねていることになる。それに彼からもらえる料金は三ドルだけだ！　彼はその三ドルすら持っていないときもあって、そんなときは秘書に払わせる。すると彼女は毎回こう尋ねる。彼はいくら払っているの？　三ドル？　だからおれもミスター・ビグローが嫌いになった。どれだけ時間を割いても、どれだけ丁寧に靴を磨いてやっても、一年ものあいだ、彼はいつも三ドルしかくれなかった。で、おれは思った。この人はいくら金があっても、それを人にやったりはしないんだ、と。

そこで、秘書から電話がかかってきてもそれを取らないことにした。彼の靴を磨くのはもうまっぴらだった。理由は金だけじゃない。おれに対する態度もひどかった。かなりいやな野郎だ。葉巻だってくさくてしようがない。

そうこうするうち、おれは彼とロビーでばったり会った。すると彼が話しかけてきた。何か問題でもあったのかい？　どうして靴を磨きに来てくれないんだい？　おれは答えた。別に問題なんてありません。で、そのあと秘書のところへ行って何が問題かを彼に伝えてくれと頼んだ。秘書はおれの言ったままを彼に伝えた。

その後、彼がどんな行動に出たかは話しても信じてもらえないかもしれない。彼は言った。いいか、ギル？　私がほんとうに好きなのは足のマッサージなんだ。靴磨きなんてどうでもいい。ただ足をマッサージしてもらいたい。そうしたらきみに二十五ドルあげよう。ただし、少なくとも三十分はマッサージしてもらうぞ。

そういうわけで、おれは彼のオフィスに三十分間はとどまらなきゃならなくなった。それにして彼も妙じゃないか？　おれは靴を磨くのが仕事だから、ブラシを持って彼のオフィスに行く。ときたら、あああああぁと言って、たいてい居眠りをはじめる。だだこんな男が年に五千万ドルも稼ぐなんて。

何度かミスター・ビグローのもとへかようううちに、彼は毎回ちょっとした自分の話をしてくれるようになった。彼は言った。父が生きているとき、まともに父と話をしたことは一度もなかったよ。おれと父さんとの関係では考えられないことだ。おれは父さんのことを彼に話した。まえはそれほど仲よくはなかったけれど、今は仲がいいのだと。彼は言った。私の父は息子たちのことなど気にかけなかった。二十年ものあいだ、私は一度も父とは口を利かなかったよ。

彼はおれに、高校を卒業しろ、と言う。高校に戻って大学へ進むんだ、私だってそういった道のりを歩んできたのだから、と。おれは彼の若いころにそっくりらしい。若いころ、働かざるを得ない状況にあった彼は懸命に働き、学校へ行った。でも、彼の話はなんだか嘘くさかった。どうしてかはわからない。おれからすると彼はごくごく普通の金持ちにしか見えない。だが、おれに、学校へ戻れ、なんて言ってくれるのはミスター・ビグローだけだ。

まあ、彼は例外かもしれないが、おれからするとここの連中はみな、これまでずっと楽な道を歩んできたように見える。彼らが一生懸命働いていないという意味じゃない。彼らの出た学校のことだ。ここにはレベルの低い学校を出たやつはいないし、そういう学校に行かざるを得ない境遇のやつもいない。彼らはアメリカでも指折りの大学の出だ。仲間内でも自分がどこの大学――シラキューズ大学やジョージタウン大学、またはニューヨーク大学といった――を出たかなんて話をよくしている。ラガーディア・カレッジなんてくそみたいな学校を出たやつはいない。そんな大学を出たなんて話も聞いたことがない。

たぶん彼らは、両親が卒業したからという理由で両親と同じ学校へ入学する。いうなれば家を建てるようなものだ。土台がしっかりしてなけりゃ駄目だってことだ。親は最初から子供をいい学校へかよわせ、子供も例外なくその学校が好きになる。いい学校にかよい、いい環境で育つ。この仕事場のほとんどの連中がそういった人生を送ってきている。おれの眼にはそう映る。

今じゃ、ミスター・ビグローのところへ行くたびに言われる。ギル、学校へ行き直せ。なぜ学校へ行くべきか知りたければ私のいとこの話を聞きなさい。彼は孤児だったんだ。そうやって彼はいつもその話をはじめる。おれは靴を磨きながらつい笑っちまう。同じ話をもう五十回は聞いているからだ。彼からは何度も何度もその話を聞かされていた――だからね、孤児だったいとこは、ある日、私の伯父の養子になった。そして学校へかよいはじめた。その後、彼はある大学を卒業し、さらに別の大学も卒業した。最初はメールルームから仕事をはじめ、そのうちその会社のマネジャーになった。そして八十三歳で――それが今の彼の年齢だ――三十億ドルの資産を持つまでになった。

おれは言った。すごい。で、いったい彼はその数十億の金で何を買ったんです？　ロレックス？　デナリ（〈ゼネラルモーターズ〉のトラック製造部門、ＧＭＣの高級ＳＵＶ車）？　それとも薄型テレビ？　するとミスター・ビグローは言った。私が言いたいのはそういうことじゃない。きみは望めば高校に行き直せるということを言いたかったんだ。それからな、金は貯めておくんだぞ。私のいとこは生涯を通してずっと金を貯めていた。おれは尋ねた。なぜですか？　なぜそんなことをするんです？　あの世に三十億ドルの金は持っていけないのに。するとミスター・ビグローは眼をつぶってしまった。おれは彼の靴にブラシをかけた。

けれども、二億五千万ドルもの価値のある人で、おれみたいなちっぽけな男の存在を認め、気にかけてくれる人がいったいどれだけいる？　そんな人はめったにいない。彼が気にかけてくれるということは——すごいことだ。だからもし彼に、ちょっと靴ひもを買ってきてくれ、と言われたら、おれはすぐにすっ飛んでいく。それくらい彼を尊敬している。

21　ギル

ローナ、おれの知り合いがエディを助けられるって言うんだ。おれは今日、彼女にそう切り出した。すると彼女は、どんな人？　と訊いてきた。おれは言った。まえに〈ユーリの靴修理店〉でよくその人の靴を磨いてた。すごく力のある人だ。その人、弁護士？　と彼女。そうじゃないけど、とにかく大物だ、とおれ。するとローナは言った。わかった。わたし、その人に見せたいものがあるの。そういう次第でグレッグに電話をかけると、彼はローナの言っていた見せたいものにひどく興味を持ったようだった。そして言った。どこで会う？　いつ会う？　ぜひエディも連れてきてくれ。

おれはよくクィーンズにあるクラブ、〈カリオカ・ファイネスト〉へ行く。くつろいだ気分になれるからだ。そこはブラジルそのものだ。店に来るのはほとんどがブラジル人だが、スペイン人やギリシャ人、それにアイルランド人なんかも来る。いろいろな人種が混ざり合ってる。服装も問題ない。ブラジル人は普段はあまりめかし込んだりしない。だが、たまにめかし込んで別人みたいになるのも悪くない。その店で酒を飲み、女の子を眺め、ときには彼女たちに話しかけたりする。それがおれの愉しみだ。そこに行くとたいてい、しばらく会っていなかった知り合いに会う。ブラジル人はやることがなくなるとみな同じ場所に集まるのだ。三、四年、会っていない連中に出くわすこともある。そうなると話題には事欠かない。やあ、ここんとこ、どうしてた？　どんな仕事をしてるんだ？　彼らは詮索好きだ。仕事がうまくいってると答えればねたまれるし、うまくいっていないと答えれば非難される。

ミスター・グレッグとローナがその店を気に入ってくれるといいんだが。おれは、ぜひとも彼らを愉しませなけりゃって気になっていた。彼らにブラジルの文化を感じてほしかった。愉快な気分になってほしかった。彼らが来たら、おれがいつもそこで過ごしている夜と変わらぬ夜になるといいと思った。客たち――素敵な人間ばかりだ――がみんな、飛んだり跳ねたりしながら愉しく過ごしている、そんな夜に。そうなればきっと愉しい。知ってる店の話を友だちにして、実際にその店へ友だちを連れていったら、自分が話したとおりの店であってほしいと誰でも思うはずだ。だが、おれは思い直した。ミスター・グレッグはああいったでっかいクラブには馴染みがないかもしれない。人でごった返す場所にも、いつもかかっている音楽にも。

せっかくあの店に彼を連れていっても、彼が店をちょっと見ただけで帰っちまったら意味がない。とにかく彼が愉しんでくれて、何も問題が起こらないこと、それがおれの望みだった。日曜になるとおれは心配になってきた。ひどく心配になって思った。頼むから今夜だけは、いい雰囲気になりますように。ミスター・グレッグを招待するってことはおれにとってはすごいことだ。彼はおれとはちがう種類の人間だ。彼のことはすごく尊敬していた。彼がユーリの店に来るようになってから、ずっと尊敬していた。彼が店にかようようになると、この人はやさしい人だな、と思った。おれの話にきちんと耳を傾けてくれたからだ。あそこで働いていたとき、そんなふうにおれの話を聞いてくれる人はいなかった。普通はちょっと話をして、チップを渡したら帰っていく。彼は時間などおかまいなしにおれと話をしてくれた。

だから、彼に会ったときエディの話をした。彼は言った。ちょっと聞いてくれ。すばらしい考えがある。そのことを私が記事にするよ。おれは思った。そんなのは嘘だ。彼はただおれを厄介払いしようとして言ってるだけだ。まあ、いい。彼はずっとおれにやさしくしてくれた。でも彼の話は信じない。彼はただはったりをかましているだけだ。エディの話が記事になるはずがない。そんなことなどあるはずがない。でも彼はおれがその話を信じていると思ったらしい。おれは成り行きを見ようと思った。ところが、だ。どうやら彼はほんとうにエディのことを記事にするつもりらしかった。

おれとちがってミスター・グレッグはクィーンズのことをよく知らない。そこでおれは事前にマンハッタンにある馴染みのレストラン、〈ブラジル・グリル〉でナターリアと一緒に彼と会うことにした。今の仕事に就くまえは、レストランで食事をするのは苦手だった。父さんも母さんもあまりレストランへ連れていってくれなかったからだ。覚えているかぎり、生まれてから父さんと母さんと一緒にレストランへ行ったことは三回しかない。だからレストランへ行ってもどう振る舞えばいいのかまったくわからなかった。どうやってフォークを手にステーキをカットするかなんて知らなかった。いつも母さんに切り分けてもらっていたからだ。レストランでの作法を知らないのに、その作法をちゃんと知ってる人たちに囲まれて食事をするのは変な気分だった。なんだか場ちがいなところに来た気がした。

レストランへ足を踏み入れた瞬間から、人はおれに注目する、と思っていた。おれの動きや食事のしかたやどんなことをしゃべっているかに眼を光らせる。おれはずっとそんなふうに思っていてそれが煩《わずら》わしかった。ナイフを落としたらどうやって拾うか、どうやって咀嚼《そしやく》するか。そんなことを考えるのが煩わしくてしかたなかった。だからレストランで食事をすると落ちつかない気分になった。レストランへ行くと思う。なんてこった、おれは除《の》け者だ。雰囲気だって話し方だって服装だってほかの人たちとは全然ちがう。すごくみじめな気分だ。以前はいつもそんなふうに感じていた。でも、そのうちほかの人たちをよく観察するようになると、彼らはおれのことなど眼中にないことがわかった。みんなそれぞれ自分の好きなように振る舞っていた。店に来るにも、ジーンズにスニーカーだったり、ナイロンバッグを持っていたり、髪の毛がぼさぼさだったりする。ひと皿分の料理の代金さえ払えないんじゃないか――そんなふうに見える人たちもいた。

先週、ナターリアとファビオ、それにファビオのガールフレンドを連れてイタリアンレストランへ行った。おれ以外は店にはいってメニューを見てもなんて書いてあるのかわからなかった。全部イタリア語だったからだ。もちろん、発音のしかただってわからない。結局、これはうまいけど、これはまずいよ、なんて説明できるのはおれひとりだけだった。別に自分がちょっとえらくなったような気になったわけじゃないが――嘘じゃない――みんなが知らないことを知っていて、それを教えてやるのはすごく気分がよかった。ほかの客たちもおれに注目し、おれがどんなふうに振る舞うかを見ていた。

レストランが好きなナターリアだが、そのときはおれの態度を少しばかり鼻持ちならないと思ったらしい。けれども、おれ以外の三人は膝にナプキンを置くことさえしなかった。そんなことなどまったく気にかけなかった。細かいことなんかどうでもいい、って感じだ。それでもおれはナターリアにレストランでの作法を教えようとしたが、ほっておいてと言われた。かなり気まずい思いをさせたのはわかっていたが、彼女にはそういった作法を覚えさせてやりたかった。だが、それは彼女にとってはどうでもいいことだったらしい。

ナターリアはなんとなく母さんに似ている。常に自分のやり方が正しいと考えるところが。そういう人間に何かを教えようとすると、彼らはこっちが優越感にひたりたいからそうするのだと考える。でも、おれは優越感にひたりたいわけじゃなかった。ただ、自分が感じた気持ちを彼女たちにも感じてほしかった。そうすれば、彼女たちだって気分よく食事ができる。誰かとレストランに行ったり、よその家に招待されたとき、変な眼で見られずに食事ができる。

22 グレッグ

私はタイムズスクエアのすぐ近くの〈ブラジル・グリル〉でギルとナターリアに会った。ナターリアはグラマーできれいな子だったが、とてもおとなしかった。私は彼女をリラックスさせようと、(薄手でカラフルな)ブラウスや(凝った細工で、揺れるタイプの)イヤリングを誉めたり、大皿からバカリャオ(タラのすり身を焼いたもの)やサーロイン(ギルは〝サーリーオン〟と発音していた)のあぶり焼きを取ってきて、常に彼女の皿がいっぱいになるよう心掛けた。三人でライムと砂糖とカシャッサ(サトウキビのリキュール)を混ぜた甘酸っぱいカクテル、カイピリーニャ(ギルの説明によるとポルトガル語で〝ぶっ倒れる〟という意味らしい(カイピリーニャは正確には〝田舎のお嬢さん〟という意味))をしこたま飲んだが、ナターリアは一度も私の顔を見ようとはせず、質問に答えるときもとても小さな声で、ほんのふたことみことしゃべるだけだった。

あとになってギルから聞いたところによると、彼女は自分がまちがった英語をしゃべりはしないかと神経質になっていたらしい。それに彼女は今まで一度も男性に食べものを取り分けてもらったことがなかった。ラテンアメリカではいわゆる男らしい男は女性に食べものなど取り分けない。取り分けてもらうだけだ。そういったことに気づいてやるべきだったのかもしれないが、家で給仕をするのが当たりまえになっている私はそこまで気がまわらなかった。

ギルが膝の上にナプキンを置くように言うと、ナターリアはすごい目つきで彼をにらんだ。そしてスペイン語で（ギルがあとで英語に訳してくれたところによると）〝いつからそんなにえらくなったの？〟と言った。

ディナーのあと私たちは、ギルがファビオから借りてレストランの近くに停めていた車に乗り込んで出発した。車はふらふらしながら、なんとかほかの車をよけ、たまに道を逸れながら進んだ。まえに割り込む車があるとギルはハイビームをチカチカさせた。私の胃はリオのカーニバル状態になっていた。そしてアストリア——もともとギリシャ人居住区で現在は、アラブ人、ブラジル人、イタリア人、セルビア人、ポーランド人、中国人、韓国人、そしてインド人といったさまざまな人種が住むようになっている——に向かってクィーンズボロ・ブリッジをわたるころには、ギルが運転免許を持っているのかどうかさえあやしいと思いはじめていた。

十一時くらいにクラブに到着した。店内にはスモークガラスを張りめぐらした広くて真っ暗なロフト、バーが三つか四つ、そしてダンスフロアがあった。客はほとんどいなかったが、ファビオはもう来ていた。デートの相手のほかにもうひとり女の子を連れていて、私にいとこだと紹介した。あとになってわかったことだが、ブラジルではロシアの独身女性のことをいい、いとこというらしい。ファビオはハンサムな青年で、スポーツクラブで鍛えた体にぴちぴちの黒のTシャツとペッグトップパンツ（腰まわりがゆったりとして、すそに向かって細くなっているパンツ）がよく似合っていた。デート相手の女の子は小柄な可愛らしい子で、黒い巻き毛がふさふさしていた。いとこのヴェラは男性的な顔立ちで、ブリーチした金髪をたてがみのようにした大柄な女性だった。肩の三角筋があまりにもたくましいので、私は思わず彼女の咽喉仏《のどぼとけ》をまじまじと見てしまった。秘書のローナはまだやってきそうになかった。

クラブに来る連中は〝めかし込んでる〟とギルから聞いていたので、私はジャケットとネクタイを着用してきた。たしかにみんな、めかし込んでいた。だが、堅苦しい恰好をしているわけではなかった。男たちはギャングっぽい服やラテンっぽい服を着て、女たちは今にもはち切れそうな、カラフルでタイトなパーティドレスを着ていた。ヴェラの着ていたまばゆいゴールドのホルタードレスはかろうじて彼女の体を覆っている程度だった。彼女はどっしりとした外観とは裏腹に、ナタリアよりもさらにおとなしかった。私はネクタイをはずそうとしたが、大物然とした私の姿にギルが満足しているようなので、はずさないでおいた。彼は私たちをロープが張られた台上の〝ＶＩＰコーナー〟へと案内した。店では一本百二十五ドルのシャンパンを注文すればだれでもＶＩＰになれるらしく、代金はギルが払うと主張した。やたらと親切な接客係（ギルの話では彼はこのクラブを仕切るパーティ・プロモーターだそうだ）に誘導され、私たちは両脇にソファをしつらえた低いテーブルへとやってきた。そして、ギルが注文したヴーヴ・クリコを不器用にすすりながら、いくつものボールを空中にほうり投げる曲芸師さながらに、彼が英語とスペイン語とポルトガル語をしゃべるのを聞いていた。

その後、ようやくローナが到着した。ＶＩＰコーナーに姿が見えた瞬間、彼女だとわかった。マンハッタンの定番の黒い服を着ていたが、胸の谷間の露出とおびただしい数のゴールドのジュエリーはイースト・リバーの向こうではあまりお目にかかれないものだった。きっと高校時代は典型的な美人のチアリーダーだったのだろうが、今は日焼けのしすぎで肌が台無しになっていた。

「ローナ・バカラーです」と自己紹介した彼女はギルと挨拶を交わしてから手を差し出した。「弁護士さんですか？」

「いや……実は記者なんだ」

「え？」しばらく間があった。「わたしたち、記者に話をしてはいけないことになってるのよ。馘にされるわ」

「そんな心配はないよ。絶対にここだけの話にとどめておくから。私はギルから馘になった友だちを助けてくれと頼まれた。だからやってみると答えた。私のガールフレンドは弁護士だし、私自身も影響力のある人間を大勢知っているからね。《グロッシー》に記事を書いているおかげで」

「まあ、《グロッシー》に？　それなら話はちがってくるわ。《グロッシー》は大好きな雑誌だもの。毎月、新しい号が送られてくるのを愉しみにしてるんです。広告もすごく素敵だし」

「それはどうもありがとう。で……ギルの話では何か私に見せたいものがあるとか？」

「ええ、これを見てください」彼女はバッグから便箋の切れはしを取り出して私に手渡した。そこには紋章とスローガン――〝トライハット、セッシャヒート、ヴァディエール〟――が印刷されていた。ドイツ語について多少の知識はあったものの、私にはそれを訳すことができなかった。そこでそれを古語だろうと推測した。手書きのフランス語のメモには、スティードにナンバー六七一三の取引について連絡をするようにとの指示と〝ルシアン・ティッセン〟の署名があった。

「ジェフ・スティードから渡された領収書のなかにまぎれ込んでたんです」とローナは言った。「彼の経費の処理をしているのはわたしなの」

メモはフランス語だったけれどスローガンはちがった。ということはおそらくティッセンはスイス人だ。どこかの貴族か銀行家だろうか。

「これを預からせてもらえるかな、ローナ？」

「どうぞ。でも、代わりに、わたしからそのメモを手に入れたことやわたしの名前は何があっても公表しないでくださいね、絶対に。わたし、四匹の猫を養わなきゃならないの」

「約束する。どうやらきみはスティードのことをあまりよく思っていないようだね」

「よく思っていないどころじゃないわ」

「何か特別な理由でも？」

「あいつはキーキーうるさいの。領収書は投げつけるし、ありがとうのひとこともない。でも、ほんとうのことを言うと、理由はそれだけじゃないの。友だちのためにちょっとした復讐をしてやろうかと思って」

「へえ」

「あいつはうちの会社にはいったとき、重役の秘書のひとりとつき合いはじめた。彼女、すごく彼に夢中になっちゃって、当時つき合ってたボーイフレンドと別れたの。でもね、そのあと二週間でジェフは彼女を捨てた。セックスの相性がよくないとかなんとか言って。わたしが思うに、あいつはボスについてのゴシップを聞き出すために彼女を利用しただけなのよ。彼女はＣＥＯのビル・ビグローの秘書だったから」

「最低な男ね」不意にヴェラが言った。

「おれはセックスの相性なんて気にしないよ」とギルは言うと、セクシーな目つきをして挑発的な笑みをローナに投げたが、無視された。ナターリアの眼が怒りでぎらぎらしていた。

「それにあの若い子を馘にさせた……ひどすぎるわ。同僚同士がお互いを蹴落とそうとするのとはわけがちがう。やっと生活できるだけのお給料しかもらってない気の毒な若者を追い出すなんて。それって、シャンパンかしら？　一杯もらってもいい？」

クラブ内に客がちらつきはじめた。私たちはギルに言われるままVIPコーナーを出るとダンスフロアに降り、ふたたび酒をカイピリーニャに切り替えた。ファビオのデート相手は親切にも私とローナにサンバを教えると言ってくれた。ローナの動きはごく自然だった（昔、エアロビクスダンスを教えていたの、と彼女は言っていた）が、私の動きは目も当てられないものだった。だが、突如酒の力でハイになった私は、大音量の曲を聴き、飛び跳ねる人たちを見て、何も気にならなくなった。そして顧客と食事をしているアニーに電話をかけ、食事が終わったらクラブに来るように言った。彼女が来ないことはわかっていたが、ひとりだけ愉しい思いをすることに罪悪感を感じたのだ。「あまり飲みすぎちゃ駄目よ、朝起きられなくなるから。明日はあなたのご両親とブランチをする約束だったでしょう？」と彼女はとげとげしい口調で言った。

ギルが脇腹をつついてきた。「ヴェラは気に入った？」

ヴェラはひとりで長椅子に坐っていた。どうやらギルは彼女を私のデート相手にと考えていたらしい。

「ギル、私にはガールフレンドがいる。それにヴェラは私には若すぎるよ」

「彼女のこと気に入らなかった？」ギルはがっかりしたようだった。「あんた、女のことがわかってないな。ブラジル人は女のここから上は見ないんだ」彼はそう言うと咽喉の高さで横一文字に指で線を描いた。

そこで私はヴェラのところへ行ってダンスに誘った。「こんなとこにいちゃ駄目だ」彼女を説得するには時間がかかった。彼女も私と同様にどんなふうに体を動かせばいいのかわからなかったにちがいない。運よく、私たちのグループは客のなかに吸い込まれた。女たちは椅子やテーブルの上で腰を振りながら踊り、カップルは体をこすりつけ合うように踊っていた。機械から吐き出された煙が色鮮やかなライトを覆い、フロア全体を霧のように包みこんだ。

これからはもっと外に出て遊ぶぞ、と私は思った。酔っぱらって踊って馬鹿をやるのが愉しいということをすっかり忘れていた。

音楽がいったんやむと、ファビオが言った。「ワオ、すごいよ、グレッグ。あんたみたいなおっさんがダンスをするなんて。めったにお目にかかれるもんじゃない」

「それはどうも、ファビオ」

ギルが相槌を打ちながら言った。「そうだよ！　グレッグ！　九〇年代にタイムスリップだ！」

そして彼は私の腕の動きを真似た。

そこへローナが救済に来てくれた。「この子たちはダンスのなんたるかを知った気でいるのよ。ほんとうのダンスってものを見せてやりましょう」と彼女は言い、私の体の向きを変えると煙のなかへと引っぱっていった。

午前二時半くらいに仕事を終えたエディがやってきた。彼が新しく就いた仕事はレストランの臨時の皿洗いで、給料は週に二百五十ドル、一日十一時間働いても手当は何もつかないというものだった。同僚はすべて不法滞在のエクアドル人で、この市《まち》に新たに加わった、最下層のさらに下をいく階級の人たちだった。そしてどんな安い給料でもよろこんで働き、ほかの移民たちから最低賃金の仕事を取り上げようとしていた。エディは想像していたより、小柄で痩せていた。子供じみた緑と黄色のサッカーシャツを着てとても弱々しく見えた。私はギルとともに彼を連れて、バーのひとつへ向かうと、そこで彼の話を聞いた。

エディはリオ・デ・ジャネイロの北にある州、ミナス・ジェライスの農家の出身だった。彼を身ごもったとき、母親はまだ十三歳だった。父親のことを尋ねると、写真さえ見たことがないと、彼は顔をこわばらせて言った。母親は十歳になるエディを祖父母のもとに残し、アメリカに移り住んで再婚した。以来、彼は学校を辞め、十二時間働いても日給が二ドル五十セントという重労働――土木作業や有刺鉄線を張る作業、過酷な清掃作業――を強いられることになった。子供時代を思い返すとき、彼は悲しげに首を振った。「一生懸命働いた。一生懸命すぎるくらいに」と彼は言った。「母親は貧乏だった。父親も貧乏だった。じいさんもばあさんも貧乏だった」

エディは十六歳のときにアメリカへ移り住んだが、継父が彼と関わることを拒否したため、彼は右も左もわからない異国にやってきたその日から自活をしなければならなくなった。そして〈メドヴェド、モーニングスター〉の清掃係になってからは、唯一自分を愛してくれた、故郷の祖母に給料の大半を送っていた。

「エディ、私の力できみを元の仕事に戻してやれるといいんだが」私はその時点で相当酔っていた。

「ほんとうにほんとうにありがとうございます、ミスター・ワゴナー」と彼は言った。

「いや、でも、あまり期待はしすぎないでほしい。いいかい？　こういうことはうまく立ちまわらないとならないから」

「それはおれたちもわかってる」とギルは言った。だが、エディの顔にはそのことばとは反対の表情が浮かんでいた。

23　グレッグ

翌日、元捜査官のハリーと昼食をともにした。彼は今でも証券取引委員会《SEC》やニューヨーク州の検事総長とつながりを持っている。新聞記者だったころ、彼からよく事件の背景を聞かせてもらった。六十代後半という歳になってもハリーは変わらず実直な男だった。ウォールストリートの大物連中が白昼堂々と暴利をむさぼっているせいで潰瘍《かいよう》ができちまった、と彼がこぼすのをまえに一度聞いたことがある。もっとも、彼は潰瘍の原因を特定できたわけではなかったが。

ハリーはガーメント・ディストリクト（古くから衣服問屋が多いことで知られるミッドタウンの一地区）のレストラン、〈ラドウィグス（ドイツ名はルードヴィッヒ）〉の奥の暗い席で会うと言って譲らなかった。そして自分のような保守派ユダヤ教徒がドイツレストランに行きたいと思うのはおかしなことでもなんでもない、と言わんばかりに、フライドシュリンプとウィスキーサワーを注文した。今ではワスプさえ飲まなくなったいかにもワスプ的な飲みものだ。

「ハリー、エビはコーシャー（ユダヤ教の食事規定に従った食品のこと）なのかい？」

「最初はここじゃなく〈カーネギー・デリ〉（コーシャーデリと呼ばれるほどユダヤ料理で有名な店）を提案しようかと思っていたんだ。だが、コーシャーソルトを振りかけてからじゃないとおまえさんを店には入れられないと言われちまってね」

私はいつも民族主義者たちから迫害を受ける。アニーの母親もまえは私の青白い肌を見るたびに健康に問題はないかと質問してきた。

いつもは昼食に酒は飲まないのだが、私はハリーにつき合ってマティーニを頼み、料理は仔牛のカツレツを注文した。そして料理が運ばれるとすぐに彼に事情を話した。「ニューヨークで名の知られたある会社の社員がインサイダー情報をもとに株取引をしている。これはかなりたしかなことだ。で、おれはあるメモを手に入れたんだが、その内容を解明するのにあんたの力を借りたい。でも、条件がある。あんたの元ボスたちが調査をはじめたら、独占記事はおれに書かせてほしいんだ――もちろん、その社員を起訴したあとにってことだが」

ハリーは考えをマリネにして漬け込むあいだ、注意深くフライドシュリンプの尾っぽを身からはずしていた。「警察はジャーナリストとは取引しない」と彼は慎重に言った。「だが、何かしらの譲歩ができないわけでもない――おまえさんが記事のなかで警察の関与について書かないのであればば」

「それは可能だ」

「詳しく話してくれ」

「ある清掃係がトイレの用具入れのなかでトレーダーが携帯電話をかけているところを目撃した。翌日、清掃係はそのトレーダーに馘にされた」

「その清掃係は会話の内容を覚えているのか?」

「いや、残念ながら」

「そうか……」

「だが、そのトレーダーの経歴を調べてみたらとんでもない事実が見つかったんだ。彼は高校を出るとすぐにパナマのペーパーカンパニー設立に関わった。実子ではなくそのトレーダーに金を遺したいと願ったご婦人のためにね。銀行の書類に母親の筆跡を真似て署名したこともあるし、担保として差し入れられていた株券の複製をつくってそれを売ろうとしたこともある。どれもすべて彼が法的な飲酒可能年齢に達するまえにやったことだ」

「たいしたもんだな」

「そしてこれが決定的な証拠だ」と言って私はローナにもらったメモをポケットから取り出した。「経費精算のための領収書に偶然まぎれ込んでいたんだ。このメモは、スイスにいる彼の友人から送られてきたものだと思う。おそらく彼はその友人に違法取引をおこなわせているんだ」

「見せてくれ」

私は一瞬ためらった。メモにはスティードの名前が書かれている。しかし、今の時点では失うものは何もない。そう思い、彼にメモを渡した。「おれもドイツ語はわかるんだが、このスローガンの部分はまったく訳せない。ドイツ語の辞書にもなかったし。古語、もしくはスイスのどこかの地方の方言じゃないかと思うんだが」

「これはドイツ語じゃない。レッツェブフエッシュだ」と言うと、ハリーはメモをじっくり見た。「意味は、〝忠実、安全、そして有利〟といったところだな」

「レッツェブフエッシュ?」

「ルクセンブルク語のことだ。おまえさんのつかんだものは、どうやらほんものかもしれないな。このメモはルクセンブルクの銀行の顧客口座担当者からのものだと思う」

「そういう書類は普通、ワープロで作成するんじゃないか？」

「内国歳入庁《IRS》は特定の国からの文書の抜き取り検査をおこなっているが、手書きの文書については検査できないんだ。だから、いくつかの外銀は顧客への文書を手書きにして送付するのさ」

「スイスじゃなくてルクセンブルクの銀行なのはなぜかな？」

「八〇年代の半ば以降、われわれはスイスの銀行からより多くの情報を引き出すことに成功してきた。そのほとんどが、アメリカ国内の支店に罰金を払わせると脅して引き出したものだがね。犯罪行為の証拠を突きつけて説得すればたいてい欲しい情報が手にはいった。調査をする必要もなかった。最近じゃ、スイスの銀行はかなり綿密に顧客の監視をおこなっている。今でも脱税の手段としてスイスの銀行を使えないことはない。だが、銀行側は取引口座に疑わしい入金パターンを見つけたら、顧客にあれこれ質問し、理にかなった答えが得られなければその顧客との取引を打ち切る。ところが、ルクセンブルクはスイスとはまったく逆の方向へ進んだ。われわれがスイスの銀行を厳重に取り締まるようになると、それを好機ととらえたんだ。ルクセンブルクの銀行はこの国じゃそれほどおおっぴらに商売をしていないから、こっちとしてもあまりプレッシャーをかけられないしな」

「今の話はすべて、そのトレーダーに関するおれの推測に合致するよ」

「ただ、たとえ合致しても、ルクセンブルクの銀行から詳しい情報を引き出すことはできないぞ」

「どういう意味だい？」

「疑わしいというだけでは調査をはじめることはできないってことだ」

私は啞然として言った。「嘘だろ？」

「いいか？　警察はもっと明白な不正行為を暴くのに手がいっぱいなんだ。インサイダー取引の調査にまわせる予算は全体の一〇パーセントに満たない。たしかに八〇年代のある一時期、われわれはインサイダー取引をきびしく取り締まり、デニス・レヴァインをはじめ、ほかにも何人かの検挙に成功した。だが、きびしく取り締まった理由をおまえさんは知ってるか？」

私は肩をすくめた。

「当時のSECの委員長、ジョン・シャドが《ビジネス・ウィーク》に載った記事を見て激怒したからさ。その記事には、インサイダー取引は一般的におこなわれていることで、シャドもそのことは認識していると書いてあったんだ。それに当時でさえ、レヴァインを検挙できたのは純粋にラッキーなことだった。〈メリル・リンチ〉のカラカス支店の誰かが、レヴァインのトレードに便乗したニューヨークのブローカーにさらに便乗した取引先のブローカーについて記した手紙を匿名で送ってきたんだ。それまで、われわれは何ひとつ気づかなかった。そういういきさつでレヴァインをワシントンの倫理委員会に呼び出すことになったんだ。これはほんとうの話だ」

「コンピュータが導入されてから警察が監視できる取引の量は飛躍的に増えたのかと思っていたよ」

「こっちの能力が上がれば、敵の能力も上がるってことさ。とりわけ新たに設立されたヘッジファンドや個人相手の証券会社となるともう何がどうなってるのかさっぱりわからん。つまり、インサイダー取引も慎重にやればつかまらないってことだ。わざわざマーサ・スチュワートやバカノヴィッチ（スチュワートとともに有罪判決を受けた元メリル・リンチの社員）みたいなまぬけな素人になるやつもいないだろう。ウォールストリートの大物たちについてはもうあきらめてるよ。あいつらのほとんどがインサイダー取引を犯罪だと考えてさえいない。インサイダー取引を犯罪だと認識しない国だってあるくらいだ」

　私たちはそれぞれデザート――ハリーはピーカンパイを、私はキーライムパイを――とコーヒーを注文した。「まったく今回の件は気が滅入るね」と私は言った。「あの男が法を犯していることがおおむねわかっていながら何もできないなんて」

「おれは何もできないとは言ってないぞ。おまえさんがやるべきことは、そのメモをその男の会社のコンプライアンス部に渡すことだ。会社は裁判所命令がなくても彼に接触できるし、トレードの記録を見ることもできる。それに現時点では、彼に対して警察よりもずっと大きな力を彼に行使できる。社外に取引口座を持っているというだけで――それがルクセンブルクにあるとなればなおさらだが――十分な解雇理由になるはずだ。おまえさんが疑っているような犯罪が発覚したら、会社は警察に知らせてくるよ」

「それじゃあまるでキツネに鶏小屋で起きた大虐殺を調査させるようなもんじゃないか」

「そうとも言い切れないぞ。大企業ってのはたしかにいつも法律すれすれのビジネスを模索している。だが、不正を働くトレーダーを黙認することはない。まあ、会社が何かをつかんでそれを通報してきたら、そのときはちゃんとおまえさんに連絡するよ」

「だが、それにはかなり時間がかかるだろ？」

「こういう調査はそう簡単にはいかないものさ」

マティーニとコーヒーがまるで石炭酸のように胃のなかでふつふつと沸き立っていた。この事件の展開を悠長に待つ余裕はない。《グロッシー》にとどまるためには何か別のネタを探し、この件はあとまわしにしなければならない――たとえギルとエディの期待を裏切ることになっても。情報提供者に感情移入してはならないというのは記者のルールなのだ。だが、今回の件に関してそのルールを守るのはむずかしいことだった。

24　グレッグ

〈メドヴェド、モーニングスター〉のサッカーチームにギルを参加させようという名案を思いついたのはトレーダーのひとりだった。もっとも、ギルは靴磨きではなく研修生として相手チームに紹介されていた。一緒にプレーすることでギルはトレーダーから敬意を勝ち取り、またプレー自体も大いに愉しんでいた。そしてのちに自分をテストしたチームのキャプテンが言ったことばをなんども繰り返していた――「おまえのプレーはバターみたいになめらかだな」しかし、屋内競技施設のサッカーフィールドのレンタル料は参加人数で割ることになっていたので、ギルも自分の負担分五百ドルをなんとか工面しなければならなかった。

　ギルはレギュラーメンバーではなかったが第一試合から参加した。試合を見にきてほしいと言ったのは、おそらくそこに行けば私がじかにトレーダーの姿を見られるからというのもあるだろう。でも、やはり本心では自分のプレーを私に見てほしかったんだと思う。早めに到着した私は誰もいない観覧席のバルコニーに隠れていた。スパイというより父親の心境だった。そのうちトレーダーたちが姿を見せはじめ、談笑したり冗談を言ったりしながら高価なサッカーシューズを履き、大学時代から着ているすり切れたアスレチックウェアを身につけていった。ラテン系とおぼしき若者がふたりほどいたが、あとはジョン・チーヴァー（中流階級を扱った上品で都会的な小説を書き、特に短編の名手として知られる作家）の小説を地でいく三十代から四十代の白人がほとんどだった。彼らがウォーミングアップやストレッチをすると骨の鳴る音がした。そしてようやくギルが姿を現した。背中にロナウジーニョの名前がはいった、派手な緑と黄色のシャツを着ていた。そしてバルコニーにいる私に気づくと、クールにうなずいてみせた。試合がはじまるとすぐにギルとラテン系の男のひとりが他を圧倒したが、驚いたことに中年の白人も二、三人はかなりいいプレーをしていた。遠目で見るかぎりギルは一番背が低かったが、フィールドじゅうをすごい速さで駆けまわり、体の大きなプレーヤーのあいだを——というより、実際には脇の下を——すり抜けていった。ボールの足さばきも見事で、まるで足にボールが張りついているように見えた。それによく見ていると、彼はトレーダーより多くボールをパスしていた。トレーダーは往々にして派手で目立つプレーをし、成功の見込みのない一か八かのロングシュートをしていた。

ギルはスタンドプレーはほとんどせず、味方のプレーヤーがいる場所に正確なパスを送った。そしてボールをドリブルしながらあらゆる方向に足を動かし、ときに人のなかにまぎれ、ときにその姿を浮かび上がらせ、空中で神業《かみわざ》としか思えないキャッチをした。結局彼は決勝ゴールを含む三ゴールを決めた。チームメートは彼と手のひらをぱちんと打ち合わせたり、彼の背中を叩いたりしていた。

私は彼が着替えをしているあいだ外でぶらぶらと時間をつぶし、その後、競技施設の裏の暗い路地で、まるでふたりのＣＩＡ諜報員のように彼と落ち合った。ビールを飲むギルの顔は輝やいていた。私たちは一緒に彼のプレーを詳しく分析した。

悪いニュースを伝えたのはそのあとだった。「ギル、今回の記事を書くのに思ったよりも時間がかかりそうなんだ」

「ほんとに？」

「残念だが。だから当面の策としてエディには皿洗いよりも割のいい仕事を見つけてもらいたい。少なくともこの件についてはっきりしたことがわかるまで」

「無理だと思うよ。エディの上司は推薦状を書いてくれなかったから」

「申しわけない。こういったことは予想外に時間がかかるんだ。だが、さしあたってきみにやってもらいたいことがある。ローナが見つけたこのメモを〈メドヴェド、モーニングスター〉のコンプライアンス部に渡してほしいんだ」

25　ギル

そんなことを言われてもコンプライアンス部なんてものをおれは知らなかった。だからそのメモをミスター・ビグローのところへ持っていこうと思った。ミスター・グレッグには失望した。彼は助けられると言った。おれも彼なら助けてくれると思った。でも彼はただ、おれの気を楽にしようとしてそう言っただけかもしれない。

ミスター・ビグローを訪ねると、彼は言った。ギル、ひとつ質問させてもらうよ。きみはいったいいつになったら学校へ戻るつもりだ？　おれは言った。サー、今はちょっとむずかしいです。おれは母さんが家賃を払えるように家にいくらか金を入れてるし、それに父さんは今働いていないんです。そう言ったのは、おれがいろいろな支払いをしていることをここの連中が知らないからだ。すると、ミスター・ビグローは言った。きみは大学へ行かないつもりか？　それじゃあ、孤児だった私のいとこの話をしてやろう。おれは思った。信じられない、この人はまたあの話をするつもりだ。だが、彼は続けた。いとこはね、大学へ行ったんだ。それも八年も。そして一生懸命勉強し、別の州の会社にはいり、ＣＥＯになった。八十三歳の今、彼の資産は三十億ドルだ。おれは内心思った。だから、それがおれとなんの関係がある？

ミスター・ビグローはそれでも続けた。いい人生を過ごしたいのなら、女性たちに好かれたいのなら、ここを出て学校へ戻るんだ。そして金を稼げ。そうすれば素敵な女性を連れて素敵なレストランへ行けるようになる。たとえば、この会社で働いているような女性や、クライアントの女性、または一緒に学校へかよったきれいな女性なんかをね。

おれは言った。ミスター・ビグロー、あんたの言うことはよくわかりました。でも、おれはあんたに大事な話があるんです。彼は言った。なんだい？

ええと、その、おれは今まであんたに頼みごとをしたことはないです。だけどひとつだけ質問させてください。このビルの九階と十階のトイレの清掃をしていた、おれのいとこのエディが馘になったんです。こんな話をして変に思うかもしれないけど、あんたにはこんな話を聞く時間なんてないってわかってるけど、でも一分だけください。そしたら説明できます。おれはあんたにどうしてもらいたいのかよくわからないけど、でもとにかくエディの力になって、やつに就職先を見つけてやってほしいんです。あんたがいろんな人にこういうことを頼まれるってことは知ってます。でもそんなにむずかしいことを頼んでるわけじゃない。エディのことを告げ口したやつを馘にする必要もないし。

ミスター・ビグローは言った。告げ口？　何を？　誰が彼のことを告げ口したんだ？

ミスター・スティードです。ジェフ・スティード。告げ口したのは。

ああ、彼は家内の知り合いだ。だが、きみのいとこはいったい何をやらかしたんだい？

おれは、スティードがトイレの狭い用具入れのなかで携帯電話を使っているところをエディが目撃したことを話した。

ミスター・ビグローは言った。ギル、そのことは調べてみよう。うちの社員のなかには金さえ稼げば何をしてもいいと思っている連中がいる。だが、そんなことは絶対にない。

わかりました、サー。それからあともうひとつだけ――こんなメモを見つけたんです。

なんだい、それは？

わかりません。でも渡しておきます。

これをどこで見つけた？

トイレの床の上です。

ミスター・ビグローはそのメモにかなり興味を持ったようだった。そして言った。ギル、これについては慎重に調べよう。

26　グレッグ

《グロッシー》のナンバーツー、アースラ・ユーズから呼び出しがあった。彼女はライターたちの契約を含む、雑誌の経営面を統轄していた。エドが冷厳な態度に徹しきれないため、そういった態度が必要になる仕事も彼女が引き受けていた。

「グレッグ」と彼女はわずかにドイツ訛りを残しながら言った。「明日の午後、ちょっと話をしにわたしのオフィスへ寄ってくれるとうれしいわ。たしかあと一ヵ月で契約更新よね」

きびきびとした口調だった。あまりにも。

アースラは四十をいくつか過ぎていたが、引き締まった細いボディに、長く美しい脚、そして完璧なバストといった二十五歳の体型を維持していた。編集助手をしている会社の若い連中は彼女から手ほどきを受けることを夢見ているほどだ。聞いたところによると、なかには、彼女に呼び出してもらい、叱責を受けるためにわざと不品行な振る舞いをする者もいるらしい。《グロッシー》のパーティで酔っぱらった、名門学校出の二十三歳の坊やは、アースラが母校の私立大学の校長として登場する自作の脚本の筋書きを細かく教えてくれた。

アースラはいつもさりげなく体の線を強調する上品な服を身につけている。そして私とのミーティングには葬式に着るような黒い服を着ていた。私の葬式のために。「グレッグ、元気だった?」

と彼女はよく響く甘い声で言った。次に控える〝心配しないで、それほどひどいことにはならないわ〟とか〝話はすぐにすむから、どうか叫び出《ビッチ》したりしないでね〟といったせりふの前口上としては完璧だ。

机をはさんで私のまえに坐った彼女は親身な様子で身を乗り出した。そのとき私が思ったのは、ブロンドの髪には黒い服がよく似合うということだけだった。

「ええ、とても。あなたのほうは？」

彼女は笑みを浮かべたが、それは決して温かなものではなかった。「今日来てもらったのは、契約更新についてエドと話し合うまえにあなたに会いたかったからなの。仕事のほうはうまくいってる？」

「ええ、とても」と私は馬鹿みたいに同じことばを繰り返した。

「そう、それはよかった。このところ、あなたのことがとても心配だったから。仕事には満足してる？」

「ええ、もちろん満足してます」

「そう、それならいいわ。あなたがここでの仕事に満足していないって言うライターがいたものだから」

「とんでもない。ここの仕事にはとても満足してます。満足しすぎているといってもいいくらいだ」

「それはうれしいわ。だけど、はっきり言ってそれでもちょっと心配なの。あなたの書いた記事を調べてみたんだけど、契約では更新までにあとふたつ記事を書くことになっているわね」

「まあ……そうです」

「それから今までに書いた四つの記事のうちふたつが掲載されなかったことも私は大いに気になっているの」

「その……《グロッシー》でどう記事を書けばいいかを呑み込むのに思ったより時間がかかってしまって。なにせ新聞記事とは勝手がちがうものだから」

「そう、そうよね。新聞の記事とは書き方はまったく変わってくる。でもね、まだあるの。あなたは知らないかもしれないけど、あなたがミス・Aリストの特集記事を書いたあと、うちの雑誌は彼女とひと悶着を起こしたのよ。どうやらあなたは、ミス・Aリストの母親と彼女がものすごく嫌ってる義母を取りちがえたみたいね。彼女はうちの雑誌が自分の母親の名誉を傷つけようとしたと文句を言ってきた。うちの仕事は二度と受けないとも言ってたわ」

「校閲係はどうしてそのまちがいに気づかなかったんです？」

「それがね、気づくには気づいたらしいんだけど、あなたが自分の記事が正しいと言い張るものだからそのままにしたって言うのよ」

　私はほんとうにそんなことを言ったのだろうか？

「それから例の〈メディア・コーポレーション〉の記事。あれにはまったく当惑させられたわ」

　それは私にとって最悪の失態だった。自分でも認めざるを得ない。その会社の最高経営責任者《CEO》は私に独占記事を書かせることを約束し、プライベートジェットやワインや食事で私をもてなしながら、自分が打ち出した、未来における新しく華々しい戦略について語った——あやうく会社を倒産に追い込みそうになった、あまり華々しいとはいえない過去の戦略を伏せて。不運だったのは、私を除く世界じゅうの人が彼がじきに馘になることをある程度予測していたことだ。だが、私はなぜかあえてそのことに眼をつぶった。締め切りが迫っていたため、彼の戦略に疑いを持つ人たちから話を聞くこともしなかった。そのＣＥＯの輝かしい未来を誉め立てた私の記事が《グロッシー》に掲載された一ヵ月後、彼は馘になった。

「要するに」とアースラは続けた。「わたしとしては、エドとあなたのことを話し合うまえに、あなたが今後も記事を書けるという、きちんとした確約が欲しいのよ」

なんともすばらしい提案だ。

「わかりました」と私は言った。「ただ、あなたとエドにひとつだけ言っておきたい。たしかに私はこの会社に移ってからかなりきびしい状況にありました。ですが、ようやくこつが呑み込めてきたんです。私が犯した失態についてはもちろん、謝りますが」

「謝る必要なんてないのよ。でも、ここにいるせいでほかのチャンスをふいにしているということはない？　ことによると、そういう可能性も考慮する必要があるわ。《グロッシー》は万人向きというわけではないから」

それも一理あると認めざるを得なかった。ここを去るのもひとつのチャンスだ。

「アースラ、スタートが遅かったということは認めます。でも、今、でかいネタを追っているんです。それこそ、《グロッシー》はじまって以来の特ダネを」その場しのぎに私は言った。

「まあ、ほんとう？」

「エドにはまだ話してないんですが……」

アースラは形のよい、赤みがかったブロンドの眉を吊り上げた。「そうなの？」

「……ですが、もう少しで裏づけが取れそうなんです」

「エドに話さないでいるのは賢いことだと思う？」

「この件に関してはとにかく私を信用してもらわないと。そのくらい価値があることです、絶対に。世間で大きく取り上げられるような見出しになります。売店では瞬く間に《グロッシー》が売り切れになるでしょう。私に三週間だけ猶予をください。新年が明けるまで、契約についての話は据え置きにしましょう」

「それだと例外になるけど。まあ、それもエドが決めることね。でも、まずは彼にその特ダネの話をしなくちゃ」

「話しておきます。必ず」間違いなく、彼女は私より先にエドに言うだろう。だが、彼女は内容については何も知らない。

そういうわけで、私は二流ライターへの降格の危機にあった。グリーンズボロ（ノースカロライナ州の北部の都市）でダブルAの評価を得ている雑誌と同程度くらいの雑誌に。だが、簡単にあきらめるつもりはなかった。クリスマスまであと何日あっただろうか？

27　ギル

今日、ピートが自分のスーツのことで冗談を言っていた。ギル、このスーツはいったいどんな素材でつくられていると思う？　羽毛さ。おれは言った。ほんとうかい、ピート？　彼は言った。ああ、羽毛だから、安い《チャープ》、安い《チャープ》。まったく、ピートってやつは笑わせてくれる。

ピートのすぐ隣りには男が坐っている。ピートは〈フローシャイム〉の靴を履いているが、その男が履いているのは〈プラダ〉だ。〈フローシャイム〉の靴はちょっとカジュアルで履き心地は悪くないが、安っぽく見える。ものすごく。だから、ピートは年じゅう靴を磨いてもらいたがる。で、彼の隣りの男も同様に靴を磨いてもらいたいと思うわけだが、彼が履いているのは〈プラダ〉だ。彼の靴を見ておれは言った。ワオ！　あんたはいい靴を履いてるね。するとピートが彼をこきおろそうとして言った。そういう靴は仕事向きじゃないね。ここの連中は〈プラダ〉に気づくとこう言う。おいおい、この目立ちたがり屋が！　つまり会社で履くのに〈プラダ〉は高価すぎるってことだ。ここではそういうことになっている。

それからもピートはしつこく、その靴は仕事向きじゃないとか、あれこれ言っていた。その男は黙っていた。〈プラダ〉の話をしたくなかったからだ。おれはピートに向かって言った。おいおい、ピート、彼がその靴を売ったら、あんたの靴が三足は買えると思うよ。ピートは言った。いや、そんなはずはないね、ギル。そんなはずがあるもんか。

ここの連中はけなされるのが好きじゃない。ピートは言った。絶対おれの靴のほうがこいつの靴より高い。おれは言った。もういいよ。そういう話は靴に詳しいやつにしてくれよ。ピートは言った。ああ、そうするさ。おれがこの靴にいくら払ったか、おまえなんかにわかりゃしないからな。おれは言った。わかったから、落ちつけよ。

それからおれはなんだか彼が気の毒に思えてきた。そこで言った。なあ、ピート、あんたもいい靴を履いてる。おれはちょっとからかっただけだよ――とかなんとか。おれが磨き終えた靴を持っていくと、ピートは電話の応対でちょっと忙しそうだった。そこで隣りの男に声をかけた。なあ、あんた。おれもたまには嘘をつかなきゃならないんだ。ほんとうは〈プラダ〉が大好きなんだ。あんたの履いてる靴がね。おれは〈プラダ〉なんて買ったことはないけれど。もしおれが金持ちだったら、買うのはそう――〈グッチ〉や〈プラダ〉、それに〈フェラガモ〉だ。

ミスター・ジョンの靴を磨いていると彼の奥さんから電話がかかってきた。彼は悪態をついてから、電話に出て奥さんと子供たちのことについて話した。どうやら奥さんは子供たちに買うべきものを買っていなかったらしい。電話を切ると彼は言った。ちくしょう、ギル、うちのかみさんは金食い虫だ。ずっと家にいるだけでベッドから出ないし、何をするわけでもない。おれが女の子たちの写真をジョンに見せると、彼はいつも言う。ギル、彼女たち、セクシーだな。こういう子たちとひと晩過ごさせてくれないか？

それから、彼はこんな話をしてきた。なあ、ギル、おれには最近の女の子が理解できないよ。どんな場所でも、おれが女の子たちに話しかけると、彼女たちは必ず金を請求してくる。いいか、ギル、ひとつ言っておく。バーに行ってカウンターについたら、女の子とおしゃべりをして、その子を笑わせろ。そして飲みものを二杯買ってやるんだ。そしたら、さっさとこう言え。部屋を取ってあるから、さあ、行こう、と。それが彼から聞いた話だった。もしかしたらおれをからかっただけかもしれない。ここの連中はよくおれのことをからかうのだ。彼の話の続きはこうだ。三十分経ったら、さあ、行こうと切り出せ。もしいやだと言われたら、こう答えろ。わかったよ、それじゃ、さいなら。その話を聞いておれは大笑いした。

その後、ミスター・ジムとミスター・ティムのところへ行ってみた。ジムはまえからカムリを買おうとしていた。インターネットを通して。そして一万二千ドルの二〇〇一年モデルを見つけた。走行距離は三万六千マイル。おれは言った。ジム、あんたが買おうとしてるのは女の子用の車じゃないか。彼は言った。ほっといてくれよ、ギル。

おれはジムをからかってやろうと思った。なあ、ティム、あそこにいるあんたの親友は女の子用の車を買いたがってる。ティムは言った。なんだって？　あいつ、ガールフレンドに車を買ってやるつもりなのか？　そして彼もジムをからかいはじめた。あいつにガールフレンドはいないはずだけどな。なんだかジムのことがわからなくなってきたよ。すると信じられないことにジムは気を変えた。今度はアキュラのインテグラを買うことにしたのだ。すごく恰好いい車だ。でも、おれのひとことでジムが気を変えたのには驚いた。

今日、ジムとティムはトレーディングフロアでサッカーボールを転がしていた。ちっちゃなサッカーボールを。そのまえはジムが〈トイザらス〉で買った、プラスティックのちっちゃな銃で遊んでいて、そのうちトレーディングフロアで撃ち合いをはじめた。まるで子供だ。人の気を惹こうと思ってやっているんだろうが、それがどれだけ馬鹿げて見えるか、彼らには全然わかっていない。

その後、ナターリアから電話があったので、仕事場に来るように言った。ここの連中はみんな彼女に注目した。おれはなんともいい気分だった。ワオ、きれいな子だね、と言う人もいたし、へえ、この子とつき合ってるんだ、なんてうらやましがる人もいた。黒人連中は彼女のことがすごく気に入ったようだった。そして口々に言った。いいケツしてる、肌が白いね、きれいな顔だ。おれも彼女のことはきれいだと思っている。

だが、白人連中の意見はちがった。ギル、結婚はするなよ。人生最大の失敗を犯すことになるぞ。なぜって、たとえば結婚したあと、かみさんに浮気現場を押さえられたとする。そしてかみさんが証拠を手に離婚をすると言い出したら、おまえは稼いだ金の七〇パーセントを持っていかれちまうからさ。おまえの手に残るのはたったの三〇パーセントだ。彼らは離婚がどのくらい高くつくかということを教えてくれる。ここにいる連中のほとんどが、離婚はしないつもりでいる。もし、離婚したら稼いだ金のほとんどを失っちまうからだ。そしてその額は半端じゃない。

彼らは続けた。いいか、ギル。ひとりの女にしぼることはない。おまえさんはまだ二十三歳だ。この先愉しいことがいっぱい待ってる。彼らは別におれを洗脳しようとしているわけじゃなかった。ただ、ちょっと視野を広げろと言っていただけだ。

それからおれはナターリアを連れてミスター・ジャレドのところへ行った。そして彼に、ナターリアはニュー・ロシェルのコロンビア人の奥さんのところでベビーシッターをしていることを話した。彼女が面倒をみている四人の子供たちはアメリカ育ちじゃないから、この国のマナーを知らない。彼らに何か注意しようものなら、口汚く言い返してくる。どうにも扱いきれない子供たちだ。ナターリアはまったくツイてなかった。朝の八時から夜の八時――ことによると夜の九時――まで休む間もなく働いて賃金は週に三百ドル。一度など、そこの奥さんはすぐ帰ると言っておきながら、三時間も帰ってこなかった。ひどい話だ。

ミスター・ジャレドは朝の九時から夕方の五時まで子供たちの面倒をみてくれるなら、週に六百ドル払うと言った。それから交通費も払うと言った。九時から五時で週に六百ドル。申しぶんのない額だ。しかも相手は小さな赤ちゃんがひとりだけだ。

そのあと、ミセス・アリスがジャレドのデスクにやってきて言った。うちのベビーシッターが辞めちゃったの。誰かいい子を知らない？　おれは言った。それなら、ナターリアがいい。おれのガールフレンドなんです。この子です。アリスは言った。こんにちは、あなた、経験ある？　ナターリアは答えた。ええ、ニュー・ロシェルにある家で今日までベビーシッターをしてました。そう、とアリスは言った。それなら、わたしの家に来て主人と子供たちに会ってちょうだい。

28　グレッグ

　その後、ふたつのことが同時に起こった。例の事件に展開があり、私のもとに幸運が舞い込んだのだ。

「〈メドヴェド、モーニングスター〉で働いてる人、なんて名前だっけ？」と仕事先から電話をしてきたアニーが尋ねた。

「アギラール・ベニチオだ」

「ちがう、ちがう、靴磨きの子じゃなくてもうひとりのほう。トレーダーよ」

「ジェフ・スティードか」

「その人よ。やっぱりね。芸術団体を運営する人たちのための会報を手に入れたんだけど、そこに彼についての記事が載ってた。〈ビッグ・シティ・モダン・ダンス〉と〈ローマ文化を守る会〉の役員を辞めたそうよ。理由は、俗に言う〝多忙のため〟ってやつね」

「ほう。いかにも嘘くさい理由だな。ほんとうのところはどうだと思う？」

「インサイダー取引のことがバレて、脱退するように言われたんじゃないかしら。会の人たちはそういう犯罪とは関わり合いになりたくないでしょうからね。新聞記事を想像してみて。〝ジェフ・スティード――〈メドヴェド、モーニングスター〉のトレーダーで、〈ローマ文化を守る会〉の役員――が本日起訴された〟。あまりかんばしい記事とはいえないわ」

「どうしたら事実がつかめるかな？」

「〈ローマ文化を守る会〉の事務局で働いている人を知ってるけど、でも、たぶん事務の人たちはそういうことは聞かされていないでしょうね。だから実際に会の役員と話をしなくちゃならないわ。でも、自ら進んで《グロッシー》の記者に話をしようなんて人はいないでしょうね。マスコミとは話をしないという法的な合意がなされているかもしれないし」

「きみだったら、内々に会の役員と連絡が取れるかい？」

「まずは役員リストを見てみなくちゃ。でも、ディード・フルトンってたしかあなたのところのフィクサーじゃなかった？」

フィクサーとは、ゴシップを提供すること、そしてさまざまな分野の情報提供者とライターを引き合わせることを目的として《グロッシー》が雇っている人たちのことをいう。ハリウッドについては映画監督の娘、ファッションについては有名デザイナーの夫、共和党については元ホワイトハウスのスタッフ、といった具合に。だが、フィクサーが役に立つことはほとんどない。エドは、彼らが生きているかどうかさえ知らないと言っている。だが、年齢はそこそこいっているものの、ブロンドの髪が美しいディードは例外だ。ニューヨーク社交界のまさに生き字引なのだ。

「彼女がその情報を知っている理由は？」

「彼女の母親はナン・ビグローよ。〈メドヴェド、モーニングスター〉のトップ、ビル・ビグローの奥さん。ナンは〈ビッグ・シティ・モダン・ダンス〉の役員でもあるの」

「ディードがビル・ビグローの娘だって？」私は、子供は息子ひとりだと言っていたビグローとのインタビューを思い返した。

「いいえ、ディードはナンが最初に結婚したとき生まれた娘よ」

「信じられない！　運が向いてきたぞ。アイザックの話ではジェフ・スティードはナンの庇護下にあるらしい。ナンが彼を会社に入れたんだ」

グーグルでナンを検索すると、Wという署名がされた彼女のプロフィール記事を見つけた。アニーは正しかった。ナンの人生が詳しく書かれたその記事によれば、彼女は〈ビッグ・シティ・モダン・ダンス〉の役員だった。旧姓、バトニー。ヒューストンで看護師をしていたころ、最初の夫と結婚、そして離婚。夫は山師だったが、彼の油井《ゆせい》から石油が湧き出ることはなかった。ナンがビグローに出会ったのは、コネティカットで死の淵にあった最初のミセス・ビグローの看護に当たっていたときだった。《グロッシー》のゴシップ記事によれば、ナンの最後の患者は彼女の看護のせいで死期を早めたのだと、皮肉な笑みを浮かべながら噂をする人間がいまだにいるという。だが、ナンはどうやら社交界では人気があるようだ。バイタリティーにあふれていて、堅物の夫も彼女の紹介でやむを得ず人と会うときは多少なりともつき合いやすい人間になるらしい。

お母さんと会う約束を取りつけてくれないかと頼むと、ディードは言った。「もちろん、オーケーよ。母もあなたのこと、気に入ると思う。木曜日に〈ジョックの店〉で母と昼食を取るから、そこにあなたを連れていく。あなたが質問することは母には内緒にしておくわ。ワインを二杯ほど飲んだあとに質問したほうが母の口もなめらかになるから。まえもって事情を話してしまったら、母は会のほかの役員に電話するでしょうし、そしたらきっと口止めされるに決まってるもの」
コネがなければ絶対に〈ジョックの店〉に予約を取ることはできない。そこはレストランというより、社交界のご婦人たちがランチをする社交場なのだ。私がひとりで少し早めに到着するとジョック本人が、まるで副料理長の仕事の応募にやってきた、鼻水を垂らしたガキを見るような眼を向けてきた。「ご予約は？」彼の声には、おまえなんかに予約できるはずがないという響きがこめられていた。だが、ミセス・ビグローと約束していることを伝えると、その見せかけの強権ぶりは落ちつきのない追従へと変わった。彼は〝彼女のテーブル〟へ私を案内したが、そこからは入り口がよく見え、また入り口からもそのテーブルがよく見えた。十分後、ディードとナンが現れた。ふたりともごてごてとしたデザイナーブランドの服を着てばっちりメイクをしていた。ナンは私に会ったことでかなり興奮し、年甲斐もなく大げさな表情をつくったり、眼をパチパチさせたりしていた。

メニュー（コブ・サラダ、ポップオーバー（なかが空洞のマフィンに似たパン）、クリームやチーズソースのかかった、白とピンクの柔らかそうな食べものが数種類）を見ているうちに、壁際の長椅子はさまざまなタイプのご婦人方で埋め尽くされていった。誰かが到着するたびに歓声が響き、下手なフランス語が行き交った。私が気づくかぎり、ナンは誰とも眼を合わせようとしなかった。自分の新たな発見に干渉などさせるものかといった様子だった。だが結局、興味津々のご婦人方は好奇心を隠すことはなく、私のうしろの席や横の席からは彼女たちのさえずりが漏れ聞こえた。「あの男性にはたしかキャリーのところで会ったわ」「お相手はどんどん若くなっているようね」「あの人、きっとニューヨーク大学の教授よ。彼女、ルノワールについての講義を受けてるはずよ」

ナンは顔をあげることなく、彼女たちの声が聞こえてくるたびに注釈を与えてくれた。「彼女はスポーツクラブのトレーナーと寝てるの」「あそこの娘は価格操作の罪で服役中よ」「メトロポリタン・オペラの初日に自分の旦那が黒人の男娼を連れていたことを知らないのは、この市《まち》では彼女だけね。どんなオペラか想像できる？　できないでしょ？　チャイコフスキーのなかでも二番めに人気のあるオペラよ。いたってまじめな話」

料理が運ばれたあと、どうやってジェフ・スティードについての話題を切り出そうかと考えていると、先手を打ってディードが切り出してくれた。「ママ、新しい期になってから〈ビッグ・シティ〉はうまくいってる？　グレッグ、うちのママが〈ビッグ・シティ・モダン・ダンス〉の代表だって知ってた？」

「ほんとに？」と私は言った。「独創的な団体ですよね」独創的がどういう意味であれ。

「実はね」とナンは遠慮がちに言った。「わたし自身、昔はモダンダンスを踊ってたの。マーサ・グレアム（舞踏家、モダンダンスの先駆者）と一緒に」彼女は、かつて私が称賛してやまなかった、しなやかな体の少女の亡霊を呼び出した。

「そうじゃないかと思っていました。あなたの体型はまさしくダンサーそのものだ」今のひとことで電気椅子へ送られたとしても文句は言えまい。だが、ナンはにこやかに微笑んでいた。だったら、おべんちゃらを言って悪いことは何もない。「代表というのはどういった仕事をするんですか？」

ディードは母親のワイングラスが満たされていることを確認した。

「大まかにいえば寄付金の調達ね。それから運営費が赤字にならないように眼を光らせておくことかしら。でも、わたしはスケジュールを組んだり、キャスティングをしたりといった、クリエイティブな方面にも関わっているの。ミスター・ワゴナー、わたしたちを手伝って、ちょっとしたボランティアの仕事をする気はない？　うちの作品について短い論評をひとつかふたつ書いていただけたらうれしいんだけど」

「いつでも書きますよ。ところで、最近、あなたたち役員のあいだでちょっと妙なことが起きていると聞いたんですが……」

そのとき、向かい側に坐っていた、年配の恐ろしげなご婦人《オールド・ドラゴン》が業を煮やして私たちのいるテーブルに突進してきた。「ナン、ビエンナーレ（偶数年の五月から十月に開催される展覧会）の時期にはヴェニスへいらしてたの？　ずいぶん長いことあなたの顔を見なかったわ」やっとのことでここまでこぎつけたのに。私は彼女を殺してやりたかった。

ナンも大してうれしそうではなかった。彼女は嫌悪感もあらわに眼を細めたが、今は相手を打ちのめすときではないと思ったらしい。「こんにちは、アーリーン」と彼女はうんざりした声で言った。「娘のディードはご存じよね。こちらはそのお友だちでグレッグ・ワゴナーさん」

「去年の夏、サウスハンプトンのキャリー・フォスターの家であったバーベキューパーティでお会いしなかったかしら？」とドラゴンは、頭からつま先まで私を細かくチェックしながら尋ねた。

「いや、残念ながらそれは私じゃありません」

「グレッグ・ワゴナーは《グロッシー》のライターなの」とディードが言った。「まあ、わたしの大好きな雑誌よ」とドラゴンは言った。「毎号、隅から隅まで読んでるわ。広告もすごく素敵よね」

「それはどうも」と私は言った。そしてたいていの場合次に続く、〝どんな仕事をしているか〟という質問を待った。

「どんな仕事をなさっているの？」

「まあ、要するにライターですよ」と私はことばをにごし、仕事の内容は話したくないという意思表示をした。すると驚いたことにドラゴンは私に対する興味をまったく失い、ナンのほうに向き直った。

「ナン、どうしても訊きたくてしかたがなかったんだけど、あなたがよくここへ連れてきていたあの若くて素敵な男性はいったいどうしちゃったの？　あなたが〈ビッグ・シティ・モダン・ダンス〉の役員にも迎え入れた、あのミスター・スティードは？」

私は思わず耳を疑った。

「『どうしちゃったの』って、どういう意味？　彼はどうもしてないわ」とナンはぴしゃりと言った。

「でも、彼はあなたのところの役員も〈ローマ文化を守る会〉の役員もどっちも辞めちゃったでしょう」

「彼には別に力を注ぐべきことがあるのよ」とナンはきっぱりと言った。

「嘘よ、嘘。そんなわけない」ドラゴンは手にした獲物をいたぶっていた。「噂が流れてるの、知ってるでしょ？」

「いいえ、知らないわ」

「彼があなたたち役員をよくない投資に巻き込んだって噂よ」

「そう、でもそれは単なる噂よ、アーリーン。つくり話ね。そろそろお引き取り願えないかしら？ ミスター・ワゴナーと仕事の話があるから」

「ええ、もちろんよ。ごめんなさい、ほんとに」そう言うとドラゴンは勝利を手に退場していった。そして三フィートと行かないうちに、彼女がまわりの人間に吹聴する声が聞こえた。

「あの人は《グロッシー》誌の記者よ《セ・アン・エクリヴァン・ドゥ・ジュルナル・ルーストレ》」

「ママ、実際のところ、ミスター・スティードに何があったの？ いい人みたいだったけど」とディードが訊いた。

「そのことは話せないのよ」とナンは憂鬱な顔になって言った。急にワイン――ワインだけにかぎらないが――の酔いがまわったようだった。

「でもわたしたちにならかまわないでしょ」とディードは言った。

「いいえ、ほんとうに……まあ、いいわ。話してもかまわないでしょう。でも他言無用よ。特にミスター・ワゴナーはね」そう言って彼女はふざけ半分に私をにらんだ。

「ジェフはうちの主人の会社で働いていてね、寄付をたくさんしてくれた。でも、それには条件があったの。わたしたちは寄付されたお金を彼の友だちの経営する、〈パーシモンズ〉というヘッジファンドの会社で運用しなければならなかった。ジェフはとても率直に説明してくれたけれど、それでもなんとなく胡散《うさん》くさい気がして、弁護士に調査してもらったの。そしたら、そのファンドはちょっと独特だけれど違法性はないということがわかった。それに〈パーシモンズ〉は運用にかかる手数料は一切請求しないということだった。そこでわたしたちは寄付金の一部の運用をお願いした。すると瞬く間に三〇パーセントから四〇パーセントの利益が出たの。ほかでやっている投資は六パーセントがせいぜいだったのに。役員たちは狂喜して《ハド・オーガズム》」――そこで彼女は私をひたと見据えた――「残りの寄付金のうち、かなりの額を〈パーシモンズ〉に投資したの。利益はどんどん増えていった。おかげでお金のことで気を揉むこともなくなった。ジェフは天才、われらが救世主ってわけ。役員たちは毎年学校でおこなっているリサイタルで彼に献辞を捧げ、新しく建設する劇場に彼の名前をつけようと思っていた。

そのあとよ、一気に損失が出たのは。一ヵ月で五八パーセントの損失！　ジェフの説明を聞いても、わたしにはよくわからなかった。なんでも、予想外のことが起きて、〈パーシモンズ〉の持ち高《ポジション》だけではほかのポジションのマイナスをカバーできなかったとか、なんとか。怒った役員たちは資金をすべて引きあげたの。それでも、ひとつ指摘させてもらうなら、投資をはじめたときに比べて資金が目減りすることはなかったのよ。その後、ジェフは役員を解任された。〈ローマ文化を守る会〉でも似たような状況だったと聞いてるわ」

「まあ、いろいろ大変だったのね」とディードが言った。

「でも、最悪だったのは」とナンは続けた。「ジェフを引き入れたことでわたしが役員たちから責められたことよ。ずいぶんな話じゃない？　だから、辞めるって言ってやったの。そしたら彼らもおとなしくなった。だってね、彼らが寄付金をすべて〈パーシモンズ〉に投資することを投票で決めたとき、わたしは全額投資するのはやめたほうがいいと言ったのよ。ヘッジファンドにはリスクがつきものだってことはわたしでさえ知っていたもの。うちの主人は自分の資産は決してヘッジファンドに預けたりしない。とにかくそのときにはもう、わたしもミスター・スティードとは少し距離を置くようになってたのだけれどね」

「それはまた、どうして？」と私は訊いた。

「グリーンウッド夫妻とモリス夫妻を招いたディナーにジェフを出席させたときから状況が変わったの。あの人ったら、あのロシアの女の子を連れてきたのよ」

「ロシアの女の子ってどっちの？」とディードが訊いた。

「どう見ても十六歳は超えていない子のほうよ。しかもその子、時給で雇われてた。スカートの丈なんて〈エルメス〉のスカーフの半分くらいしかなかったし、英語だってほんのかたことしか話せなかった。ディナーがどんな様子だったか想像つくでしょ。特に、ハリー・グリーンウッドときたらディナーのあいだじゅう、彼女と身振り手振りで会話をしようとしてた。スーザンはわたしのことを決して許さないでしょうね。ロシアの女の子がおっぱいを武器にいかに喜々として祖国を擁護するかってことや、その手のくだらないことに関しては特に」

「スティードとはどうやって知り合いになったんですか？」と私は尋ねた。

「彼はわたしの妹の秘蔵っ子だった。それに妹が亡くなるときにはとてもよくしてくれたのよ。彼の力になってやってくれというのが妹の最期の願いだった。正直言って、わたし自身、とても彼に惹かれたわ。主人に彼を推薦して就職させたのもわたしだし」

「〈メドヴェド、モーニングスター〉にですか?」

「ええ。ジェフはとても優秀だと聞いてるわ」

そこへ突然、ジョックがチョコレートスフレを手に現れた。

「あらまあ、ジョック。わたし、もうお腹いっぱいよ。またデブに逆戻りしちゃう。でも、ありがとう」とディードは言った。「ママ、わたし、そろそろ行かないと」

「わかったわ、ハニー」とナンは言い、舌舐めずりをした。私に対してか、スフレに対してかは定かではなかった。「ミスター・ワゴナーとわたしは、一緒にチョコレートをたっぷり愉しませてもらうわ。ね、ミスター・ワゴナー?」

29　ギル

おれたちは車に乗り込み、ミセス・アリスとともにコネティカットのグリニッジへ向かう、真っ暗で木しか見えないハイウェイを走った。走れど、走れど、木ばっかりだ。両脇の道に数頭の体の小さいシカが見えた。おれはなんとなく怖くなってきた。もし、これがビーチなら話はちがう。ビーチならひとりになってもどうってことはない。だが、家もちらほらとしかないような、こんな木ばっかりの場所ではごめんだ。こういうところでは泥棒が盗みを働きやすいんじゃないんだろうか？　よくわからないが、おれの思考回路ではそう思う。おれの住んでいるところでは近所づき合いってものがあるし、大声を出せば、五万の人たちの耳に届く。

車が壊れたりしたときのために、おれは注意に注意をかさねて行き先を確認していた。帰り道がわかるように。ブラジルではストリートで多くのことを学んだ。ここで育っても絶対学べないようなことを。たとえば歩いているときは常に用心しなきゃならないってことを。別に誰かに借金があるわけじゃない。ただ、自分がどこにいてどこへ向かっているかってことをいつでも把握しておきたいだけだ。おれはたとえどこに連れていかれたとしても、相手と話を続けながら、自分がどこにいてどこへ向かっているかをきちんと観察できる人間だ。通りの名前なんかは必ず記憶しておく。そういうことができないやつもいる。ファビオがそうだ。やつに電話をかけて、今どこにいるんだ、ファビオ？　と尋ねたとする。するとやつは、わからない、と答える。自分のいる場所がわからないなんて。おれに関してそういうことは絶対にない。

二時間後、おれたちはハイウェイを降りて人気《ひとけ》のない、狭い通りを走った。いったい人々はどこにいるんだろう？　なんだかぞっとする場所だった。おれはナターリアの顔を見ようとした。だが、彼女はこちらに顔を向けなかった。ミセス・アリスは子供たちの話をしていた。上の子はサッカーの試合で、それから下の子はチェスの試合で負けたことがないらしい。おれは子供たちに会うのが待ちきれなかった。きっと生意気なガキどもだろう。

その後、車は細かな砂利を敷き詰めたドライブウェイにたどり着いた。おれは思った。なんとね、ウェスト・バブルファックに来ちまったよ。ドライブウェイがコンクリートでできていないようなくそ辺ぴな場所に。

ミセス・アリスの家は一見の価値があった――ヒャー！　なんてでかさだ。寝室が十はありそうだった。だが、外観は古くてぼろ家だった。十七世紀に建てられたらしい。古いだけで、住み心地がよさそうには見えなかった。たとえば、そう、城みたいな感じ。小さなお城だ。石造りではないけれど、とにかく城みたいに見えた。この家の外装はいじれないの、とミセス・アリスは言った。設計にも手を加えられないのだそうだ。グリニッジにあるのはそういう家ばかりだ。なぜかは知らない。それがここのやり方なのかもしれない。だが、内装はいくらでも変えられるらしい。

そういうわけで、家のなかにはいるのが待ちきれなかった。だが、いざはいってみると、室内も古いものばかりだった。飼い犬たちまで古かった。最近じゃめったに見なくなった、ひと昔まえの種類の犬だ。とにかく馬鹿でかくて、頭のいい犬——ただし、毛の色は黒じゃない。廊下の先に階段があり、それからソファがたくさん置いてある部屋もあった。たぶん、あのソファは全部観賞用だ。なぜって、あんなソファに坐ったら、おれだったらまちがっても靴を履いたまま足を載せたりはできないからだ。ゆったりと坐れそうな、やたらとでかい椅子もあった。あんな椅子に坐ったら、きっと王さまになったような気分になれる。絨毯は色とりどりの花柄模様だった。絨毯にこだわるとものすごく金がかかる。だが、そんなのは金をどぶに捨てるようなものだ。いくら掃除をしてもいずれは汚れて古くなっちまうんだから。

　絵もいくつか置いてあった。すごく古い。そのうちのひとつを描写するなら、山で遭難した人が、川の近くで何かを見つけようとしている、といった感じ。ほかになんて表現していいかわからない。『指輪物語』みたいな感じの絵もあった。それからパメラ・アンダースンを思わせる絵も。彼女とトミー・リー（元〈モトリー・クルー〉のドラマーでパメラの前夫）がボートの上でファックするビデオ（ふたりのセックスシーンを撮ったビデオの流出事件は有名）を見た人にはわかってもらえると思う。ただし、背景は湖と山だ。とにかく、そんな感じ。もしおれが、この家の所有者だったら、ブラジルをリアルに描いた絵を飾る。この世界で一番美しい場所の絵を。

　キッチンに置いてある食事用のテーブルも古かった。いくらするのかは知らないが、おれだったらそれがゴミ捨て場に捨てられていても、持っていくようなことはしない。そんなテーブルだ。古くて木製の、ああいうテーブルはやたらと重い。だが、絨毯とはよくマッチしていた。それから机もあった。おそらくおれのじいさんくらいの歳の人はよくこんな机で手紙を書いたんだろう。ものを書くのに羽根のペンを使っていたような時代に。だが、おれの好みじゃない。古すぎる。〈イケア〉で百五十ドルで買える最新式のパソコンデスクのほうがずっといい。もっとも、ミセス・アリスの机はそれよりもずっと高いんだろうが、それがおれの物の見方だ。

それから箪笥《たんす》。それを見ておれはブラジルのことをいろいろと思い出した。ブラジルの家にも似たような箪笥がある。古いやつだ。うちにある家具のうち、いくつかはじいさんたちから譲り受けたものだ。うちにはアメリカ人のようにぽんぽん家具を買えるだけの金がなかったからだ。だが、ここにある箪笥も誰かから譲り受けた、すごく古いものに見えた。おれは彼女に訊いてみた。ミセス・アリス、この箪笥はじいさんの代からのものですか？　すると彼女は言った。いいえ、これはニューヨークの〈クリスティーズ〉（世界でもっとも規模の大きいオークションハウス）で買ったの。ジョージ・ワシントンの時代のものなのよ。彼女はその箪笥を何人かの男と競《せ》った結果、八万ドル近くを払って手に入れたそうだ！　ほんとうに彼女自身がそう言ってたんだ。まいるね、まったく。その話を聞いたときおれは思わず笑い出しちまった。ミセス・アリスは、何がそんなにおかしいの？　と言った。ナターリアは眼で、口を閉じていなさい、と訴えていた。おれは言った。自分でもよくわからないけど、おかしくて。もし、その箪笥を売ってもらえるとしたら、おれならいくら出すと思います？　五十ドル以上は出しませんね、絶対。それもどうしても必要だったら、の話です。

おれはそういった古いものが好きじゃない。なぜって、おれたちは現在《いま》を生きているわけであって、過去に生きているわけじゃないからだ。『ＭＴＶクリブス』（有名人が自慢の豪邸を紹介するＭＴＶの人気番組）に登場するバスケットボール選手の家には最先端の真新しいものしか置いていない。ヒップホップ歌手の場合も同じだ。もし、おれが家を持つようなことがあったら、薄型テレビみたいに実際に見て愉しめるようなものを買う。大音量で音楽を聴きたいからサラウンドのステレオも買う。それから、バーカウンターも。そこにはいろいろな種類の酒は置かずに、自分の好きな酒だけを置く。そして親しい友だちを全員呼べるように、必要なものを揃える。親しい友だちがいる人間は、とてつもなく高いものを家に置いたりしない。金持ちだと思われるからだ。おまえは金持ちなんだ、って決めつけられて、ほかには何を持ってる？　って訊かれるからだ。

ナターリアは感心していた。まあ、ミセス・アリス、とてもすばらしいですね、あれも、それから、これも。そんなことをぺちゃくちゃしゃべっていた。まるでほんとうに古いものを欲しがっているみたいだった。百万年後に古いものを買おうと思っているみたいだった。だが、断言するが彼女は絶対にそんなものは買わない。

ミセス・アリスの旦那がキッチンにはいってきた。六フィート四インチと背が高い。名前はビル。彼はおれと握手すると、尋ねた。どんな仕事をしているの？　おれは答えた。靴磨きです、サー。すると彼は言った。それはとてもいい仕事だ。けっこう稼げるのかい？　おれは言った。まあ、そこそこです。職業を告げると、へえ、靴磨きね、と言ったきり口を利かずにおれのことを冷たい眼で見るやつもいる。でも、彼はちがった。へえ、じゃあ、ほんとうに靴磨きをしてるんだ。いや、もちろんそれはとてもいい仕事だけど。それでけっこう稼げてるんだね。それはよかった。彼女のことは大事にしてるかい？　彼はとても礼儀正しい男に見えた。だからおれは言った。ええ、大事にしてます。ご親切にどうも、サー。

それから娘のウィラと息子のカーターがキッチンへはいってきた。ウィラは九歳で彼女の歯にはすべて矯正用のブリッジがはめられていた。ミセス・アリスは言った。ウィラ、カーター、こちらはナターリアよ。あなたたちの面倒をみてくれることになるかもしれない人なの。ウィラはプレーヤーでCDを聴いたまま、イヤフォンをはずしもしなかった。自分のことをティーンエイジャーだと思っているようだ。口紅をつけ、タイトなジーンズにブーツ、そしてへそがまる見えのトップといった、ブリトニー・スピアーズ張りの恰好をしている。だが、何よりも変わっていたのは、ウィラがほとんど坊主頭だったってことだ。まるでドナルド・マクドナルド・ハウス（〈マクドナルド〉が立ち上げた、難病の子供と親を支援する宿泊施設）の癌の子供みたいだ。嘘じゃない。ナターリアは彼女にいろいろ話しかけていたが、それに対してウィラはすべて一語——イエス、ノー、ハイ、バイ——で答えていた。

　カーターはごく普通の十四、五歳という感じだった。彼は母親に言った。ママ、友だちに会う予定があるんだけど。アリスは言った。駄目よ、ギルとナターリアと一緒に夕食を食べるんだから。彼が、そんなの知るか《ファック・ザット》、ぼくは出かける、と言うと、彼女は、お願いだからそういうことばを使わないで、と言った。おれはてっきり、息子に出かけるなと釘を刺すのかと思っていた。だが、ちがった。彼女は言った。それじゃ、クレジットカードをそのカウンターの上に置いていきなさい。これはほんとうの話だ。彼女はたしかにそう言った。クレジットカードをそのカウンターの上に置いていきなさい、と。十四歳のガキがクレジットカードを持ってるなんて！　カーターはカードを置くと、ドアをばたんと閉めて出ていった。

　それからおれたちは、下の男の子、オリヴァーの部屋へ行った。彼はまだ七歳だ。だけど、いったいどうして子供にオリヴァーなんて名前をつけるんだろう。そんな名前で呼ばれたら、公園に行ってもいじめられるだろうし、ランチマネーを持っていたら絶対誰かに取り上げられる。

部屋のなかにはいるとおれは声をあげた。ヒャー。そして口には出さずに心のなかで思った。これが子供の部屋だって？　おれの家くらいの広さがあるじゃないか。その部屋はやたらとでかくて、天井ははるか上にあった。大画面のテレビや、絶対に持ち上げられないような重そうな机や、最新モデルのパソコンもあった。それから、やたらとでかいチェスボード。おれはチェスなんてやったことがない。ひどくむずかしそうだし、頭のいいやつらだけがやるゲームだと思っているからだ。でも、ここにいるのはチェスの天才だ。

オリヴァーは分厚い眼鏡をかけていて、やたらとでかい本を読んでいた。おれは今まで一度もそんなでかい本を見たことがなかった。ナタ一リアとおれは、彼に向かって、ハイ、と声をかけた。彼は行儀のいい子らしい。とてもおとなしかった。

それから二歳になる一番下の女の子。正確には二歳半で、とにかくおしゃべりなちびさんだ。絶対に口を閉じない。まるで機械みたいに、しゃべって、しゃべって、しゃべりまくる。そのすべてがひとりごとだ。何しろ、黙っていることがない。彼女の名前はジェニーといったが、ミセス・アリスはそのちびさんを、まるで悪魔を呼ぶようにルシファーと呼んでいた。いたってまじめな話だ。彼女は言った。ねえ、ルシファー、こちらはギルとナターリアよ。

ルシファーだなんて！　どうしたら自分の子供をそんな名前で呼べるんだろう？

そういうわけで、ナターリアはミセス・アリスの家のベビーシッターをすることになった。料金は週に六百ドル。勤務時間は月曜の夜から土曜の夜まで。一週間この家に泊まって、土曜の夜には市《まち》に戻り、月曜まで自由に過ごす。でも彼女はこの家に泊まっているあいだ、きっと毎晩おれに電話してくるにちがいない。

30　グレッグ

「今晩、大事な話をしたいんだけど」とアニーが言った。

「大事な話って?」――なんの話かはわかっていたが、私は尋ねた。ここ一週間ほど生理が遅れていたアニーは妊娠検査薬を買うと言っていたからだ。

「ちょっと電話じゃ話したくないの。たぶん、七時には会社を出られるから、それからあなたの家に行くわ。デリバリーを取りましょう」

なんてことだ!　この私が父親になるなんて!　もし検査の結果が陰性だったら、彼女は電話でそう告げるはずだ。

「いいよ」と私はなるべく落ちついて聞こえるように言った――実際は心臓が飛び出しそうだったが。「デリバリーだね。了解だ」

「愛してる」とアニーは言外の意味をにおわせて言った。

「おれもだ」

電話を切ってからも長いあいだ、坐ったまま深く息を吸って受話器を見つめていた。アニーはピルを使っていた。ピルの説明書には妊娠する可能性は〇・〇五パーセントと書いてあったが、まさか自分がその可能性に当たるなんて。実際に妊娠がわかったあとでも信じられなかった。

とても仕事など手につかなかった。しばらく歩いて考える必要があった。私は公園に足を向け、適当に小道を歩きながら、自分の靴をひたと見つめ、子供ひとりを育てるのにいくらかかるか考えた。その費用については結婚した友人たちからいやというほど聞かされていた。

まず、アニーと私は引っ越しをして一緒に住まなければならない。今の時代、マンハッタンでベッドルームふたつのアパートメントを買おうと思ったらだいたい百万ドルは必要だ。眺めが抜群のものとなれば百五十万ドルはくだらない。共働きをするとしたら（私がなんとか奇跡を起こして、今の職を失わずにすんだら、の場合だが）フルタイムのベビーシッターを雇わなくてはならない。年に三万ドルで優秀なアイルランド人のベビーシッターを雇うのは無理だろう。となると、私たちの子供はジャマイカ訛りの英語を話すことになる。保育園に年一万四千ドル、そのあと私立の学校に入れるとしたら年に三万ドル。私立学校なら〝学校運営資金〟なるものを子供ひとりにつき年に最低五千ドルは寄付することになるだろう。そしてピアノや水泳や体操のお稽古にサマーキャンプ。大学にはいるころには授業料はおそらく年に十万ドルになっているだろう。すべて合計すると三百万ドル。そこまで考えたところで、両脚がひどく震え出したので、私はしかたなくベンチに腰をおろした。

深く息を吸った。気持ちを落ちつかせる必要があった。そして自分がどうしてアニーを愛しているかを考えてみた。彼女は私の知っているなかで一番賢い女性だ。決してしょげたり、落ち込んだりしない。弁護士をしているのは法律が大好きだという、もっともな理由があるからだ。彼女のおかげで私もなんとかまともな生活ができている。ほかの多くの聡明でエネルギッシュな人たちとはちがって、彼女はきちんと人の話を聞き、特に言いたいことがなければ口を開かない。セックスを愛しているし、スタイルも抜群だ。そして私のことをこの世で一番すばらしい男だと思ってくれている。

私がしっかりしなければ。アニーは子供を持つことにかなりの不安や迷いを感じているのだから。それに世のなかの人たちはみんななんとか子供を育てているじゃないか。私たちだってできるはずだ。子供を持つのに〝都合のいい〟時期などありはしない。困難を克服し、なんとかやっていくしかないのだ。生まれてくるのはきっとすばらしい子供だ。これは私たちふたりが望んだことだ。子供の誕生は新しい、素敵な生活のスタートになる。

もっと責任感を持って、懸命に働かなくては。

急に目先のことが気になってきた。赤ん坊はどちらに似るのだろう？　私にもちゃんとおむつを替えられるだろうか？　夜は少しは睡眠を取れるのだろうか？

そんなことを考えるうちに気が楽になってきた。

今夜のディナーでお祝いをしよう。私はシーフードマーケットへ行ってカキを買った――アニーの好物だ。彼女はカキを生で食べるのが好きだが、妊婦は生の魚や貝を食べてはいけないとどこかで聞いたことがあったので、フライにすることにした。それから上等なシャンパンとテーブルに飾る花を買った。買いものをしたり、テーブルをセットしたり、食事の支度――ワインをがぶがぶ飲みながら――をしたりしていると気分が浮き立ってきた。おれは父親になるんだ！　この難局を乗り越えられるかどうかはおれ次第なんだ！　絶対に乗り越えてやる！　おれもやっと一人まえの男になったんだ。

　アニーが玄関の鍵を開ける音がした。私は急いで彼女に駆け寄り、抱きしめた。

「妊娠したの……」彼女は突然泣き出した。

「わかってる、わかってるよ」と私は言った。「素敵なことじゃないか。おれたちにすばらしい子供が生まれるんだ」

「でも、ホルモン値が……」彼女はこちらが心配になるほど青ざめていた。

「ホルモン値がどうしたって？」

「高いのよ」

「それって、よくないことなのか？」

「双子だって」

「ほんとうに？」

「もしかしたら、三つ子かもしれない。八週めじゃ、まだわからないんですって」

　部屋がぐるぐるとまわり出した。「グレッグ、いやだ、どうしよう」アニーの声が遠くで聞こえる。「あなた、だいじょうぶ？　救急車を呼んだほうがいい？」

31　ギル

おれはミスター・ビグローの警備主任に呼び出された。ミスター・ビグローが靴を磨いてほしいときはたいていその主任がおれを呼び出す。おれはオフィスへ行くたびに、こんな場所に住めたらと考える。ヘイ、ギル、ここに住みたいかい？　それならオフィスのひとつで寝るといい。そう言ってもらうことがおれの最大の夢だ。

ミスター・ビグローのオフィスはやたらとでかい。あんなでかいオフィスを持ったら普通は調子が狂っちまうんじゃないだろうか。ちょっと考えてみてくれ。どんなことでもできる経営者になれるとしたら？　絶対に調子が狂うに決まってる。それにしてもこんな会社を経営するってのはどんな気分だろう？　きっとちょっとした神になった気分だ。会社のなかを歩けば人が自分を避けていく。ワオ！　ここじゃ、経営者は映画スターよりすごい存在だ。みんなが自分の噂をする。金持ちだってことも知られてる。経営者は会社負担で自家用ジェットを持てるし、ただで食事ができるし、ストリップバーに行きたければ、そこでひと晩に二万ドル使うこともできる。もし、一日おきにそういうことができるとしたら？　とても想像できない。

ミスター・ビグローは毎回毎回、いつになったら学校へ戻るのかと訊いてくる。おれはできることならこう言ってやりたかった。いいか、おれは家賃を払ってる。いい加減気づいてくれ。ここの連中はみんな楽な生活が当たりまえだと思っている。彼らの場合、両親がなんでも払ってくれるから家賃を払う必要もない。勉強だけしてりゃいい。そのほうが簡単だから。勉強する以外にやることなどないから。

警備員がミスター・ビグローのオフィスまで護送らしきことをしてくれた。直属の秘書のまえを通過し、部屋にはいるとミスター・ビグローはいつものように電話中だった。おれは彼の電話が終わるまで待ってから、靴を磨きはじめた。

ミスター・ビグローはとても悲しげでなんだか戸惑っているみたいだった。彼はおれの顔を見つめて言った。ギル、きみに話しておきたいことがある。だが、この話はここだけの秘密にしてほしい。きみはこの会社のなかで私が信用できる人間のひとりだ。それはきみがここでどんな話を聞いてもそれを人に漏らすようなことをしなかったからだ。それじゃ、話をはじめようか。きみから聞いた件について調べたところ、ミスター・スティードは会社が禁じている不正行為をおこなっていたことがわかった。

そしてミスター・ビグローは続けた。今からミスター・スティードを電話で呼び出して、この件について話をしてみる。そして彼の合意が得られるかどうか――つまり彼が会社を辞めてくれるかどうか――様子を見てみよう。彼を罰するつもりはない。ただ、会社を辞めさせるだけだ。

ミスター・ビグローはおれにこの場にいて成り行きを見てほしいと言った。彼のビジネスでは何が正しくて何が正しくないかをおれにちゃんと見てほしいのだ、と。彼は言った。人間、えらくなると何をしてもいいと思いがちだ。だが、それはまちがっている。ギル、きみはとても正直な人間だ。いつも時間どおりにここに来てくれるし、仕事もきっちりやっている。不平を言ったことは一度もない。だから、正直な人間は報われるということをきみに証明したいんだ。大金を稼ぐ連中のほとんどが、金さえ稼げばいいと思っている。彼らはいつも不平を言っている。自分たちが正しいこともあれば正しくないこともあるってことをわかっていない。いつでも自分はミスター・公正《ライト》だと思っている。

彼は会社内でいかに不正が横行するかを見せたいと言った。おれの眼から見るとこの会社の人たちはみんな完璧だ。不正を働くような人間はいない。でも、ミスター・ビグローはおれが思っていたのとはまったくちがう世界を見せると言った。

ミスター・ビグローはミスター・スティードを呼び出すようにと秘書に言った。五分後、ジェフ・スティードがやってきた。彼からはミスター・ビグローの机のうしろで靴を磨いていたおれの姿は見えなかった。ミスター・ビグローはジェフに状況を説明しはじめた。

彼は言った。今回明るみになったこと、つまりきみが社内でおこなっていたいくつかの不正について私は非常に残念に思っている。いいか、私は社内のある情報提供者を通じて、きみが会社が禁じている不正行為を派手におこなっていることを知った。そこできみはもうこの会社にはふさわしくないと考えた。きみがやっていたことは私まで馘にしかねない。なんといっても私はここのボスだからね。それにきみは会社を深刻なトラブルに巻き込みかねない。そんなことになれば会社の評判はずたずただ。だから一番いい解決策はきみに会社を辞めてもらうことなんだ。

たしかにきみはこの会社に多くの利益をもたらしてくれた。でも、その一方で誠実ではなかった。私としてはきみに辞職をしてもらいたい。

ミスター・ジェフは何も言わなかった。かなりショックを受けているようだった。

ミスター・ビグローは続けた。今回のことで何が正しいおこないかをきみが悟ってくれるといいんだが。私はきみがよりよい人生を送り、次の仕事先ではもっと慎重に行動することを願っている。

そこまで聞いてジェフはキレた。そんなことを言われるなんて夢にも思わず、辞職する気もさらさらなかったからだ。彼は相当頭にきたらしく、顔がどんどん真っ赤になっていった。だが、怒鳴るようなことはしなかった。オフィスのなかで怒鳴ったりできないことはわかっていたし、もし秘書に怒鳴り声を聞きつけられたらすぐに警備員が飛んでくるからだ。だから、とても静かな声で言った。おまえなんかくそくらえだ、ビグロー。ちくしょう、ちくしょう、ちくしょう。

ミスター・ビグローに向かってそんなことばを吐くなんておれには信じられなかった。

そして彼は言った。いいか、ぼくを馘になんかできないぞ。辞めてほしいなら、それなりの金を寄越せ。それで勘弁してやる。

するとミスター・ビグローも激怒した。彼としてはジェフに自分から辞職してほしかったのだ。彼は言った。いいか、頭を冷やすのに一時間の猶予をやろう。

ミスター・ジェフはミスター・ビグローの眼を見て言った。いいか、このくそ野郎――彼は実際にミスター・ビグローをそう呼んだんだ！　嘘じゃない。そして続けた。おまえのやってることはすべて知ってるんだ。〈セント・ジョーズ〉と聞いて何か思い当たらないか？　ぼくはすべて知っている。おまえがあの件にどう関わっていたかということを。スイスのどの銀行口座を使っていて、そこには騙し取った金が数百万あるってことを。ちくしょう、ちくしょう、ちくしょう、この大嘘つきめ！　金を寄越さないなら、おまえもぼくと一緒に刑務所行きだ。

それを聞いておれはすっかりびびっちまった。せっせとミスター・ビグローの靴を磨いていたおれは、話の内容がかなりやばくなってくるまで手を止めなかった。でも今、磨くのをやめた。そんな話を聞くことになるとは思ってもいなかった。まずいことになった。ここにいるべきじゃなかった。

ミスター・ビグローはその場に空気がなくなってしまったかのように咳き込んだ。息を吸い込んだ拍子に何かを咽喉に詰まらせた、という感じの咳き込み方だった。ミスター・ジェフは言った。五千万ドル寄越せ。寄越さないならＦＢＩへ行く。ＦＢＩはすでにおまえのやっていることなどお見通しだ。もう調査だってはじめている。おまえに一時間の猶予をやるよ、ミスター・ビグロー。その一時間で、ぼくに金を寄越すか、刑務所へ行くか、どちらにするか決めてくれ。ぼくはよろこんでこの肥《こえ》だめの外で待っててやるよ。

それだけ言うとミスター・ジェフは部屋を出ていった。

そして、おれときたらまだ机のうしろにいた。泣き出してしまいそうだった。なぜって、ミスター・ビグローはおれのことをすっかり忘れていたからだ。みんなすぐにおれの存在を忘れちまう！　でもおれはここで話を全部聞いちまった。ふたりが百万って金――ミスター・ジェフが寄越せといった五千万やミスター・ビグローが盗んだ数百万――の話をしているとき、おれは思った。なんてことだ、おれはこのふたりの秘密を知っちまった。やばいことになった。死にそうだ！　きっとふたりに殺される！　彼らに！　なんたって大金がからんでる。そしておれが殺されても誰も気にしない。なぜって、彼らみたいな大物にとっておれみたいな無一文の小物を殺すことなど屁でもないことだからだ。警察も事件を調査したり、おれの身元を割り出したりはしないだろう。

ミスター・ビグローは五分ほど身動きひとつしなかった。そしておれのほうを見て言った。あ、ギル。まだいたのか？　おれは言った。ええ、ちょっと靴を修理していたもんですから。彼は言った。話を聞いたか？　おれは言った。いいえ、何も聞いてません。靴を磨くことに集中していましたから。靴ひもを替えたりもしていたし。それにアイポッドを聴いてたんです。だからあんたたちがなんの話をしてたのか、さっぱりわかりません。

おれが靴磨きを終えると、ミスター・ビグローはこう言ってなんと百ドルをくれた。きみはいい子だ、ギル。いい子のままでいるんだぞ。ここでの話は誰にも言ってはいかん。あの男、ミスター・ジェフは頭がどうかしている。贓と聞いておかしくなっちまったんだろう。彼は自分が何を言っているのかわかっていなかった。なんとか弁解をしようとしてただ思いついたことをしゃべっていただけだ。彼の話はすべてたわごとだ。

わかってます、わかってます。さあ、靴をどうぞ、ミスター・ビグロー。おれはそう言ってオフィスを出た。

だが、おれはすべてを知ってしまった。

第二部　靴を磨く

32　ギル

おれがまだ今よりずっと若いころに、父さんが仕事場にしていたスポーツクラブで靴磨きについて一から教えてくれた。そのころは父さんの手伝いとして、一日に三足か四足の靴を磨き、駄賃として十ドルをもらっていた。靴を磨くのは愉しかった。誰かにじろじろ見られることもなかったし、おれが靴磨きをしていることを誰も知らなかったからだ。それに仕事について尋ねられたら嘘をつけばよかった。

スポーツクラブに行った最初の日、父さんは言った。ここに坐れ。靴の磨き方を教えるから。まずは布だ。洟《はな》をかむときに使うような布だよ。父さんは布をおれに渡した。いいか、それを広げてふたつ折りにするんだ。真ん中じゃなく、ひとさし指となか指が二本はいるところでふたつに折る。指人形をつくるみたいに。それから布の端を持って指の甲に巻きつけ、残りの三本の指で押さえる。すると二本の指に布がしっかりと巻きつく。だが、あまり布を強く締めつけると指を痛める。指が楽に動くようにしておかなきゃならない。締めつけすぎるとものの五分で指が折れるぞ。だから布の端を持つ手を少しゆるめておけ。父さんにそう言われてやってみたが、布を巻きつけるのに二時間もかかってしまった。だが、手に正しく布を巻きつけるのにまる一日かかる人たちも世のなかにはけっこういるらしい。

靴を磨くにはまず最初に靴の汚れをブラシで落とす。それからスポット・リムーバーと呼ばれる液を使う。これはアルコールみたいなもので、靴についている古い靴墨を取り除く。そのあと布を取り出し、靴墨をつけて磨く。このとき、色に気をつけなきゃならない。濃い赤茶《オックスブラッド》と赤褐色《マホガニー》とワイン色《コードバン》はそれぞれちがう色だ。だから靴をじっくりと見る必要がある。黄褐色《タン》と明るい茶色《ミッドブラウン》と茶色《ブラウン》もちがう。黒にかぎっては一色。青については――よくわかっていない人が多い。そういう人はたいてい、暗色系だからという理由で黒い靴墨を使って青い靴を磨く。すると青い革は黒っぽくなってしまう。

　色をきちんと確認したら、少量の靴墨と水を布に含ませる。この靴墨の量ってのがむずかしい。感覚で覚えるしかない。決して靴墨の缶に指を突っ込むようなことをしてはいけない。二度か三度、軽く靴墨に触れ、そこに水を垂らし、円を描くようにごくゆっくりと靴を磨く。車を磨くときの要領でいくつも円を描いていく。ゆっくりと。革の感触をたしかめながら。あまり急いで磨くとはがれてしまう革もあるからだ。

　超特急で磨けばあっという間に仕事が終わると思っているやつもいる。でもそういうやつはなんにもわかっちゃいない。靴磨きってのはそんなもんじゃない。まずは靴に触れてみることだ。ただ坐って、なんでも手早くすまそうなんて考えじゃ駄目だ。時間をかけて少しずつ靴全体を磨く。靴が乾いてきたなと思ったら、少し水を垂らして、靴墨を足してやる。そして全体を磨き終わると艶が出る。すごく柔らかい革の場合はそれほど艶は出ないが、〈オールデン〉や〈アレン・エドモンズ〉といった靴のように固い革の場合はかなりの光沢が出る。馬の革が使われているからだ。

でも光沢が出るか出ないかは仕事のやり方次第だ。何もわかってないやつは、やたらと靴墨を塗りたくり、ブラシをかけることしかしない。そうやって靴を磨くやつは多い。靴墨は革に馴染むまでに時間がかかる。だから一度にたくさんの靴墨をつけては駄目だ。ほんとうに少しずつつけて、靴を磨かなくてはならない。それに靴墨をつけすぎると、ブラシで取り除かなきゃならなくなる。もちろん、十分に時間をかけていい仕事をする人たちもなかにはいる。彼らはおれと同じようにどこかのビルを仕事場にしている。そういう人たちはみんな、一足の靴に最低八分はかけろって言ってる。

靴墨がきちんと靴に馴染んでいれば、五回も六回も靴墨をつける必要はない。一回か二回で十分だ。一度丁寧に靴墨を馴染ませ、それからごくゆっくりと拭き取っていく。おれは靴墨を拭き取るのに水を使う。そして今度は水を馴染ませるように円を描きながら磨く。そのあとできあがりを確認し、必要ならつま先部分に少しだけ靴墨を足してやる。

靴墨ではなくクリームを使う場合もある。クリームは靴墨とはちがい、革本来の色を取り戻してくれる。このときは水は使わない。クリームは革の手入れに適しているが、それは革の質にもよる。すべての革に向いているというわけじゃない。たとえば馬の革には向かない。だが、〈グッチ〉の靴のように柔らかい革、特に白のなめし革など、色の褪せやすいものには適している。そういった靴にクリームをつけてやればまるで新品のようになる。艶は出ないが、店で買ったばかりの靴のように見える。しっとりとした感じだ。クリームをつけてから靴墨で磨けば少しは艶が出る。だが、靴墨だけで磨いたときほど艶は出ない。質のちがうものを混ぜて磨いてもぴかぴかにはならない。
〈ユーリの靴修理店〉で一緒に働いていたロベルトはひどく傷んだ靴を見るといつも言ってた。〝このくそみたいな代物〟はクリームでいいさ。そしてクリームを取りにいくとまた悪態をつく。くそくらえ！　丁寧にやる気などまったくない。ちょっとブラシをかけてすばやく磨く。すぐに仕事が終わるように。クリームを靴全体につければ、見栄えはよくなる。靴墨は靴全体には使えないが、クリームは使える。靴墨はつま先を磨くのにはいいが、かかとには合わないんだ。

仕上げに使う白いクリームとなるとまた話は別だ。それはデリケートクリームと呼ばれるもので、革にやさしく、つま先に艶を出し、ぴかぴかにするといわれている。まあ、たしかにちょっとはぴかぴかになるかもしれないが、おれはあまりちがいは出ないと思っている。どちらかといえば客に対するパフォーマンスだ。そんなものを使うのは、手間暇をかけて靴を磨いていることを客にアピールする手段にすぎない。へまをやったときなんかは、そのクリームをつけてタオルを使って磨くこともある。

クリームを塗ったときは仕上げにブラシをかける。それでおしまい。だが、靴墨をつけたときは仕上げにタオルを使う。ただし、このとき使うタオルはきれいなものでなくちゃならない。タオルに少しだけ水を含ませ、それを上下左右に動かしていく。あまり力を入れてはいけない。靴のうしろや側面も拭いてやる。タオルを使っても光沢は出ない。磨いて磨いて磨き抜くことで靴には光沢が出るからだ。タオルは単に拭き取りの道具でしかない。車にワックスをかけたあと、タオルで余分なワックスを拭き取るのと同じだ。

靴の側面は磨きにくい場合が多い。なめらかになるまでこするのはかなり大変だ。つま先やかかとは完璧に磨けるが、側面は曲がってるから磨くのが一番むずかしい。とにかく側面に艶を出そうと思ったらひと苦労だ。

おれは百ドル出して靴磨き用の道具箱を買った。なかにはブラシが二本はいっていて、一本は茶色の靴用に、そしてもう一本は黒の靴用ってことになっている。だがおれは、明るめの色の靴を磨くときは茶色の靴用のブラシを使い、濃い茶や暗褐色の靴を磨くときは黒の靴用のブラシを使うといったように、使いまわしをしている。靴墨の色は黒、ブラウン、青、タン、グレー、マホガニー、オックスブラッド……とにかく、ありとあらゆる色が揃っている。それからクリーム。靴にうるさい人たちの多くがクリームを使いたがる。クリームの色はそれほど多くない――おれの持っているのはブラウン、ダークブラウン、コニャック、ミッドブラウン、グレー、コードバン、そして黒だ。

靴を磨くためのタオルも常備する。店に行って真新しいタオルを買い、それを切って端切れにし、洗濯機にほうり込んで洗う。それがおれのやり方だ。持ち歩くのは、一日に使うタオル、スプレー、そして歯ブラシ二本。歯ブラシはたいてい靴の側面の革と靴底のあいだや、へりをこするのに使う。そういう部分には汚れが溜まっていることが多く、歯ブラシを使わないときれいにならない。そこにはいり込めるのは歯ブラシの毛だけだ。そのほかにボトルにはいった、靴底用のオイルも持ち歩く。あまり重要なものじゃないが、店で働いていたりすると客の多くがそのオイルをつけたがる。

おれは靴を見ればその種類を見分けることができる。〈グッチ〉から〈ジョン・ロブ〉までいろんな靴を。〈ジョン・ロブ〉の靴はほとんどがイギリスで作られてるから一足千二百ドルはくだらない。普通の人はそんなことはきっと知らない。

すごく値段が高くても――あえてブランド名は出さないが――ほんのわずかな期間しかもたない靴もある。おれはそういう靴が好きじゃない。それこそ三百ドルか四百ドルもする〝くそみたいな代物〟だ。革がすぐに駄目になる。まったくいやな革だ。まえに茶色の靴を履いている客がいたが、六ヵ月もすると靴の革の部分ははがれてしまった。革が柔らかすぎたんだ。柔らかい革は少しこするとすぐはがれる。ビーチに行って日焼けした肌をこすると体全部の皮がむけちまうのと一緒だ。そういう靴を磨くときはまったくいやになる。おれはその客に靴を返しながら言った――その人はおれが懇意にしていた客だった。お客さん、この靴なんですが、なんといっていいか……。するとその人は言った。なるほど、ぼろぼろだね。

〈グッチ〉の靴はいい。おれのお気に入りだ。とにかく形がいいし、銀色の留め金がついているやつはほんとうに恰好いい。〈グッチ〉の靴を履いている人は〈ヴェルサーチ〉やほかのブランドの靴を履いている人よりずっと趣味がいい。〈ヴェルサーチ〉の靴はどちらかというとひけらかし屋向けだ。〈グッチ〉の靴を履くと誰でもいっぱしの男に見える。それにジーンズに合わせたらもう最高だ！　革質もいい。きちんと手入れをすれば三、四年は履ける。

〈フェラガモ〉の靴も革質がよくて捨てがたい。〈マノロス〉（マノロ・ブラニクのブランドのこと）もいい。すごくいい。両者とも長持ちするタイプの靴ではなく、どちらかというとスタイリッシュな人たち向けだ。とにかくおれはそう思う。女性には〈マノロス〉を履くことを勧める。ほかにどんな靴が好きかと言われたら——〈ポール・スチュアート〉だ。あそこの靴は一流品だ。形が文句なしにすばらしい。革もとてもしっかりしている——柔らかいのにしっかりしている。それに見た目ときたらもう、完璧だ。

33　ギル

おれが六歳のとき、父さんはアメリカに渡った。当時、父さんと母さんはうまくいっていなくてふたりのあいだには喧嘩が絶えなかった。父さんはよく酔っぱらって帰ってきた。たいてい外で憂さ晴らしをし、夜遅くに帰ってきては母さんと言い争いをしていた。

父さんの幼馴染みは父さんより先にアメリカへ渡っていた。その幼馴染みは言った。なあ、一緒にアメリカへ渡って大金を稼ごう。それがきっかけだった。父さん自身はそれほど金に固執してはいなかった。おそらく、アメリカってものを体験したかっただけだ——誰も彼もチャンスがころっていると信じてアメリカへ行く。父さんがはじめてアメリカに渡ったときは、その後半年間音沙汰がなかった。当時、うちには電話がなかったからだ。結局、父さんは自分の父親に電話をし、何日の何時にどこそこに——たとえば、父さんの実家に——いるようにおれたちに指示をした。そこへ電話をかけるからと言って。当時は連絡を取るのがそのくらいむずかしかった。

その後、何年も経ってから、父さんがアメリカに来たときの状況を聞かされた。金は九十ドルしか持っていなかったそうだ。まじめな話。英語も全然話せなかった。幼馴染みは、アメリカに行ったらいい場所に住めるし、いい仕事も用意されていると言っていた。だが、実際に来てみると、仕事などなかった。幼馴染みは言った。なあ、金も足りないし、この先どうしたらいいかわからないよ。それが小さいころからつき合ってきた友だちのことばだった。その後、彼は自分の思う道を行き、父さんはひとりきりになった。そのとき、父さんは大勢のブラジル人が固まって住んでいる大きな家のひと部屋を借りて住んでいた。そしてそこの住人にこんな提案をされた。おれたちは食うために靴磨きをしてる。おまえもおれたちと一緒に来て、仕事を覚えないか？　そういうわけで父さんは靴磨きをはじめることになった。

だが、苦労も多かったそうだ。そのブラジル人の住む家で散々殴られたこともあるという。父さんはいつも早起きをしていたが、あるときベッドにはいったあとにものすごい騒音が聞こえてきた。そこで起き出していって、うるさくしている連中に言った。ちょっと静かにしてくれ。こんな時間に大声で話したり、音楽をかけたりするのはやめてもらいたい。まだ平日なんだぞ。すると連中のひとりが余計な口を叩くなと言って父さんをぼこぼこにした。

でも、とにかく父さんは靴の磨き方を教わった。今思うとおかしくなっちまう。ブラジルに住んでいるころ、おれはよく人から、おまえの親父さんはアメリカでどんな仕事をしてるんだ、と訊かれた。アメリカに来ないかぎり、ブラジル人にはアメリカの生活がどんなものかなんてわからない。アメリカを別の惑星みたいに考えているからだ。自分たちとはちがう豊かな生活をして、いい車に乗っている人たちが住む惑星だと。なぜって、映画ではそうなっているからだ。映画に出てくる人たちはすごくいい車に乗っているからだ。

おれもここへ来るまえはそう考えていた。父さんは馬鹿でかい家に住み、いい車に乗っているとばかり思っていた。つまり、何もわかっちゃいなかった。父さんは靴磨きをして大金を稼いでいるのだと信じ込んでいた。たしかに父さんはまあまあ金を稼いでいるとは言っていた。そしてその金をブラジルにいるおれと母さんに残らず送ってくれた。当時のおれたちにとっては大金だ。父さんが金を送ってくれたおかげで家の修理もできたし、車も買えた。おれはすごくいい私立学校へ行かせてもらえた。でも、父さんは一度も戻ってこなかった。ブラジルには二度と戻りたくない。そう考えていたそうだ。

そして父さんはおれたちをアメリカへ呼び寄せたいと考えていた。そのために相当な年月をかけて金を貯めた。パスポートの取得には金がかかるし、渡航費用があることも証明しなければならなかったからだ――合法的におれたちをアメリカへ呼ぶためには。おれと母さんはアメリカ領事館に四度もビザを申請した。一度めはどちらのビザも下りなかった。二度めはおれだけビザがもらえて、母さんはもらえなかった。そこで母さんはビザをもらうためにおれのパスポートと自分のパスポートを持って再度領事館を訪れ、こう言った。どうして息子のビザは下りたのにわたしのは下りないんですか？　するとおれのビザは取り消された。母さんもビザをもらえなかった。その時点でおれたちは父さんにもう五年も会っていなかった。だから、そんな生活にはもううんざりだった。母さんはよく泣きごとを言った。もう、お先真っ暗だ。父さんはそのうちほかに女を見つけて、お金を送ってこなくなる。そしてわたしたちを捨てるんだ。

そのときはもう母さんは仕事をしていなかった。生活はすべて父さんに頼っていた。父さんは月に三百ドルから四百ドル、場合によってはもっと多くの金を送ってくれた。そのときはパーク・アヴェニューにある高級スポーツクラブを仕事場にしていたそうだ。そういった場所では一日に百ドルくらい稼げたらしい。父さんはそのクラブで仕事をする権利をある男から買い取っていた。たぶん、千ドルくらい払ったんだと思う。そういうことは巨大なマフィアグループが仕切っている。おれの場合、今のところで仕事をするために三千ドルを支払った。一括ではなく週に三百ドルずつ分割にして。靴磨きの場合、どこかにふらっとはいっていって仕事をすることはできない。まずはコネを見つけなければならないのだ。

たとえば、ある場所で靴磨きをしてるやつがいて、そいつがブラジルなりどこなりに帰ろうとしていたら、金と引き替えにその場所を誰かに譲ろうとする。そいつはその誰かにこんなふうに持ちかける。いいか、この場所を開拓したのはおれだ。だから、ここはおれの店なんだ。たしかに、場所を譲るのは店を売りわたすのに似ている。だが、おれの場合、もし今よりいい仕事を見つけて、そして金に困っていなかったら、払った額と同じ額なんて請求しない。ただで今のところを譲ってもいい。ただし、譲るのは信用できる人間にかぎる。

ビザが下りなかったため、母さんは落ち込んだ。そして父さんが戻ってくれることをひたすら願った。ときどき口に出して戻ってきてほしい、と言うこともあった。でも、母さんは父さんにもっと金を送らせるためにおれに嘘をつかせたりはしなかった。その逆だ。絶対に困らせることはいうなと言っていた。おれがいわゆる水疱瘡《みずぼうそう》ってやつにかかって具合が悪くなったときも、父さんには話すなと言われた。アメリカで働いている父さんに心配をかけたくなかったからだ。だからおれはいつもブラジルでは何ひとつ不自由のない暮らしをしていると父さんに思わせていた。

だが、あるとき母さんが言った。父さんが戻ってくるよ。もう今みたいに寂しい生活とはさよならだ。ふたりはずっとそのことを相談していたらしい。父さんはおれたちと離れて生活することに堪えられない、と言っていたそうだ。なんといってもブラジル人は物よりも家族を重視する。とにかくおれはそう思う。アメリカで働くブラジル人は多いが、彼らの心はそこにはない。心はいつでも家族と友だちのいるブラジルにある。ブラジルじゃ、誰も物欲にとらわれない。たいていの人間が話題にできるほどものを持っていないからだ。金持ちでさえ――金を持っているとは言わない。

だが、そんな矢先、父さんはニューヨークである男に出会った。その男の兄さんはブラジルで医者をやっていた。そしてそのときたまたまおれたちの住んでいるサンパウロで医者の集まりがあった――診療所用の機械を購入したり、その他いろいろなことをするための集まりだ。で、その医者は集まりに出るためサンパウロへやってきて、母さんの夫の振りをして領事館にビザの申請に行った。父さんはそのために彼に千ドルを支払った。

おれは母さんと一緒に祈っていた。そのときの気持ちは誰にもわからないだろう。おれにとってはとてつもないことだった。なぜって、ずっと想像していたからだ。いつも夢見ていたからだ。アメリカのことを。父さんはいつもおれにアメリカの写真やおもちゃを送ってくれていた。

母さんは質問されたとき話すことをおれに教え込んだ。おれたちは領事館でその医者に会い、打ち合わせをした。そしてみんなで嘘をついた。人に嘘をつくのはそれがはじめてだった。話したことすべてが嘘だった。医者は結婚証明書を見せることもなかった。当時は、そんなものより実際の話のほうが重視されたからだ。医者は言った。どうしても必要な機械があって、サンパウロでおこなわれる集まりに参加しに来たんですが、どうせでしたらここから家族をアメリカに連れていって、ニューヨークを見せてやりたいと思いまして。そんなことをぺらぺらしゃべった。すると領事館の女性は言った。ふたりともパスポートを見せてください。そしてパスポートを受け取ると、ボン、ボンとスタンプを押した――申請が受理されたのかどうかはわからなかった。だが、彼女はパスポートを戻しながらこう言った。よろしい。渡米を許可します。三日以内にもう一度ここに来てください。

母さんのあんなしあわせそうな顔を見るのははじめてだった。でも、あまりに動転していてどうしていいかわからないようだった。そこでおれは母さんを引っぱって、行こう、行こう、と言った。領事館の外へ出るとおれたちはその医者に礼を言った。それから母さんは泣き出した。泣いて泣いて泣きまくった。おれは言った。どうして泣くの？　泣くことなんかないのに。おれはまだ小さかったけれど、母さんに泣かないでと言いつづけた。

歩きながら母さんは言った。信じられない。どうやって父さんに電話しよう？　どうしたら電話できる？　母さんはとにかくどうしたらいいかわからなかった。そこでじいさんに電話をかけ、じいさんが父さんに連絡をし、その晩遅くに父さんが電話をくれた。

ビザをもらったとき、母さんはそこに書かれた番号のうしろ四桁と同じ番号の宝くじを買った。宝くじを買うなんてはじめてのことだった。夢でお告げを聞いたとか、道で硬貨を拾ったとか、そういうきわめていい前兆でもないかぎり母さんは宝くじなど買わない。でも、その四桁の番号のくじを買った。結局、そのくじは当たらなかったけど。

それからふたりで食事に行った――外食に。外食なんてしたことはなかった。当時はサンパウロの〈マクドナルド〉へ行くことさえ贅沢だったけれど、おれと母さんはいいレストランに食事に行った。今のおれだったら、きっと高いとは思わないだろうが、ごく普通の中流のブラジル人だったら高いと思うようなレストランだ。次の日、車に乗って、三百六十五段の階段をのぼったところにある教会へ行った。山の上に建つその教会は夜見るととてもきれいだ。週末には屋根の部分にチカチカするライトが点灯される。クリスマスのときに家を飾るライトに似ているが、教会は山の上にあるからとてもきれいに見える。誰もがその教会を愛している。母さんはビザを取得したら教会に行くとそこの聖徒と約束をしていた。おれたちは三十分かけて三百六十五段の階段をのぼった。そして教会のなかにはいり、祈った。

その後、三週間かけて家財道具の一切を売り払った。父さんは変な考えを持っていて、何か行動を起こすときは絶対に人にしゃべるな、というのが口癖だった。悪運を招くと考えていたからだ。だからおれたちはアメリカに行くことは内緒にしていた。まわりの人たちにはブラジルのほかの州に引っ越すことになったと話した。母さんはこんなふうに言いわけをしていた。一台のトラックじゃ荷物は全部積めないしね。別に荷物を持って移動しても危険はないんだろうけど、ほかの州に引っ越すのに荷物を全部持っていきたいと思う人もいないだろ？　それから母さんはおれを買いものに連れていき、すごく上等な服を買ってくれた。ブラジルでは結婚式に出るときでもバカみたいな服しか着ない――バカみたいってことはないけど、ジーンズにスニーカーといった恰好だ。誰もパーティ服に大金など払わない。だが、アメリカに行くために母さんは服を一式揃えてくれた――ジャケットとかそういったものを。今まで一度も身につけたことのないような服や靴を。

ブラジルにいるとき、革靴なんて一度も履いたことはなかった。持っていたのはスニーカーだけ。革靴なんて履かなかった。

母さんはおれのサイズの革靴を選んで、おれの足にあてた。おれときたら、すごい！　すごい！と大騒ぎだった。その革靴は〈バリー〉の靴みたいだった。革が似ていた。その感触ときたら！おれは言った。靴底の部分も革でできてる！　革でできた靴底なんてそれまで見たことがなかった。そのときのおれはきっと見苦しかったと思う。革靴を履いて歩くのはすごく大変だったからだ。つま先はきついし、スニーカーとちがってかかとも固いし。でも、そんなふうにいい恰好をするのは気持ちがよかった。なんだかすごい大物になった気がした。大物になって、人生の成功者になった気分だった。

ブラジルでの最後の日、おれは友だち全員に、アメリカへ行くことを話した。それまでおれのことを嫌っているとばかり思っていた女の子たちからいっせいにキスをされたことを覚えている。当時は彼女たちがそんなことをする理由がさっぱりわからなかった。でも、女の子たちは口々に言っていた。アメリカに行っちゃうの、寂しくなるわ……絶対写真を送ってね。

34 ギル

おれと母さんは空港へ行った。飛行機に乗り、四十過ぎの夫婦のすぐまえの席に坐った。飛行機はものすごく小さかった。国際線の飛行機ってのは普通、やたらとでかいはずだ。でも、おれたちはたった二週間で航空券を買ったり、あれやこれやをしなきゃならなかった。だから、安い航空券しか手に入れられなかった。半端じゃなく安い航空券しか。行き先はマイアミだった。とにかくおれと母さんにとって、それがはじめての飛行機旅行となった。

飛行機に乗り込んだときは母さんも落ちついていた。だが、機体が動き出すとパニックになり、シートベルトをはずして叫び出した。みんな落ちて死ぬ！　みんな落ちて死ぬ！　みんな落ちて死ぬのよ！　するとうしろの席の夫婦が言った。だいじょうぶだから、坐ってシートベルトを締めなさい。それでも母さんは叫びつづけた。駄目、みんな落ちて死ぬんだから！　死ぬんだから！　だが、結局母さんも最後にはシートベルトを締め、おれの手を握った。そして機体は空へ飛び立った。

母さんはフライトのあいだじゅう、ずっとパニック状態だった。特に機体が揺れたときなんかは——いわゆる乱気流ってやつだ——ひどかった。ああ、神さま！　ああ、神さま！　母さんは叫びつづけた。そして祈って祈って、ひたすら祈っていた。それを見ておれは不安になった。そして、どうにでもなれ、と思った。いまだにおれは飛行機が苦手だ。母さんのせいでおれまでびびっていた。機内の全員がびびっていた。

その後、マイアミに到着した。父さんは空港まで迎えにくると言っていた。そこでまず手荷物受取所に行ってみた。おれも母さんも英語もスペイン語も話せなかった。おれにとってはそこで見るものすべてが映画みたいだった。そして思った。誰も彼もが英語をしゃべってる！　この空港のことを話してもきっとブラジルの友だちは信じやしないだろう。

おれたちは父さんを探した。だが、父さんがニューヨークから乗った飛行機はマイアミへの到着が少し遅れていたらしかった。入国審査を受けるためにおれも母さんもポケットには紙切れ一枚はいっていないようにしていた。もし、アメリカの電話番号とか、そういったものが見つかったら即刻ブラジルに送り返されてしまうからだ。おれたちはディズニー・ワールドへ行く大勢の人たちと同じ団体のなかにいることになっていた。それはみんながよく使う手だった——ディズニー・ワールドを見に来たんです。一週間滞在して帰ります。空港を出ると、おれたちは団体から抜け出て父さんを探しはじめた。空港はやたらとでかかった。リオの空港の五十倍はあった。リオの空港には入り口がひとつしかないのに。おれは言った。母さん、この空港はブラジルの空港とは全然ちがう。ここは、とんでもなくでかいよ！

おれたちは父さんが泊まることになっているホテルへ行きたいと思っていた。〈ラマダ・イン〉だ。でも、おれも母さんもそのホテルの名前を忘れてしまっていた。なぜって名前はそらで覚えなければならなかったからだ。結局、母さんの知っている、ババマリオというブラジル人歌手の名前から〈ラマダ〉を思い出した。母さんはパニックになって言った。ああ、もう絶対父さんには会えないんだ。おれは言った。母さん、お金ならあるから、いざとなればニューヨークへ行けばいいよ。だが、母さんはひとつのことがうまくいかないと心配になるタイプだ。とにかくパニックになっていた。おれは母さんとはちがった。何かうまくいかないことがあっても静かに考えるタイプだ。たとえ、ニューヨークの父さんの住所がわからなくても、ニューヨークに行くことは行ける。そこへ行って父さんを待っていればいい。きっといつかは会えるはずだ。おれはそう考えていた。

そんなとき、空港にある椅子に腰掛けて人を待っている様子の女性を見つけた。彼女はスペイン語を話していた。そこで母さんは彼女となんとか会話を交わそうとした。ポルトガル語とスペイン語は似ているけれどちがう。おれたちはその女性の言うことを理解できたが、彼女はおれたちの言うことを理解できなかった。母さんは思い出したホテルの名前を連呼した。ラマダ、ラマダ、ラマダ。するとその女性はおれたちをタクシーに乗せ、スペイン人の運転手に何か言った。そしておれたちは〈ラマダ・イン〉に着くと、受付係のところに行って父さんの名前――クラウディオ――を告げた。するとデスクの女性は言った。クラウディオという方はいらっしゃいません。普通、アメリカ人はラストネームを使ってホテルに予約をするが、ブラジル人はみんなファーストネームを使うのだ。母さんは、どうしよう、と言ってまたもやパニックになった。そしてソファに坐ると泣き出した。バッグを引っかきまわし、なかのものを全部出したりしながら。

でも少し経つと、母さんはもう一度受付係の女性のところへ戻って、クラウディオだよ、と言った。受付係は母さんに話しかけようとしたが、母さんはひたすら、クラウディーオ、とわめいていた。すると受付係は言った。クラウディオ、ああ、クラウディオ・ベニチオさまですね。母さんは言った。ベニチオ、そうだ、そうだ、ベニチオだよ。受付係は言った。ミスター・ベニチオは空港に行ってらっしゃいますが、じきに戻るでしょう。ですから、お坐りになっていてください。その三十分後、父さんは現れた。

　おれたち家族はマイアミで一週間過ごした。それはおれにとってはすばらしい時間だった。マイアミは最高だった。父さんはスニーカーを何足か買ってくれた。〈ナイキ〉じゃなかったのがちょっと残念だったけれど。おれは思った。これからはこの国に住むんだ。アメリカではすべてがちがって見えた。たとえば食べもの。ここの〈マクドナルド〉はブラジルのものとはちがう。アメリカはパラダイスだった。ブラジルじゃ、豆とライスばっかり食べていて、ソーダ水なんてめったに飲めなかった。だけどここじゃ、ソーダ水もジュースもいつでも飲める。おれは思った。すごい！

　マイアミのビーチはものすごく静かだった。ブラジルのビーチは人でごった返してる。人がいっぱいで歩くこともできないくらいだ。それになぜかマイアミの海には波がなかった。ブラジルでは七フィートの波なんて当たりまえなのに。とにかくすべてがちがった。ビーチの砂さえも全然ちがうものだった。ブラジルの砂は自然な感じだけれど、マイアミのものは人工の砂みたいに見えた。

　その後、おれたちはニューヨークへ飛んだ。父さんには送迎リムジンの運転手をしている知り合いがいた。そこでおれたちはリムジン――すごく古くて、伝統的なスタイルの昔のリンカーンみたいなやつ――に乗ることになった。運転手が迎えにくるとおれは声をあげた。ワオ！

　ニューヨークに着いたときは二月ですごく寒かった。リムジンのなかでおれたちは写真を撮り、外の景色を見ては、すごい、すごい、と言っていた。それから父さんが住んでいる場所へ行った。当時、父さんはふたりの男と共同生活をしていた。そこはふた部屋しかない小さなアパートメントだった。結局、おれたちは三人でひとつの部屋に寝ることになった。おれは内心ではくそっ、と毒づいていた。新しく家を借りるつもりだから、と父さんは言い、わたしも仕事をするから、と母さんが言った。

二週間後、父さんはアストリアに小さな部屋を借りた。そこでの生活は最悪だった。一日じゅうふたりで部屋に閉じこもり、意味のわからないテレビを見て過ごしていたからだ。ただただ、時間をつぶす。それはまるで監獄にいるようなものだった。監獄にいて時間をつぶしているのと同じだった。とにかくおれたちはひたすら部屋のなかでじっとしていた。母さんに何か話すことはないかと考えたが、母さんと話をしたい気分じゃなかった。おれたちはニューヨークを知らなかった。今じゃ、ニューヨークじゅうをいくらでも歩ける。ニューヨークのことなら、ほかの大勢の人たちが知らないことでも知っている。だけど、当時はこの市《まち》について何ひとつ知らなかった。

アメリカに着くと母さんは手紙を書いた。そのときのことは今でも覚えている。郵便局に行くと、おれたちの横に立っていた女性が母さんにいくつか質問をした。母さんはもちろんどう答えていいかわからなかった。英語が話せなかったからだ。母さんは首を振った。〝ノー〟のサインだ。そこでおれはその女性のほうを向いて言った。英語、話すこと、しません。そう言うことができたのは父さんに教わっていたからだ。英語……話すこと……しません。するとその女性は大げさに騒ぎ立てた。まあ、なんてこと、英語が話せないなんて。その人が何をわめいているのかおれにはわからなかった。だが、母さんのほうを見ると、母さんは涙を流していた。きっとこう思ったんだろう。ことばなら話せる、ポルトガル語なら話せる。ただ、ここのくそみたいなことばを話せないだけだ。そのとき、おれはすごく腹が立った。だから英語を覚えようと思った。

学校へかよえるようになるまで一ヵ月かかった。テストをいくつも受けなけりゃならなかったからだ。クィーンズのコロナにある診療所に行ったときのことは今でも覚えている。おれは一日じゅうそこにいて、血液検査やらなんやかやを受けた。とにかくありとあらゆる検査をされた。朝の八時にそこへ行って、夕方の三時まで帰れなかった。

そして今でもしっかり覚えているのは、看護師がベッドで横になっているおれに下着をつけなさい、と言ったときのことだ。彼女はおれのペニスをのぞき込もうとしていた。おれは言った。いったい何をするんです？　何を見てるんです？　最初は、おれが男か女かをたしかめようとしているのかと思った。けれども、おれが男だということを彼女は知っているはずだった。じゃあ、なんでおれのペニスを見ようとしているんだ？　おれは部屋から出ると母さんに言った。ねえ、あの女の人に変なことを、いやなことをされたよ。すると母さんは言った。騒ぐんじゃないよ。別に変なことでもなんでもないんだから。

おれは学校にかよいはじめた。同じクラスにヒスパニックの生徒が何人かいた。おれは思った。くそっ、英語が話せないのはおれと同じなくせに、こいつらはスペイン語で会話をしている。ブラジルにいるころ、おれはスペイン語なんて知らなかった。アフリカのことばもフランスのことばも知らなかった。知っていたのはポルトガル語だけだ。そしてポルトガル語は世界に通用することばだと思っていた。

学校にはじめて行った日、おれは思った。ワオ！　この廊下はまるで映画そのままじゃないか。それから教室にはいった。誰かポルトガル語を話せるやつがいるんじゃないかと思ったが、誰もポルトガル語を話せなかった。おれときたら、〝こんにちは〟や〝さよなら〟さえ英語でなんと言うのか知らなかった。知っていた単語は〝ホットドッグ〟だけだ。それさえもちゃんと言えなくて、〝ホチー・ドギー〟と発音していた――ブラジルではホットドッグをそう呼んでいたからだ。

それでもおれはなんとか初日をやり過ごそうとしていた。昼食の時間になると、先生が数人のブラジル人の生徒を紹介してくれた。だが、彼らは、オーケー、と言っただけだった。親切な連中ではなかった。ブラジルの、サンパウロとはちがう州の出身で、おれの世話をしようなんて気はさらさらなかった。以来、おれはひとつの取り決めをつくった。サンパウロ出身のブラジル人は助けるが、それ以外の州出身のブラジル人には関わらないという取り決めを。

おれのクラスには韓国人や中国人やメキシコ人がいた。ちょっとした国連だ。ひとクラスは全部で四十人だったが、そのなかに英語を話せるやつはいなかった。おれは学校では一切口を利かなかった。何かしらことばを覚えないとかなり厄介なことになりそうだった。学校にはポルトガル語と英語の両方を話せるやつがいたが、こいつがまた相当なくそ野郎だった。というのも、やつが先生に悪態をつくように仕向けるものだから、おれはいつも厄介な目に遭っていたのだ。たとえばやつがこう言う。あの女の先生に言ってみろよ、おれのアレをしゃぶってくれって。で、おれはその先生に言う。ねえ、先生、おれのアレをしゃぶってくれよ。おれとしては何かすばらしいことを先生に提案しているつもりだった。いいことをしているつもりだった。だが、実際は先生に向かってひどい言葉を使ったというわけだ。そんなこととはまったく気づかずに。当然、おれは問題を抱えることになったが、言いわけをすることばさえわからなかった。するとまたあのくそ野郎が言いわけのことばをおれに教える。当時はちゃんと通訳してくれる人間などいなかった。

数人の生徒にランチマネーを盗られたあげく、ぼこぼこに殴られたこともある。もしアメリカに来たばかりで、学校にはいったばかりだったら、たいていの場合、ランチマネーを取り上げられる。それほどひどくは殴られないが、拳をひと振りされて、金を寄越せ、と言われる。まあ、そんなのはちょっとした威嚇《いかく》にすぎない。そういうことにはそのうち慣れっこになる。

おれはまずスペイン語を覚え、かなりしゃべれるようになった。そのときのクラスにはコロンビア人とメキシコ人とドミニカ人の生徒がいたので、彼らから英語を教わった。そうやって一年と二ヵ月でおれはなんとか英語をマスターした。

35　ギル

たまにおれは悪夢を見る。眼が覚めるとブラジルにいて、叫んでいる夢だ。ちくしょう！　どうやってアメリカに戻ればいいんだ？

夢のなかで、おれは一緒に育ってきた友だちに会い、そして彼らの家の近くに住んでいる——アメリカに行くこともなく、成功することもなく、母国語でさえちゃんとした話しかたをすることもなく。そして無一文だ。まったく馬鹿げてる。頭がどうにかなっちまいそうだ。夢のなかでは見たくないものが見える。誰かが撃たれたり、強盗に襲われたりする場面が。もちろん、ブラジルでもそんなことは毎日起こるわけじゃない。起こるとしてもせいぜい半年に一回だ。悪夢を見て眼を覚ました朝はイライラした。誰にも話しかけてほしくなかった。夢を見たせいでいろいろなことが頭のなかを駆けめぐっていた。

十六歳のとき、おれは母さんとブラジルに戻った。父さんと母さんの関係があまりうまくいっていなかったからだ。だが、ブラジルに着くと、すべてがちがっていた。たとえば、おれは料理はしないが、ブラジルじゃ何かを食いたいと思ったら料理をしなきゃならない。家にいたって料理をしなかったら餓死しちまう。金を持っていても〈マクドナルド〉へ行くわけにもいかない。〈マクドナルド〉自体、家の近くにはないからだ。ブラジルにはデリカテッセンみたいにジャンクフードを売る安い店はない。どこかに行ってホームメイドのハンバーガーやチーズバーガーを買おうと思ったら、かなりの金を払わなきゃならない。

おれはしばらくブラジルにいて、サッカーをしたり、ごく普通に愉しく過ごしていた。同じ金がないにしても、ブラジルにいるのとタイムズスクエアにいるのとではわけがちがう。無一文でタイムズスクエアに出かけていってもちっとも愉しくはない。どの店にもはいれないからだ。この国には遊びに行く場所はたくさんあるが、金がいる。でもブラジル人は金を持っていないから、金を使わずにいろいろな遊びをする。

だが、そのためには常に想像力を働かせなきゃならない。たとえば、凧揚げ。ブラジルでは百人を超える子供たちがいっせいに凧を揚げて遊ぶ。ここアメリカではそんな光景は見られない。公園で凧揚げする子供がせいぜいひとりいるくらいだ。ブラジルの子供たちはセロルと呼ばれる凧で遊ぶ。セロルをつくるには、ガラスの破片をハンマーで細かく砕いて粉状にしたものを缶に入れ、糊《のり》とよく混ぜて――ここで使うのは普通の糊ではなく溶けるタイプの糊だ――凧の糸に塗ればいい。この糸はほかの凧の糸を切って、落下させることができる。ただし、とても危険だ。たとえば、オートバイに乗った人が近くを走っていて、その行く先を糸がふさいでいたとする。すると糸はその人の首を切る。首を切り落とすまではいかないが、とにかく首を切っちまう。そんな話を聞いたことがある。

友だち大勢とビーチに行くこともあった。だが、アメリカのバスとちがってブラジルのバスには空調がついていない。空調の効いたバスに乗ろうと思ったら通常料金の四倍は払わなきゃならない。だから、バスに乗るときはたいていみんな水着だ――シャツも着ないし、靴も履かない。なぜって、荷物を浜に残してサーフィンをしたりしたら、戻ってきたときには荷物が消えているからだ。つまり、盗まれちまうってことだ。

ブラジルで金を使わずにできることはほかにもたくさんある。そういったことすべてがおれにとってはすごく新鮮で、シンプルに思えた。ものすごくシンプルに。そしてそのことが気に入っていた。気温はたいてい二十一度くらいで、たまに雨が降ることもある。だが、毎日降るわけじゃない。毎日降るのは雨期のときだけだ。

だが、この先ブラジルでどんな生活をすることになるのか、という懸念はいつも頭にあった。いつもそのことが頭から離れなかった。若くしてすでに子供のいる友だちを見るたび思った。おれはいったいこの先どうするつもりなのか、と。おれはブラジル人ではない。ブラジル人だけれどブラジル人ではない。ブラジルにいるとき、まわりの連中はおれのことをアメリカ人と呼んだ。アメリカで生活していたからだ。

ブラジル人はアメリカについては何も知らない。何ひとつ知らない。おれにはそれがおかしかった。サンパウロの金持ちが住むようなところに行って、そこの連中がアメリカについてあれこれ話しているのを耳にするとよく思った。おれはそこに住んでいたんだ。この連中はまったくわかっちゃいない、と。

サンパウロに住む金持ちは当然金を持っているから、店に売っていればどんな靴でも買うことができる。だが、彼らの欲しがる靴はたいていは輸入品だ。〈ナイキ〉とか、そういったブランドの靴はブラジルでは輸入品で、ものすごく高い。アメリカ人はアメリカで生活するのは楽なものだと考えているかもしれないが、もしブラジルに行ったら物価の安さにオーッと声をあげるはずだ。だが、そこに住む人たちにとって物価は決して安いものではない。食っていくためには奇跡が必要なくらいだ。ブラジルの最低賃金はおそらく月に百四十ドルくらい。月に七百ドルあれば、いい暮らしができる。独身だったら、なんでもやりたい放題できる。だが、そんな高い給料は相当いい仕事に就かなきゃもらえない。

おれは結局ブラジルで何もせずに、ただなんとなく日々を過ごしていた。それでもそれなりに毎日愉しかった。通りにたむろしたり、バスケットボールをしたり、単にぶらぶらしたりした。通りを歩く女の子たちに声をかけて、話をすることもあった。ブラジルでは女の子たちはとても外向的だ。アメリカの女の子たちとちがって、何を持ってるの？　とか、どんな服を着るの？　なんてことは訊かない。純粋におれたちとの会話を愉しんでくれる。ブラジルじゃ、おれはよく女の子たちにモテた。クールに決めて、アメリカで育った話なんかをすると彼女たちはいちころだった。けれども、おれは絶対に彼女たちとセックスはしなかった。病気が怖かったからじゃない。誰であれ、女の子をひとりでも妊娠させたりしたら、一生ブラジルに住むことになる——その考えがいつも頭にあったからだ。

おれはしょっちゅうアメリカに戻りたいと言って父さんに泣きついていた。すると父さんは言った。駄目だ。戻ってきちゃいけない。おれは金がないんだよ。だが、それでもおれが泣いて頼むと父さんはなんとか承知してくれた。おれは狂喜した。おれにしてみれば、夢がかなったようなものだったからだ。ブラジルの生活はその日暮らしだ。今日は食事ができても、明日はできないかもしれない。そんな生活はしたくなかった。スニーカーを買いたければ、ちゃんと買えるような生活をしたかった。ブラジル人はスニーカーを買うときどうするか？　それはアメリカ人が車を買うときと同じだ。ローンを組む。ブラジル人はスニーカーを買うために十回のローンを組む。月々いくらかで。これはいたってまじめな話だ。

おれはひとかどの人物になりたかった。ブラジルでごく普通の人間として生きるのはいやだった。

36 ギル

そういうわけでおれはアメリカに戻ってきた。父さんはソファに腰をおろすと言った。ここに坐れ、息子よ。父さんはきちんと話のできる人だった。それはほんとうだ。若いころ、苦労したのかどうかは知らない。でも、ストリートで育ったのはたしかだ。母さんとはちがって。だから、すごく抜け目がない。ものすごく。人がドラッグとか、そういったものをやっているかどうかはすぐに見抜くことができる。嘘をついているかどうかも。

父さんは隣りに坐ったおれに話をはじめた。父さんは暴力を振るう人間ではない。ただの一度もおれを殴ったりしたことはなかった。母さんはよくおれを叩いたけれど、父さんは絶対に手をあげなかった。その父さんがこう切り出した。いいか、今の状況ではおまえに働いてもらわなきゃならん。

その五日後には、おれは〈ユーリの靴修理店〉で働いていた。まだ十七歳と六ヵ月だった。知り合いがそこを辞めることになった――父さんにそう言われてやってきたのがユーリの店だった。仕事を覚えるまでに二週間かかった。最初、ユーリはおれを働かせなかった。おれのことをまだ若すぎると思っていたからだ。それでおれは歳を偽って十八歳だと言わなければならなかった。

働きはじめのころはつらかった。はじめて店に出た日、おれは思った。こんなところで仕事をしろっていうのか？　その場所にいることがすごく恥ずかしかった。誰にも見られないように顔を隠してしまいたかった。まるで娼婦にでもなったような気分だった。何か違法なことでもしているみたいな。もちろん、違法なことなどしていなかった。盗みは違法だ。だが、靴磨きは自信を持ってもいい商売だ。決して恥じることなどない。それはおれにもわかっていた。スポーツクラブで父さんと一緒に働いていたころは、裏のほうで靴を磨いていたから誰もおれのことを見なかった。でも、ユーリの店ではおれの姿は大きな窓から通りを歩く人にまる見えだった。

だから家に帰って父さんに言いたかった。おれは家賃も払ってるし、ほかの金も出してる。友だちと遊びたいし、学校に戻りたいし、普通の生活をしたいよ！　でもおれは自分に言い聞かせた。いいか、この仕事はやらなきゃならないんだ。アメリカに戻ったら何があろうと働くと父さんに約束したんだから。

でも、靴磨きの世界は一種独特だ。そのうちおれは靴を磨いていると自分だけの世界に没入できるようになった。ほかの人間にどう思われようと気にならなくなったし、自分自身の感覚にのみ注意が向くようになった。靴磨きの仕事とはそういう独特なものなのだ。

ユーリはせこいやつだった。たいていの客が朝の八時半にならなければ来ないことがわかっていても、おれたち店員は七時には店に出ていなければならなかった。まったくひどい話だ。朝早く起きなきゃならなくて、やることといえば靴磨きだけ。靴、靴、靴、ずっと靴磨き。トレーダーのいる今の仕事場ではおれは一日に二十足か三十足くらいしか靴を磨かない。だからのんびり仕事ができる。けれどもユーリの店にいたころは、次から次へと靴を磨かされた。ものすごい数の靴を。とにかくひたすら磨かされた。

靴底を張り替えるために店に持ち込まれた靴を磨いても、おれたち店員は一セントももらえない。だが、店で働いているかぎり、そういう靴も磨かなければならない。おれたちはユーリから週に八十ドルしかもらっていなかった。となると、朝の七時から夕方の七時まで働いたら、いったい時給はいくらだ？　まったくひどい話だ。

どう説明したらいいだろう？　とにかくそんなふうに早起きして、そんなふうに働いていたら、誰でもやる気がなくなる。そんな生活に嫌気が差す。それならまだ宝くじでも買ったほうがましだ。夢が見られる。金を稼げるってのはいいものだ。それも大金ならなおさらだ。おれもまえは一日に百八十ドル稼いでいた。今はそれほど稼いじゃいないが、昔みたいにあくせく働くこともしていない。今は昔のだいたい二割くらいしか仕事をしていない。

ユーリの店にいるころは、たった一ドルをめぐってほかの店員とよく喧嘩をした。そのときはお互い本気で相手に腹を立てていた。喧嘩の原因は順番だ。三十分くらい仕事がなくてただ坐っているだけなんてときに客が店にはいってきたとする。するとみんな、よし、おれの番だ、と思う。けれども、実際は誰かほかのやつの番だったりする。そんなときは喧嘩になる。

靴磨きは宝くじに似ている。客のほとんどが二ドルから三ドルのチップをくれる。だが、靴を磨く側としては客が一ドルくれるか二ドルくれるかなんてわからない。つまり、くじを引くようなものだ。一週間ほどまえ、ある靴修理店でまえの仕事仲間と話をしていたときのことだ。その店で働くヒスパニックの少年は客の女性の靴をとても丁寧に磨いていた。その店の主人はその女性に四ドルを請求し、その女性は少年にチップを五十セント渡した。いや、いたってまじめな話だ。金を持っていそうな男が店にはいってくると、よくおれたちはささやき合った。見ろよ、あいつの靴！　そういう客はいいスーツを着て、いい靴を履き、いい時計をはめている。おれたちは思う。こいつならチップをはずんでくれるにちがいない。たぶん二ドル以上チップをくれる。ところが、そういう客にかぎって五十セントしかくれなかったりする。

客のなかにはおれたちが〝いかさま師〟と呼んでいる連中もいた。ルールは知っているくせに、チップを渡したくないものだから、馬鹿の振りをする。連中は何も知りません、って顔をして、自分たちは無知だからチップは五十セントしか渡せないとおれたちに信じ込ませようとする。

それから、五十セントのチップを渡す客はたいていが年寄りだ。ロベルトは年寄りのじいさんに五十セントを差し出されるとよく癇癪《かんしゃく》を起こした。そして客がたくさんいる店のなかで言った。お客さん、ちょっと、ちょっと――彼は心底腹を立てていた――この金だけど、あんたが死んだときのために取っておいて、墓代にしなよ。彼はたいていそれと似たようなことばを客に投げつけた。嘘じゃない。ロベルトがそんなことを言うのを聞くとおれはつい笑っちまった。だが、それでもやつには忠告した。いったいなんだってあんなことを言うんだ、ロベルト？　すると彼は答えた。あいうくそじじいにかぎって金を儲けてるからさ。それにああいうやつらはぽっくり死ぬ。

おれはロベルトとはちがった。年寄り連中には、自分のじいさんやばあさんに接するように接した。ほんとうだ。おれはよくまわりの連中に言った。おれみたいな境遇のやつは、アメリカに来たらもう自分のじいさんやばあさんには会えないんだ。おれはじいさんやばあさんのことを今もとても愛している。年寄りってのは孫を大事にしてくれる。それに親切だ。

たとえ金なんてもらえなくても、年寄りのじいさんが助けを必要としていたら、おれはたいてい手を貸してやる。通りを歩いているときに年寄りを見かけたら、そばに行って助けてやる。それはユーリの店にいるときも同じだった。いつも五十セントしかチップを払わない年寄りのじいさんが店にやってきて椅子に坐ると、ほかのやつらはよくこう言った。このくそじじいの首を折ってやろうぜ。たしかにそのじいさんはチップを五十セントしか払わなかった。でも、おれはそんなふうには思わなかった。年寄りにはやさしく話しかけ、気分をよくしてやろうといつも思っていた。なぜって、自分が七十とか八十になったときのことを考えてほしい。話しかけてもらう以外、生きていて愉しいことなんてないとしたら？　それもいろいろつらい経験をしたあげくの果てに。

ユーリの店で働きはじめるとおれは靴磨きとして頭角を現した。スポーツの話やいろいろなゴシップを客に聞かせ、だんだんと客の数を増やしていった。ヤンキースやメッツやニックスについておれと話をしたがる客もいたし、ブラジルに行ったことがある客はブラジルの話をおれから聞きたがった。

あるときひとりの男が店にやってきた。彼が大物であることはすぐにわかった。テレビに出ていたからだ。最初のころ、彼のチップは二ドルだった。だが、おれが店を辞めるころになるとチップは十五ドルになった。彼はニックスの試合のペアチケットもくれたし、クリスマスには現金を百五十ドルもくれた。そんな大金を人からもらったことなんて今までに一度もなかった。彼はものすごく親切だった。

客のなかには、服装からして弁護士にちがいないと思える男もいた。口ひげを生やした立派な男だ。人を判断するときはたいていその人の服装を見るものだ。そこでおれは彼の靴をこの上なく丁寧に磨いてやった。チップは一ドルだった。だが、そうやって客に投資するのがおれのやり方だ。知らない客の靴もたいていの場合、丁寧に磨いてやる。最初、その男はひとことも口を利かず、ただ坐って新聞を読んでいた。そこで、三回めに彼が店に来るまえに、おれも新聞を読んでおいた。新聞には彼の顔写真が載っていた。彼は有名な雑誌の編集長だった。おれは内心思った。なんだ、こいつは金持ちだけれど、けちな男なんだ。そこで彼が朝早く店にやってきたとき、話しかけてみた。お客さんのことは知ってますよ。《ニューヨーク・ポスト》に写真が出てましたよね？　すると彼は言った。ああ、まあね。その日から彼はおれにチップを三ドルくれるようになった。

ケリー上院議員（一九八九年から二〇〇一年までネブラスカ州選出の上院議員を務めたジョゼフ・〝ボブ〟・ケリーのこと）の靴は四回磨いた。はじめて彼が店に来たとき、おれは彼が誰かなんて知らなかった。彼はチップを二ドルくれた。まあ、普通の客だ。だが、二回めに彼が来たときにはおれも新聞で彼のことを知っていた――たまげた、あの人はどっかの州の上院議員だ。おれはそのことを念頭に置いて、彼の靴を力を込めて磨いた――右足の靴を。すると彼は言った。あまり強くこすらないでくれ。私には右足がないんだ。そこでおれはそっと磨いた。彼はズボンのすそをまくって足を見せてくれた。びっくりした。その後、彼が戦争で――ベトナム戦争で――足を失ったことを人から聞いた。

客のなかには医者もいた。彼はおれにとても親切にしてくれた。だが、一緒に仕事をしていたフィルはポルトガル語でおれにこう耳打ちした。あいつはおまえを〝お持ち帰り〟するつもりだぜ。

フィルはいつもおれのことをからかった。フィル自身がゲイだったからだ。そして毎日毎日、同じような冗談ばかり言っていた。その医者が店に来ると、フィルは言う。彼の眼を見てみろよ！　星みたいに輝いてる。その言い方ときたら、のぼせあがった女の子を見て、あの子にはまいったね、とぼやいているような感じだ。とにかく医者が来ると彼は言った。見て、見て、見て、あいつの眼を！　ギルのボーイフレンドのお出ましだ。

フィルの冗談をおれはいつもおもしろく聞いていた。彼はたいていゲイのことをネタにして冗談を言っていた。あの医者とつき合ったらいくらもらえるかな？　そしてこんなことも言っていた。ゲイってのはほかのゲイを見分けることができるんだ。その医者がクリスマスにおれにセーターをプレゼントすると、フィルは言った。彼からずいぶんとたくさんプレゼントをもらってるんだな。その代償は高くつくぜ。彼にどんなお返しをするつもりだ？　そこでおれは言った。黙れよ！　おれはプレゼントが欲しいわけでもなんでもないんだ。そうやってフィルはよくおれをからかった。どれほど彼がしつこかったか信じられないほどだ。

女性の客が店に来ると、おれとロベルトはよくこそこそ話をした。おれはポルトガル語で言った。なあ、ロベルト、彼女の下着、見えてんのか？　なあ、あんたのアレ、おっ勃ってんじゃないのか？　ロベルトはすぐ近くでその女性の靴をやたらと時間をかけて磨いていた。彼女の下着をのぞき見ようとしながら。おれは言った。なあ、おっ勃ってんだろ？　あとでマスを掻くんだろ？

ボーイフレンドと一緒の女性客もいて、そういうときはおれがボーイフレンドの靴を磨き、ロベルトが女性の靴を磨いた。そしてロベルトは必ずその女性の下着をのぞき見ようとした。だから、おれはよくポルトガル語で言ってやった。なあ、こっちは野郎の靴をとっくに磨き終わってるのに、そっちはなんだってそんなに時間がかかるんだ？　すると彼は言う。わかった、わかった。もうちょっと見させろや。

女性の客がはいってくるとフィルは真っ先にこう言う。この女とファックしたいかい？　だが、あるとき彼がそう言うのを聞いた女性がたまたまブラジル人だった。彼女は言った。ファックしたいか、ってどういうこと？　おれはやばいと思って言った。いえいえ、ちがうんです。ファックってあなたに言ったわけじゃなくて、つまり、ほかの女性とファックしたいかって意味なんです。すると彼女は言った。でも、わたしを指して訊いてたじゃないの。わたしとファックしたいかどうかって。おれは言った。いえ、いえ、いえ、ちがうんです。とにかく収拾がつかない状態だった。そこへ店の主人のユーリまで加わった。彼はおれたちが話していた内容を知りたがった。というのも、おれたちはいつもポルトガル語で話をしていたからだ。客の女性はとにかくかんかんに怒っていた。

今おれは幸運にも、毎朝トレーダーのいる仕事場に来て、毎朝決まった人たちと顔を合わせている。ここの人たちは丁寧な口調で話しかけてくれる。こういった環境で仕事ができるのはすばらしいことだ。おれのことを邪険にしたり、見くだしたりするのは下劣な連中だ。たとえば、メールルームの連中みたいに。あいつらはくそ野郎だが、トレーダーはちがう。彼らはすばらしい人たちだ。おれはことあるたびに彼らにそう言っている。彼らはいつもおれのことを気にかけてくれる。だからおれは言う。あんたたちのおかげでおれはいっぱしの人間になった気になれる。それは店で働いて奴隷みたいに扱われているときには決して味わえない気分だった。
まあ、ときどきトレーダーはおれのことを子供扱いするけれど。

第三部　嘘じゃない

37　グレッグ

〈メドヴェド、モーニングスター〉で働く友人、アイザックが電話をかけてきて言った。シェリルも一緒じゃないと行けそうにないんだ。第二子を身ごもったシェリルは現在妊娠五ヵ月だ。そこで私たちは四人で――「正確にいえば五人ってことになるかしら？」――食事をすることにした。いつもならこんなとき、私は何かしら理由をつくって約束をキャンセルする。シェリルといるとイライラするからだ。それに、彼女と一緒にロー・スクールへかよったアニーは私よりさらに彼女を苦手としていた。それは母親になることや家族を持つことからアニーが逃げているとシェリルが勝手に思いこんでいるからだった。シェリルも昔はそんな女ではなかった。まだアイザックとつき合っていたころは、法律家としてのシェリルの輝かしい未来について話が尽きなかったものだ。だが、結婚してからわずか六分後、彼女は子供をつくるために仕事を辞めた。昔からよくある騙しのテクニックだ。

とはいえ、私はアイザックの知恵を拝借する必要があった。スティードの社交界進出を台無しにしたヘッジファンド〈パーシモンズ〉の経営者、ジョー・カントニーは以前、〈メドヴェド、モーニングスター〉でかなり高い役職に就いていた。おそらくアイザックならその辺の事情に通じていることだろう。アニーはしぶしぶながら（「わたしは何をすればいいの？　シェリルと料理のレシピでも交換すればいいのかしら?」）一緒に行くと言ってくれたが、それは彼女の顧客である非営利団体の劇団のチャリティイベントに私が参加することが条件だった。具体的にいえば、観劇と食事だ。場所はブルックリン。往復の時間も入れると六時間もかかる。それは私の側からするとフェアな取引とはいえなかったが、ほかに選択肢はなかった。

「このレストランにしようって言ったのは誰?」とシェリルが尋ねた。彼女はブロンドの、バストの豊かな大柄な女で、対するアイザックは肌が荒れた、逆毛の小柄な男だった。彼は、かつてシェリルがデートの誘いに応じたとき、すごい幸運を引き当てたと思い込んでいたものだ。

「実は、ここを選んだのはグレッグなの」とアニーが言った。私がアニーよりも韓国料理を好きだということはふたりのあいだの最高のジョークになっていた。最近ではアメリカ料理のほとんどが脂っこく、胃に重く感じられ、そのせいでますます、ケウン――シンプルでヘルシーという意味の韓国料理――を食べたいと思うようになっていた。ちょっと塩辛く、酸味の効いた魚料理やピクルスは、口や体のなかを洗浄してくれる。

「韓国料理でひとつ理解できないのは、どの料理もみんな同じ辛いソースで味つけされてるってことなのよね」とシェリルは一同がテーブルにつくなり訴えた。なるほど、一理ある。

「場所を変えてもいいのよ」とアニーは言った。彼女の場合、料理が早く出てくることが最優先であって、何を食べるかは二の次だった。

「いいの、いいの。わたしは平気よ。何か食べられるものを見つけるから。妊娠しているから生の魚は無理だけれど」――それは余計なコメントだった。韓国レストランでは生の魚は出さないし、シェリルは誰が見ても家みたいにでかいのだから。テーブルに向かうシェリルのうしろを歩いていたとき、彼女がアニーのサイズゼロの体型を見て眼を細めたことに私は気づいていた（妊娠していることはアイザックとシェリルには言わないようにと、私はアニーから言い含められていた）。

「見ろよ、ハニー、骨つきカルビだ。きみの好物だろ？」とアイザックはメニューを指しながら言った。彼がいまだにシェリルに夢中かどうかはなんとも判断しがたい。だが電話で彼は、シェリルは食いすぎだ、シェリルはもうフェラチオをしてくれない、といったようなことをにおわせていた。

みんなでバーベキュー（テーブルの中央の空いた窪みで焼く、タレつきの牛肉やエビや鶏肉）を注文すると、ウェイトレスがバンチャン――韓国料理の前菜――の載った小皿をいくつも持ってきた。

「咽喉が渇いて死にそう」とアニーは言うと、グラスから水をごくごくと飲んだ。

「咽喉が渇いていると錯覚しているだけよ」とシェリルは言った。「この漬けものの香辛料のせいでしょ」

「ちがうわ、シェリル。ほんとに咽喉が渇いてるの」

私はアニーをちらりと見た。すると彼女は健気にもシェリルとアイザックの二歳になる子供についての質問をはじめてくれた。

私はアイザックに顔を向けて言った。「なあ、ジョー・カントニーという名の男について聞いたことはあるか？」

37　グレッグ

「なんだ、もう知れわたっているのか」

「知れわたってるって何が？」

「ジェフ・スティードがうちを辞めて〈パーシモンズ〉へ行くって話だよ」

「なんだって？　ほんとか？　いったいいつのことだ？」

「昨日だよ。おまえ、ジェフ・スティードの知り合いなんだろ？」

「知り合いってほどじゃない。パーティで会っただけだ」どうしてギルは電話をしてくれなかったんだろう？「スティードは何か厄介ごとに巻き込まれたのか？」

「いや、ヘッジファンドに鞍替えする連中のひとりに加わっただけだ――だが、おれに言わせれば、誰も彼もがヘッジファンドを立ち上げているこのご時世に転職するのは馬鹿げてる。今は八千もの会社がこぞって同種の企業群を追いかけてるんだ」

「スティードが〈パーシモンズ〉を選んだ理由に心当たりはあるか？」

「カントニーが〈メドヴェド、モーニングスター〉で働いていたころ、やつとカントニーはやたらに仲がよかった」

「仕事の分野は？」

「新興国市場《エマージングマーケット》さ。カントニーは優秀だった。二年で大成功をおさめた。特に韓国の株式市場では相当儲けたんじゃないかな」アイザックは店内を見まわし、知り合いがいないことを確認した。

「カントニーはマネージング・ディレクターに昇進し、エマージングマーケット全体を統轄することになった。だが、二年ほどまえのある日、彼はビグローのもとへ行って、グローバル・マクロフアンド（世界じゅうの株、債券、コモディティーといったさまざまな商品に機動的に投資をおこなうファンド）を立ち上げると宣言して辞めた。資本金はおそらく一億二千五百万ドルくらいだったと思う。その手のファンドをはじめるにしちゃ多い額とはいえないが、カントニーはしばらくのあいだ、かなりの収益をあげていた」

「《ウォールストリート・ジャーナル》で読んだような気がするんだが、六ヵ月ほどまえ、カントニーはかなり大変な目に遭ったんじゃなかったか？」

「大変どころじゃない。噂では彼は巨額のマージンコール（信用取引などにおいて委託保証金の総額が相場の変動により必要額より不足した場合、保証金を追加すること）に直面したらしい。にっちもさっちもいかなくなり、投資家が戸口に殺到するような事態だ。ヘッジファンドってのはほとんどが金融商品に下落の兆候が現れるとすぐに恐慌に陥る。カントニーは資産の約四〇パーセントを失った。しかも経費の額は半端じゃない。彼は洒落たビルの賃貸料に一ダースの従業員を雇い、おまけに彼が稼ぐ以上のスピードで金を使う、顔が可愛いだけのふたりめの妻を抱えてた。それでたぶん神経がまいっちまったんだろう。新聞と雑誌と資料を山ほど持って、自分のオフィスに閉じこもった。ライ麦パンのパストラミサンドウィッチの配達を受け取るとき以外、一ヵ月のあいだ、誰が説得してもオフィスから出てこなかった」

そこでシェリルの声がした。「それじゃ、坊やは眠ってないの？」彼女は携帯電話でベビーシッターと話をしていた。「わかった。それじゃ、あの子を電話に出して……ハイ、ママよ。どうして泣いたりしてるの？」

シェリルがこれ見よがしに家庭の危機をおさめているあいだ、われわれ三人はばつの悪い思いで自分の皿に見入っていた。

「うちの子、午後から熱を出しちゃって」と彼女は電話を切ると言いわけをした。「こういうことって、子供がない人にはなかなか理解してもらえないと思うけど」

アニーの眼が険しさを帯びた。私は再度、懇願するようなまなざしを向けた。

「今度の赤ちゃんはいつ生まれる予定なの？」とアニーはシェリルに尋ねた。明日になったらアニーに花を買ってやらなければ。「次もまた助産婦さんに取り上げてもらうの？　たしか最初のお子さんはバスタブのなかで産んだのよね？」

私はアイザックのほうに向き直った。「それで、カントニーはどうやって立ち直ったんだい？」

「わからない。たぶん、ツイてたんだろう。それがマクロファンドってものなんだ——だから相場の変動に堪えられる胃袋が必要なのさ」

「カントニーを窮地から救うのにスティードはひと役買ったと思うか？」

「なんで彼がそんなことを？」

「いや、ただ、カントニーに情報をいくつか流してやったんじゃないかと思って」

アイザックは笑い出した。「おまえ、何か知ってるのか？」

「いやいや、ただの推測だよ」

「スティードはつかみどころのない男だが、馬鹿じゃない」

「わかった、正直に言うよ。彼が〈メドヴェド、モーニングスター〉のオフィスで不適切な行為をおこなっているところを見つかったって噂を聞いた。その行為がなんだったかは聞いていないが」

アイザックは私をじっと見つめ、「たしかにそんな噂があったよ」と認めた。

その瞬間、シェリルの携帯が鳴った。またもやさきほどのベビーシッターからだった。くそっ！

「叫び声をあげてるのは坊やなの？　ああ、どうしよう。あの子の耳に受話器をあててあげて。そう、今すぐによ、メリッサ」

アニーはこの上なくうんざりした顔で空《くう》を見つめていた。

「ハイ、坊や。ママよ。わかってる、わかってる、わかってる」

「その噂について詳しいことを話してもらえないか？」と私はシェリルの声に負けじとアイザックに言った。

「記事にするのか？」

「はっきりとは決めてない。だが、たとえ記事にするとしても噂の部分は使わないよ」

「ああ、坊や。ママもあなたに会いたいわ」シェリルは主役である妊婦の自分を差しおいて会話を続ける私たちをにらんでいた。

「いろいろな噂が飛び交ってるんだ——どれが真実かはわからないけれど」とアイザックは言った。「たとえば、スティードは友人のトレードのために便宜をはかっていたとか、吹き抜けの階段で研修生のひとりにフェラチオさせているところを見つかったとか、経営会議での投票において五対四で馘になった——このとき決定票を投じたのはビグローらしい——とかいう噂だ。だが、通常ではおよそ考えられないことがおこなわれたのはたしかだ——スティードはボーナスをもらって辞めたんだよ。ビグローはかみさんにせがまれてスティードにボーナスをやったんだという説もあったな。そもそもうちの会社にスティードを入れたのはそのかみさんだからね。グレッグ、これらの話は裏が取れないかぎり、絶対にひとつも記事にはできない。それからいうまでもないと思うが、おれの名前は決して出さないでくれ」

「アイザック、心配には及ばないよ」

「坊や、メリッサと代わってちょうだい。メリッサ？　わたしたちは二十分で家に戻るわ」

「スティードのガールフレンドの話は聞いてるか？」とアイザックは、明らかにシェリルのことばに当惑しながらもなんとか彼女を無視しようとして言った。「ロシア人のきれいな子だ。どう見ても十代って感じの」

「ああ、聞いたことがある」私はスティードがロシア人のガールフレンドをディナーに連れてきたとナン・ビグローが話していたことを思い出した。

「スティードはその子とストリップバーで知り合ったって噂だ。彼女はダンサーだったらしい」

「嘘だろ？」

「おふたりのおしゃべりの邪魔をして悪いけど」と電話を切ったシェリルが言った。「でも、わたしたち、ほんとうに家に帰らなきゃならないの」

ふたりはいそいそと出口へ向かった。残された私とアニーは静かにボリ茶を飲んだ。

「もう、勘弁してほしいわ」とアニーは言った。「ああいう人たちを見ると子供を持とうって気がなくなるもの」

「でも、おれたちはあんなふうにはならない」

「どうしてそんなことが言えるの？　子供を持つと人って変わるのよ」

「いいほうに変わる場合もあるよ。アイザックの話、聞いていたかい？」

「わたしは子供を母乳で育てることのよろこびについてシェリルと語るのに忙しかったのよ」

「ほんと、感謝してるよ」

「いいのよ、そのうちわたしも経験することだから。それも、それぞれの乳首にひとりずつ！」医者の診断でアニーが双子を身ごもっていることははっきりしていた。

「スティードが会社を辞めた。アイザックの話じゃ、スティードは馘になったのにCEOのビグローからボーナスをもらったらしい。おかしな話だ」

「何が起こってると思う？」

「まったくわからない。だが、突き止めてみせる」

38　ギル

アシュトン・カッチャーはおれのお気に入りの俳優だ。気取ってなくて、スタイルがよくて、ハンサムで、しかも元モデルときてる。それに服のセンスもいいし、おもしろい。とにかく非の打ちどころがない。雑誌で読むかぎり、彼とおれとはダブるところがある。彼はずっとその日暮らしをしていたが、ある日を境に金を稼げるようになった。今はＭＴＶのドッキリ番組『パンクト』のホストとして有名人たちのまぬけづらをお茶の間に披露するためにがんばっている。おれはあの番組が好きだ。なぜって、有名人も決して神さまじゃないってことがわかるからだ。有名人のなかには人に対してどんなことをしてもいいと思ってるやつもいる。マイケル・ジャクソンみたいに。あいつは絶対頭がおかしい。自分を神だと思っている。それに比べて、アシュトンは愉快な男だ。人はいつだって彼に敬意を表する。

ミスター・ビグローもいつもおれに敬意を払ってくれる。めったにないことだが、トレーディングフロアに来ると、おれに挨拶をして調子はどうかと尋ねてくれる。おれからしたらそれはすごいことだ。彼がトレーディングフロアを歩く姿はまるで神だ。だから、おれは彼とジェフ・スティードの会話について人に話す気はない。何が起こったかなんてどうでもいい。たとえあのふたりが殺し合ったとしても、何もなかったような振りを決め込む。おれには関係のないことだからだ。

ブラジル人は何か悪いことが起こったら、そのことを口にしないようにする。ただ自分の胸にとどめておくのだ。ヒップホップにもそれと似たような言いまわし——〝ストリートのことはストリートにとどめておけ〟——がある。警察も探偵も誰も立ち入らせるな、という意味だ。ミスター・ビグローもジェフ・スティードも金持ちだ。だから人に金をつかませて自分たちのことを密告したのは誰かしゃべらせることができる。おれを殺させるために誰かを差し向けることもできる。彼らにはそういったことをできるだけの力があり、警察は決しておれを守ってはくれない。

さっさと荷物をまとめ、金をいくらか持って、ブラジル行きの一番早い飛行機を予約することも考えた。彼らふたりにとってあのオフィスでの会話は誰にも知られたくないことだからだ。そしてあのとき、オフィスには三人の人間しかいなかった。もし話がよそに漏れたら、誰がしゃべったかは明らかだ。また、おれは会話を聞いたときから、話の内容の重大さについて考えるようになった。具体的に何が重大なのかはわからなかったので、人から話を聞いたりしてそれを突き止めるつもりだった。

ありがたいことに、彼らはふたりともおれを危険だとは考えなかったようだ。いつもどおり靴磨きをしていたにすぎないと思ったんだろう。あるいは、話の内容を理解できるほど賢くはないと思ったのかもしれない。彼らはおれのことをただのガキだと思っている。彼らが誰で、電話で誰と話をして、会話のなかで何を話題にしているかなんておれにはわかりっこないと思ってる。ここの会社のほとんどの連中はおれが話を聞いていようといまいとおかまいなしだ。おれのことを無知だと思っている——こんなガキにいったい何ができる？　英語もほとんどしゃべれない移民じゃないか。

そういうわけで、おれは黙っていることにした。いつもどおり、アイポッドを聴き、何ごともなかったかのようにトレーディングフロアを歩きまわった。

おれはティムとジムのところへ行って話をした。おたくら、おもしろい話を聞きたいかい？　するとふたりは言った。ああ、もちろん。それじゃ、話すよ。おれの友だちにムリロってやつがいるんだが、そいつはこれから女の子とセックスしようってときにおれに電話をかけてきて言ったんだ。いいか、ネットでＭＳＮを開いて、動画にアクセスしてみろよ。おれが女とやってるところが見られるぜ――ライブで！　そこでファビオとおれは家のパソコンからアクセスしてみた。ムリロは家にカメラやら何やらをセットしていて、女の子のほうはシャワーを浴びに行っていた。インターネットにアクセスすれば、あっちの家の様子もこっちの家の様子もお互い同時に見ることができる。この仕事場にもあるだろう、ひとつのフロアから別のフロアの様子を見ることができるやつだ。

とにかくムリロは部屋のなかにカメラを隠していた――向きの変わるカメラだ。女の子はシャワーから出ると、ムリロにフェラチオをした。その後、ムリロは正常位で彼女とセックスをはじめた。英語で正常位ってなんて言う？　チキンスタイルじゃないやつだ。ポルトガル語では正常位をパパママスタイルって呼んでるんだ。お互いの顔を見て普通にセックスするときのスタイルを。で、とにかくムリロのやつは正常位でセックスをしていた。やつはよくおれたちに、セックスのテクニックについてああだこうだと自慢していた。そこでやつがセックスをはじめたときおれはファビオに言った。イクまでにどのくらいかかるか、はかってみようぜ。するとムリロはいきなり女の子を横に寝かせ、すごい速さで腰を動かしはじめた。そしてイッちまった。やつは女の子を抱きしめて動かなくなった。そこでおれたちは時間を確認した。

おれはジムに言った。イクまでにどのくらいかかったと思う？　ジムは言った。六分くらい？　おれは言った。いいや、二分と十九秒だ！　ジムとティムは吹き出した。彼らはこういった馬鹿げた話が大好きだ。おれが靴を磨くと、ジムは二十ドル払ってくれた。

そこでおれは言った。ジム、このお金は何か立派なことに役立てると約束するよ。

たとえば？　と彼。

たとえば、〈アギラール・ベニチオのアルコール基金〉だ。彼らはほんとうにそういった冗談が好きだ。

その後、フレッド・ターナーのところに行くと、彼が言った。この会社からいなくなったやつがいるんだけど、誰だと思う？　誰だい？　とおれ。彼はジェフのデスクを指さした。何もなかった。ラップトップや書類などジェフの持ちものはすべてなくなっていた。おれは言った。いったい何があったんだい？　フレッドは言った。転職したんだ。それ、ほんとうか、フレッド？　とおれ。ほんとうさ、と彼は続けた。今日は人生で最高にしあわせな日だ。これからはあいつの声を聞かなくてすむんだから。

でも、おれにとって最高におかしかったのは、ジェフはまちがいなくミスター・ビグローとの喧嘩が原因で馘になったってことだった。

それからピートのところへ行ってみた。彼は最近変わった。まえは服のセンスが最悪だった。おれはよくまわりの連中に、彼はまったく服の趣味が悪いと言ってまわっていた。ときどきおれは人の服装についてあれこれ意見を述べたりする。それをピートが聞いていたのかどうかはわからない。けれどもとにかく彼は変わった。信じられないくらいに！　今じゃ、〈フェラガモ〉の靴を買い、趣味のいいシャツとパンツで決めている。今日、おれは彼に言ってみた。ワオ！　あんたが変わったのはいったい誰のせいだい？　すると彼は言った。おれは変わってないよ。なんでそんなことを言う？　おれは言った。今日のあんたの服はとても素敵だから。おれはいつも素敵な服を着ているよ。そこでおれは思った。やれやれ。

　それからピートが言った。今日のローナはとてもきれいだと思わないか？　おれは以前彼がローナの気を惹こうとしているのを見たことがある。自分がどのくらい稼いでいるかってことを彼女に自慢げに話していた。だから、おれは彼の言わんとするところがなんとなくわかった。そのあと階《し》下《た》の喫煙場所に行くとふたりが一緒にいた。ピートは煙草を吸い、ローナはただ立っていた。彼女は煙草を吸わないからだ。一緒にいたジャレドが言った。おい、おまえ知ってたか？　あのふたり、コーヒーを飲みに行くのも、ランチに行くのもいつも一緒だ。

　その後、おれはローナに言った。あんたのボーイフレンドはミスター・ピートだろう。すると彼女は言った。わたしのボーイフレンドが誰かなんて、なんであなたにわかるの？　おれは言った。その答えは自分で見つけてよ。デスクをひとまわりもすれば噂話が聞こえてくるから。あんたとミスター・ピートがつき合ってるって噂を流すのはすごく簡単だったよ。なんたってあんたたちはいつも一緒にいるから。だが、おれがそんな冗談を言っても、ローナはただ笑うだけだった。

39 グレッグ

ギルに電話をかけ、スティードが辞めたことをなぜ話してくれなかったのかと問い詰めた。すると彼は、送別会がなかったので自分もその事実を知ったばかりだと言った。私はローナが見つけたメモをコンプライアンス部に渡したかどうか尋ねた。

「ああ、言われたとおりに」

「それで会社の反応は？」

「反応って？」

「メモを渡したあと、スティードに対する処分はなかったのか？」

「そういう話は聞いていないけど」

「スティードは辞めたんじゃなくて馘になったという噂は？」

「それも聞いてない」

私はハリーに電話をして、〈メドヴェド、モーニングスター〉のコンプライアンス部からスティードについて連絡がなかったか尋ねてみた。

連絡はなかったらしい。

こうなったら直接スティードに近づく以外に手はない。そこで彼に話をさせるいい口実を思いついた。スティードの新たな勤め先は規模が小さく、そこには外部とのおしゃべりを妨げる広報部の存在はない。それに新たな仕事をはじめようというときに《グロッシー》に自分の記事が載るとしたら、それを断る人間はまずいないはずだ。

彼にインタビューを申し込むつもりはなかった。インタビューは堅苦しくなりすぎる。それなら、いくつか教えてもらいたいことがあるのでそちらの会社に寄らせてもらえないか、とか、何々についての意見を聞かせてもらえないだろうか、と切り出したほうがいい。人は自分が主導権を握れるとわかれば警戒を解くものだ。

〈パーシモンズ〉に着くとスティードの秘書が彼のオフィスに通してくれた。私は転職のお祝いを述べると、少し話をしてもらえないかとスティードに言った。彼自身の新しい仕事について、また大企業を辞めてヘッジファンドに転職する有望な人たちの風潮について。すると彼は大よろこびした。彼は《グロッシー》のファンで、なおかつ、定期購読者でもあったのだ。

マディソン・アヴェニューの裏通りに面した、立派なビルのなかの真新しいオフィスで私は彼と会っていた。ヴァージル・ピータースンに見せてもらった写真に写っていたおたくっぽい少年は、肩幅が広く、よく日に焼けたハンサムな男に成長していた。豊かな癖毛には早くも白髪が混じっている。オリエンタル絨毯や〈ティファニー〉のランプ、そしてどっしりとした木製のデスクで飾られたオフィスは凝りすぎていて趣味がいいとはとてもいえなかった。

スティードは私にシェリー酒を勧めた。そして「これはあくまでゲスト用でね」とケーリー・グラント張りの口調で言いわけをした。たしかに《グロッシー》もたまに客に酒を振る舞うことがある。だが、スティード自身はコーヒーを飲んでいたので、私もコーヒーをもらうことにした。その後、大きな革張りの肘掛け椅子に移動すると、彼は銀色のベルを鳴らした。すると秘書がコーヒーのお代わりと耳をカットした小さなサンドウィッチを載せた皿を持ってきた。信じられないことにスティードはサンドウィッチを私に勧めずに全部自分でたいらげた。

私はペンとメモ帳を持ってきていた。テープレコーダーを使うとスティードが神経質になると考えたからだ。そして最初の三十分は当たり障りのない質問をした。ビル・ビグローについて聞かせてもらえるかな？（「かつての恩師だ。彼からはいろいろなことを教わった。彼の奥さんのナンはとてもチャーミングで教養のある女性だ。彼女に会ったことはあるかい？　彼女のプロフィールは《グロッシー》向けのいい記事になるよ」）。趣味は？（「暇なときはピアノを弾いたり、作曲をしたりしている」）。金融業界に興味を持った理由は？（「ぼくの祖父は無一文でアメリカにやってきて、株で大儲けをした。そして成人したら運用するようにとぼくに資産を残してくれた」）。はじめての仕事は？（「エイミー・エックスというすばらしい女性のもとで働いた」）。

私はしきりにうなずいたり、微笑んだりしていた。「今回はまたなぜ転職を？」

「大企業というのは結局、経営者と弁護士に牛耳られていて、トレーダーは蚊帳の外に置かれている。だからトレーダーはクリエイティブな仕事をしようと思ってもできやしない。大企業は従業員を会社に閉じこめ、彼らがそこから出ることを望まない。だが、従業員のなかにはゲームが好きなやつもいる。ぼくも含め、そういう連中は会社の外に飛び出すことを考える。ここのファンドマネジャーで、ぼくの古くからの知り合いのジョー・カントニーみたいにね。ぼくたちはずっと一緒に働きたいと思っていた。そして一緒に働くなら今が一番いいと思ったんだ」

「なるほど、彼についてはいろいろいい噂を聞いているよ。ふたりは今、どんな仕事をしてるんだい？」

「そうだね、ジョーはグローバル・マクロファンドとエマージングマーケットを担当してる。ぼくは基本的に世界各国の株の売買をしている」

「なるほど」

「ヘッジファンドに転職するには今は時期が悪いという意見があるのはわかってる。あまりにも多くの人間が似たような投資をおこなおうとしているから。たしかに今あるヘッジファンドのほとんどが生き残れないだろうし、業界では大規模な淘汰が進むことだろう。だが、優良なヘッジファンドは新しい経済において必ず重要な役割を果たす」

「もっともだね」

「なぜならヘッジファンドはほかの金融会社よりも機動的な投資をおこなうからだ。取引を迅速におこなうだけじゃなく、企業に積極的に投資をおこない、経営に関わり、企業価値を高める。きみは聞いているかどうか知らないが、ジョーはちょうど二週間まえ、デパートチェーンの〈コーラックス〉の役員に就任した。つまり、ぼくたちは未公開企業が満足できるようなビジネスの提供をはじめているんだ」

たしかにね、と私は内心で思った。金を搾り取れるだけ搾り取ったら、負債に苦しむ企業を見捨てるという寸法だ。だが、私はここに議論をしに来たわけでも、意見を言いに来たわけでも、そして自分が彼よりも賢いことを証明しに来たわけでもない。新聞記者時代、すぐに情報提供者に異議を唱え、議論を吹っかける記者と一緒に合同インタビューをおこなうことがしばしばあった。インタビューを終えると私はその記者に言ったものだ。「おまえ、いったい何を考えてるんだ？」というのも、インタビューをする上で必要なのは、できるかぎり相手の気分をほぐし、自分は一番の理解者だと相手に思わせることなのだ。そうすれば相手はどんどん話をしてくれる。たとえ答えにくいことを訊いたときでも。

「ジェフ、きみは最近、ふたつの非営利団体の役員を辞めたそうだね。理由は私生活が忙しくなったからだと記事で読んだような気がするけど」

「ああ、あのときはほかに言いようがなくてね。転職のことは公表してなかったから。〈パーシモンズ〉では、ぼくとジョーとほかにふたりの社員だけで四億ドルもの金を動かしてるんだ。慈善活動に割ける時間なんてとてもじゃないが取れない。でも、そのうちまた慈善活動をはじめて、いくつかの芸術を支援するつもりだ。いうまでもなく慈善活動はぼくが志すものだ。ぼくら富裕層が社会に利益を還元することは大切なことだ。それだけ恵まれた生活を送っているんだから」彼はそう言うと、腕をひと振りして新しいオフィスの豪華さを示した。

「ジェフ、ひとつ尋ねたいことがあるんだ。聞いた話なんだが、きみがその非営利団体に投資戦略をアドバイスしたあとに、突然市場の状況が悪化したとか」

彼の顔から笑みが消えた。「彼らはぼくが専門家であることを知り、アドバイスを求めてきた。残念ながら、非営利団体の役員たちは寄付者や政府の監視機関から運営の不備を非難されやしないかといつもびくびくしていて、当時のぼくは十分なアドバイスができなかった。それに彼らは相場の下落に堪えられる神経を持ち合わせていなかった。損失が出そうになるとすぐにパニックになった。たしかにぼくはミスを犯したよ。でも、二〇パーセントの利益をあげていたときは誰も文句ひとつ言わなかった」

「もう少し詳しい話を聞かせてくれないか？　きみが勧めたのはどんな投資だったんだい？」

「積極的運用だ。特に〈ビッグ・シティ・モダン・ダンス〉に対しては。あそこは劇場と学校を新設するための資金を調達しようとしていたけれど、寄付金がそれほど集まっていなかったんだ」

「具体的に言うと、きみは〈パーシモンズ〉で運用することを条件に彼らに金を寄付したんじゃないか？」

「ああ、そうさ。別に違法でもなんでもない。〈パーシモンズ〉は彼らに手数料を請求しなかったしね。言っておくが、当時はまだここで働く話は出ていなかったんだ」

「でも、きみ自身は金を〈パーシモンズ〉に投資してたんだろ？」

「当たりまえだ。利益の相反だとでも言いたいのか？　ぼくは自分の食いぶちを稼がせてくれる会社に金を預けていただけだ」

「市場が悪化した原因はなんだったんだ？」

「不運にも、合成債務担保証券《シンセティックCDO》（公社債など現物資産から得られるキャッシュフローではなく、銀行などが保有する資産（主にローン）の信用リスクをクレジットデリバティブを使って特定目的会社を介し、投資家に転売する商品）市場に予想外の変動が起こって、ジョーだけでなくほかにも多くの人がそれに巻き込まれた。それで団体の役員たちはびびっちまった――あ、この表現は記事のなかでは使わないでくれ。いうなれば、考え方のちがいなんだ、ほんとうに。たぶん、ぼくのほうでもっときちんと把握しておくべきだったんだ。非営利団体という組織は慎重な姿勢を保ち、資産の維持に努める義務があるということを」

「モダンダンスには以前から興味を？」

「ああ、母が舞台芸術の熱心な後援者でね。有名な舞踊団がＬＡにやってくるとよくぼくを公演に連れていってくれた――マーサ・グレアムや、ポール・テイラー、そしてマース・カニングハムといったダンサーたちの」

　私はそこでメモを取った。だが、書きとめたのは、テルプシコラ（舞踏と合唱を司る女神）をあがめ、心酔するスティードのことではなく、そのまえに彼が話したことだ。これは記者の常套《じょうとう》手段だ。人は微妙な話題について語っているときにメモを取られると落ちつかなくなり、黙ってしまうものだ。だから私は相手が当たり障りのない質問に答えているときに、そのまえに聞いたことを書きとめる。

「ジェフ、ちょっと耳にした話を持ち出してもいいかな？　きみにとってはおもしろくない話かもしれない。だが、あえて話題にすることできみの言いぶんを聞くべきだと私は思うんだ。きみがトイレの用具入れのなかで携帯電話を使用しているところを見てしまった〈メドヴェド、モーニングスター〉の清掃係が馘になったという話なんだが」

　スティードは驚き、まじまじと私を見つめた。口があんぐりと開いていた。「ちょっと、ミスター・ワゴナー、きみはいったいどんなプロフィール記事を書くつもりなんだ？　ぼくはてっきりぼくの新しい仕事について書くのかと思っていたよ」

「それはそうなんだが、きみの経歴について人から聞いた話を確認する必要があるんだよ」

彼はヒューッと軽く口笛を吹いた。その話は勘弁してくれと言わんばかりに。「あのさ、ここの話はオフレコにすべきじゃないか」

「それは無理だ。きみが用具入れのなかで携帯電話をかけていたという事実についてはしっかりと裏を取ってある。あと必要なのはきみのコメントだけだ」

「きみは何もわかってない。ぼくを信じてくれ。きみが思っているほど状況は単純じゃないんだ。噂なんかを記事にして、あとで真実が判明したら、自分がやったことを後悔することになるぞ。とにかくこのことは白黒つくような話じゃない。もっと複雑なんだ」

「私はきみを非難しているわけじゃないよ、ジェフ。きみがまちがってるとか正しいとか言うつもりもない。ただ、ほんとうのところが知りたい。きみのコメントを載せることができれば、いい記事が書けるし、きみにとっても損はない。だが、オフレコにされたら、それができなくなってしまう。ほかの人たちの話だけが記事に載ることになる」

彼はむっつりとコーヒーカップを見つめていた。まるで自分の運勢がカップの底に映っているとでもいうように。「ひとつ、仮説を述べさせてくれ」

彼に称賛を贈らずにはいられなかった。なんとも賢い。仮説を述べるだけなら、話の全部でも一部でも好きにでっちあげることができる。それらを記事にするにはこちらとしても慎重にならざるを得ない。

「ある男がいたとしよう。彼は自分の友人であるファンドマネジャーに資産の運用をまかせるように、慈善団体や非営利団体を運営する人たちにアドバイスした。ただし、そうアドバイスしたのはそのファンドマネジャーが友人だったからじゃなく、誰よりも優秀な男だったからだ。そうしてみんな大金を儲け、しあわせになった。その後、その友人は見通しを誤った。誰も予想しなかったことが起こったんだ。彼は損失を出し、非営利団体の投資家たちも同じ道をたどった。そこで、男は規則をちょっとだけ拡大解釈してみんなを助けようとした。自分のためではなく、みんなのためを思って」

「それが事実なら、おそらく読者はかなりきみに共感するだろうね」

「だが、共感しない連中もいる。グレッグ、きみはまだ状況を把握していないようだね。きみが記事を書いたせいで二十人のダンサーたちが失業者の列に並ぶことになったら？　ぼくは記者の商売がどんなものかは知らない。だが、記者だって責任や分別を少しくらいは持ち合わせているんじゃないのか？」

「つまり、きみのやったことはすべて慈善行為だったと？」

「いいや、そうじゃない。さっきも言ったが、いろいろ複雑な事情があるんだ」そう言うと彼は長いこと黙っていた。これ以上話すべきかどうか頭のなかで反芻《はんすう》しているのだろう。だが、ついに口を開いた。「もうひとつ。ある女性の話をしよう」

「ロシア人の女性かい？」

「なんで知ってる？」

「きみは大々的に彼女を紹介してまわっていただろ？」

「彼女の経歴についても知ってるのか？」

「いや」

「彼女はシベリアの孤児院で育ち、自分の力でこの国へやってきた」

「年齢は？」

「二十二歳だ。六歳になる息子がいる。サーシャといって、とても可愛い子だ」

「彼女とはどこで知り合ったんだい？」

彼は口ごもった。「これもまた仮説だが」

「なんでもいいから、話してみてくれ」

「彼女とはストリップバーで会った。彼女は息子とふたりで暮らしていくためにそこでダンサーをしていた。グリーンカードを持たない移民の彼女にはそれが一番稼げる仕事だったんだ。チップとラップダンス（客の膝に坐り込んで踊るエロティックなダンス）でひと晩に五百ドル以上稼いでいた。彼女は十五歳のときからストリッパーをしているんだ」

「きみと彼女はどんなつき合いだったんだい？」

「彼女は今までぼくが出会ったなかでもっとも美しい女性だ。ぼくははじめて会った夜に彼女を好きになった。彼女に夢中だったといってもいいくらいだった」

「なぜ結婚しなかった？」

「結婚しようと思っていたさ、ひところは。だが、運よく結婚はしなかった。彼女は情緒不安定なんだ。悪口を言うつもりはないよ、彼女はとても苦労してきたんだから。だが、彼女はドラッグの問題を抱えていた。問題はほかにもいろいろあったけどね」

「コカインか？」

「ああ、大半はね。ほかにも医者が処方した抗うつ剤《ゾロフト》やいろいろな薬を飲んでいた。ゾロフトを飲むと、彼女は野良猫みたいにまったく手がつけられなくなった。そんなことが何度もあった」

「彼女がドラッグをやめる手助けをしようとは思わなかったのか？」

「手助けならしたよ。だが、ドラッグをやってる本人が中毒から立ち直ろうと思わなければ駄目なんだ。それに問題はドラッグじゃなく、彼女がどん底の生活をしていたということだ。彼女が味わった痛みや貧困や虐待といったものを経験したら、誰だってそれから立ち直れるなんて考えやしないさ。ドラッグを使えば少なくともいっときはそういったことを忘れられたんだろう」

「彼女とはまだ会ってるのか？」

「いや、もう会うのは無理だ。彼女はあまりにもクレージーだから。いまだに電話がかかってくるけど、ぼくは出ない。はっきりさせておきたいんだが、これは普通の恋人同士の喧嘩とはわけがちがう。常軌を逸した話なんだ。たとえば、彼女はぼくが仕事に出ているあいだ、ぼくのアパートメントのぼくのベッドでほかの男と寝ていた。金のためにね」

「なんとね」私はこの男に対する同情を禁じ得なかった。彼の顔にも声にも相当な苦悩がにじんでいた。「彼女の話を私にしたのはなぜだい？　彼女はきみの金が目当てだったのか？」

「そういうわけじゃない。たしかに彼女にはずいぶんと金を使った。高価なものも買ってやったし、現金も渡した――請われればなんでも与えたよ。だが、それは実際ぼくがそうしたかったからだ。彼女には預金が五万ドルあった。それだけの金を貯めるためにどれだけ彼女が苦労したか想像できるかい？　どれだけストリップショーをこなし、どれだけ男にさわられたことか。彼女はその預金を運用してくれとぼくに頼んだ。彼女みたいな人間は手っ取り早く金持ちになる方法をいつも夢見てるのさ。彼女はそのときすでに友だちの何人かがはじめたインターネットの旅行会社に投資して、二万ドルを失っていた。だから、ぼくは彼女のために何かしてやりたいと心から思った。人生で一度くらいは成功を味わわせてやりたかった。彼女が自分と息子のために、いざというときに使える金を蓄えさせてやりたかった」

「彼女の預金をすべて〈パーシモンズ〉に注ぎ込んだのか」

彼はただ私の顔をじっと見ていた。

「それでその投資が破綻したとき、カントニーに電話をかけて有力な情報をいくつか流し、損失を埋め合わせられるようにしてやったのか」

スティードはショックを受けたようだった。「ぼくはそんなことはひとことも言ってないぞ、ミスター・ワゴナー。規則を拡大解釈したとは言ったが、規則を破ったとは言っていない」

「それなら、きみが辞めるまえ、〈メドヴェド、モーニングスター〉できみに対する内部調査がおこなわれたのはなぜだ？」

「どこでそんな話を？　会社のやつに聞いたのか？」

「そういう話を聞かせてくれた人たちがいてね」

彼は顔をこわばらせ、軽蔑を込めて言った。「あの会社にはぼくのことをものすごくねたんでいるやつがたくさんいる」

「だろうね」

「連中はぼくについていろいろ噂をでっちあげている。あんなやつらの言うことを真に受けないほうがいい」

「でも、内部調査はあったんだろう?」

彼は腕時計を見て言った。「申しわけないが、次の約束があるんだ。それからこの話は、まえの会社の連中から話を聞き、状況を把握した上で、誰がぼくについての噂を振りまいているのかを突き止めるまでお預けだ。そのときはこちらから連絡する」

オーケー、と私は思った。きみから連絡をもらうことは決してないだろう。「これだけは忘れないでくれ。きみの言いぶんが記事に載ったほうが、きみにとってもいいということを」

「ミスター・ワゴナー、インタビューしたいというのは嘘なんだろ? きみはぼくの新しい仕事について聞きたいと言ってやってきた。ほんとうはぼくについてのおもしろいすっぱ抜き記事を書こうとしているくせに。だがね、きみはもっと慎重になったほうがいい。ぼくはこの市《まち》の重要人物をたくさん知っている。ぼくのひと声できみはキャリアを棒に振ることになるかもしれないぞ」

「脅すつもりかい?」

「追って、ぼくの弁護士からきみに連絡がいくだろう、ミスター・ワゴナー」彼は大股で部屋を出ていくと、ドアをばたんと閉めた。

相手が弁護士を話題に出してくると私はいつも思う。もう逃げられないぞ、このくそ野郎。

40　ギル

携帯の着信音が鳴り、男の声が聞こえてきた。ギル、おまえか？　土曜の朝のことだ。おれは思った。いったい誰だ？　男にはポルトガル訛りがなかった。すると男は言った。ジェフだよ、おまえの仕事場にいたジェフだ。

まずい！　やばいことになった。彼はミスター・ビグローと口論をした場におれがいて、靴を磨いていたことを知ってるんだ。

ジェフは尋ねた。ギル、今晩暇か？

おれは答えた。どうして？

ジェフは言った。マシューとおれでニックスの試合を見に行くんだ。相手はロサンジェルス・クリッパーズ。おまえもどうだ？

おれは考えた。心配するほどのことはないんじゃないか？　ミスター・ジェフがおれを連れていこうとしているのは人が大勢いる場所だ。彼に何かできるとは思えない。

ジェフは説明した。席は一階だ。おれは聞き返した。ほんとうか、ジェフ？　〈ガーデン〉（スポーツアリーナのあるマディソン・スクエア・ガーデンのこと）には二十回くらい行ったことがあるが、いつも中段の席だった。間近でバスケットボールの試合を見たことは一度もない。一階席で試合を見たらきっとセレブみたいな気分になれる。おれはセレブ気分を味わってみたかった。偽のセレブだと思われるのはいやだったけれど。でもこの世のなかは所詮偽ものばかりだ。だから、一度くらいそういう場所に行ってセレブ気分を味わってもいいだろう。そこでおれは言った。ワオ！　すごいな、ジェフ。ぜひ行かせてくれ！

ジェフは言った。それじゃ、七時半にぼくの家に来てくれ。〈ガーデン〉へはリムジンで行く。そして彼は住所を教えてくれた。

ニューヨークでオールスター戦がおこなわれるまではおれもバスケットボールの大ファンだった。当時、オールスター戦のために選手たちは六番街五十三丁目にあるヒルトンホテルに泊まっていた。ホテルのロビーに行くと選手全員に会うことができた。ルーキーのコービー・ブライアントに、五ヵ国語を話すディケンベ・ムトンボ――ただし、ポルトガル語はかなりひどい。トレーシー・マレーとは一緒に写真を撮った。だが肝心のお目当ての選手にはひどくがっかりさせられた。その選手とはシャキール・オニールだ。彼がエレベーターを降りると、待ち受けていた三十人くらいの人たちが彼を取り囲み、サインやコメントをねだった。だが、彼はひとことも口を利かなかった。そしてまるでトラックが小さな車を押しのけるように人々を掻き分けていった。状況をすべてわかっていながら周囲のことを無視して人々のあいだをすり抜け、リムジンに乗り込んだ。ハイもバイもなし。手さえ振らなかった。そのときのことはよく覚えている。あの日からおれはバスケットボールに関することはすべてをやめた。最近はたまに試合を見るようになったが、まえみたいに熱心には見ない。

おれは六時ごろミスター・ジェフの家に着いた。そこはアパートメントではなかった――馬鹿でかい屋敷だ。ジェフとマシューが玄関から出てきたので、おれたちはリムジンに乗って〈ガーデン〉へ向かった。リムジンにはバーが備わっていたので、おれたちは〈ガーデン〉に着くまで酒を飲んだ。マシューはくつろいでやたらとでかいグラスでテキーラを飲んでいた。ジェフはいつものようにコーヒーを飲んでいた。バーにはアリーゼ（ウォッカとコニャックをベースにトロピカルジュースをブレンドしたリキュール）のパッションフルーツもあった。十六歳のときにはじめて聴いたビギーの曲に出てくるリキュールだ――〝おれ、アリーゼでクラクラ、女の子たちはあきれてイライラ〟。

　以前はアリーゼをしこたま飲んだものだ。あれを飲むとすぐに天国にいるみたいな気分になれる。ゆったりして落ちついた気分に。人間なら誰もが求める感覚だ。頭のなかが空っぽになって、家族のことも厄介ごともどうでもよくなる。何もかもなし、ゼロ、皆無だ！〈ガーデン〉に着くころにはおれはアリーゼを四杯も飲んでいた。最後の一杯――そう言っておれはグラスをつかみ、水を飲むみたいにそれを空けた。こんなに速いペースで酒を飲んだのはいつ以来だろう？

〈ガーデン〉ではとてもいい席に坐った。最前列だ。ジェイ・Zやビヨンセ、パフ・ダディみたいな連中が坐る席だ。まあ、ああいった連中は何か大きなイベントでもないと試合には来ないし、ニックス対クリッパーズの試合にも来ないだろう。ニックス対レイカーズの試合なら来るかもしれないが。彼らの目的は注目を浴びることなのだから。そういうわけで、有名人は誰もいなかった。正直言うと、おれは試合の流れはほとんど見ずに、選手たちがボールを投げてるのをぼうっと見ているだけだった。そしてひどく酔っぱらっていたにもかかわらずマシューと一緒にさらにビールを飲んだ。試合はまだ続いていたのに。ミスター・ジェフは試合終了の五分まえにそこを出ようと言った。

ジェフはペン・ステーションの近くを流していたリムジンの運転手を電話で呼び、迎えに来させた。するとマシューが言った。ギル、これからがほんとうのお愉しみだぜ。

おれたちはマディソン・アヴェニューに面した、マシューの友だちのアパートメントへ向かった。その友だちはコカインを持っていた。おれたちがしゃべっていると、彼は飲みものを出してくれた。だが、マシューがその部屋に来た目的はコカインだ。彼にとってはじめてとなるコカイン。部屋の持ち主であるその友だちもマシュー同様、研修生だった。体のでかい、こぎたない白人で、あらゆるドラッグをやっていそうな感じだ。彼は壁に掛けてあった額入りの絵を取り外し、それをテーブルの上に置いた。そしてその上にコカインの粉で四本の線を描いた。おれとジェフとマシューと自分のために。コカインをやるのははじめてなんだ、とマシューは言った。同じく、とおれも言った。正直な話、今までコカインに手を出したことはなかった。

まずマシューが試した。こりゃ、すごい。ワオ! 頭のなかがチカチカする。そしておれに言った。よし、次はおまえの番だ、ギル。オーケー、とおれ。よし、初体験だ。そして思った。たまげた! ものすごく気持ちがいい。とびきりハイな気分だ。すごい、すごい、すごい!

次にマシューはジェフにコカインを勧めた。だが、ジェフは断った。彼はただやりたくなかったのか、それともおれがいたからやりたくないと思ったのか、おれにはわからなかった。だが、しまった、へまをしたと思った。てっきりジェフもコカインをやると思っていたからだ。彼は結局最後までコカインをやらなかった。これで彼に弱みを握られてしまった。きっと彼はおれのことを馘にするつもりだ。

それから、おれたちはリムジンに乗って新しくできたクラブへと出かけた。クラブの名前はわからなかった。おれはそのくらいひどい状態だった。マシューとおれはハイになっていた上に、かなり酒を飲んでいた。ロープのかかったクラブの入り口にいた男は、リムジンとミスター・ジェフを見ると列に並ぶ人たちを飛ばして、おれたちをなかに入れてくれた。そんなふうに特別扱いされたので、そこにいた連中はみな誰がやってきたのかとおれたちに注目した。ちょっとしたセレブになった気分だ。だが、なかにはいって腰をおろしたとたん、すべてがぐるぐるまわり出した。おれは水を一杯注文した。まったく、クレージーな夜だ。

通されたのはいい席だった。VIP席だ。壁にはやたらとでかい暖炉があった。高さが十フィートくらいある。劇場にあるみたいな小部屋もあった。写真を撮ったりできるようなスペースだ。とにかくそういったものがあった。おれは思った。こんなクラブ、今まで見たことがない。きれいな女の子がたくさんいて、趣味のいいバーもあった。

メニューを見ると、ビールが七ドルで食べものは十二ドルだった。ボトルの酒は三百ドル。おれは言った。ジェフ、今夜はもうあまり飲まないことにするよ。すると彼は言った。心配するな、ギル。全部ぼくのおごりだ。ジェフがボトルを二本――ジュース入りのベルヴェデーレ・ウォッカとドンペリ――頼んだので、おれたちはお相伴にあずかった。だが、ジェフはコーヒーしか飲まなかった。彼はきっと夜も眠らないんだろう。

コーヒーを手にするジェフのところに女性たちがやってきた。全部で九人くらい。ロシア人に黒人に白人——全員がスーパーモデルみたいだった。でも、たぶんジェフが女性たちを呼んだのはただ自分の力を人に見せつけるためだ。なぜって、彼女たちとダンスを踊るでもなければ、話をするでもなかったからだ。彼女たちの何人かはモデルとか金持ちのお嬢さんに見えた。実際のところはなんともいえない。こういうところにはどんな有名人がいるかまったくわからない。ここに入場することからしてむずかしいのだ。コネがなければはいれない。入り口にやってきて、ヘイ、入場料はいくらだい、なんてわけにはいかないのだ。

彼女たちのうち、三人か四人はロシア人だった。なんだか恐ろしい女たちだった。そういう女はぱっと見ですぐにわかる。彼女たちのどこを見て判断すればいいかおれは知っている。彼女たちはとても上品に見えるが、実際は物への執着が強い。それもものすごく。彼女たちはセクシーな服を着る。セクシーで値の張る服を。〈グッチ〉や〈プラダ〉みたいな。ロシアの女性はそういうくだらないものが大好きだ。理由はわからない。とにかくなんでもかんでも高いものを身につける。〈バナナ・リパブリック〉みたいな服は着ない。おれにはロシアの女性というものが理解できない。彼女たちはとてもいいにおいがした。きっと香水をひと壜まるごと振りかけてるんだろう。

黒人の女性たちはとてもスマートだった。ハイクラスって感じだ。ジーンズの上に高そうなコートを羽織っている。とにかく高級そうな感じで、ゲットーの女たちとは全然ちがった。履いているブーツや靴も上等なものだ。彼女たちのひとりは〈ボン・ダッチ〉の帽子をかぶっていた。おれの大好きな帽子だ。センスがいい。

アメリカの白人女性たちもいた。そのなかには会社の重役みたいな感じの人もいた。たぶん、彼女たちは一日じゅうきちんとした恰好をしていて、夜、出かけるときだけジーンズを穿くんだろう。でも、彼女たちの服も悪くなかった。きちんとした学校を出ました、って感じの服装だ。まちがっても頭が悪そうには見えない。

おれは思った。いったい誰に話しかければいいんだろう？　この手の女性はたいてい自分の話しかしない。で、おれのほうは話すことが何もない。いっそのことこう言ってみようか？　おれはトレーダーなんだ。株を取引してる。だが、そんな嘘はつけない。いくらなんでも。

だが、おれだって、いつものクラブに行けばけっこうまともな女の子をゲットできる。センスがよくてきれいな女の子を。女の子はまずおれの顔を見て、それから服装を見る。そして思う。あの人、すっごく服の趣味がいい。きっとお金持ちね。すごくお金の稼げる仕事をしてるんだわ、と。誰でもそうやって人を判断する。たとえば、おれがギャングみたいにとびきり上等な服を着て、いいホイールを履かせた、いい車に乗っていたら、人はおれのことをドラッグの売人か大物ヒップホップ歌手だと思うだろう。今の社会の判断基準なんてその程度だ。

クラブに行って、女の子に仕事は何をしているのかと尋ねられてもおれは絶対、靴磨きをしているなんて言わない。銀行で働いていると嘘をつく。銀行でどんな仕事をしているかと訊かれたら、自分はコンピュータ技師だから、コンピュータの修理みたいなことをしていると言う。なぜかって？　なぜコンピュータ技師だなんて言うのかって？　それぐらいしか思いつかないからだ。

ブラジル人は誰がなんの仕事をしているかをちゃんと知っている。いつだってそういうことがわかってる。あの男は、王さまみたいに着飾ってるが、ただの靴磨きなんだぞ。建築現場で働いているのは誰か、ストリッパーをやっているのは誰かってことを。そういうのがいやでおれはブラジルにいたくないと思った。そうやってなんでも決めつけてしまう人間とはつき合えない。彼らには向上心がない。ただ自分の人生を受け入れることだけが望みなのだ。

そんなことを考えていると店内にはいってきたインド人の男が近づいてきて言った。ひとつ質問をしてもいいかな？　この店にはあんたみたいにスニーカーを履いててもはいれるのかい？　男がそう尋ねたとき、おれは彼の顔を真っすぐに見て言った。それは人によるんじゃないかな。すると男は行ってしまった。おれは思った。ここはいったいどういう場所なんだ？　誰もがふらっとはいれるような普通の場所じゃない。今の男がそのことを不思議に思ったのかどうかはわからないが、たぶん彼は理由を知りたかったんだろう。ここに来ても入れてもらえなかった友だちがいたにちがいない。

ここでは普通のクラブみたいに男が女性に近づくことはない。普通のクラブでは女性が望むと望まざるとにかかわらず、男はダンスをする女性のうしろにまわり込む。だが、このクラブでは男はそんなことはせずに話をしたり、自己紹介したりする。おれが立っているとひとりの男がやってきて、おれの隣りにいる女の子に話しかけた。おれはその男がどんな話をするのかじっと聞いていた。彼は手振りをまじえて話していた。おれは思った。なるほど！

店内にはきれいな女性があふれていた。そこでおれは女の子のひとりに話しかけてみた。ブルックリンの子だった。おれは言った。ヘイ、調子はどうだい？　すると彼女は、ハイ、と言った。どこから来たの？　と訊くと、ブルックリン、という答えが返ってきた。愉しんでる？　と訊くと、彼女は言った。もう、家に帰るところなの。なんで？　明日は仕事だから。おれは言った。そりゃ、大変だね。

それから別の女の子にも声をかけてみた。ねえ、いつも日曜日は何して過ごしてる？　その子は言った。なんで？　おれと友だちのエディは日曜はいつも〈フロー〉に行くんだ。〈フロー〉ってのはホランド・トンネルの近くにあるヒップホップ・クラブなんだけど。すると彼女は馬鹿にしたように言った。〈フロー〉？　何それ？　ゲットーのクラブ？　おれは思った。いやな女だ。でも、もし飲みものをおごってやったらこの女ももっとましな口を利いたかもしれない。

その後、別の女の子がおれに話しかけてきた。父親はジェフの知り合いだという。歳は二十四歳くらいで白人特有のきれいな顔をしていた。髪にはメッシュがはいっていた。身長は五フィート九インチくらいだったが、ぽっちゃりした体型をしていて、椅子に坐るとお腹が波を打った。高そうな服を着て、〈グッチ〉のバッグを持っていた。よく見るとほんものの〈グッチ〉だった。バッグの内側に使われている革はおれのよく知っている革だった。彼女は身につけているありとあらゆるものをおれに見せた。たとえばブーツ——これは〈プラダ〉だ。そしてそれらすべてが黒だった。パンツもシャツも。きっと黒を着れば太っていることを隠せるからだろう。

おれとその女の子は話をはじめた。まず彼女は自分の父親の話をした。父は弁護士でね、と彼女は言った。そして祖父の仕事はこれこれで伯父の仕事はこれこれで、母親はすごく金を稼いでいる、と話を続けた。次に父親の運転する車についてしゃべった。彼女の父親はランボルギーニを持っているらしい。だが、おれはそんな話は信じなかった。彼女は馬鹿でかい家を買ったという話をして、でも結婚相手はまだいないのよ、とつけ加えた。おれは思った。もう十分だ。彼女は〈グッチ〉の靴のコレクションの写真をおれに見せた。カメラ付きの携帯電話で。彼女はいろいろ写真を撮っていた。そしてそれらを見せながら言った。これは家でのわたし。おれは思った。もう十分だって。彼女はそれでもまだいろいろなものをおれに見せつづけた。すべて金のかかっているものばかりだ。つまり、自分は金持ちだってことを言いたいわけだ。

おれは彼女に言った。ここでちょっと待っててくれるかい？　ジェフに話があるんだ。そしてジェフのもとへ行って訊いてみた。あの女の子はあんたの知り合いかい？　なんだかすごい嘘つきみたいだけど。自分の父親は大富豪だとか、自分もすごく金を稼いでるとかなんとか言ってる。おれは内心思っていた。なんでおれに嘘なんかつく必要がある？　彼女の話を聞いていたのは彼女の性格が気に入ったからだ。あの子はああいう自慢話をやめればすごくいい女に見える。するとジェフは言った。いや、それはほんとうだよ。彼女は金持ちだ。おれは言った。ふうん。

けれども、彼女はとても寂し気な感じがした。ああいう自慢話をするのはきっと人に好かれたいからだろう。彼女がどんなものを所有しているか知ったら、ほう、と感心する人もいるんだろう。彼女はきれいだ。あと少し体重を落とせばパーフェクトだ。それに性格もよさそうだ。でも、おれは金の話をする人間が嫌いだ。金の話なんかに興味がない。まったくといっていいほど。

その後、彼女とダンスをした。彼女はそれだけじゃ満足してないようだった。おれがずっとそばにいて、一緒にダンスを踊り、まるでおれが女性に初めて出会ったみたいに、自分にキスしてくれればいいと思っているらしかった。こういう場所でそういう扱いをされるのは勘弁してもらいたい。クラブではゆったりとくつろいでいたい。それにもし彼女と一緒のところをナターリアに見つかったらおれは殺される。そこでおれは言った。なあ、そろそろジェフのところへ戻らなきゃ。彼女は言った。もっとわたしとダンスをしたくないの？　おれは言った。もういいよ、マシューっていう友だちを探さなきゃならないんだ。彼女は言った。それなら、ほかの男の子をつかまえるわ。おれは、ご自由に、と言った。すると彼女は場所を変えて、どこかの男ふたりと話をはじめた。そして彼らにキスをして、ダンスをはじめた。おれは思った。どうでもいいさ、勝手にしろ。

おれはジェフとマシューのところに戻った。マシューはロシア人の女性と仲よくやっていた。どうやら、トイレでまたコカインを吸っていたらしい。鼻のてっぺんに少しばかり粉がついていた。ものすごくハイになっているようだ。ジェフはおれの姿を認めると言った。ギル、こっちへ来て坐れよ。そこでおれは彼の横に腰をおろした。音楽がとてもうるさくて、おれたちの話し声は誰にも聞こえそうになかった。ジェフは言った。気分はどうだ、ギル？　愉しんでるか？　おれは言った。ミスター・ジェフ、今晩のおれはまるであんたという人間になったみたいな気分だ。夢みたいだよ。

するとジェフは言った。ひとつ質問がある。まえに携帯電話のことでぼくをからかったのはなぜだ？

ただ、ふざけただけだよ。

でも、なんで携帯の話を出した？

おもしろいと思ったからさ。意味はない。

するとジェフは、あの日、おれがデスクのうしろで靴を磨いてたとき、自分とミスター・ビグローの話を聞いたか、と質問した。どうやらミスター・ビグローはおれがあの場にいたことをジェフに話したらしい。

実際には彼はこう言った。おまえ、ぼくたちふたりの会話を聞いていたのか？

サー、あんたたちが何を話していたかなんて知らないよ。いつもどおりアイポッドをつけていたから。おれはそうやっていつも音楽を聴いてるだろ？　アイポッドをつけたらほかの人間が何をしゃべろうと興味がなくなるんだ。おれは音楽がすごく好きだから曲を聴いているとすごくのめり込んじまう。聴いてるのはたいていヒップホップだからどうやって韻を踏めばいいかも覚えられるし。おれは韻の踏み方を覚えるためにひとつの曲を何度も集中して聴くんだ。するとだんだん歌詞がわかるようになる。ヒップホップの歌詞はものすごく早口だからね。おれはそうやって歌詞を覚えるんだ。フレーズをまるごと。

だが、ぼくたちはかなりの大声で話をしていた。

あんたたちが話をはじめたとき、すぐにおれには関係ない話だとわかった。だいたいおれはあんまり英語を話せない。半端じゃないくらい訛りもあるし。とにかくおれは害のない人間だよ。三年間、あの会社でずっと靴磨きをしてきた。ヒップホップを聴きながら。ヒップホップの低音ってどれだけ騒々しいか知ってるかい？　おれは気にならないけどね。たしかに、おれはあんたたちトレーダーがクレージーになるのをしょっちゅう見てきた。でもクレージーなのはあんただけじゃない。トレーディングフロアでは、誰かが誰かを追いかけていって、罵ったあげくに、ぷいと背を向けるなんてことは日常茶飯事だ。そしてその十分後には、その誰かと誰かは、ごめんとかなんとか言いながら、仲のいい女の子同士みたいに話をはじめる。そしてくだらない冗談を言いながら、笑い合ってるんだ。

それならいい。だが、注意してくれよ。あれこれ嗅ぎまわって、質問をしている男がいるんだ。ジェフはそれが気に入らないようだった。そして話を続けた。その男はぼくを、そしてミスター・ビグローを破滅させようとしている。だから、ぼくたちが口論していたことについて誰かに質問されたら、知らないと言うんだ、いいな？

わかった。

ところでぼくは今、ヘッジファンドを経営する友だちと一緒に働いている。よかったら、おまえもそこで働かないか？

でも、いったいどんな仕事をするんだい？

顧客を空港まで送っていったり、コピーを取ったりする仕事だ――ただ会社にいて、こまごましたことをやってくれればいい。

それはいい話だ。ほんとに。

ミスター・ジェフは言った。年俸は三万ドルだ。おれは言った。それって月に直すとどのくらいだい？　彼は言った。手取りで二千ドルくらいかな。おれは言った。ワオ！　おれをからかってるんじゃないだろうね？

それから、次の月曜にバハマへ遊びに行くといい。しばらくそこでのんびりして来い。バハマに行ったことはあるか？　美しいところだぞ。美しいビーチがある。

ジェフ、おれはどこにも行かないよ。今はそんな金ないんだ。

なに、おまえの名前と住所、それにガールフレンドの名前と住所を書いてくれればいい。

おれのガールフレンドはミセス・アリスのところでベビーシッターをしてる。だから無理だよ。

じゃ、ぼくがミセス・アリスに電話しよう。

あんたが？　ほんとに？

ああ。おまえたちふたりをバハマへ行かせてやる。費用はすべてぼく持ちだ。

ジェフ、本気で言ってるのか？

ギル、ガールフレンドと一緒に愉しんでこい。

だが、おれは思った。そんなの嘘だ。おれは自分の眼でたしかめるまでは誰のことばも信じない。そこでおれは言った。ジェフ、ひとつ言ってもいいかい？

なんだ？

あんたがエディを馘にしたのはまちがってたとおれは思う。

誰を馘にしたって？

エディだ。トイレの清掃をしていたやつだよ。彼はあんたに馘にされたって言ってた。

ぼくは誰も馘になんかしてないぞ。おまえの言ってるのが誰かもわからないくらいだ。

それじゃ、ジェフ、エディが仕事に戻れるように力を貸してくれないか？　彼の上司に話をして、エディには問題ないと言ってくれるだけでいいんだ。

お安いご用さ。

日曜日、遅くに眼を覚ますと何もかもがぐるぐるまわっていた。くそみたいな気分だった。そのうち、ゆうべ何をしゃべってどんなことをしたかを思い出してきた。おれは思った。くそっ、あんなことをぺらぺら人にしゃべったなんて信じられない。とんだ失態だ。

それからおれはエディに話してやった。ミスター・ジェフがおまえの上司に話をつけてくれるから、おまえは元の仕事に戻れるぞ。だが、それはエディにとってどうでもいいことだった。やつは航空券を買っていた。まったく、エディには驚かされる。なぜって、来週、ブラジルに帰ると言い出したからだ。やつは言った。ここの人間は冷たい。おれはブラジルに対するような愛着をアメリカには持てない。ここの食べものも、人の冷たさも、家族と離れてひとりぼっちでいることも、もういやになった、と。エディはブラジルを恋しく思っていた。ブラジルの気候やブラジルの女たちを恋しく思っていた。

エディは言った。だから、出かけようぜ。おまえとファビオとおれの三人でスタジアムへ行こう。それはおれにとっても最大の夢だった。エディとファビオと三人でスタジアムへ行き、しこたま酒を飲む。そして応援するチームが勝利したら、馬鹿みたいにはしゃぐんだ。

エディがいなくなったらきっとすごく寂しくなるだろう。

41　グレッグ

「ジェフ・スティードというトレーダーの記事を書いてるんだって？」月曜の朝一番の電話はエドからだった。

くそっ。アースラがしゃべったにちがいない。だが、なぜ記事の内容までわかったんだ？「えっと……その……記事にできないかどうか検討しているところです」

「きみはその記事を書くことになっていたっけ？」

「ちゃんとした記事になるという確信が持てるまでその話はしたくなかったんです」

「それならいい。そういう話をきみから聞いた覚えはなかったから、私はまたてっきり自分が惚《ぼ》けちまったのかと思ったよ」

「アースラから聞いたんですか？」

「いいや」

「それなら、なぜご存じなんです？」

「ミスター・スティード本人が、たった今私のオフィスから帰っていったよ」

「あいつ！」部外者――特に怒りを抱いているような――はエドを守るためにつくられた検問所を絶対に通過することはできないはずなのに。スティードはきっとウージー短機関銃をぶっ放してそこを通ったにちがいない。

「きわめて不愉快な男だね、あのミスター・スティードというのは。私を脅してきた。自分には知り合いの大物が大勢いるから私を馘にすることもできるんだとほのめかしてね」スティードにとってそれは大きなまちがいだった。エドが今いる地位に就けたのは彼が卑怯な手を使ったからでも、ニュー・イングランド地方出身のワスプだったからでもない。不作法な態度に我慢ができない性質《たち》だったからだ。彼を脅したりしたら、彼はまちがいなく脅した人間の意図とは正反対の行動を取る。

「なぜ彼が来ることを教えてくれなかったんです？　私にも何かできたかもしれないのに」

「そんな暇はなかった。彼は私を待ち伏せしていたからね。どうやって階下《した》の警備や受付をすり抜けたのか知らないが、私のオフィスの入り口で待ちかまえていた」

「なんてことだ。申しわけありません」

「きみが悪いわけじゃない——もちろん、彼が何を話すかわかっていたら助かったというのは事実だがね。おかげで私は知ったかぶりをしなきゃならなかった」

「私が公平で正確な記事を書く記者だと彼に言ってくださってるといいんですが」

「もちろん、言ったさ。同じことはアルにも言った」アル・リーバーマンは《グロッシー》とほかのいくつかの雑誌のオーナーだ。

「そんな。彼にまで話が伝わっているんですか？」

「〈メドヴェド、モーニングスター〉の最高経営責任者《CEO》、ビル・ビグローがアルに電話をかけてきて、きみが元従業員を誹謗《ひぼう》していると言ってきたらしい。アルとビグローは顔見知りなんだろう」

「なんてことだ。さぞかし怒っていたんじゃないですか？」

「ビグローに関してはイエスだが、アルに関してはノーだ。アルはそういう苦情をしょっちゅう受けている。だから彼は口をはさむつもりもない。ただ、何が起きているか私に知っておいてほしいと思っただけだ」

「よかった」

「だが、きみは私にきちんと事情を説明しなくちゃならない」

「わかりました。ご都合がよろしいのはいつでしょう？」

「一時間ほどまえならとても都合がよかったんだがね」

こぎれいでモダンなエドのオフィスは、ブロンド色の家具と壁一面の窓がしつらえられ、その窓からはエンパイア・ステート・ビルディングの尖塔がまるまる眺められた。そんなオフィスとは対照的にエドはたいていマス釣りに行くような服を着ていた。マス釣りとまではいかなくても、スコッチを片手にたき火のそばに坐ってマス釣りのことを考えている――そんな男の服装だった。今日の彼は、ハナミズキのようなピンク色の、お気に入りのコーデュロイのズボンを穿いていた。

「最初から話してくれ」と彼は言った。何やらおもしろがっている様子だ。

私はギルと出会ったことからスティードにインタビューをしたことまで包み隠さずに話した。

エドはその話が気に入ったようだった。「ブルースにその靴磨きの若者の写真を撮ってもらわなきゃな。記事は次の号に間に合いそうか？」

「締め切りまでの時間は？」

「三週間」

「なんともいえません。かなりむずかしいですね。まだ詳細をつかめていないないんです」

「詳細をつかむ算段はあるのかね？」

「いいえ」

「どんな手を使ってもいい。私はなんの心配もしていないよ。このストーリーはものになる。とにかく掲載スケジュールに組み込んでおくよ。うちの雑誌にはでかい記事が必要なんだ。グレッグ、きみなら書ける。きみは決して期待を裏切らない男だ」

私は顔がどうにかなりそうなほど目一杯笑みを浮かべていた。いい気分だった。でかい記事を書いてエドをよろこばせよう。エドに自分を認めてもらいたい——人にそういう気持ちを抱かせる何かがエドのなかにはあった。それがいったいなんなのか、今の今まで私には知り得なかった。

神さま、どうか彼を失望させずにすみますように。私は降下するエレベーターのなかでひたすらそう願っていた。

42　ギル

月曜日、ジェフから電話があり、新しいオフィスへ来るように言われた。オフィスに出向くと、彼は言った。これがきみとガールフレンドの分の航空券だ。飛行機は今日の午後三時にバハマへ発つ。ミセス・アリスには電話しておいたから、ガールフレンドも一緒に行けるよ。ジェフはとても忙しかったらしく早口で続けた。ああ、それから、向こうに着いたらタクシーでロイヤル・ケイ・ホテルへ行け。それから彼はそのホテルについて簡単に説明した。マドンナやジェニファー・ロペスも滞在したことがあるホテルだ。まあ、彼女たちに会うことはないだろうけど。だが、おれは思った。そのホテルに着いたら彼女たちがいるかどうか確認しよう。そこがどんな場所かまったく見当がつかなかった。何もかもがはじめて聞くことばかりだった。

ジェフは言った。それからおまえにちょっとした頼みがある。バハマでの最終日、ここの銀行──彼は紙にその名前を書いた──へ行って、ぼくのスーツケースを受け取ってきてもらいたい。

おれが？　スーツケースを受け取る？

とんでもない。それなら飛行機に乗るまえにそれを開けて中身を調べてやる。ドラッグがはいっているかもしれないし、銃が詰め込まれているかもしれないからだ。それじゃ、鍵のかかったスーツケースを渡されたらどうする？　それをどこに置いておけばいい？　そういうときは、飛行機に乗ったらすぐに一番うしろの座席へ行って……でも、座席の下に置くのはまずい。必ず中身を確認する。中身のわからないスーツケースを他人から渡されたりしたら、なかを見るのは当然のことだ。もし中身がやばそうなものだったら、警察には届けずに、人目につかないところに隠す。でもその場合、リスクを負うのはおれだ。たとえば、おれが誰かに車を貸したとする。その誰かはおれがドラッグをやることを知らず、おれはうっかり車のなかにコカイン、またはマリファナの袋をいくつか置いたままにしていたとする。で、その誰かは警察に車を停められ、こう言い渡される。車内を確認させてもらう。つまり、そういうリスクをおれが負うことになるってことだ。冗談じゃない。他人の罪をかぶって刑務所に行くなんてまっぴらごめんだ。

ジェフは言った。いいな？

おれは言った。もちろん。でも、ジェフ、スーツケースの中身はいったいなんなんだ？

わかった、ただの書類だね。でも、ジェフ、書類をバハマからこっちに持ち込むのは違法じゃないのか？　それで刑務所に行くはめになったりしないか？

仕事の書類だ。

いやいや、そんなことにはならないよ。

それじゃ、なんでこんなまどろっこしいやり方をするんだい？

あることをやり遂げたいが、それに他人を立ち入らせたくない場合ってのがあるんだ。なぜならそれは個人的なことだからだ。今回のことは違法ではないが、他人には知られたくない。ギル、そのスーツケースは命に代えても守ってくれよ。だってな、なかの書類はいったいどのくらいの価値があると思う?

どのくらい?

五千万ドルだ。

嘘だろ!

それからジェフはおれに封筒を渡して言った。いいから愉しんでこい!

彼の眼のまえでその封筒を開けるのはなんだかがつがつしているみたいでいやだった。だからおれは涼しい顔でそれを受け取った。そして表へ出てから取り出した封筒を開けた。なかには札がたくさんはいっていた。百ドル札で二千ドル。すごい! まるで宝くじに当たった気分だ。

ナターリアとおれは飛行機に乗った。飛行機は嫌いだ。あの狭いなかに押し込められて離陸するときの気分は最悪だ。だが、おれたちが坐っていたのはファーストクラスだった。いったん地上から離れてしまえば、ファーストクラスの乗り心地はとてもいい。いつもは機内に一歩足を踏み入れただけで、もう死にそうな気分になる。だが、ファーストクラスってのはとにかくすばらしい。椅子はやたらとでかいし、きれいな客室乗務員がしょっちゅう来て、何を飲みますか、と訊いてくれる。ボタンを押すとすぐに来てくれるのだ。ジャケットも預かってくれるし、とにかくエコノミークラスとは扱いが全然ちがう。

客室乗務員のひとりはすごい美人だった。緑の眼につやつやした黒い髪。だが、ナターリアがすぐ横にいたので、おれは彼女を見ることもできなかった。

そして飛行機はバハマに着いた。ワオ! 気温は二十七、八度もあった。おれたちはタクシーに乗り込んだ。まるですばらしい夢を見ているみたいだ。景色も最高。ホテルまでの道のりで車の窓から見える景色はとても美しかった。建物も美しいものばかりだ。着いたホテルがまたファンタジーに出てくるような建物だった。真っ白で、六〇年代くらいに建てられたように見えた。ここに来るまえにホテルの外観についてはいろいろ想像していたが、ホテルのなかはどんな内装だとか、どんなもてなしを受けるかまでは考えていなかった。

それにホテルでは何を着ればいいかも考えていなかった。おれは〈ディーゼル〉のスニーカーにジーンズという服装だった。正装しなきゃいけないなんて知らなかった。おれとナターリアは浮いていた。ことばづかいも服装も。そこは金持ち連中のためにあるホテルの典型だった。そういう場所ではおれみたいな人間はどうも居心地が悪い。はじめて来たホテルだからロビーがどこかもわからない。それにここにいる客たちは常にお互いを値踏みしようとしている。常にほかの客の顔をじろじろ見ている。それがなんとも煩わしい。

フロントデスクの対応がまたひどかった。他人の名前で予約を取ることはできない、本人がここにいないと話にならない、おれたちの予約を確認するためにはジェフのクレジットカードと身分証を提示する必要がある、の一点張りなのだ。おれはフロント係の女性に自分の名前とジェフの名前を告げたが、その女性はジェフ本人がこの場にいないと対応できないと言った。おれは思った。どうしてこんな目に遭わなきゃならない？　おれみたいにろくろく英語もしゃべれないような哀れな男にかぎって、どうしてこんな目に？

するとその女性が尋ねた。あの、クレジットカードはお持ちですか？　おれは答えた。いや、ミス、クレジットカードは持ってない。銀行口座は？　いや、ない。それじゃ、現金は？　そういった数々の質問のせいでおれはいたたまれない気持ちになった。人はものすごく不安になると泣きたくなる。そのときのおれはまさにそんな気持ちだった。

ナターリアとおれはホテルを飛び出し、歩きまわってなんとか気を落ちつかせようとした。そしてとりあえずジェフに電話をかけてみた。電話が通じるとおれはおろおろしながら訴えた。次の飛行機でニューヨークへ帰るよ。もう、こんなところにはいたくない。だって、ここに来てからいやな思いばっかりしてるんだ。ホテルの連中にはおれをくつろがせようなんて気は全然ない。ここはあなたたちの来るような場所ではありません、お引き取りください、って態度なんだ。ほんとうにそんな感じのことを言われたよ。

だが、ジェフはただおれに、待てと言った。そしてホテルに電話をかけ、自分の秘書にクレジットカードと身分証のコピーをホテルにファックスさせた。ジェフは電話をかけてきて言った。連中の態度については申しわけなかった。だが、不安に思わなくてもいい。ホテルに戻ったら、問題はすべて解決しているから。

そういうわけでおれたちはホテルへ戻った。そして十階の部屋に通された。部屋からはビーチが一望できた。とてもきれいだ。小さな冷蔵庫を開けると、なかにはありとあらゆるものがはいっていた――ピーナッツ、シャンパン、ビール、スナック菓子、スイスチーズ、キャンディ、チョコレート、ワインオープナー。おれは声をあげた。すごい！　部屋は真っ白で上品なベッドが置いてあった。バスルームにはシャワーがふたつあった。おれは室内の写真を撮りまくった。

それから礼を言おうとジェフに電話をした。今、部屋だ。ついになかにはいれたよ。するとジェフは言った。いいか、部屋の引出しのなかに名前と番号が書かれたカードがはいっているから、それを見てくれ。おれは言った。オーケー。何に使うカードだい？　彼は言った。ホテル以外で買いものはするなよ。おまえに金を使わせたくないからな。欲しいものはなんでも注文するといい。おれは言った。本気で言ってるのかい、ジェフ？　ああ、本気だとも。それじゃ、何か注文しようかな、ビールとか？　シャンパンをボトルで注文しろよ。好きなシャンパンはどこの銘柄だ？

部屋に置いてあった小さなメニューに載っている酒はみな馬鹿みたいに高かった。ボトルはどれも千五百ドルから二千ドルくらいで、ルイ十三世なんて名前の、聞いたこともないような酒もあった。たぶん、ウィスキーの一種だ。ワンショットが二百ドル。電話口のジェフが言った。ドンペリを注文しろよ。

おれは電話を切って、今度はルームサービスに電話をした。すると電話に出た男が言った。ごきげんいかがですか、ミスター・ベニチオ？　おれは一瞬とまどった。そして言った。なんでおれの名前を知ってるんだ？　すると男は言った。ここに滞在されているお客さまにはみなラストネームをお伝えいただいてますから。われわれスタッフはお客さまをラストネームでお呼びする規則なんです。おれは言った。ああ、そう。そりゃどうも。ところでドンペリのボトルを頼みたいんだけど。グラスはいくつお持ちしますか？　いや、グラスは要らない。ひと壜まるごと持ってきてくれ。おれがついそう言っちまったのは、たとえばクラブに行って、〝ヴーヴ・クリコをくれ〟と言うと、店のやつは壜ではなくグラスにはいったヴーヴ・クリコを持ってくるからだ。だから、グラスの数を答えたら、シャンパンが二杯届くと思ったのだ。すると男は言った。いえ、いえ、そうではなくて、その、お酒をお飲みになる方は何人ですか？　おれは答えた。ああ、それなら、おれとナターリアだけだ。かしこまりました。それではグラスはふたつお持ちいたします。おれは言った。ああ、なるほどね、オーケー。おれはほんとうにまぬけだ。

ドンペリが届き、おれたちはひと壜まるごと飲み干した。そのあとナターリアは半端じゃなくひどい吐き気に襲われた。彼女ははしゃぎすぎていた。おれは言った。どこかに出かけたい、何かしたいよ。だが、ナターリアはベッドに横になったままだった。起こそうとしたが、彼女は頭痛がひどくてとてもじゃないが起きられなかった。

そこでおれはどうしたか？　まず、ちゃんとした恰好に着替えた。自分でもけっこうイケてると思った。〈アルマーニ・エクスチェンジ〉のTシャツにジーンズだ。だが、ロビーに降りていくと、そこにいた連中はみなジャケットを着ていた。二十七度という気温のなかで。ここは変な国だ。

それから、どうしたか？　おれはあの葉巻ってやつを吸ってみようと思った。そこで小さなブティックへ行って二十五ドルもする葉巻を買った。なぜって、料金は全部部屋づけにできるからだ。

表に出ると、馬鹿でかいプールがあった。プールのすぐ右手には小さなバンガローがあった。おれはビーチにあるバーの奥に行き、例のカードを手渡しながら言った。やあ、一〇二五号室に泊まっているんだけど、ピニャ・コラーダをもらえるかい？　おれはひとりきりでカウンターにつき、ただ人々を眺めていた。けっこう愉しめた。そこにいた人たちはとても美しかったからだ。

こういう場所での経験がないと、どう振る舞えばいいのかを心の底から学びたいという気持ちになる。だが、実際はどう振る舞えばいいかわからないから、自分が野良犬になったような気持ちになる。そして洗練された飼い犬のようになりたいと願う。おれは野良犬で、ここにいる人たちは飼い犬だ。彼らは上品に酒を飲み、上品に振る舞う。おれがいつも行くクラブの連中は、大声で話すし、態度も攻撃的だ。相手に対し、目にもの見せてやるといった態度を取る。だが、ここの人たちはみな落ちついていて、きちんとした服装をし、大声を出さずに、静かな声で話す。とても信じられない。それにこの場所の景色のすばらしいことときたら。たくさんの星に椰子《やし》の木。すべてが完璧だ。以上がその夜、おれがちょっとだけ経験したことだった。

次の日、眼を覚ましたおれたちは朝食を注文した。料金は五十六ドル。きっとランチ並みのごちそうが出てくるものと期待した。だから、サービス係が銀のふたをかぶせた朝食を持ってくると、わくわくしながら思った。あのふたの下にはいったい何があるんだ？　だが、ふたを開けるとそこにあったのはトーストとベーコンとスクランブルエッグだけだった。おれが家でつくっているのと同じ、質素な朝食だ。二ドルか、三ドル以上は絶対しないようなものだ。ふざけるな！　こんなものだったら自分でつくれる。でもこれがＶＩＰの食事というものなのだろう。ホテルの外でも、きっと同じような食事が銀のふたをかぶせられて出されるにちがいない。

とりあえずおれたちは朝食をすませた。ふたりともかなり気が高ぶっていた。ビーチに行き、そこに坐って二、三時間過ごした。ナターリアは眼を見張っていた。まるでビーチに来たことがないみたいに。おれはといえば、いい、いとこたちみんなに電話をかけていた。こんなところにいたら、普通はみんなにそれを自慢したくなるものだ。おれはすごく人生を愉しんでる。バハマに来てシャンパンを飲んだり、ビールを飲んだりしてるんだ、と。ホテルの従業員がビールをビーチまで持ってきてくれた。こういうホテルでは彼らはビーチの砂の上に飲みものを置いていくのだ。

最終的にはホテルの部屋代より電話代のほうが高くついたんじゃないかと思う。なんでそんなに電話をしたのかはわからない。かなり酔っぱらった午後のことだ。おれは、海にはいった。海はかなり荒れていて、波もあった。その波のひとつにおれはつかまった。そのときおれはちょうど電話でファビオと話していた。波をかぶったおれは、もしもし、もしもし、を繰り返していた。

まったく、ここの生活は信じられない。金持ちがこんな生活をしてるなんてまったく知らなかった。彼らは何もする必要がない。望めばケツを拭いてもらうことも可能なんじゃないだろうか。なぜって、手をさっと挙げれば望むものはすべて手にはいるからだ。おれは近くに従業員が来るといつも、タオルをもらえるかい？　と頼んでいた。そうやって何かを人にやってもらうたびに、おれはなんだか申しわけない気分になって相手に五ドルを渡していた。おれはこのホテルで自分の金を一セントも使っていない。だから、持っている金はすべてここの従業員にやっちまおうと思っていた。ドアのところにいる従業員はいつもおれのためにドアを開けてくれる。だからおれは日に一度、彼に五ドルを渡していた。おれはホテルの従業員からとても好かれていたようだ。

それにおれは従業員みんなに声をかけた。ドアのところにいる男や、タオルを渡してくれる男、そしてバーテンダーなんかに。彼らはおれのタトゥーに注目していた。外見がすごくゲットーっぽいから、彼らはおれがブラジルから来たロックスターだと思ったんじゃないだろうか。まあ、実際はそうじゃないけれど、彼らには知りようがないことだ。ナターリアとおれはいつもクールに振る舞っていた。そうやってビーチとホテルを往復していた。

階下《した》に行ってほかの客と一緒にランチを食べるのはどうにも気が引けた。だからたいていはルームサービスを頼んだ。パスタとかハンバーガーなんかを。なぜって、それ以外に知っている食べものがメニューに載っていなかったからだ。メニューは英語じゃなく、いまいましいフランス語で書かれていた。値段を見ると、だいたいが四十ドルから五十ドルで、なかには六十ドルもするものもあった。ナターリアとおれはお互いに首をひねっていた。これっていったいどういう意味だ？　とにかく英語じゃないからわからない。注文するときはいつもそんなふうに首をひねった。おれたちにとってはとんだ災難だった。

おれたちはプールにも行かなかった。同じように気が引けたからだ。プールになんか行ったらほかの客にどう思われることか。それでも写真は撮った。プールやいろいろな場所の写真を。でも、プールには足を踏み入れなかった。プールではリラックスできないからだ。おれたちはただの二匹の野良犬だ。だから常にほかの客から離れているようにした。そうしなければ、値踏みされてしまいそうだったからだ。

ある日、窓から外をのぞくとビーチに集まったたくさんの男――全員が黒人だ――と一台のオートバイが眼にはいった。おれは言った。なあ、ナターリア、階下でなんかやってるみたいだ。行ってみよう。ビーチに降りるとそこではパフ・ダディが、彼の秘蔵ラッパー、ルーンのビデオ撮影をしていた。パフ・ダディことパフィの姿を眼にしたとき、おれは神さまにでも会ったような気持ちになった。とにかくどうしたらいいかわからない。セレブを眼のまえにしたらみんな、きっとどうしていいかわからなくなるはずだ。

おれはパフィを崇拝していた。なんといっても彼はノトーリアス・ＢＩＧをこの世に出した人物だ。彼のおかげで今回の休暇は完璧なものになった。まじめな話、おれは誰よりも彼の写真が撮りたかったし、戻ったらとにかく彼の話をしたかった。もうホテルの写真なんてどうでもいい。おれは彼がビデオの撮影を終えるのを待った。彼は携帯で話をしながら、ホテルに戻ろうとしていた。脇にふたりのボディガードを従えて。大勢の人に囲まれて写真をねだられるなんてことはなかった。そこで彼が立ち止まったとき、おれは近寄っていった。そして二フィートまで近寄って彼の顔を見たとき、声をかけた。ミスター・パフィ、おれと一緒に写真を撮らせてもらえませんか？　彼の身長は六フィート一インチ。その身長でおれを見下ろすと、彼は言った。あとにしてくれ。そしてまっすぐにホテルに戻っていった。

おれは思った。あれが、おれがＣＤを全部買って何年も応援しつづけていた男か？　あれがファンに対する態度か？　まったく、あんまりじゃないか。

次の日、おれはパフィと同じバンドで歌う、ルーンに会った。彼を見つけたのはナターリアだった。彼女は言った。ねえ、見て、ルーンよ。おれは言った。よし、ひとつ話しかけてみよう。そしておれは彼に声をかけた。ルーン、おれたちと一緒に写真を撮らせてくれないか？　すると彼は言った。もちろん。おれは言った。ほんとに？　すごい感動だよ。だって、昨日パフィに写真を撮ってくれと頼んだら、相手にされなかったんだ。ルーンは言った。ああ、パフィはいつもああなんだ。気にするなよ。いつだって忙しい人だから。ルーンはオランダ人だ。彼はおれたちがどこに泊まっているか、どこから来たか、と質問した。そしておれたちと一緒に写真を撮らせてくれた。それも一枚じゃなくたくさん。彼はすごくクールだ。

ホテルに滞在して三日も経つとだんだんと居心地がよくなってきた。おれはバーに入りびたった。大物になったような気分だった。そう、まるで名士にでもなった気分だ。おれはまさにそういう気分を味わいたいと思っていた。どんな話し方をすればいいかわかっていて、自分の気持ちを表すときはどんな身振りや手振りを使えばいいかわかっている——そんな気分だ。

あるときおれがビリヤードをしていると男がふたりやってきて言った。一緒にプレーしないか？　おれは言った。もちろん。そこで相手の顔を見ておれは驚いた。嘘だろ？　信じられない。ふたりのうち片方は元ＮＢＡの選手、ジェイク・スミスだった。おれは思わず部屋に駆け戻り、カメラを取ってこようかと思った。だが、そうはしなかった。そうはせずにプレーを続けた。だって、ここじゃ誰もそんなことはしないからだ。どうしておれがそんな真似をしなきゃならない？　おれたちはプレーを続けた。ジェイクはおそらくおれのことを大物だと勘ちがいしていたんだろう。途中、彼の友だちのひとりがブロンドやブルネットの女の子たちを五人連れて彼のところへ来た。そしてその友だちが言った。ヘイ、ジェイク、ちょっといいか？　女の子たちはジェイクに飛びかからんばかりだった。おれは素知らぬ顔をしていた。すると女の子のひとりが尋ねてきた。あなた、ここへはなんの用で来たの？　おれは言った。大きな取引をまとめに来たんだ。そんなでたらめを言ったらどうなるか——いいほうに傾くか、悪いほうに傾くか——わからなかった。だが、彼女はさほど感心した様子もなかった。たぶん、そんなたわごとは聞き飽きていたんだろう。

だが、その後、ジェイクが訊いてきた。おまえさん、仕事は？　おれは答えた。まえは〈メドヴェド、モーニングスター、アンド・ビグロー〉で働いていた。社長のビグローの片腕だったんだ。でも、そのあとヘッジファンドの会社に転職した。彼は言った。へえ、すごいな。どんな顧客を相手にしてるんだい？　おれは言った。顧客か？　そうだね、たとえばあんたみたいな人だよ。金を持っていて、しかもその金を投資してくれる人間だ。彼は言った。投資するための最低額は？　おれは言った。五百万ドル以上だ。彼はさらに言った。最近、どんな株を買った？　おれは言った。そうだね、アイポッドではかなり儲けさせてもらった。このところすごく技術が進んでるからね。でもたぶん、今度新しくＰＳＰが出るから、それに投資したほうがいい。ＰＳＰを知らない？　プレイステーションの新しいポータブル機だよ。みんながそれを手に入れようとしてる。そのゲーム機を使えば音楽もダウンロードできるし、映画だって見ることができるんだ。今一番売れてる商品だ。アイポッドより夢中になることまちがいなしだ。すると彼は言った。今後、株は上がると思うかい？　おれは言った。投資しておけば三、四ヵ月のうちにあんたの金は倍になるよ。彼は言った。ほんとうに？　ほかにはどんなものに投資をしてる？　おれは言った。医療関係とか、不動産とかだね。でも、投資するなら不動産がいい。彼は言った。どこの不動産だい？　おれは言った。いろいろあるけど、ハンプトンズかな。大金を稼げるよ。大勢の人たちがあそこに引っ越している。あそこに投資すれば、ひと晩であんたの金は倍になるよ。

彼は言った。おれは金をある男に運用させてるんだが、あまり満足な結果が出ていないんだ。おれは言った。なるほど。それじゃ、おれに電話をくれよ。すると彼は名刺をくれたので、おれは彼にジェフの名刺を渡した。バレっこない。ジェフはジェイクの金をうまく運用してくれるだろう。NBA選手やヒップホップスターはみんな金を持ってる。そしてその金を投資する。おれは彼らにどんな口を利けばいいかちゃんとわかってる。そして彼らもおれの話をちゃんと聞いてくれる。

最終日の朝の七時ごろ、ドアの下に何かが差し込まれる音がした。おれたちはここに来てから毎晩のように泥酔していて、まえの晩もかなり酒を飲んでいた。おれはぼんやりと思った。いったいなんだ？　まだ寝ぼけていて、眼が覚めていなかった。そこでその何かをまるごとひっつかみ、トイレへ行って便器の上に坐った。いったいこりゃなんだ？　四千ドル？　ルームサービスがそんなにかかるなんて知らなかった。おれは思った。ジェフはなんでこの金をおれにくれなかったんだ。これだけあれば自分の部屋を借りることもできたし、ソファだってテレビだってなんだって買えたのに。

とにかくおれはジェフに電話をした。ジェフ、ちょっと話があるんだ。今回のことはあんたが好意でやってくれたってことはわかってる。でも、ホテルの支払いがものすごく高くなっちまったんだ。だから、代金の半分はおれが自分で払うよ。申しわけない。ほかになんて言っていいかわからないけど、おれはこんなに高い額を請求されるなんて思わなかったんだ。

するとジェフは言った。ギル、心配は要らない。おまえがそのホテルで使った金を、ぼくならたぶんひと晩で使い切ってるよ。おまえはただ、銀行へ行ってスーツケースを受け取り、こっちに戻ったらそれをぼくの家に届けてくれればそれでいいんだ。

43　ギル

おれたちはタクシーに乗り、銀行のあるベイ・ストリートへ向かった。行ってみるとわかるが、ベイ・ストリートには銀行以外何もない。そこには〈シティ・バンク〉、〈バンク・オブ・アメリカ〉、〈香港上海銀行《ＨＳＢＣ》〉、そしてほかにも聞いたこともないような銀行がたくさん立ち並んでいた。銀行に着くと、暑い気候にそぐわない恰好――〈グッチ〉のローファー、青のジャケット、白いシャツ、赤のネクタイ――の支配人が出てきて言った。ミスター・スティードと一緒にお仕事をなさっている方ですね？　彼にはヨーロッパ訛りがあった。ヨーロッパ訛りかドイツ訛りだ。彼は良質の革の、かなり重そうなスーツケースを持ってきて言った。中身はすべて揃っています。

　支配人は自分の車でおれたちを空港まで送ってくれた。あでやかな黒のメルセデス・ベンツＳクラスだ。おそらく値段は十万ドルをくだらないだろう。運転してみたいと思ったけれど、運転させてもらえるとは思えなかった。バハマでは車は左側を走る。なんともクレージーだ。なんでそんな規則なのかは知らないが。空港に着くと、支配人はそこの警備員と知り合いらしく、おれたちはまるでＶＩＰみたいにすぐに通関手続きをさせてもらえた。支配人は言った。よい旅を。ミスター・スティードにどうぞよろしくお伝えください。おれは言った。わかった、伝えるよ。彼がいなくなるとナターリアが言った。そのスーツケースのなかには何がはいってるの？　おれは言った。知るもんか。

スーツケースはかなり重かった。おれは席に坐るとそれを上にはあげずに自分の正面に置いた。そして思った。もしこのなかに金が詰まっていたら？　それも今まで見たこともないような大金が。現金。緑の紙幣。もし中身が金なら――どんな夢だってかなえることができる。客室乗務員にパラシュートはないか訊いてみようか。そこのドアを開けて飛び降りさせてくれと頼もうか。そしてスーツケースとともに飛行機から飛び降りる。あるいはナターリアに金のことを打ち明け、一緒にブラジルへ行って結婚する。金のことはふたりだけの秘密にして。だが、そしたらおれはブラジルの片隅で兵士みたいに暮らさなければならなくなる。連中はきっと名前を頼りにおれを見つけ出そうとするだろう。

ナターリアがトイレに行きたいというので、おれはオーケーと返事をして就寝用のシェードをおろしてなかに閉じこもった。そしてスーツケースを開けた――なかを確認するために。中身はただの書類だった。スーツケースに目一杯詰め込まれた書類。だが、それが全部じゃないはずだ。ジェフが書類を受け取らせるためだけにおれをわざわざバハマへ来させたなんてことがあるだろうか？　そんなわけはない。おれには見えないだけでスーツケースのなかには何かが隠されているにちがいない。

ナターリアがトイレから戻ってきたので、おれはスーツケースを元の場所に戻した。飛行機が離陸し、機内に閉じ込められると、おれはこの上なく落ちつかない気分になった。頭のなかは飛行機のことでいっぱいだった。飛行機に乗っているとき、おれの命は危険にさらされている。とにかく本気でおれはそう思っている。だって、今日にいたっても納得できない。なぜ飛行機が宙に浮かぶかということを。こんなものが宙に浮かぶはずがない。なのにおれは浮かぶはずのない飛行機のひとつに乗っている。だからすごく不安になる。飛行機なんて信用できない。自分の運転する車のほうがまだ信用できる。

飛行機が着陸するまで、入国審査のことさえ考えられなかった。だが、それでも頭のなかでは何かがおかしいと警鐘が鳴っていた。おそらくあの書類は違法なものだ。そして警察はおれが書類を盗んだものとみなすにちがいない。ミスター・ジェフみたいな大物がおれなんかにそんなごく普通の仕事を頼むはずがないからだ。彼がおれにスーツケースを受け取りに行かせたのは彼が忙しかったからだなんて考える人間もいないだろう。やばいことになった。おれは極度の緊張状態に陥った。ナターリアには何も言わなかった。事情を知っている人間が多ければ多いほど、それだけ大騒ぎする人間も増えるからだ。おれたちはふたり。ふたりして大騒ぎなどしたくなかった。

審査を受けるための列には並んだものの、入国審査のブースへはいるには勇気が要った。ブースのなかに男の顔が見えたときは特にそう思った。男は海軍軍人なのか、白い軍服を着ていた。おれは男の顔を見て深く息を吸い込んだ。すごくまじめそうな男だ。おれは心のなかで願った。彼がおれの顔を見ずにここを通してくれますように。どんな細かいことを言われても、どんな眼で見られても、こっちのことばづかいをチェックされてもいいから、頼むからここを通してくれますように。そしてあれこれ質問されませんように。とにかくここが正念場だ。心臓がどきどきして、両手が震え、手のひらは汗ばみ、全身がぞくぞくした。まったく集中することができない。男が何を話しているのかもわからない。

そんな状況で落ちついていられるはずもなかった。おれは自分が罪を犯しているかどうかもわからないのだから。それにたとえ書類が違法でないとしても、その書類のせいでおれは深刻な立場に立たされるかもしれない。ほかのもの――たとえばドラッグなんかが見つかったりしたら、それこそおれはどうなるかわからない。おれは思った。びくびくしていたらこの軍人にこの状況を見抜かれる。でも、落ちつこうにも、どうすれば落ちつけるかがわからない。できるのは最善を願うことだけだ。

男が言った。バハマへ行った目的は？

いとこの結婚式に出ていたんです、サー。短い旅行でしたが、かなり愉しめました。向こうであり金を全部使っちまいましたけど。バハマはすごいところです。なんたってカジノがある。おれはポーカーが大好きで、ポーカー命なんですよ。結局二千ドルくらい損をしちまったけれど、でも十分に満足してます。セックスでオーガズムを感じる人もいるけれど、おれの場合はとにかくポーカーなんです。

彼は言った。なるほど。で、きみはどんな種類のポーカーをするんだい？

おれはポーカーについてはあまり知らなかった。プレーのしかたも知らないし、ルールも知らない。でも、おれは言った。あらゆる種類のポーカーを。今ここにカードがあれば、あんたと勝負しますよ。

もう駄目だ。手錠をかけられる。きっと足にも枷《かせ》をはめられる。

彼は食べものやドラッグを所持していないかと質問した。おれは答えた。いいえ、サー。彼はスーツケースを指して、中身は何かと訊いた。おれは言った。仕事に使うものです。書類です。もし見たければ、遠慮なくどうぞ。開けてください。

するとと彼はスーツケースを開けはじめた。

おれはパンツを濡らしちまいそうだった。なるべく下を見ずにまっすぐまえを向いているようにした。それから息を吸って吐き……息を吸って吐き……息を吸って吐いた。ひたすら次に来るだろう質問を考えながら。

だが、彼は書類を見ただけで内容を読んだりはしなかった。書類以外のものが見つかることもなかった。

入国審査を通過したときは天にも昇る気分だった。おれはそこいらじゅうを跳びまわった。ナターリアを連れて空港の外に出ると、どこもかしこもパラダイスに思えた。そしてタクシーに乗り込み、ナターリアをクィーンズの母親の家で降ろすと、スーツケースを渡すためにマンハッタンにあるミスター・ジェフの家へ向かった。

44　ギル

　とにかくその家は完璧としか言いようがなかった。すべての部屋にはドアがあって、それぞれが独立している。リビングルームのドアはガラスで、なかは真っ白だ。キッチンはやたらとでかくて、これまたでかい冷蔵庫がふたつあり、中央には小さなガラスのテーブルが置いてある。

　おれは寝室やそういったところには行かなかった。一階だけを見てまわった。建物は四階まであったけれど。するとミスター・ジェフに雇われているイギリス人の女性がやってきて言った。ほかの部屋もごらんになる？　おれは言った。遠慮しとくよ。この家を好きになりすぎると困るから。ほんとうは好きになったわけじゃなかったが、他人の家に行って、ワオ！　と声をあげたり、こんな場所には来たことがないって態度を見せると、往々にしてその家の住人にはあまりいい顔をされない。だから、おれはなるべく普通にしていた。その女性は、ミスター・ジェフは間もなく来るからと言っておれを地下の娯楽室に案内した。

　娯楽室にはほんもののバーがあった。そこでおれは訊いてみた。ねえ、ビールはある？　彼女が冷蔵庫を開けるとそこには——あらゆる種類のビールがあった。おれの好きなジャマイカビールのレッドストライプまであった。それを見たおれは驚いて彼女に質問した。誰がこのビールを飲むんだい？　彼女は言った。ミスター・ジェフの美容師が来たとき飲むんですよ。冷蔵庫にはほかにもシャンパンのボトルがいくつも並んでいて、同じ銘柄のものが十本ずつあった。ドンペリ十本に、クリスタル十本。いやはや、びっくりだ。

部屋にはやたらとでかい薄型テレビもあった。それからよく映画館の外に飾ってあるようなポスターもあった。だが、ジェフの持っている、映画館と同じサイズのポスターはサイン入りだった。『ターミネーター』のポスターの左端にはシュワルツェネッガーのサインがはいっている。それを見ておれは思った。こんなものがおそらく千ドル以上もするんだろうな。それから『スカーフェイス』のポスター。そこには誰のものだかわからないサインがいくつかあったが、そのなかのひとつはアル・パチーノのものだった。ほかにもポスターは何枚かあったが、おれにはあまり馴染みのないものだった。隙間《すきま》なく並べられたポスターは全部で五枚。これにもびっくりだ。

それからビリヤード台もあった。ここはまるで『ＭＴＶクリブス』に登場するみたいな家だ。でも傑作だったのは、その部屋に馬鹿でかいクマが置いてあったことだ。しかもほんもののクマが。それはここに置かれるべくして置かれているようだった。なるほど、この馬鹿でかいやつはきっとミスター・ジェフが銃で仕留めたクマにちがいない。だが、イギリス人の女性は言った。いいえ、彼はそれをお買いになったんですよ。

そのあとおれは彼女に頼んで車を見せてもらった。ガレージにはＧＭＣの馬鹿でかいユーコン・デナリが停まっていた。それから真新しいレンジ・ローバーにジャガーもあった。イギリス人の女性は言った。ミスター・ジェフはよくデナリに乗っていますが、あのでこぼこしたタイヤとあのエンジンなら、この家をまるまる破壊することができるでしょうね。彼女の話では、ジェフはほかの二台の車はあまり好きではないらしかった。それらを所有しているのはそれなりに用途があるからだが、とにかく好きなのはデナリだけらしい。たいていのラップ歌手はデナリに乗っている。知らない人もいるかもしれないが、デナリはすごくいかした車だ。値段は六万ドルくらい。

それからイギリス人の女性は、さわっちゃ駄目よ、と言いながらおれにあるものを見せてくれた。それはバービー人形のケースだった。ただし、中身はバービー人形ではなくスヌープのレプリカだ。スヌープ自身がミスター・ジェフに贈ったものらしい。スヌープ・ドッグ（本名はコートザール・カルヴァン・ブローダス・ジュニア、ラップ歌手）。ジェフはそのレプリカを誰にもさわらせないらしい。彼女は言った。ちょっとならさわってもいいけど、振りまわしたり、乱暴にしたら駄目よ。それからこのことはミスター・ジェフには内緒ね。

スヌープを知ってるだろうか？　もとはギャングのメンバーだ。おれは携帯の着信音を彼の曲に設定している。彼はリオに来たこともある。そのときのビデオもある。スヌープ・ドッグは超大物だ。誰からも好かれてる。〝フォー・シズル・マイ・ニズル（絶対確実の意味の俗語）〟ってことばを流行《はや》らせたのもスヌープだ。一番最初にそれを使い出したのが彼なのだ。

そこへバスローブ姿のミスター・ジェフがやってきた。おれはバハマで元ＮＢＡ選手のジェイク・スミスにもらった名刺を彼に渡しながら言った。あんたのことはヘッジファンドで働くすご腕の人物だって宣伝しておいたよ。ＮＢＡの選手やラップ歌手は金のなる木だ。バハマには彼らみたいな連中がうようよいた。パフ・ダディやラッセル・シモンズみたいな連中が。十億ドルくらいの価値のあるやつらが。マスター・Ｐは五億よりもうちょっと価値がある。ジェイ・Ｚはちょうど五億ドルくらいかな。フィフティ・セントもたぶん五億くらいだな。ジェフ、おれはそういう連中とおしゃべりができるのさ。おれみたいに貧しい人たちのあいだで育つと、出世して金を稼げるようになった彼らの気持ちがけっこうわかるんだ。彼らは今まで持てなかったものを買おうとする。本を買って勉強しようなんて思わない。彼らが買うのは車とか高価な宝石なんかだ。そういうものを持っていればたいていの場合、人から感心されるから。

おれは彼らとダチ同士の会話ができるんだ。つまりストリートの会話が。よう、いいことを教えようか。まさかと思うだろうが、おれはヘッジファンドの会社で働いてるんだ、ってね。ヘッジファンドで働けるやつなんてそうそういるもんじゃない。もちろん、白人の客を相手にするときはもっとかしこまった口調で話すさ。ええ、われわれがお客さまをどれだけ儲けさせているかは一目瞭然なはずですよ。うちには有望株のリストがありましてね、百万ほど投資してもらえれば、二〇パーセントは儲けさせてあげられますよ。儲けるやり方はいろいろありますから、みたいに。

おれはさらに話を続けた。だから、おれはあんたに金を預けるように彼らを説得することができる。こういう商売、今まで考えたことがあるかい？

だが、ジェフはおれの話にはなんの興味も示さなかった。口先だけの無知なガキがただ嘘八百を並べたてているとと思ったらしい。

彼は、さっそく例のものを見せてもらおう、と言ってスーツケースをテーブルに置いた。それからおれにスーツケースを開けたかどうか尋ねた。おれは言った。とんでもない。おれがその中身に手を触れたとでも思ってるのかい？　出かけていって受け取って戻る――それがおれの役目だ。あんたはおれにそのスーツケースを受け取ってこさせたかった。だからおれはバハマへ行った。

そしておれは言った。でも、ひとつだけ質問がある。中身はいったいなんの書類なんだい？

彼は言った。ミスター・ビグローがうちのヘッジファンドで金を運用するために必要な書類だ。

ほんとうに、ジェフ？

ああ。だが、それはここだけの秘密だ。〈メドヴェド、モーニングスター〉のやつらに嗅ぎつけられたら厄介だからな。

違法な書類じゃないんだね？

全部が全部じゃないけどな——なんと、それが彼の答えだった。

くそっ！　今になってわかるなんて。おれは彼に言った。ジェフ、事情も知らずにあんたの仕事を請け負うのはこれが最初で最後だ。次はちゃんと事情を説明してもらう。次にまた何も知らずに運んでいたら中身がひどいものかもしれないからな。それにおれは刑務所には行きたくない。そんな危険を冒さなきゃならない仕事はしたくない。おれはあんたがいてほしいと言うからここにいるんだ。そうじゃなきゃ、すぐに家に帰るよ。おれはあんたから仕事をもらう必要はないんだ。

彼は言った。ギル、心配するな。書類を運んだからって刑務所には入れられないよ。

だが、彼のことばはなんとなく信用できなかった。ミスター・ジェフはすごい野心家だし、他人の弱点を見つけるのがうまい。それに世のなか、金がすべてなわけじゃない。金を持つと、最初はいいかもしれないが、そのうちいろいろなことが見えてくる。勝手気ままな生活はできても、朝起きてから夜寝るまで、ずっと怯えていなくてはならない。ネズミ捕りにかかったちっぽけなネズミと同じだ。チーズをほうり出すだけの賢さがあれば、罠から抜け出すこともできるが、チーズを手に入れられると考えたが最後、バチンという音とともに罠にとらえられる。何百万もの金を手に入れられても罠のなかに閉じ込められて暮らすくらいなら、一生貧乏な生活を送ったほうがましだ。

ジェフは言った。

おれは言った。おまえはよくやったよ、ギル。月曜からおれのもとで働いてくれ。

ジェフは言った。ジェフ、クリスマスのあとじゃないとあんたの会社には行けないよ。クリスマスにはチップがもらえるからね。おれはそのチップを一年間ずっと愉しみにしてきたんだ。

おれはジェフのしたで働くつもりがあるという振りをした。そうすれば家に帰してもらえると思ったからだ。おれの望みはただの平穏な生活だ――はちゃめちゃな生活じゃなく。年じゅうパーティに出かけたり、毎日酒を飲んだりなんてできなくていい。それよりも少しずつ自分を変えていく努力をして生きていきたい。服装とか話し方とかも含めて。おれは以前よりもさらに強くそう願った。場所をわきまえて行動したい。まっとうな生活をしたい。仕事場にいる人たちのおかげでおれは大きく変わった。あのままゲットーっぽい恰好をして、ゲットーっぽい態度を取りつづけていたら何も学ぶことはできなかった。だが、今じゃおれはまともに振る舞えるようになった。ものすごく上品でクールになった。仕事場の人たちは常におれの変化を認めてくれる。おれのことをそこそこできるやつだと思ってくれている。とにかくおれはそう受け止めている。

だから、ジェフの家を出るとおれはミスター・グレッグに電話した。彼はおれの携帯に山ほどメッセージを残していた。

45　グレッグ

ギルから電話をもらったとき、私はアニーと新聞の日曜版を読んでいた。そして、三十分後にギルが玄関に姿を見せると言った。「ずいぶん心配したんだぞ」

「ああ、だろうね。公共料金の支払いが溜まってたから電気やガスを止められたよ」

「どこへ行ってたんだ？」と私は尋ねた。ギルは日焼けしていた。

「バハマに」

「嘘だろ？　そんなこと何も言ってなかったじゃないか」

そこへアニーがやってきてギルと握手を交わした。私はギルのためにビールを取りにいった。

「あなたの話はいろいろ聞いてるわ」と彼女が言った。

「おれも聞いてる」と彼は言った。

「バハマには何をしに行ったんだ？」と私は尋ねた。

「ただのんびりしに」

「エディは？　彼も一緒に行ったのか？」

「いいや、あいつはブラジルに帰った」

「帰った？」

「ああ。ねえ、あんたは日本人かい？」と彼はアニーに訊いた。

「いいえ、両親は韓国人よ」

「そうか。ブラジルには日本人が大勢いるから東洋のほうの人を見るとつい日本人だと思っちまう。おれたちは日本人をジャパって呼んでいて、彼らのことを天才だと思ってるんだ」

「韓国人もかなり優秀だよ」と私は言った。

「知ってるよ」ギルは少しだけ肩の力を抜いたようだった。「韓国にいる女性ってどんな感じ？」

「従順ね」とアニーは言った。「韓国では男性がすべてを支配し、すべてを決定するの。母が言ってたけど、自分の父親に道で会ったらおじぎをしなければならないらしいわ」

「そういうところにぜひ行きたいね！」

「ものすごく伝統を重んじる社会よ」と言って、アニーはお気に入りの話題のひとつ——韓国で女性はどう扱われているか——を熱心に語りはじめた。「女性は結婚すると夫になった男性に三つの鍵をもたらすといわれているの。新しい車の鍵、新しい家の鍵、そして新しい仕事への鍵を。つまりね、男性は女性の家族と財産、そして結婚によってもたらされるメリットのために結婚するわけ」

「ねえ、グレッグ。あんた、アニーと結婚したらどんな車を手に入れられるんだい？　ジャガーかＢＭＷ？」

「ポルシェがいいと考えてたんだが」

「幸運を祈るわ」とアニーが言うと、ギルはくすくす笑った。

「いいか、ギル。アニーは典型的な韓国人女性とはほど遠い女性だ。彼女が韓国で店にはいると、店員は英語で話しかけてくる。彼女が店員の眼をまっすぐに見るからさ。普通、韓国の女性は眼を伏せて床を見るんだ」

「韓国に行ったことがあるのかい、グレッグ?」とギルが尋ねた。

「あ……いや。私はいかにも白人って感じだから」

「韓国人はアメリカ人が嫌いなのかい?」とギルはアニーに尋ねた。

「ううん、そんなことないわ。階級制度のないアメリカは理想的な国だもの。一生懸命勉強して働けば、誰でも大統領になれる国だって。ブラジルの人もそう考えてるんじゃない?」

「そうでもないよ。あまり知識がないから」と彼は言った。「ブラジル人にあるのはテレビとか映画から得た知識だけなんだ。アメリカに行けば、家も買えるし、〈ナイキ〉も山ほど買えると思っている。ディズニー・ランドにも行けるんだって。すごく無知なんだ」

ギルの口はふたたび重くなってしまった。彼がビールを飲み干したので私は新しいビールを取ってきた。

「ギル、なんだか心配ごとがあるみたいだね」と私は言った。「私に話してみないか?」

「それはどうかな。あんたがおれのしゃべったことを秘密にしてくれるかどうかわからないからね」

「もう私のことを信用してないのか?」

「おれは今回のことを自分の力で解決する方法を見つけようと思ってる。たとえそれが得策じゃなくても」

「きみの仕事に関係すること？」

「ああ、そうだ」

「怖くて話せないこと？」

「よくわからないんだ。人間の心ってのは予測がつかないからね。ほんの些細なことに腹を立てたりするやつもいるし」

「でも私はきみの問題を解決したいと思ってる」

「わかってるよ。でも状況はすごく深刻なんだ。以前、あんたに話したこととは質がちがう。ほんとにめちゃくちゃな話だよ。だから話したほうがいいとは思えないんだ」

「でも自分の胸にだけしまっておいたら事態はよけい悪くなるぞ」

「でも、あんたに話しておれになんの得がある？」

「私はきみとちがった見方ができるかもしれない。経験もあるし、歳も上だ」

「あんた、うちの母さんみたいだ。母さんもいつもそう言うよ」

「私のことを信用できないなら、私はきみの友だちでいる価値がないじゃないか」

「そんなこと言ったって」彼はしばらく考え込みながら、ビールを飲み干した。私はまた新しいビールを取ってきた。

「あんたにはいろいろしゃべってきたけど、それが正しかったのかどうかおれにはわからない。でも、話せば気持ちはすっきりするだろうな」と彼はついに言った。「それに自信も湧いてくる。おれは最近自信が持てるようになった。バハマに行ったときはきちんとした振る舞いができた。あんなに気分がよかったことはないよ」

「なんでバハマに行ったんだい?」

「ミスター・スティードが旅費を払ってくれたから」

私は思った——やられた。ギルはそれからことの全容を話してくれた。スティードとビグローの言い争いの現場にいたこと、スティードと一緒にクラブに行ったこと、ファーストクラスでバハマに飛び、高級ホテルに泊まり、スーツケースを持って帰ってきたこと。

「怖かったでしょう?」とアニーは新聞を読む振りをやめて言った。

「そりゃもう、すごく。係員がスーツケースを開けて、おれの知らないポーカーの話をはじめたときはパンツを濡らしそうになったよ」

「もう一度聞かせてくれないか。正確にはスティードはビグローになんと言ったんだ?」

「ミスター・ビグローが何か悪いことをしていて、スイスに口座を持ってるって言ってた。で、自分を馘にするなら五千万ドルを寄越せって。さもないとFBIにミスター・ビグローのことを通報する。そしたらミスター・ビグローは刑務所行きだって」

「スティードはほんとうに五千万ドルと言ったのか? それはすごい大金だぞ」

「五千万。たしかにそう言ってた」

「あなたが心配してるのはどっち? ジェフ・スティード? それともミスター・ビグロー?」とアニーが尋ねた。

「ミスター・ビグローは立派な人だ。でも、ジェフはなんとなく怖い。あいつに関しては何がほんとうで何が嘘かわからない。なんだか気味が悪いんだ。あいつはもう信用できない。もうあのふたりとは関わり合いになりたくない」

「ギル、今の話は全部ほんとうのことか？　でたらめはひとつも言ってないか？」

「おれが嘘をついてるって言うのかい？」

「いや、そうじゃない。ただ、あまりにも突拍子もない話だから」

「おれだってジェフがミスター・ビグローに言ったことがまともだとは思ってない」

「まあな。とにかくウォールストリートは適者生存の世界だ。きみも聞いたことがあるだろ？　その法則はきみにもあてはまる。だからこれからはうんと気をつけなきゃな。絶対に人の注意は惹かないように。きみが賢いということ、かなりの状況をつかんでいるということ、そしてその状況を私に話し、私がそれを記事にしようとしていることがバレたら、連中は怒り狂うよ」

「わかってる。でも、グレッグ、もう記事にする必要はないんだ」

「どうして？」

「エディにとってはもうどうでもいいことだからさ。あいつはブラジルに帰っちまった」

「ああ、それでもこれはすごい特ダネだよ、ギル」

「記事にするのはいいことだと思う？」

「いや。でも、あの連中はいい人間じゃない」

「でも会社のなかにはおれによくしてくれた人たちもいる。ミスター・ビグローもそのひとりだ」

「だが、連中は悪事に手を染めている。スティードにいたってはまちがいなく法を犯している。ビグローを脅そうとしているんだから」

「記事に書けばミスター・ビグローを救うことができると思う?」

「たぶん。いいかい、とにかく何も心配は要らない。きみは仕事に戻っていつもどおり振る舞えばいいんだ」

46　ギル

おれはジムとティムのところへ行った。ふたりは驚いていた。ギル、日焼けしてるじゃないか。どこへ行ってたんだい？　おれは言った。日焼けサロンに行っただけだよ。ナターリアとバハマに行ったことは彼らに言いたくなかった。トレーダーはいつでも人の生活を知りたがる。くだらない話が大好きなのだ。なんでかはわからない。それに彼らは週末どうしていたかと質問をするくせに、逆におれが同じ質問を彼らにすると嘘ばかり言う。たとえば、一日じゅう家にいて、サッカーの試合を見たり、子供の相手をしたりしていたなんて嘘を。おれが、それだけ？　と訊くと、彼らは言う。ああ、あとビールを二本ほど飲んだよ。そんな話は信じられない。冗談じゃない。彼らは日焼けしてる。おれがそれを見逃すとでも思っているんだろうか？　彼らは休暇でどこかに出かけてもそれを話そうとはしない。出かけた先がサウスビーチでもカリフォルニアでも、サン・ヴァレーのスキー場のどこであろうと。でも近くを通りかかったり、靴を磨いているとき、おれは彼らが休暇に行った話をするのをちゃんと聞いている。

ティムはこのところ、仕事が大変そうだ。ボスにいいように利用されているらしい。ティムはすごく疲れていて眼が真っ赤だった。そこでおれは言った。よう、ティム、ちょっとこっちへ来て眼を休めたらどうだい？　あんたの眼、真っ赤だよ。するとティムは言った。ギル、ほっといてくれ、疲れてるんだ。ちゃんとここで仕事をしてるところを見せないといけないんだ。さぼってる場合じゃない。そう、彼らはおれがさぼってると思っている。おれは言った。わかったよ、ティム。そして思った。たぶん新しく来たボスのせいなんだ。そのボスが何を考えているにせよ、そいつはティムのことを何もわかっちゃいない。ティムは何も言わなかったけれど、言いたいことはそれなりに伝わってきた――彼らはおれがちゃんと仕事をこなしていないと思ってるんだ。

マシューがおれのところへ来て言った。ギル、友だちが田舎から出てくるんだ。どこに行ったらいいブツが手に入れられるか知ってるかい？　おれは言った。マリファナかい？　でもそれをここへ持ってくるのは違法だよ。すると彼は言った。ちがう、ちがう。おれが欲しいのは上等なコカインだ。おれは言った。できれば手に入れてやりたいけど、おれはそういうものには手を出さないんだ。悪いな。彼は言った。それじゃ、ニュージャージーに知り合いはいないか？　おれは言った。いないよ。もしおれがここでコカインなんか売ったら、もう靴を磨かせてもらえなくなる。あんたがやりたいと思ってることをやってる連中が、おれの知るかぎりでこの会社にいったい何人いると思う？　おれは仕事を失いたくないし、コカインにも手を出したくない。

ここでは大勢の人がコカインを使っている。たぶんこの会社の全員が一度くらいは試したことがあるんじゃないだろうか。金曜の朝になるとそれがよくわかる。彼らはたいてい木曜は夜遊びをするからだ。ほんとうなら疲れて会社に来るはずが、実際は疲れていない。そして鼻をぐずぐずさせながら言う。なあ、ギル。おれは朝の四時まで起きていたけどちゃんと仕事に来たぞ。彼らは睡眠を取っていないのにハイになっている。人間は何かを体に取り込まないかぎり、そういう状態にはならない。突然そういう状態になるとも思えない。金曜日にフロアをまわると、ハイになった連中を少なくとも五、六人は見かける。

ミスター・ジョンも休暇から戻っていた。どうやらドミニカ共和国で開かれたバチェラーパーティに行っていたらしい。彼の話では参加者は全部で八人。全員が友だち同士の集まりだ。そのなかのひとりは準備のために先に現地入りした——バチェラーパーティの段取りをすべて仕切っている男だ。参加者はみんな、主役の独身男をびっくりさせたいと考えていた。そこで先にドミニカに着いた友だちはいわゆるカジノに足を運んだ。ギャンブルの経験のない白人男性がそこでギャンブルをはじめたのだ。まず一枚めのクレジットカードが使えなくなった。次に二枚めのクレジットカードも使えなくなった。最後には持っていた現金をすべて取り上げられた。

するとドミニカ人たちは言った。白人、こっちへ来い！　アメリカ人！　そして彼を部屋の一室に連れ込んで言った。おまえがゲームを続けたいなら金を貸してやる。そこでその友だちはひと晩じゅうゲームを続けた。彼がコカインをやっていたかどうかはわからない。だが、ジョンの話では彼はかなりやばい状態だったらしい。とにかく彼はひと晩じゅうゲームをやり続けた。ドミニカ人はある時点でゲームをぴたりとやめて言った。お客さん、あんたの借金は米ドルで二十万だ。彼はうめいた。なんてこった。そして必死になって言った。そんな金は払えない——とかなんとか。そして続けた。あとから友だちが来るんだ。みんなでバチェラーパーティをやるんだ。

だが、ドミニカ人たちは彼を拘束し、警察に電話した。ドミニカ共和国の警察に。その後、彼は連行された。翌朝になって到着したジョンたちはみんなで一万ドルの金をカンパしなければならなかった。その金をカジノの男たちに渡すとようやくその友だちは警察から解放された。だが、警察は彼に関するすべての情報を手に入れていた。アメリカのどこに住んでいるかとか、そういったこまごましたことをすべて。

それでもパーティに支障はなかった。彼らはまだまだ金を持っていた。それで家を一軒借りた。八部屋もあって、やたらとでかいプールを備えた家を。賃貸料は米ドルで一日三十ドル。そして家を借りたその日に十五人の女の子を呼んだ。ピザが目当ての子もいれば、一日三十ドルで雇われた子もいた。また一日の料金が二百ドルもする娼婦もいた。そのなかのひとりはブリトニー・スピアーズに似ていて、青い眼のブロンドの女の子だった。おれは訊いてみた。ドミニカ人なのに？ミスター・ジョンは言った。おれもその子に会ったとき信じられない気持ちだったよ。

一番にその家に足を踏み入れたミスター・ジョンに四人の女の子——しかも丸裸の——が飛びついてきた。彼はそういうことをされるのに慣れていなかった。飛びつかれたり、キスされたり、くっつかれたりなんてことには。で、すごく興奮しちまった。でも彼はずっとひとりの女の子とくっついていた。三日間ずっとその子とくっついていた。ほかの友だちが彼の横で女の子ふたりとセックスをしていても。女の子はたいていほかの女の子も呼んで数人で男とセックスをした。派手な乱交パーティだ。

女の子たちはセックスをしていないときは誰のものでもなかった。だからやりたければいつでもセックスができた。終わったあとにもう一戦まじえたければただ女の子をつかまえればよかった。ジョンの話によると、友だちのひとりは女の子全員とセックスしたそうだ。そうやってみんな取っかえ引っかえセックスした——まるで大きなセックスの輪だ。プールのなかでフェラチオをさせていた友だちもいたらしい。まったくクレージーだ。そんなめちゃくちゃな話は聞いたことがない。

そうやって彼らは朝から晩までセックスをしていた。けれどもジョンはひとりの女の子とだけ一緒にいたいと思っていた——彼は目移りしないタイプなのだ。彼はその女の子にいろいろ質問した。たとえば、こうやって男と会っているとき一番つらいのはどんなことだい？　というのも、女の子たちのほとんどは子供を育てるために売春をしていたからだ。シングルマザーってのはたしかにつらい。

ジョンは言った。すばらしくてクレージーな経験だったよ。男なら人生で一度くらいは経験すべきだ。ま、一度で十分だがな。でも、ジョンはその家から出たとき、まともに人の顔が見られなかったらしい。どうして？　と訊くと彼は言った。あまりにもクレージーな経験だったからさ。連中のやってる姿が頭から離れなくてね。

最終日、彼らは空港に着くと抗生物質を買おうとした。セックスのときは全員コンドームをつけていたが、女の子の体を隅から隅まで舐めまわしていたし、彼女たちがどんな病気を持っているかもわからなかったからだ。空港から少し行ったところに薬局があったが、そこには抗生物質は置いていなかった。けれども皮下注射は売っていた。八人の男のうち、ひとりは医者だった。そこで彼はどうしたか？　彼はみんな——七人の男たち——を道に一列に並ばせてパンツをおろすように言った。注射針は極細ではなくてぶっとかった。それしか薬局に置いてなかったからだ。彼は通行人の眼のまえで一人ひとりに注射を打っていった。通行人はいったい何が起きているのかわからなかったらしい。なぜって、道端に男たちが並び、尻に注射を打たれていたからだ。しかも何本ものいろいろな種類の注射を。

ジョンの話はそれで終わりではなかった。ギャンブルで金を全部すった友だちも帰国したが、彼は金を返すつもりも、またドミニカ共和国に戻るつもりもまったくなかった。内心では、アメリカに来られるものなら来てみろ、と思っていたらしい。

だが、彼はその後、アメリカにいるマフィアの存在に気づくことになる。ドミニカ共和国のマフィアとつながりのあるドミニカ人マフィアだ。マフィアは彼の住所を知っていて、しつこく電話をかけてきて彼を脅した——金を払わないなら殺し屋を差し向けるぞ。そして彼を呼び出して言った。金を払え、金を払うんだ。

彼はそういう世界に詳しい弁護士を雇わなければならなかった。ドミニカ人に金を払いたくなかったからだ。で、取引は成立し、彼は最終的に七万五千ドルを支払った。

おれは言った。それってほんとうの話かい、ミスター・ジョン？

それからおれはピートの靴を磨きに行った。彼は同窓会に行くことになっている同僚と話をしていた。ミスター・ピートは言った。おれはね、大学の同窓会に出席すると自分が誇らしく思えるんだ。おれは思った。たしかに今の彼の恰好はイケてる。着こなしもうまくなった——上品なスーツに上品なネクタイ、それに〈フェラガモ〉の靴。彼は横に坐っている同僚に自分が髪を染めたことを気づいてほしかったようだ。でも、その同僚が何も言わないので結局自分から切り出した。どうかな？　若く見えるかな？　すると同僚は言った。いいや、別にまえと変わらないけど。ピートは言った。髪を染めたんだ。同僚は言った。へえ、髪を染めたのか？　ここの連中は他人のことにはまったく注意を払わない。他人の鼻に鼻くそでも溜まっていたら気づくかもしれないが、髪を染めたくらいじゃ気づかない。

ピートがトイレに立つと、残った連中がローナに質問した。ここの男で髪を染めているやつは何人いると思う？　ほかのみんなも彼女の答えを待っていた。彼女は、髪を染めてるのは五人ね、と言ってフロアにいる男の名前を挙げた。そしてこう続けた。でも下の毛に関しては――そう言って彼女はあそこを指さした――三人に一人かしら。白髪になってるのがふたりと黒く染めている人がひとり。おれは思った。そりゃどういう意味だ？

仕事帰りにバーに寄るとピートとローナが店にいたのでおれは気づかない振りをした。ふたりは酒を飲みながら話をしていた。だが、仕事の話であるはずがない。仕事をしにきたわけがない。もし仕事をする気ならバーなんかには来ないはずだ。するとピートがローナにキスをした。おれは思った。ピートのやつはこういうことを全部計画していたにちがいない。それはものすごく長いキスだった。いったい彼はどうしちまったんだ？　まるで中学生みたいじゃないか。それからふたりはキスを交わしはじめた。それを一時間以上続けていた。彼らが店を出たので、おれは様子を見ようと少しだけあとを尾《つ》けた。彼らは通りを歩いていた。ピートは何度も立ち止まってローナにキスをした。彼女の反応を見たり、彼女に気をつかっているようだった。ピートってやつはそういう押しの弱い男なのだ。

47 グレッグ

ビル・ビグローのオフィスに電話をすると、秘書が電話をつないでくれた。

「ミスター・ビグロー、私はグレッグ・ワゴナーと申します。編集長のエド・ブラウンから聞いたのですが、私の書いている記事について、うちのオーナーのアル・リーバーマンに電話をされたそうですね」

「ミスター・ワゴナー、たしかに電話をしたよ。きみが誤った情報をつかんでいるようなのでとても心配していたんだ」

「そんなにお気づかいいただいているなら、ぜひあなたと直接会ってお話がしたいのですが」

「私もそうしたいと思っていた。秘書に代わるから面会の予約を取ってくれ」

秘書は翌朝に予約を入れてくれた。スティードが私とのインタビューの内容をビグローに話したのはまちがいない。スティードのことはもうどうでもよかった。彼はただの脇役だ。記事の要となるのは、ビグローであり、スイスにある彼の口座であり、そしてスティードが恐喝のネタにしている違法な株取引だ。株の銘柄や共犯者といった詳しい情報が手にはいるまでビグローに近づくのは待ったほうが賢明だということはわかっていた。そうすればビグローに私が全体の二五パーセントではなく、七五パーセントを知っていると思わせることができるからだ。だが、待っている時間などない。あとははったりを利かせるだけだ。

翌朝、ビグローの秘書が私を彼のオフィスに通してくれた。オフィスには分厚い絨毯が敷かれ、スポーツ関係の記念品や、ブリッジの試合の様子を写したと思われる写真が飾られていた。そこへ《ウォールストリート・ジャーナル》を手にしたビグローが個人専用のトイレから出てきた。

全盛期を過ぎた運動選手ならではの、がっちりした体軀の大男だった。二重顎で鼻のまわりには静脈が浮いており、厚いレンズの奥の眼は青く、流行を過ぎた、オーダーメイドの英国スーツを着ている。そのなかでぴかぴか光る真新しい〈グッチ〉のローファーはやけに目立っていた。まえにギルが言っていたが、あのユーリも靴の損傷を恐れてようやく古い靴の修理を請け負わなくなったらしい。

「ミスター・ワゴナー、会えてうれしいよ」ビグローは温かく私を迎えてくれた。「家内はきみの大ファンでね、《グロッシー》のきみの記事は全部読んでいる。ついこのあいだ、きみと一緒に昼食をとったと言っていたよ。ミネラルウォーターかコーヒーはどうだい？」

「いいえ、けっこうです」

「残念ながら、私はきみの雑誌を読むだけの時間が取れないんだが」

「どうかそんなことは気になさらずに」

「だが、私の尊敬する多くの人たちが《グロッシー》を読んでいる。そして口々にすばらしい雑誌だと言っている。オーナーのアルはコネティカットにある自宅のご近所でね。ナンと私は彼と彼の妻のサラとよくブリッジをするんだ」彼はその事実を私によくわからせるためにわざとらしくそこでひと呼吸置いた。

「ネヴァダ・ジョーンズとはお知り合いですか?」と私は壁に掛けられた伝説のクォーターバックのサイン入りの写真を指して尋ねた。

「いやいや、だが彼は金《かね》が好きでね。それもかなり」と彼は言い、くすくす笑った。「それじゃ、そろそろ話を聞かせてもらおうか。あの好青年、ジェフ・スティードについてきみが書いているという記事の全容を」

「いろいろな人たちに話を聞きましたが、スティードはなかなか興味深い男ですね。決してただのトレーダーじゃない」

「もし私がミスター・スティードの記事を書くとしたら、天才ということばを使うだろうね。かつて多くの優秀な若者がうちの会社にはいってきては出ていったが、ジェフは別格だ。真の天才トレーダーだよ」

「それならなぜ彼を手放したんですか?」

「残ってくれれば多額のボーナスを出すと言ったんだが、ヘッジファンドには勝てなかった。それに会社には給与体系というものがあるから、経営側は社員をすべて公平に扱う必要がある。正直言えば、最近の優秀な若者は金には執着しないんだ。彼らは大企業で働くことにうんざりしていて、われわれのことを時代遅れだと考えている。形式主義や官僚主義には関わりたくないし、経営会議にも興味がない。私が仕事をはじめたころとは大ちがいだ。われわれの時代は苦労してやらなきゃならないことをちゃんとわかっていた。成功に近道はない。かつてこういうヘッジファンドがあった。経営者は……」

遠い昔の思い出を熱弁されてはかなわない。そう思って私は口をはさんだ。「あの、ミスター・ビグロー……」

「どうかビルと呼んでくれ。きみみたいな若い人にミスターと呼ばれなくても十分年老いたと感じているのだから」

「わかりました、ビル。ところで、スティードは自分から辞職を願い出たわけではないという噂があるのですが、そのことはご存じですか？」

「いったいどこでそんな噂を？」

「いろいろな人と話をしてますから」

「そんなけしからん噂が飛んでいるのか？」

「なんでも彼の辞職には何かの不正行為がからんでいて、そのことは経営会議でも話題になったとか」

「きみはジェフ・スティードのような好青年についてそんなけしからん記事を書くつもりか？　彼の前途有望なキャリアを台無しにしたいのか？」

「私は誰のキャリアであれ、台無しにするつもりはありません。ただ、事実を書きたいだけです。だから教えてください。彼が解雇されたかどうかを」

「くだらんね。それが私の意見だ」

「ビル、たしかに噂を書き立てる記者もいます。ですが、私もあなたも噂にはなんの意味もないことを知っています。だからあなたにきちんと言明していただきたいのです」

「わかったよ、ミスター・ワゴナー」

「グレッグでけっこうです」

「わかった、グレッグ。それじゃはっきり言おう。ジェフは自分の意思で会社を辞めた」

「ビル、そんな話は記事にできませんよ。それが事実でないことはお互いにわかっているでしょう？　魚心あれば水心ですよ。こっちにはかなりの情報がある。だからとぼけるのはやめてください」

「ほう、何もかも知ってるなら、なぜわざわざ私に意見を求める？」

「会社がそのような決定をせざるを得なかった理由を教えてもらいたいんです」ビグローのような男には会社の責任とは何かを思い出させるのが一番だ。

彼は少し考えてから言った。「わかった。だが、この話はオフレコだ」

「オフレコということはきちんとした話を聞かせていただけないということですか。それは勘弁していただきたい。私はあなたの話を正しく知る必要がある。ですが、情報元をあなたではなく経営側のある人物だとぼかすことくらいは可能です。それから私だってこれが慎重に扱うべき内容であることは承知しています。だからこそ、正確な記事を書きたいのです」

「グレッグ、きみが何を書こうと、きみは全面的に私を支持すると考えていいのかな？」

「もちろんです」

「ミスター・スティードは会社の方針に反するおこないをした。それが発覚したので解雇された」

「そのおこないとは？」

「申しわけない。それについてはたとえオフレコでも話すことはできない」

「そのおこないは、ある清掃係がトレーディングフロアで携帯電話を使用するスティードを目撃したという件と何か関係がありますか？」

「いったいなんの話だ？　誰からそんな話を聞いた？」

「清掃係本人です。名前はエデュアルド・シルヴァ。男子トイレの用具入れのなかで携帯電話を使っているスティードを見たことを報告したあと、彼が馘になったのはまちがいのない事実です」エディはもうブラジルに帰ってしまったのだから、名前を出しても差し障りはないだろう。

「清掃やカフェテリア全般についての仕事はうちとは関係のない会社に下請けに出している。だから、そこの社員のひとりが馘になった理由などわれわれには知りようがない」

「いいえ、あなたは知っていたはずです」

「たしかに私は細かいことに気を配る人間だ。だがね、ミスター・ワゴナー、清掃係のことまではとてもじゃないが把握できないよ。彼が馘になったのはちゃんとした理由があってのことだろう。きみのためにそのことを調べてあげよう」

「スティードのそのおこないを調査したとき、違法行為は発覚しなかったんですか？」

「もしそんなものを見つけていたら、証券取引委員会《SEC》に報告しているさ」

「ビル、スティードは会社を辞める際にボーナスをもらったらしいですね。状況を考えるときわめて異例なことだと思いますが」

「そのことについてもコメントはできない。法的な取り決めがなされているからな」

「彼にボーナスを与えることを決めたのはあなたの個人的な意思によるものだとか」

「どうやら、時間が来たようだな。とにかくどんな形であれ、私の名前が記事に載るようなことがないようにしてもらいたい。絶対にな」

「ビル、あなたはもうこの件に関わっています。名前が記事に載ることは避けられませんよ。列車はもう駅を出発したんです。問題はあなたがどんな人物として書かれるかということです」ビグローの顔は不機嫌そのものに変わった。「現在、私のつかんでいるきわめて明確な事実は、あなたとスティードが互いに利益を供与したということです。あなたにはミスター・スティードを脅す材料があり、私の推測では彼にもあなたを脅す材料があった。だから駆け引きなどせずに笑って別れたほうがお互いにとって都合がよかった」

「いったいなんの話だ、ミスター・ワゴナー?」彼の顎は引き締まり、青い眼は鋭くなった。

「ご存じでしょう?」

「なんの話かまったくわからないね」

「いいですか、いろいろな状況を推測することもできますし、ミスター・スティードが何に執着しているかもおおよそはわかっています。ですが、私はあなた自身が何に執着しているのかを知る必要があるのです。記事のなかでそのことに触れないわけにはいかないからです。私はたしかな情報を手に入れていますし、そこから話を発展させることも十分可能です。でも、私はあなたから説明していただきたいのです」

「何についての説明だ？」

「あなたはある取引《トランザクション》のことを懸念されているようですね」投資会社と取引をする人間なら〝トランザクション〟ということばの意味を取りちがえるはずがない。

「なんだって？」

「いいですか、ビル。私はあなたがご自分の置かれている状況をどう把握しているかは理解しています。ですが、今回の記事には多くの人の証言を取り入れているんです。当然おわかりだと思いますが、そのなかにはあなたが何をしたかという証言も含まれています。ですから、これこそほんとうにオフレコですが、それをあなた自身の口から説明していただければ、私はあなたの立場になって、何が起きたかをきちんと理解することができるんです。あなたの立場からの事実を教えてくれれば、それはあなたにとって有利になるんですよ。取引が外銀を巻き込む異例のものだったということはわかってるんです。ですが、あなたはどうやってその取引のことを知り、どのような形でそれに関わったのですか？」

「具体的にどの取引のことを言っているのだ？」

「スティードが知っている取引のことです」

彼はわずかにたじろいだ。私の心臓は早鐘を打った。「いいか、グレッグ。金融の世界にはさまざまなグレーゾーンがある」

「たしかに」

「非公開の情報とは何か、どのようにその情報を知るかといったことに関しては特に。SECのメンバーもそういうことについては明確な定義を持っていない」

「あなたはどうやって情報を知ったのですか？」

彼は何かを言いかけてやめ、しばらく私の顔を観察した。私は思った――長すぎる。「ミスター・ワゴナー、きみはブリッジ用語のサイキック・ビッドということばを知っているかね？」

「超能力で相手のカードを読み取ることですか？」

「いいや」

「すみません、十四のとき以来、ブリッジはしていないので」

「相手にはったりをかまして、自分が相手よりも強い手札を持っていると思わせたいときに使う手だよ」

「は？」

「それを覚えると初心者は調子に乗って、機会があるたびにその手を使う。まじめなアマチュアは中だるみしたゲームに活気を取り戻すためにごくたまにその手を使う。だが、熟練したプレーヤーは決してその手は使わない」

「何をおっしゃりたいんですか？」

「きみのこけおどしにはかなり驚かされた。てっきりきみはかなりの情報をつかんでいるのだと思ってしまった」

「ビル、そういう意味ではたしかに私は全容をつかんでいるわけではありません。でもだからこそ、あなたに釈明のチャンスを与えようと思ったんです」

「情報を探るためにここに来たんだろ、ミスター・ワゴナー？　記事の内容については極力注意を払ったほうがいいぞ。ジェフと私のうしろにはこの市《まち》で最高の――ということは、まずまちがいなく世界で最高の――弁護士がついている。われわれは躊躇せずに彼らをきみに差し向けるよ」

「私は六度告訴されていますが、一度も負けたことはありませんよ。どうぞ、弁護士でもなんでも差し向けてください」

「ほかにも手段はあるさ。きみが相手にしているのはメジャー級の大物たちだ。もし私がきみなら、とにかく慎重に行動するよ。でないと怪我をすることになる」

「それは脅しですか？」

「そうだね、私には単なるオーバーコール（敵側のビッドの上に競り上げること）は通用しないとだけ言っておこうか」

48　ギル

ミセス・アリスから携帯に電話があり、靴を磨いてくれと頼まれた。彼女から電話をもらったのははじめてだ。彼女はいつも靴を脱いで磨かせる。電話をもらったのはほぼ正午だったが、とにかくおれは靴を取りに彼女のところへ行った。すると彼女は電話中にもかかわらず、おれに言った。まあ、ギル、日に焼けてすごく素敵よ。今日は靴を履いたまま磨いてもらえるかしら？

　デスクには人がふたりほど坐っていた。彼女の席はデスクの一番端の窓の近くだった。彼女は坐ったままおれのほうに体を向けた。窓側の細い通路のほうに。それでおれの姿は誰からも見えなくなった。彼女は小さなヘッドフォンを通して電話の相手と話をしながら、コンピュータのスクリーンを見つめていた。おれはずっと頭を下げていた。彼女が穿いていたのはミニスカートではなかったが、丈は膝よりも上だった。おれは顔を上げなかった。顔を上げるとこちらをじろりと見る連中がいるからだ――とりわけ女性は。野郎連中はそんなことは気にしない。けれども、おれがふと顔を上げると、アリスのあそこが見えた。彼女はパンティをつけていなかったのだ。おれはもう、とにかくびっくりしちまった。眼のまえにプッシーがある。下着はなし。覆うものも何もない。ふさふさした茶色の陰毛が見えるだけだ。どう考えればいいのかわからなかった。いったい彼女はどうしちまったんだ？

おれは靴磨きを続けた。時間をかけて靴を磨いた。絶対に見まちがいじゃない。ちくしょう、どうなってんだ？　彼女も気づいていないわけがない。なぜって、脚を広げるからだ。何を考えてる？　おれは眼を逸らすべきなんだろうか？　彼女は脚を閉じようともしない。とはいえ、なかなかの眺めだった。けっこうイケてる。彼女は引き締まった体つきをしていて、脚も引き締まっていた。ほどほどに肉がついていて、ちょうどいい太さだ。靴のサイズは二十二・五センチ。赤ちゃんサイズだ。

片方の靴が終わったので彼女の足をトントンと叩いてそれを知らせ、もう一方の靴に取りかかった。もう一方の靴も同じように時間をかけて磨いた。彼女はチップを十ドルもくれた。そして、ありがとう、ギル、と言って微笑んだ。まるで、これはふたりだけの秘密よ、と言わんばかりに。

その夜の十時ごろ、おれが家にいると女性から電話がかかってきた。最初にその女性は言った。ハーイ、こんばんは。わたしの声がわかる？　おれは言った。いいや。彼女はちょっと酔っているようだった。誰なのか全然わからなかった。こんな時間に電話してくるのはたいていがブラジル人だ。アメリカ人じゃなくて。遅い時間に電話してくるアメリカ人の友だちはいない。仲のいいアメリカ人もいるが、こんな時間に電話してくるとしたら驚きだ。ありえない。

声を聞くかぎり彼女はけっこう歳をとっている感じがした。若い子じゃない。でも、彼女が自分の正体を明かしたときは——なんとあのミセス・アリスだった——とにかくびっくりした。おれは言った。ナターリアはそこにいますか？　彼女は言った。ええ、階下《した》にいるわ。子供たちの面倒をみているの。

それからおれたちは話をはじめた。彼女の旦那はまた旅行に行ってしまったらしい。彼女は会社ではしあわせな振りをしているが、ほんとうはそれほどしあわせなわけじゃないと言った。おれたちはいろいろなことをたくさんしゃべった。彼女は、おれがナターリアとうまくいっているか、彼女と結婚するつもりなのかと訊いてきた。おれは言った。結婚するには若すぎるよ。ブラジル人は若いときはあまり真剣に結婚を考えないんだ。アメリカ人の送るような結婚生活をブラジルでは送れないからね。だから、おれたちブラジル人は少しでも長く独身生活を楽しむ必要がある。

彼女は笑い出した。上品な女性になったり、いやらしい女になったりした。彼女は、今はもうやらないけれど、と前置きをして過去のみだらな行為について話してくれた。結婚して間もないころ――およそ十五年まえの話だ――彼女はある若い男と知り合いになった。会社に来ていた研修生だ。おもしろい男だったが、そのうち地元に戻らなければならなくなった。研修生というのはたいていほかの州から来ているからだ。彼女はその研修生とどんなことをしたか話しはじめた。暗におれのことを誘っている。おれは内心思った。オーケー、あんたの言いたいことはわかった。

それからおれたちは秘密を打ち明け合った。ナターリアに隠れて浮気をしたことはあるかと訊かれ、おれは二回ほどあると答えた――ほんとうは一度もなかったが。彼女は言った。あら、それはいけないわ。おれは言った。ああ、いけないのはわかってるけど、歳をとるまでは人生を愉しむつもりなんだ。彼女はおれのことばを聞くと笑ったが、そのあとは黙り込み、ひとこともしゃべらなくなった。

おれは思った。この人はいったいおれと何がしたいんだ？　電話の相手はほんとうにミセス・アリスなんだろうか？　だって、とても信じられない。おれの身にこんなことが起こるなんて。でも、彼女が何をしたいかははっきりしていた。ものすごくあからさまだったからだ。女を知っている男なら予想がつくことだ。女が、まえにこんなことをしたのよ、なんて言い出したときはそのこんなことをやりたいってことなんだ。

次の日、仕事場でアリスを見かけたのでおれは声をかけた。ハイ、気分はよくなった？　すると彼女は言った。いいえ、いつもと変わらないわ。そして仕事に専念している振りをした。おれとふざけ合ったりする気はないらしい。おれは思った。なんだよ、この人、ちょっとおかしいんじゃないか？　昨日の夜は甘いことばをささやいていたくせに、今日はくそまじめな感じだ。そこでおれは言った。そうかい。それじゃ、おれは行くから。すると彼女は言った。ちょっと、こっちへいらっしゃい。今夜もわたしの電話を待っててちょうだい。おれは言った。もちろん。

家に帰ると八時半ごろ、アリスから電話がかかってきた。彼女は言った。ハイ、ごきげんいかが？　おれは思った。すごい、声が全然ちがう。彼女は続けた。ねえ、今バスタブに寝そべりながら、ワインを飲んでいるの。なんだか、あなたと話していると気分が落ちつくみたい。あなたのこといろいろ教えてね。そこでおれは自分の生活について話をした。遊びのことや仕事のことなんかを。すると彼女は言った。あなたはお金持ち連中が行くような場所に行ったりすることもあるのね。でも、決して金持ちの振りはしない。わたしはあなたのそういうところが好きよ。

なぜなら、と彼女は続けた。一緒に仕事をしている男性のほとんどが、自分は大物だって顔をしているけれど、ほんとうの大物なんてほとんどいないわ。彼らにはお金はあるけど品格はない。お金がすべてだから。家族とかそういう大事なことには見向きもしない。彼女はそういった話をいろいろしてくれた。おれは思った。へえ、なるほどね。

それから、彼女はなんだかすごく興奮してきたようで、おれとナターリアのセックスについて質問してきた。なんだか変な気分だった。なぜって、ナターリアは電話の向こう側にいて子供たちの面倒をみているからだ。それでもおれは答えた。そうだな、ナターリアとのセックスはすごくいいよ。でも、おれは年上の女性とのセックスも好きなんだ。そして伯父さんの家のバーベキューパーティに行ったときの話をした。そこには大勢の人がいて、伯母さんの友だちが少なくとも五十人は来ていた。パーティは午後いっぱい続いた。で、おれはそこで年上の女性に会った。四十三歳の痩せたブロンドの女性で、背丈は五フィート六インチくらい。おれたちは話をはじめた。おれはかなり酒を飲んでいた。コロナを四、五本空けていて、ほろ酔い気分だった。伯母さんの話ではその女性は離婚したばかりだということだった。伯母さんは暇さえあれば井戸端会議をしていて、誰が離婚したかってことを始終話題にしているのだ。

おれは彼女のところへ行って話をした。彼女はおれのことを馬鹿じゃないと思ったらしい。というのも、ブラジル人の男のなかには全然駄目なやつもいるからだ――特にど田舎から出てきたようなやつは。でもおれは都会っ子だから、彼女に話すおもしろいネタをいくつも知っていた。で、彼女はおれのことを気に入り、車で出かけようと誘ってきた。そして車でブロックをぐるりとまわり、公園のすぐ脇に駐車した。なぜって、伯父さんたちはウェストチェスターみたいなところに住んでいたからだ。おれたちはそこでセックスをした。思いつくかぎりの行為を全部やった。おれはアリスにどうやってその年上の女性をイカせたかを話して聞かせた——小さな車の後部座席で彼女をうしろからファックしたのだ。彼女の車、ネオンはそれほど大きい車じゃない。その日は暑かったが、車の窓を開けるわけにはいかなかった。それに彼女はエアコンをかけるためにエンジンをかけっぱなしにするのをいやがった。だから窓はすべて曇っていた。もう暑くて暑くて、ふたりとも全身汗だくだった。

ミセス・アリスは声をあげた。まあ！　そのあと電話の向こうから喘ぎ声が聞こえてきた。おれは言った。何してるんだい？　彼女は言った。ねえ、話しても怒らない？　ほかの人にしゃべったりしない？　こんなこと人に知れたら、わたしもあなたも仕事をなくしちゃうかもしれないわ。おれは言った。信用してよ。おれはあんたが思ってるよりずっとたくさんのことを知ってる。でも口は堅いんだ。人には絶対しゃべらない。大勢の人間がおれの近くでいろいろな話をする。おれのことを馬鹿だと思っているからだ。でもおれは馬鹿じゃない。馬鹿の振りをしているだけだ。

するとアリスは言った。わかったわ。そして、自分がオナニーしていたことを話してくれた。おれの話に引き込まれたんだと言った。ねえ、わたしはあなたが車のなかでやった体位が好きなのよ。

49 グレッグ

そこそこのスクープにはなるさ――私は自分にそう言い聞かせつづけた。だが、エドに話した記事はホームランにはなりそうもなかった。いかさまトレーダーのジェフ・スティードの話はせいぜい二塁打といったところだ。記事の内容としては、十代のころから財務上の不正行為に手を染めていたこと（これはヴァージルの証言に基づく）、ナン・ビグローとの関係、ルクセンブルクの銀行のメモ、男子トイレで〝規則を拡大解釈〟した行為に及んでいるところを見つかったこと、ジョー・カントニーとの関係、ロシア人ストリッパーとの情事、非営利団体とのいざこざ、〈メドヴェド、モーニングスター〉からの解雇通告（これはビグローから聞いた話に基づく）、〈パーシモンズ〉への転職――といったところだろうか。

どうもぱっとしない。スティードがインサイダー取引をネタにビル・ビグローを脅迫しようとしたことはわかっていたが、残念ながらそれを記事にできるだけの情報はなかった。ギルが目撃したという脅迫の現場についても書くことはできない。ギルを巻き込んでしまうからだ。

あれこれ考えている暇はなかった。とにかく書きはじめなければならない。

だが、ことばが何ひとつ浮かばなかった。自分が書けることよりずっと多くのことが起きているのをわかっているのに。

とりあえずパソコンの画面を立ち上げ、インターネットにアクセスし、Eメールをチェックした。

それからコーヒーを飲み、昼寝をし、またコーヒーを飲んだ。

記事の最初の一行は四十七回も書き直した。何度もメモを読み、さまざまなインタビューのテープを繰り返し聞いた。

そしてヴァージルとウィーと一緒に大酒を飲みながら食事をしたときのテープを聞いていたとき、何かが頭をかすめた。ウィーはこう話していた。「エイブが亡くなる五年ほどまえ、エイブとエイミーはFBIの尋問を受けていた。インサイダー取引の容疑で。エイミーはお姉さんから情報をいくつか手に入れていたの。FBIは何も証拠をつかめなかったけれど、わたしは知ってる。だってエイミーはその情報をヴァージルに話したんだもの。ヴァージルは話を聞くと株式ブローカーのところへすっ飛んでいった。あの人たちがみんな刑務所に行かずにすんだなんて奇跡だわ」

あのときは彼女の話にあまり注意を払わなかった。エイミー・エックスがナン・ビグローの妹だという興味深い事実を知らなかったからだ。だが、これでわかった。おそらくジェフ・スティードはビグローのインサイダー取引のことをエイミー・エックスから聞いたのだ！　彼女がしゃべったにちがいない。

私はメモのなかからヴァージル・ピータースンの電話番号を探し出し、ヴァージルが電話に出ないようにと祈りながらダイヤルをまわした。

「〈ヴァージル牧場〉です」電話に出たのはウィノナだった。

「ウィー、グレッグ・ワゴナーです。二ヵ月ほどまえ、あなたとヴァージルを夕食にお連れしたニューヨークの男です」

「ああ、覚えてるわ。おかげさまで、あなたが帰ったあと、わたしはウェイターたちにヴァージルを車まで運んでもらうはめになったのよ。彼は完全に意識をなくしてたから。あの年寄りのお馬鹿さんは三日間ベッドから起き上がれなかったの」

「私も次の日は散々でしたよ。無事にＬＡに戻れたのが不思議なくらいでした。ところで、このあいだあなたにお話しいただいたことでちょっと質問があるのですが」

「なあに？」

「エイミー・エックスはお姉さんからある株の情報を手に入れた。そして彼女と夫はその情報をもとに株の取引をした――そうおっしゃっていましたよね？」

「ええ、言ったわ。それにヴァージルもその株を買ってた。で、エイミーやエイブと一緒にＦＢＩに呼び出され、彼のくたびれたお尻にも火がついたってわけ」

「ひょっとしてその株の銘柄を覚えていますか？」

「そう簡単には忘れないわ。〈セント・ジョーズ・ミネラル・コーポレーション〉よ」

「やったぞ！　ウィー、ほんとうにありがとう。ニューヨークにいらしたときにはいつでもステーキをごちそうしますよ」

「ニューヨークに行くことはないと思うけど」

早速、インターネットで検索をかけると、八〇年代の初頭、〈シーグラム・コーポレーション〉

が〈セント・ジョーズ〉株の公開買いつけを発表する前日に〈セント・ジョーズ〉の株とオプションに買いが殺到し、株価が五〇パーセントも上昇したことがわかった。その後、証券取引委員会《SEC》は〈シーグラム〉の会長、エドガー・ブロンフマンが事業の計画について友人であるヨーロッパ人の銀行家に相談していたことを突き止めた。ブロンフマンが夕食の約束をキャンセルしたとき、その銀行家は公開買いつけは即座に発表されるだろうと予測し、〈セント・ジョーズ〉のコールオプション（株などの金融商品を指定期間内に指定価格で買う権利）を大量に購入した。また彼は何人かの顧客にその情報をリークし、顧客はその情報をうまく活用した。SECはその銀行家を起訴することには成功したが、うまい話に便乗して利益を享受した顧客たちの名前をスイスの銀行から聞き出すことはできなかった。

私は〈セント・ジョーズ〉について訊こうとハリーに電話をした。「おれのキャリアのなかでももっとも長くかかった調査だよ」と彼は説明をはじめた。「十年以上だ。調査が終わったのはほんの二年ほどまえでね。結局、アメリカ人はひとりも逮捕できなかった。誰がからんでいたかということがはっきりわかっていたにもかかわらずだ。ある程度はスイスの銀行を協力させることはできたんだが」

「ビル・ビグローがからんでいたという可能性は？」

答えが返ってくるまでに長い間があった。「何を知ってる？」

「強力な状況証拠をいくつかつかんでいる」

「なるほど、それが証明できればな……われわれもビグローと〈メドヴェド、モーニングスター〉の幹部数人があの事件の中核にいるとにらんでいたんだ。少なくとも六回は彼らを尋問したよ。だが、口を割らせることはできなかった」

　つまり、〈セント・ジョーズ〉は私の切り札だということだ。ならばもう一度ビグローに会って試合を挑まなければ。

50 ギル

仕事のあと、おれはファビオと一緒にナターリアに会いにグリニッジへ向かった。子供たちのせいでナターリアが発狂寸前になっていたからだ。

ミセス・アリスは子供たちを愛していると言っていた。まあ、愛しているのはたしかなんだろうが、彼女は子供たちに愛情を示さない。彼らの顔を見て、ちょっとのあいだ一緒に遊んでやるだけだ。彼らと一緒にいたいとは思わないらしい。

ラテンアメリカでは普通子供をそんなふうには育てない。親はいつも子供のそばにいる。そして子供がいけないことをすると——ブン！——びんたが飛ぶ。アメリカ人はそういうことはしない。子供が悪いことをしたら、ことばで言い聞かせようとする。だが、子供は父親に口答えする。すると父親は言い聞かせるのをあきらめて、ほっておく。子供の反感を買いたくないからだ。だが、ラテンアメリカでは子供が口答えすると——ブン！——口元にびんたが飛ぶ。だから子供は二度と口答えはしない。

おれとファビオはアリスの家に着いた。おれのまえでは子供たちはとてもおとなしかった。下の男の子、オリヴァーは自分の部屋にいて、パソコンでチェスのゲームをしていたし、ウィラはアイポッドを聴きながら部屋の隅っこに坐っていた。彼女は一時間に服を三度も着替えるらしい。ナターリアはウィラのウォークインクローゼットを見せてくれた。そこには洋服が五百着以上あった。まるで小さなブティックだ。嘘じゃない！

ウィラが坊主頭になったのは、自分の髪の毛を引っこ抜いてしまうからだった。彼女の頭に髪の毛はわずかしか残っていない。ドナルド・マクドナルド・ハウスの子供みたいに。両親はウィラを医者に診せた。すると医者は母親が愛情を示さないからだと言った。だからウィラはおかしくなったのだ、と。これはナターリアから聞いた話だ。

でも、ナターリアが言うには、アリスは娘のことなど心配していないらしい。ひどい話だ。ラテンアメリカの母親はたいてい家にいて子供の面倒をみる。でもアメリカ人は、子供のことなど気にもかけない。自分で面倒をみずに、金を払って他人に面倒をみさせる。そして週末だけ子供と過ごす。ナターリアはよくおれに状況を教えてくれた。母親のアリスは家に戻ると子供たちにキスをしてベッドへ追いやる。下の女の子が夜中に眼を覚ましても、ベッドから出て彼女の世話をするのはナターリアの仕事だ。ナターリアは週末もアリスの家に泊まり込まなきゃいけなくなった。両親がいるのにどうしてベビーシッターが必要なんだろう？　まるで彼らには自分の子供たちの面倒がみれないみたいじゃないか。

子供たちはおれやファビオのまえではいい子にしていた。とてもおとなしい。ナターリアの話では子供たちは知らない人のまえでは行儀よくするらしい。だが、誰もいないと彼女にはひどい態度を取り、家じゅうを散らかしまくる。彼女はそれをそのままにしておくわけにもいかず、そのせいで始終ストレスを抱えていた。彼女は言った。まったくこのくそガキたちったら信じられない。母親がいるときはわたしの言うことを聞くけど、母親がいないと家をまるごと破壊しようとするんだから。

　おれは言った。わかるよ、でも子供に手を上げちゃ駄目だ。一度でも手を上げたら、きみは刑務所に行くことになる。すると彼女は言った。まあ、わたしの家じゃないからどうでもいいけど。でも、あの子たちの手にかかったらこの家はまるごと崩壊するわ。おれは言った。わかったよ、ナターリア。頼むから子供に手は上げないでくれ。でも彼女はおれの言うことばの意味を理解していない。コロンビア人だから子供をぶつのが当たりまえだと思っているのだ。子供が悪いことをしたら当然、両親は手を上げるものだと思っている。

　子供たちのなかでも、アリスが悪魔みたいにルシファーとか呼んでいた下の女の子、ジェニーが一番性質《たち》が悪かった。彼女は朝起きるとずっとひとりごとを言いつづける。まだ二歳半なのに。とにかくそのちびさんはしゃべって、しゃべって、しゃべりまくる。

　あるときナターリアの顔を見てジェニーが尋ねた。いつコロンビアに帰るの？　ナターリアが、どうして？　と訊くと、彼女は言った。だってあなたのスーツケースを見たもの。それにあなたはここに住んでないじゃない。そこでナターリアは言った。いいえ、わたしはここに住んでるのよ。そのちびさんは言った。ちがう、住んでない。あなたはコロンビアに住んでるんでしょ。荷物をまとめてコロンビアに帰れば？

　もっと週給をはずむからと言われたナターリアは——実際には二十ドル上乗せしてもらったらしいが——午後じゅう子供たちを起こしておくことになった。午後に昼寝をしてしまうと子供たちは決まって真夜中に眼を覚ますからだ。で、ナターリアは夜の七時まで子供たちを起こしておいた。すると子供たちは早めに眠り、ナターリアも早めにベッドにはいれるようになった。

ある朝、下の女の子のジェニーがシリアルが食べたいと言ったので、ナターリアは皿にシリアルを盛ってやった。するとジェニーは言った。やっぱり要らない。そこでナターリアは皿を片づけた。だが、またジェニーは言った。やっぱり食べる。で、もう一度ナターリアがシリアルを持って戻ってくるとジェニーは言った。やっぱり要らない。

ジェニーは人の心をもてあそんでいる。とにかくはちゃめちゃだ。たとえばナターリアが彼女を連れてスーパーマーケットに行くと、彼女はカートのなかにはいって、手でつかめるなかのものをすべてほうり投げる。ナターリアが、やめなさい、と注意しても言うことを聞かない。まだ二歳半なのに。そしてナターリアが自分の思いどおりに動かないと彼女に噛みついたり、彼女をぶったりする。まったく躾《しつけ》がなってない。脚だろうと顔だろうとかまわずぶってくる。

もっと問題なのは彼女が母親にしゃべる内容だ。彼女はいつも、おっぱいを見せてよ、みたいなことを平気で言う。いつもおっぱいのことばかり言っている。それからこんなことも言う。バスルームに行ってパパがシャワーを浴びているところを見ようよ。それってちょっと普通じゃない。

問題は両親が子供に手を上げないということだ。子供がテーブルの上に乗って食べものを踏んづけても、アリスは、駄目よ、とか、降りなさい、としか言わない。だが、近くでそれを見ているナターリアは心のなかで思う。もしこれがわたしの子供だったら、思いっきりひっぱたいてやるのに。だからおれはナターリアに言いつづける。いいかい、もし子供を叩いたりしたら、きみは一生刑務所で暮らすことになるかもしれない。ここの子供たちは甘やかされていて、叩かれたことなんかないんだから。

ナターリアとファビオと一緒にキッチンにいると、車のライトが家に近づいてくるのが見えた。そして停まった車からアリスが出てきた。おれは思った。うまい演技なんてできそうもないけど、何もなかったかのような顔をしてないと。とにかく冷静に振る舞うことだ。ミセス・アリスは家にはいると、ハイ、と挨拶をして、おれとファビオとナターリアにそれぞれ今日はどんな一日だったか、と尋ねた。それから二階の自分の部屋のバスルームに行ってシャワーを浴びてくると言った。五分後、階下《した》に戻ってくると、彼女はおれに言った。部屋にある箱をいくつか運んでもらえるかしら？　屋根裏にしまいたいのよ。ファビオが自分も手伝うと申し出た。だが、彼女は言った。いいのよ、箱はひとつだけだから。

おれに異存はなかった。それも仕事のひとつだと思ったからだ。だから、階段を昇っているときも、彼女がおれに何をしようとしているかなんてまったく考えなかった。ただ単に、彼女はおれの手伝いが必要なんだと思っていた。だが、寝室にはいると、彼女はおれをじっと見つめ、にっこりして見せた。そのときもまだおれは、なんで彼女が微笑んでいるのかわからなかった。で、彼女に訊いてみた。あんたがにっこりしているのはおれたちが電話で話していたことのせいかい？　あの話、そんなにおかしかった？　すると彼女は言った。いいえ、全然。でも、おかしくなくていいの。おかしくなくても、あなたをにっこりさせることをやってあげる。

彼女はおれをベッドに押し倒すと、ズボンをおろし、フェラチオをはじめた。おれは思った。ヒャー、彼女がこんなことをするなんて信じられない。だが、なんとか彼女に言った。ねえ、ナターリアがいつここに来るかわからないよ。彼女は言った。そんなことどうでもいいわ。

そして続く五分間、彼女はフェラチオを続けた。くそっ、この人は相当イカれてる！　ちくしょう、なんてこった、イッちまった。すると彼女は満面に笑みを浮かべながらおれを見て、満足したかと尋ねた。おれは思った。いったいなんて答えりゃいいんだ？　彼女は言った。何も言わなくていいわ。あなたはただ階下に行ってガールフレンドにキスをして、何もなかったような顔をすればいいの。

おれは彼女を見て言った。おれは俳優じゃないけど、やってみるよ。そしてバスルームに行き、冷たい水を顔にかけ、気を落ちつけようとした。階下に降りると、ナターリアが箱は重かったかと訊いてきた。おれは答えた。ああ、すごく重かった。そしてなんとか普通に振る舞った。ファビオが言った。箱には何がはいってたんだ？　おれは言った。本だよ。

51　グレッグ

ビグローのオフィスに電話をかけたが、秘書は電話をつないでくれなかった。そこで彼に伝言を残すことにした――〝重要な情報を新たにいくつか手に入れました。その情報について必ずあなたからコメントをいただけるものと思います〟

しかし、ビグローとのインタビューを待っている時間はない。彼については大筋だけ書いておいて、あとから具体的な話を差し入れよう。

今回は記事を書きはじめると、ことばが奔流のようにあふれ出てきた。いつもは文章の取っかかりに苦労するのだが、そんな苦労はまったくなかった。私はマウンテン・デューをがぶ飲みしながら猛烈な勢いで記事を書いた。

書きはじめてすぐに、スティードとビグローの口論のシーンは記事には欠かせないものだと気づいた。〈セント・ジョーズ〉株のインサイダー取引についてのウィーの話とビグローを結びつけるのは口論の際にスティードが放ったことばだけだ。だが、そのシーンを書くにはギルの了承が要る。彼の名前を公表することになるからだ。とはいえ、ビグローが〈セント・ジョーズ〉の株取引に関わったことを明らかにできれば、ギルの名前を記事に載せたところで彼に危険が及ぶようなことはないはずだ。それどころか彼は英雄になれる。不正行為をおこなったCEOを失脚させた靴磨きの若者として！

問題はギルがビグローのことをほんとうに好いているということだ。だからギルにはきちんと説明しなければならない。インサイダー取引は犯罪であり、結果的には彼や彼の友だちのような人々に損害を与えるものであるということを。おそらくギルはそう簡単には納得しないだろう。読者を納得させるのもむずかしいにちがいない。読者のほとんどがたとえ違法であれ、チャンスさえあれば儲かる株に手を出そうと思っているのだから。だが、ギルは賢い。彼ならきっと理解してくれるはずだ。金持ちが企業から金をすべて搾り取ってしまったら、損失を受けるのは貧しい人たちだということを。

私は十二時間かけて一万二千ワードの記事を書き上げた。途中、アニーが持ってきてくれた食べものにもほとんど手をつけなかった。視界がかすんでくると、睡眠薬を飲み、死んだように六時間眠って眼を覚まし、推敲と校正にさらに六時間かけた。

そしてできあがった草稿をアニーに渡した。彼女は私が近くにいて、「どこどこのくだりはもう読んだ？」なんて質問をしたりすると絶対に記事を読んでくれない。だから私は寝室で待っていることにした。

永遠とも思われる時間が経ったころ、アニーが部屋にはいってきて意見を述べた。「今までで一番の出来ね」彼女はなかなかの酷評家だ。だから私は彼女の意見を素直に受け止めた。それに私自身もいい出来だと思っていた。

「ビグローについての抜けている部分はやっぱり書かなきゃならないの？」と彼女は尋ねた。

「彼には〈セント・ジョーズ〉の株について話してもらわなきゃならない。彼が泣きながら罪を白状するとか、すべてを認めるとかいったことは期待してないけど、ある程度の関与は認めさせるつもりだよ。それがどれほど間接的であろうとね。そうすれば最終的な判断は読者に委ねられる。名誉毀損《きそん》で訴えられてもかまわない。ま、弁護士連中がそんな訴えは起こさせないだろうけど」

「いつ彼に会うつもり？」

「まずは電話してみないと」

Eメールでエドに記事を送ると、一時間後に電話がかかってきた。「私が手がけたなかでも最高の記事になるよ。で、すべてを結びつける決定的な部分——ビグローとのインタビューについてはいつ書くつもりだ？」

「インタビューができ次第すぐに！　どうぞご心配なく」

あとは簡単だと私は思っていた。ビグローの妻が妹に情報を与えたことはわかっている。彼を動揺させて、彼が有罪であることを決定づけるような軽率な発言を引き出すことは十分可能だ。

私はふたたびビグローのオフィスに電話をかけた。そしてなるべく横柄な口調で秘書に言った。

「〈セント・ジョーズ・ミネラル・コーポレーション〉の件で彼から話が聞きたいと伝えてくれ」

52　ギル

クリスマスにはいつもたくさんのチップをもらう。でも休みのあいだ、おれにはなんの手当もつかない。そのことをみんな忘れている。おれの場合、働かないと一セントだってもらえないのだ。クリスマスから新年のあいだ、会社には誰もいない。セント・バーツ島とかマイアミとか、あるいはスキーなんかに出かけちまうからだ。ミスター・フレッドはたいていアイダホのサン・ヴァレーへ行く。ほとんどの連中がスキーに夢中だ。でもおかげでおれは二週間も金を稼げない。彼らはプレゼントを買うようにとチップをくれるが、その金は家賃とか電話代に消えちまう。

ミスター・ティムはクリスマスプレゼントにドンペリのボトルを一本くれた。ローナの話では、トレーダーはあまり高額のプレゼントは受け取れないらしい。たぶんプレゼントの値段は最高でも百五十ドルどまりだろう。なぜって、それがこの業界のやり方で、それでうまくいっているからだ。きっとティムはお客さんからドンペリをもらったものの、置いておく場所に困っておれにくれたんだろう。おれは新年になったらナターリアと一緒にそのドンペリを飲もうと思っていた。

ジムはピートとローナについておしゃべりをはじめた。彼の話では、ピートは自分のある部分に自信がないらしい。ジムは言った。名前は言えないけど、ある人物から聞いたたしかな情報によれば、ピートのチンポはたいしてでかくないらしい。だから、あいつは女に対して消極的なんだ。好きになるのは手の届く女だけ。とにかく女をものにしたくてたまらないのさ。拒絶されるのが怖くてしかたないんだ。でも、笑っちゃうよ。だってあいつのゲイの弟のほうがチンポがでかいんだぜ。知り合いのゲイから聞いた話だけど。

ここの連中はそうやって一日じゅう人の噂ばかりしている。トレーディングフロアにはくだらない話が飛び交っている。いい暇つぶしになるからだ。そしてお互いにひそひそ、ぺらぺらしゃべっておきながら、人には話すなと言う。秘密だぞ、と。そうやってとんでもない話をしている。ジムもピートをさんざんコケにしたあげくに言った。このことは誰にも言うなよ。

それからおれはローナに会いにいった。彼女は体の調子が悪そうだった。というのも、昨日彼女に、週末はどうだった？　とか、酒を飲んで酔っぱらった？　と質問したら、別に、という答えしか返ってこなかったからだ。で、おれは思った。最近彼女はひどい顔をしている。たぶん三十六歳になったから落ち込んでいるんだろう。全然しあわせそうじゃないし、以前のようにおしゃべりもしない。それどころか、最近はほとんど口も利かない。まえはよく、調子はどう？　とか、今日の売り上げは？　とか、週末はどうするの、なんて声をかけてくれた。でも今はおれに会っても、ハイ、と言うだけだ。まえとはちがう。まったく別人みたいになっちまった。おれを見ようとしないし、見たら見たで怒ったような顔しかしない。

まったく女ってのは。何がどうなってるのかさっぱりわからない。そこでおれはローナに訊いてみた。いったい何があったんだい、ローナ？　ちゃんと寝てないみたいだけど。するとローナは言った。今は気分が悪いの。どうやらおれには話したくないらしい。顔を見ると眼の下が落ちくぼんで黒い隈《くま》ができていた。

次の日、ローナに靴を磨いてくれと頼まれていたのにおれはそのことをすっかり忘れていた。で、かなり遅くなって彼女のところへ着いたときは五時十分になっていて、彼女はもう帰宅するところだった。彼女はおれをじろりと見ると言った。わたしのこと、馬鹿にしてるの？　かなり怒っているみたいだった。でもそれにしてもずいぶんな言い方だ。

それでおれも彼女にむかついた。話なんかしたくなかった。でも彼女は今まで一度もそんな言い方をしたことはない。そこでおれは彼女の顔をちゃんと見て言った。なあ、ローナ。おれがあんたのことを馬鹿にするなんて本気で思ってるのか？　彼女は言った。ええ。だって、馬鹿にしたじゃない。おれは言った。どうしておれがそんなことをする？　あんたはいつだって会社の同僚に接するみたいにおれに接してくれた。そんな女性をどうしたら馬鹿にできる？　すると彼女はおれの顔を見て言った。悪かったわ、ギル。で、おれは言った。別に気にしちゃいないよ。でもおれは絶対にあんたを馬鹿にしたりはしない。ローナはそのことばが気に入ったようだった。たぶん、彼女は何かつらい経験でもしたんだろう。どんな経験かはわからないけれど。彼女はすごく老けて見えた。肌を焼いてばかりいるせいかもしれない。胸のところにはたくさんそばかすが浮いていた。元気もなかった。もしかしたらミスター・ピートと頻繁に喧嘩をするようになってしまったのかもしれない。最近は、以前のようにふたりが一緒にいるところを見ない。

そんなことを考えていると、ローナがおれをコピー室へ呼んだ。コピー室にはたいてい誰もいない。彼女は言った。ギル、話があるの。こっちへ来て。すごく大事なことだからちゃんと考えてね、あなた自身のためにも。わたしは、あなたが災難に巻き込まれるようなことにはなってほしくないから。あのね、まえに《グロッシー》のグレッグっていう人が会社のことをあれこれ質問してたでしょう？　でも、もう彼には何も話さないほうがいいわ。彼だけじゃなく誰にも。トレーディングフロアで起きていることはなんであれ、企業秘密なの。社外の人が知るべきことじゃない。ここで起きたことを誰かにしゃべったりしたら厄介なことになるわ。ほんとうにどんなことになるかわからない。とにかく、今後は一切あの人と話をしないで。実はね、あの人と話をしたことをピートに言ったの。彼はわたしたちがやったことを聞いてものすごく怒ってた。

ほんとうに？　おれたちのやったことはまちがってたってこと？

そうよ。

わかったよ、ローナ——でも、おれは内心ではこれはピートに言わされてるだけだと思っていた。

それからミスター・ジョンのところへ行った。ミスター・ジョン、あんた、ミセス・アリスのことは知ってる？　彼は知っていると言った。そこでおれは訊いた。彼女はセックスが好きなのかな？　すると彼は言った。おいおい、なんの冗談だ？　おれは言った。彼女、おれのことを気に入っているみたいなんだ。彼は言った。そりゃすごい。それじゃ彼女についての情報をちょっと教えようか。おれは彼にからかわれるとばかり思っていた。ミセス・アリスのことを好きなんだろうとかなんとか言われるのだろうと。だが、ミセス・アリスが近くにいないことを確認して、ジョンは言った。いいか、彼女は色情狂だ。しかもフェラチオが大好きなんだ。たとえばお客と食事をしているとき、そこがホテルのレストランだったりしたら彼女はお客のひとりを部屋に連れ込んでフェラチオする。そして涼しい顔で食事の席に戻ってくる。彼女はしゃぶるのが大好きなのさ。まったくイカれた話だろ？

おれは言った。ワオ！　そんな話、はじめて聞いたよ。

そのあとミスター・ビグローの靴を磨きに行った。するとミスター・ビグローは言った。ギル、きみに訊きたいことがある。大事なことだ。私はきみのことを好青年だと思っているし、また信頼もしているが――きみはミスター・スティードと私の口論のことを誰かにしゃべったかね？

いいえ、ミスター・ビグロー。誰にもしゃべってません。

ほんとうに？

ほんとうです。

どうやら会社の誰かが口論のことをリークしたらしいんだ。誰も知らないはずのことをミスター・スティードや私に質問してきた人物がいてね。だから、ギル、よく考えてみてくれ。ほんとうに誰にもしゃべってないんだな？　もしかしたら少しだけ秘密を漏らしたんじゃないか？

いいえ、ミスター・ビグロー。そんなことはしていません。

それじゃ、うちの会社について質問されたことは？　誰かが質問してきただろう？

いいえ、誰からも質問なんてされてません。

きみはいい子だ、ギル。だが慎重に行動しないとな。会社のことは誰にも話してはいけない。話すのは正しくないことだ。それがどんな最悪の事態を引き起こすかきみにはわからないだろうが。

おれは厄介なことを耳にしたらそのことを誰にも言いません。そういうふうに育ってきたからです。何も聞いていない、何も見ていないっていうふうに。サンパウロでは人が撃たれるのを目撃しても怖がって誰も警察に通報しません。そんなことをしたら殺人犯に眼をつけられて、追いかけられ、家族を全員殺されるからです。

わかったよ、ギル。きみは信じられるってわかってたよ。だが、くれぐれも慎重にな。

おれの頭は混乱した。グレッグにすべてを話してしまったことをどう考えたらいい？　おれのしたことはまちがっていたんだろうか？

53　ギル

クリスマスパーティには会社のみんなが参加する。毎年おれはこのパーティを愉しみにしている。みんなに挨拶をしてまわったり、彼らの酔っぱらった姿を見るのが好きだからだ。

トレーディングフロアでは野郎たちが腕立て伏せ競争をやろうとしていた。これは年末の恒例行事で、彼らは腕っぷしの強そうな男をふたり選んで競争させる。まあ、一種のショーみたいなものだ。今年はティムとジムが選ばれた。見物人はふたてに分かれ、ふたりの男を向き合う恰好にし、胸の下にホチキスを置いた。これは競争者にちゃんと腕立て伏せをさせるためのものだ。彼らの胸が下がるとホチキスはカシャンと音を立てる。相手よりも多く腕立て伏せをしたほうが勝者となる。この競争には金が賭けられる。ただし、腕立て伏せをするティムやジムは勝っても何ももらえない。彼らはショーのためにただで腕立て伏せをするのだ。金を手に入れられるのは勝者に賭けた人たちだけ。ティムとジムにはそれぞれ二十人の男たちが金を賭けた。ふたりは信じられないくらい何度も腕立て伏せをしてみせたが、勝ったのはミスター・ジムのほうだった。

それからおれはローナに呼ばれた。こっちに来て！　こっちよ！　彼女は封筒を持っていた。おれは訊いた。なんだい、それ？　彼女は言った。カンパを集めたの。トレーダーたちはみんな、あなたにクリスマスプレゼントをあげられるってよろこんでいたわ。おれは言った。ワオ！　ありがとう、ローナ。彼女は毎年カンパを集めてくれるが、今回もらった封筒はやたらとでかかった。現金がたくさん詰まっている。信じられないくらいたくさん。おれはじっくり封筒を見たりせずにそれをポケットにしまった。早く開けたくてうずうずしていると思われたくなかったからだ。だが、廊下の角まで歩くと、あとは走ってトイレへ駆け込んだ。封筒を開けるとなかには八百ドル分の札と小銭がはいっていた。おれはその場で飛び跳ねた。ものすごくしあわせだった。これでみんなにプレゼントが買える。母さんには香水を、ナターリアには服を買ってやれる。

そのあと、ミスター・フレッド・ターナーがやってきて言った。ぼくは今日で会社を辞めるんだ。おれは言った。それって何かの冗談かい？　彼は言った。いやいや、ぼくは転職するんだ。ヘッジファンドの会社に。

フレッドがいなくなったら寂しくなる。彼はほんとうにいいやつだから。そんなことを思っているとフレッドは言った。新しい服を買いに行かなきゃならないんだ。ギル、一緒に来いよ。きみには靴を買ってあげる。ぼくからのクリスマスプレゼントだ。そこでおれたちは靴を見に、歩いて近くの店へ行った。そこは高級な店で、店員にじろじろ見られたがおれは気にしなかった。たしかに高級な店に似つかわしい恰好はしていなかったけれど、だからといってじろじろ見られる筋合いはない。たいていの人はドレスコードを重んじる。それなりの場所に行くにはそれなりの服を着る必要がある。でもおれはこの高級そうな店で、ミスター・フレッドと一緒に靴を選んでる。すごくいい気分だ。

だが、そこで店員が、ただいま手がふさがっておりまして、とか、お客さまのサイズの靴は品切れでして、なんて言い出した。ほかの店に行かれたらきっといい靴が見つかりますよ、と。店員がそんなことを言いつづけるものだから、おれは言った。わかった、もういいよ。フレッド、行こう。

そのときのおれは落ちつかない気分で思った。この店員はおれがこの店にいることをいやがってる。もちろん、今なら彼に何を言い返せばよかったかわかる。でも、そのときはわからなかった。そんなこと誰も教えてくれなかったからだ。だが、ミスター・フレッドは店のカウンターのところへ行くと店長を呼び出した。そして店長が出てくると自分の名刺を渡した。するとその店長は言った。これはこれは……私どもになんでもお申しつけください。そして黒の〈フェラガモ〉を何足か出してきた。上等な靴だ。革質もとても柔らかい。

店長がフレッドにぺこぺこしているのを見ているとなんだかおかしくなってきた。そして思った。すげえ、こんなことになるなんて。気分は最高だった。おれはフレッドにこう言いたかった。なあ、フレッド、おれはたいていこんな扱いを受けてるんだぜ。でもあんたはすごいよ。実際に会えるなんて思っていなかった映画スターを間近で見ているような気分だ。みんなに電話してあんたの話をしてやりたい——だが、おれはそのことを自分の胸だけにしまっておいた。

なぜって、おれは世間に受け入れてもらいたいからだ。まえはそんなことが可能だとは思わなかった。でも、彼らに受け入れてもらえたら、話しかけてもそっぽを向かれることはないし、差別されることもない。いつでも思いやりをもって接してもらえるし、たとえおれが何かまちがったことをしても、彼らはだいじょうぶだよと言って笑って許してくれる。そしたらおれは自分のことを価値のある人間だと思えるようになる。人間なら誰でも自分のことを価値のある人間だと思いたい。以前のおれは何もわかってなかった。でも今はわかる。大切なのは分別をわきまえることだ。自制するってことを覚えなきゃならない。自制が利くようになれば少しずつ進歩する。まさにおれが今やろうとしていることだ。最初、トレーダーと話をするのはすごく気詰まりだった。今とはちがって状況がよくわからなかったから、彼らの話についていけなかった。礼儀についてもそうだ。ときどきおれは彼らに対して礼儀正しく振る舞うことにうんざりしたものだ。腹の立つことを言われたりしたときは仕返ししてやりたいと思った。でも今はそんなふうには考えない。

おれはコミュニケーションのしかたも学んだ。成績でいったら、たぶん三から八ぐらいにあがったと思う。たとえば、相手が不快に思うことをしゃべっているなと思ったらすぐに話題を変える。相手を怒らせないようなことをしゃべる。おれは服装も話し方も変えた。

相手をリスペクトすること。それはとても重要だ。おれはどこへ行ってもいい気分でいたいし、他人にいやな思いはさせたくない。ブラジル人の集まるところでは誰もおれのことを馬鹿にしたりしない――おれたちはみな同じ人種だからだ。それがリスペクトってものだと思う。でもアメリカ人の集まるところではそうはいかない。たとえば、おれがクラブに行って、自分の職業についてしゃべりたいと思うけど、もししゃべったりしたら、彼らはおれのことを見下して言うだろう。ここで何をしてるんだ？　ここはおまえなんかの来るところじゃない。そういう場所で、相手を不快にさせるようなことを訊いたりしないこと――それがリスペクトってもんじゃないだろうか。

おれは社交の場を求めて――平たくいえば人とおしゃべりするために――この会社に来ている。

でも、おしゃべりは好きだが、引け目を感じるのはいやだ。たとえばたまにみんなが話している内容がわからなかったりする。なんの話をしているのかわからないと引け目を感じる。彼らと会話が続かないからだ。おれは彼らと同じレベルになるためにも英語がうまくなりたい。だから、今はいろいろなものをたくさん読んで勉強している。毎日のように《ニューヨーク・ポスト》とか《ニューズ・ウィーク》を買って読んでいる。以前のような口の利き方をしないように気をつけて、人の話をちゃんと聞く。まえはひとつのフレーズを頭のなかで何度も繰り返せば発音できるようになると思っていた。でもそれはまちがいだ。今はまえよりたくさんのことばを読んだり聞いたりするようにしている。

それから肝心なのは知識だ。子供のころ、学校では結局何も学べなかったような気がする。ほんとうに何かを学んだのはトレーダーと親しくするようになってからだ。彼らはどんなふうに話せばいいか教えてくれた。たとえきちんとした恰好をしていなくても堂々と話をすればいいことを。

トレーダーは同僚に接するようにおれに接してくれた。それでおれも自分をリスペクトできるようになった。誰だって服の着こなし方や口の利き方は覚えることができる。それじゃ、靴磨きと金持ちのちがいは何か？　それは行儀のよさの違いではなく人にどう接するかなのだ。

54 ギル

オフィスに戻ると会社の連中は揃ってパーティに出かけようとしていた。みんな、シャツのボタンをきちんと留めて、お洒落をしていた。パーティにはどんな恰好で行ってもかまわなかったが、おれもパーティに行くのならお洒落をしたかった。そうすれば、仕事をしているときとはちがう印象をみんなに与えられる。こぎたない恰好をしているときのおれはまるでフォレスト・ガンプだ。というより、『キャスト・アウェイ』のトム・ハンクスだ。だが、服装をばっちり決めれば、みんなはおれのことを見ちがえるだろう。そこでおれは早めにオフィスを出て、家に帰ってシャワーを浴び、いい服に着替えて〈フェラガモ〉を履くとまた会社に戻ってきた。

会社からパーティ会場――ジャヴィッツ・センターの近くの馬鹿でかいクラブ――までは十五分おきにシャトルバスが運行していた。ファビオとおれはそのバスに乗った。ファビオが腰をおろした席の隣りにはミスター・メドヴェドが坐っていた。ミスター・メドヴェドはミスター・ビグローと同じく会社のボスだ。そしてたぶん、ミスター・ビグローよりえらい。でも、かなり歳をとってる。毎日会社に来ているわけではないだろう。きっと、まだ生きてることをみんなに知らせるために、たまにひょっこりオフィスに顔を出すだけだ。彼の靴を磨いたことはなかった。顔を見たことも今までに一度か二度しかない。彼は大昔に今の会社をはじめた。それにしてもリムジンに乗らずにバスに乗るなんて驚きだ。ファビオはまるで顔見知りに話しかけるみたいに彼にスラングで話しかけていた。よう、あんた、どこの出身だ？　ミスター・メドヴェドは答えた。ニューヨークだ。するとファビオはまた訊いた。ニューヨークのどこだい？　ミスター・メドヴェドは言った。パーク・アヴェニューだ。おれは大笑いしちまった。そこで、バスを降りるとファビオに言った。なあ、今のじいさんが誰か知ってるか？　あの人はミスター・ビル・ビグローのボスだ。会社のなかで一番えらい人だよ。

ファビオは言った。嘘だろ？

クラブの入り口に着くと、そこには受付が設置されていて、受付係が来た人の名前と社員証と招待状を確認していた。おれもファビオも招待状をもらっていなかったので、パーティに来ない社員の招待状を借りてきていた。だが、受付の女性はおれたちをなかに入れてくれなかった。おれは家に帰ろうと思った。本気で。馬鹿にされるくらいならパーティなんか出たくない。まったくひどい待遇だ。招待もされず、なかにも入れてもらえないなんて、おれにとってはひどく腹立たしいことだった。

だが、そこへジャレドがやってきておれをなかに入れようとしてくれた。だが、ファビオまでなかに入れるのは無理だった。ファビオはひとり置き去りにされそうになった。おれは思った。そんなのフェアじゃない。おれたちは一緒にここに来た。だからやつがなかにはいれないなら、ふたりでどこか別の場所へ行くまでだ。

すると今度はミセス・アリスが現れて言った。いったい、どうしたの？　受付に坐っていた女性は招待客リストを見ながら言った。彼らをなかに入れることはできないんです。リストに名前がありませんから。ミセス・アリスは言った。あなたはわたしの部下に対してそんな態度を取るわけ？　彼らはわたしと同じく会社の社員なのよ。女性は言った。そうですね、彼らの代わりに署名していただけるなら、なかに入れることはできます。でも、会場は混み合ってますから、ひとりにつき百五十ドル払っていただくことになります。

アリスは言った。あなたはわたしの部下たちを足どめして恥をかかせているのよ。それが正しい行為だとは思えないけど。パーティ会場にはいっていく人たちはみな彼女たちを見ていた。アリスは高飛車な態度で言った。わたしを誰だと思ってるの？　受付の女性はばつの悪そうな顔をしていた。

アリスのことばを聞いて、ファビオが小声でおれに言った。あの人はナターリアがベビーシッターをしている家の奥さんじゃなかったか？　いったい、彼女は何者だ？　おれは言った。十階のフロアマネジャーだよ。彼は言った。マネジャーなのか？　なんとね。そういうわけで受付の女性はおれたちの名前を書いてから、言った。いいわ、ふたりともなかにはいって。

パーティ会場にはいるといろいろな人の顔が確認できた。こういうパーティでは客はいくつかのグループに分かれる。たとえば、あまり会話をしないグループとおしゃべりばかりしているグループ。こっちの部屋の隅に黒人が固まっていたかと思うと、もう一方の隅にはラテン系の人たちが固まっている。まったく奇妙だ。同じ人種は必ずひとかたまりになる。ただし、黒人のなかにはおえらいさんと一緒に話をしている人もいる。ものすごい額の金を稼いでいるような人たちだ。

だから、ティムが何人かのおえらいさんとしゃべっているのを見たときは驚いた。彼はおれを見つけると握手をしてきた。一度だけでなく二度も握手をしてきた。そして、やあ、ギル、と言った。おれの顔を見て驚いているようだった。というのも、朝、彼に会ったときのおれはひげが伸びて頭もぼさぼさだったからだ。みんな、おれが誰だかわからないようだった。グレーのズボンに〈バナナ・リパブリック〉のワイシャツ、そして髪をオールバックにしてばっちり決めていたからだ。それにもちろん、ミスター・フレッドに買ってもらった〈フェラガモ〉の靴も履いていた。

おれはティムとおしゃべりをした。彼に生活のことを訊かれたので、おれは正直に話した。すると彼はおれの顔を見た。おれのことを気の毒だと思っているようだった。力になりたいけれど、どうしたらいいかわからない——そんな顔をしていた。そして言った。なあ、ギル。大学を出たいのなら、おれが学費を出してやるよ。おれの力が必要なときはいつでも言ってくれ。だけど、おれはゲイじゃないぞ。ただおまえにいい暮らしをさせてやりたいんだ。ティムはおれのために金を出してやりたいと言った。まったく、なんていいやつなんだ。

おれはずっとハイネケンを飲んでいた。たぶん四本くらい空けていたと思う。そして近くにいた秘書連中とダンスをはじめた。秘書のひとりが言った。ねえ、ギル、ガールフレンドはいる？　おれは言った。今夜はいないよ。だけどそれはここだけの秘密にしてくれ。そしてしばらく踊ったあとバーに戻り、食べたり飲んだりした。

それからミス・リンジーのところへ行った。彼女はミスター・ジムともうひとりの男と一緒に並んで坐っていた。そのもうひとりの男は海兵隊員——というより、元海兵隊員って感じのいやなやつだった。そいつもおれのことを知っていたが、彼を含め三人とも髪型のせいでおれが誰だかわからなかったらしい。おれはリンジーの肩をトントンと叩いて言った、ヘイ、リンジー、調子はどう？　彼女は振り返ると——どうやらちょっと酔っぱらっていたらしい——言った。は？　誰？　ギルなの？　そしておれに抱きついてほっぺたにキスをした。すると元海兵隊員が言った。そいつは誰だ、リンジー？　今度はそいつといちゃつくつもりか？　おれは思った。なんだ、こいつ。本気で言ってるのか？　いったいどういうつもりだ？　彼はもしかしたら冗談を言っているのかもしれなかった。靴磨きを頼まれたことはないがおれのことを知っているからだ。いや、もしかしたら、おれをこの場から追い払おうとして言っているのかもしれない。そこでおれは立ち上がり、三人に挨拶だけしてバーに戻った。

するとそこでマシューに会った。彼は言った。調子はどうだい、ギル？　愉しんでる？　マシューに定期的に会って様子を観察すれば、彼がかなりコカインにはまってるってことがわかる。彼は仕事中もトイレでコカインを吸っている。

彼は見るたびに痩せていくようだ。テンションが高く、眼が飛び出ている。息もまえとちがって荒くなっている。そして数秒ごとに洟《はな》をすすっている。何かしゃべるとしたら自分のことかくだらないことだけ。服装ものすごくだらしない。

マシューはパーティ会場でもコカインをやっていた。鼻のなかに鼻くそじゃなくごくわずかなコカインの粉が見えた。きっと鼻から吸入したのだ。おれは言った。よう、マシュー、鼻に何かついてるよ。彼は言った。ほんとに？　そして鼻をぬぐってから、取れたか？　と尋ねた。くちゃくちゃガムを噛みながら。どうしてコカインをやる連中はガムを噛むんだろう？　彼らは右へ左へ転がしながらガムを噛む。

そこへミスター・ジョンがやってきた。彼はものすごく酔っぱらっていた。そしてマシューのおでこに十字を描いた。まるでカソリックの祝日、セント・パトリック・デイに信者たちが灰でおでこに黒い十字架を描くみたいに（実際に灰で十字架を描くのはイースターのまえの“灰の水曜日”と呼ばれる日）。ジョンは研修生全員のおでこにそれを描いていた。たぶんふざけていたんだろう。目立つのが好きなのだ。なんでそんなことをしたのか、おれには理解できないけれど。たぶん、自分がボスだってことを研修生たちにわからせようとしたんだろう。みんな、おれを敬えってわけだ。なぜって、それがここの連中の考えだからだ。

マシューが行ってしまったので、おれは訊いた。ミスター・ジョン、なんであんなことをするんだい？　するとミスター・ジョンは言った。これを見ろ！　そして人に見えないように手のひらに隠し持っていたものを見せてくれた。彼は研修生たちのところへ行ってこう言ったらしい。こっちへ来い、坊主。これはおれからのプレゼントだ。ま、会社にはいるための洗礼だな。研修生のほうは彼が手に隠し持っているものが何かわからない。だが、なんとそれは精液だった！　彼はそれで十字を描いた。まえもってトイレに行ってマスを掻き、精液を手に握っていたのだ。おれは言った。いくらなんでもそれはひどいよ、ミスター・ジョン。なんでそんなことをするんだ？　彼はただ笑っていた。

ローナの姿が見えた。彼女はひどく酔っぱらっていて手荷物預かり所の椅子に坐らされていた。おれはトイレに行く途中、彼女のところに行って声をかけた。ヘイ、ローナ、だいじょうぶかい？

彼女はひどい状態で自分でも何を言っているのかわからないようだった。でも、ことばは不明瞭でほとんど理解できなかったけど、たぶんミスター・ピートとはもう会えないというようなことをしゃべっていたのだ。おれは言った。かわいそうに、ローナ。クィーンズまでのタクシー代はおれが払うよ。というのも彼女はひどく酔っぱらっていて、おれは彼女が気の毒でならなかったからだ。彼女はまるで五十五歳になっちまったみたいだった。

ローナの近くに男女のカップルがいたのでおれは言った。知り合いなんです。すると彼らは言った。私たちも彼女の知り合いだ。その人たちに見覚えはなかった。かなり年配のカップルだ。おれは言った。彼女のタクシー代を払ってやろうと思って。彼らはおれが彼女の隙につけ入るつもりだと思っているにちがいなかった。彼らは言った。いやいや、もうタクシーの手配はしたよ。万事オーケーだ。

それからおれはバカルディ・レモンをクランベリージュースで割ったカクテルを飲みはじめた。何杯も。だからミセス・アリスがやってきたときはかなり酔っぱらっていた。彼女は小さな声でおれの耳にささやいた。外で待ってるわ、ギル。車のなかで。そこでおれは十分経ってから外へ出た。リムジンから彼女が手を振った。おれが乗り込むと車は出発した。

55 ギル

着いたところはソーホーの洒落たレストランだった。よくテーブルにキャンドルなんかを置いている、居心地のよさそうなこぢんまりしたレストランだ。入り口には植木が置いてあった。床は木製で、店内にあるバーはとても古めかしい感じだ。おれたちは窓ぎわの小さなテーブルについた。その席がとても静かだったからだ。客はそれほど多くなかったけれど。おれは言った。ワオ、アリス、この店、すごく洒落てるね。まぶしいくらいに明るいレストランとはちがって、店内にはキャンドルのほかに照明はほとんどなかった。おれは何を注文していいかわからなかった。そこでアリスはワインをボトルで注文してくれた。そのワインは十ドルか二十ドル、もしかしたら五十ドルくらいするのかもしれなかったが、おれにとって値段はどうでもいいことだった。なぜっておいしいワインだったからだ。とにかくおれにとってはすばらしいワインだった。

彼女はサラダも注文した。ワインと一緒にサラダを食べるなんてはじめてだったが、まあ、それはどうでもよかった。サラダを自分の皿に取り分けながら思った。おれには品格も何もないが、できるだけ教養があるように振る舞おう。それからおれたちは話をした。アメリカの生活はどう？と質問してからアリスは言った。あなたは頭がいいわ。だって何ヵ国語もことばをしゃべれるんだもの。それって誰にでもできることじゃない。それにあなたはいい子よね。食事がすむとおれたちは少し酔ってきた。すでにボトルを一本空けていたからだ。彼女はもう一本ワインを注文した。

彼女は、ブラジルの男はみな浮気をするのか、と尋ねてきた。おれは言った。浮気？　そんなの、ブラジルでは当たりまえのことだよ。誰でもやってる。アメリカは自由な国だよね？　もちろんそれはよくわかるけど、でもブラジルはここよりももっと自由なんだ。ブラジルではなんだってやりたい放題だ。警察に賄賂を渡せば、通りで銃をぶっ放したって誰も気にしない。それが当たりまえなんだ。何人もの女性とつき合っている男はガラニャオと呼ばれる。男のなかの男って意味だ。そういうやつは好きなときに好きな女とつき合う。

そうこうするうちに彼女はテーブルの下でつま先を使い、おれの脚をもてあそびだした。最初、つつかれたときには彼女が誤って足をぶつけたんだろうと思っていた。だが、それを境に彼女は足を使いはじめた。しばらくつま先でおれの脚をつついていたが、そのうちおれの脚のあいだにつま先を差し入れてきた――おれににっこり笑いかけながら。おれは思った。この人、すごくワイルドだ。レストランでこんなことをする人とは思わなかった。すると彼女はおれの手を握り、まっすぐにこっちを見て言った。それじゃ、こうしましょう――わたしとの関係をうしろめたく思うのなら、お互いに会社では道で会っただけの他人の振りをしてちょうだい。お互いの仕事のことも知らないし、住んでる場所も知らないって感じで振る舞って。おれは言った。ああ、わかった。彼女は言った。あなたはとってもキュートよ。わたしのことを好きなんでしょ？

そして彼女は、おれが彼女に夢中になっているかと尋ねた。おれは言った。ああ、おれは今、あんたに夢中だ。そのときおれはものすごく酔っていて興奮していた。彼女は言った。そう、それじゃこのあとどうする？　おれは言った。ほんとうのことを言ってもいいかい？　彼女は言った。もちろんよ、言ってみて。おれは言った。あんたは不愉快に思うかもしれない。どうして？　わかった、言うよ。いいわ、言って。おれはあんたとホテルに行きたい。わたしもそう言おうと思ってた。ほんとうかい？　それじゃ行こう。

彼女が会計をすませるとおれたちはレストランをあとにした。そして向かった先はすごくいいホテルだった。すべてに品格のあるホテルだ。でもエレベーターには驚いた。ひとつひとつの明かりがちがう色だったからだ。ドアを開けて部屋にはいると、彼女はおれをベッドに押し倒した。アリスはほんとうにクレージーだ。それでもおれは全然かまわなかったけれど。おれたちはベッドでいちゃつきはじめた。しばらくすると彼女はバッグからマリファナを取り出した。驚きだ。彼女は言った。あなたもどう？　おれは言った。もらうよ。

おれたちは一緒にマリファナを吸った。すごくクールだ。これでおれは彼女について知ってもいい以上のことを知ってしまった。おれたちはふたたびいちゃつきはじめた。彼女のキスはすばらしかったし、フェラチオもすばらしかった――おれのアレをくわえた彼女は小さな動物みたいに見えた。そしておれは彼女をファックした。けっこう歳をとってるわりにあそこの締まりはよかった。

セックスのあと彼女はおれに質問をした。ミスター・ビグローとジェフ・スティードが口論をしたって聞いたけど、あなたはその現場にいたの？　おれは口ごもった。ええと、その……。彼女は言った。あなたがその現場にいたって、ある人が言ってたのよ。おれは尋ねた。いったい誰が？　それは秘密だから言えないけど。わかった、おれはその場にいたよ。そのことを話してくれる？

話していいのかどうかよくわからない。あなたはわたしとこれだけのことをしておきながら、話すのを躊躇するわけ？　わたしには話したっていいでしょ？　それで結局おれは彼女に全部話した。すべてを。ミスター・グレッグのことも、彼が今回の件について雑誌に記事を書こうとしていることも。

するとアリスは言った。なんてことなの、ギル。あなた、自分が何をしたかわかってる？　ものすごく悪いことをしたのよ。雑誌社の人間にそんなことを話すなんて。ギル、もしこのことが発覚したらあなたは馘になるわ。刑務所に行くことになるかもしれない。だから、もう二度とその男と話をしては駄目。会社で起きたことはすべて秘密なんだから。しゃべってしまったことについてはつくり話だって言うのよ。彼女はそりゃもうすごく怒っていた。

そのあと彼女は携帯から電話をかけて言った。ビル、驚かないで聞いて。リークしたのはギルだったわ。ええ、《グロッシー》の記者に話したのも彼よ……いいえ、だいじょうぶ……心配ないわ、彼はここにいるから。どこにも行かないわよ……ええ……ええ……いいえ、まだ状況を逆転させることはできると思う……心配ないから……彼はわたしの言いなりよ。

どうしたらいい？　ミスター・グレッグに話をしたせいでおれは刑務所に入れられてしまう。そう考えていると、おれの携帯に彼から電話がかかってきた。電話は何度も何度もかかってきた。

56 グレッグ

スティードがビグローを恐喝したことを記事にするためにギルと話をする必要があった。私は何度も彼の留守電にメッセージを吹き込んだが、翌朝になっても電話は通じなかった。おそらく彼は前日のクリスマスパーティのせいで特大級の二日酔いになり、体を休めているんだろう。何週間もまえからクリスマスパーティのことを話していたから。

ビグローの秘書がようやく折り返しの電話をしてきた。伝言が功を奏したようだ。秘書はただちにオフィスへ来るようにと言った。

今回はビグローも私を温かく迎えようとはしなかった。私が〈セント・ジョーズ〉の株のことをほじくり返したことに腹を立てているらしい。だが、相手を威嚇することはゲームをする上でもっとも重要なポイントだ。

「ミスター・ワゴナー、やっとわかったよ。きみの情報源は……」彼はわざわざいつもかけている眼鏡を老眼鏡に替え、名前の書かれたメモを探し当ててから言った。「……ミスター・アギラール・ベニチオだね。われわれは従業員のために彼が社内で働くことを許可している」ビグローはこちらをじろりと見て返事をうながした。

驚きのあまり口が利けなかった。どうしてギルのことがバレたのだろう？　そこで私は慎重に答えた。「私はかなり多くの人たちと話をしました」

彼は私の返事を無視して言った。「責任あるジャーナリストとしてあるまじき行為だとは思わんのかね、ミスター・ワゴナー？ われわれのような、世界でも指折りの優秀な金融会社を窮地に追い込むような記事を書くために、靴磨きの若者にインタビューするなんて。私はきみのところの雑誌は読まないが、それでももうちょっとまともな記事を載せているのかと思っていたよ」

「おたくの会社を窮地に追い込む記事はひとつやふたつじゃないかもしれませんよ」と私は言った。〈セント・ジョーズ〉のことを持ち出すなら今しかない。ビグローは明らかに面食らったようだ。だが、ギルの居場所と彼が安全であることを確認するまではこれ以上彼を怒らせるような危険は冒せない。とはいえ、ビグローはギャングではない。ギルを脅迫することはあっても、傷つけたり、殺害したりするようなことはないだろう——たぶん。

「ふむ、なるほどね。だが、その内容がどんなものであれ、きみはそれを信頼できる情報源から聞き出したわけじゃないだろう？」

私は答えなかった。

「きみはただ、《スター・マガジン》や《ナショナル・エンクワイアラー》に載っているような下世話なゴシップ記事を発表することしか頭にないんだろう？ それならきみが興味を持ちそうなことを教えよう。私は例の若者、ええと名前はミスター……」彼はふたたびメモを見て続けた。「ベニチオと話をしたんだ。彼はきみに話したことはすべてつくり話だと認めたよ。きみの関心を惹きたくて全部でっち上げたんだそうだ。今は深く反省しているようだが。彼の嘘のせいで罪のない人々が傷つくと知って。その旨を認めた署名入りの書類もある」彼はそう言って書類を掲げてみせた。

「私は彼に直接話を訊くつもりです」

「残念だがそれは無理だね。今も言ったとおり、ミスター・ベニチオは自分の愚行とそれによって会社が被るかもしれなかった損害をきちんと理解している。だからもう二度ときみに会ったりはしないだろう。それにもし必要なら、彼は法廷できみにしゃべったことはすべて事実無根だと証言する。この書面にあるようにね」そう言ってビグローは私にギルの陳述書を渡した。

親愛なるミスター・ワゴナー

手紙なんかでごめんなさい。でもこれから書くことはおれの人生なんかよりずっと大事なことです。最初、おれは嘘をついたらどんなことになるかなんてまったく考えていませんでした。そしてあなたにでたらめを話し、それが嘘だとバレました。おれはあなたのような地位にある人に気に入られたかった。この会社の社員がおれのことを気に入ってくれるみたいに。そんな気持ちは誰にもわかってもらえないと思うけど。とにかくおれの話したことは全部嘘です。どうか信じて！

生死をさまようギルより

ニュージャージーの波止場の倉庫のなかで、さるぐつわをかまされ、椅子に縛りつけられているギルの姿が思い浮かんだ。「彼を脅して強制的にこの手紙を書かせたんじゃないでしょうね？」

「どういう意味かね、ミスター・ワゴナー？」

「この〝生死をさまよう〟というのはどういう意味です？」

「私にはわからんよ。だが、ミスター・ベニチオがきわめて元気でいること、そしてきみとは話をしたくないと思っていることだけはたしかだ。それでもきみが、彼が嘘だと認めた話を記事にするなら、われわれの判断で法的措置を取らせてもらう。このことについては親友のアル・リーバーマンにも知らせてある」

ビグローは立ち上がると意地の悪い笑みを浮かべた。「今日は来てくれてありがとう、ミスター・ワゴナー。家内はもうきみの記事は読まないと言っていたよ。きみにとっては大打撃かもしれないが」

57 グレッグ

私はなんともいえない気分で警備員に連れられ、エレベーターに向かった。ロビーに着いてからギルの携帯にダイヤルしてみたが、電話に出たのは留守電の彼の声だった――「ハイ、こちらギル。メッセージを残してもらえればすぐに電話します」ひょっとしてギルはこのビルのなかにいるのではないか？　それならなんとか彼を見つけられるのではないか？　そうだ、ローナだ！　私は彼女の携帯に電話をかけた。しかし、応答はなかった。そこでギルが九階と十階で働いていたことを思い出し、彼女もきっとどちらかの階にいるにちがいないと見当をつけた。

私はさきほどとはちがうエレベーターで九階へ昇り、受付でローナ・バカラーを呼び出してもらうように頼んだ。

「お客さまのお名前は？」

「古い知り合いだと言ってくれないか？　彼女を驚かせたいんだ」

受付係はローナに電話してくれた。数分後、ガラスのドアを通ってローナが受付にやってきた。彼女に会うのは二度めだったが、色が白くなってまえとはちがう感じがした。

「ローナ」彼女に駆け寄ると私は言った。「きみと話がしたいんだ、頼むよ」

彼女はささやくように言った。「いいこと、あなたと話をしたせいでわたしの人間関係はめちゃくちゃになったのよ。この上、仕事を失うようなことにはなりたくない。だからもう連絡しないで。ギルにもね」

「私はただ知りたいんだ。ギルはだいじょうぶか？　彼がどこにいるか知らないか？」

「申しわけないですが、わたしのことをどなたかと勘ちがいなさっているようですね」と彼女は受付係に聞こえるように大声で言った。「人事部に行かれたほうがいいんじゃないかしら。人事部は四階ですよ」そう言うと彼女は受付の奥へ戻っていった。

　そのとき何人かの人たちが固まってガラスのドアから出てきた。私は受付係に気づかれないように開いたドアを押さえ、なかにすべり込んだ。そこは狭くて暗い、板張りの廊下だった。廊下を進むとトレーディングフロアに出た。デスクと人とコンピュータスクリーンで埋め尽くされた広々とした場所だ。私はうろたえた。冷や汗が脇の下をしたたり落ちる。幸い、私に気づく者はいなかった。そこで眼が合った人に微笑んだり、うなずいたりしてそのフロアで働いているふうを装いながら壁際の通路をゆっくりと歩いた。そしてギルを探して長いデスクの列をひとつひとつ確認した。だが、デスクの数は膨大で、しかもその下までは確認することができない。もしギルが道具箱に坐って誰かの靴を磨いていたら、決して見つけることはできない。

　通路に沿って角を曲がると、またしてもサッカーの競技場に匹敵する広さの場所にデスクが並んでいた。金をつくり出しているのがこれほど多くの人たちだとは知らなかった。

　フロアの向こうの隅で誰かが私を指さしているのが見えた。ローナだ。ふたりの警備員に何か言っている。この上不法侵入で逮捕されるのは避けたかった。警備員たちはデスクの迷路を縫って私のほうに近づいてきた。私は走らずにできるだけ早足で彼らから逃げ、また別の角を曲がった。背後でじゃらじゃらと鳴る鍵の音とばたばた走る足音が聞こえた。

男子トイレを見つけた私はなかに飛び込み、個室にはいって鍵をかけ、便座に腰をおろし、両脚を上にあげた。その直後、誰かが男子トイレに駆け込んでくる音がした。

「ジーザス、ここへ男が来なかったか？」

「おれ以外、ここには誰もいないよ」

「くそっ。ほんとうか？　男がこのトイレにはいったのを見た人がいるんだ」

「誰もはいってきてない」

「わかった」そう言うと男はトイレから走り出た。

「出てきたほうがいいぜ、旦那。そこにいたらいずれ見つかるよ」

おとなしく個室から出ると、そこには青い作業着を着た黒人がいた。作業着の名札には〝ジーザス〟と書かれている。

「私はアギラール・ベニチオの友人なんだ」と私は言った。「彼のことは知ってるかい？」

男はうなずいた。

「なんとかして彼を見つけたい。トラブルに巻き込まれているんじゃないかと心配で」

「それならここを探しても無駄さ」

「彼の居所に心当たりがあるのか？　一刻を争うんだ」

「噂なら聞いたが」

「聞いてくれ。きみには私を信用する義理などないかもしれない。だが、私はギルを傷つけようとする人間から彼を守ろうとしているんだ」

「それならコネティカットのグリニッジにあるアリス・ノーザーの家を調べてみたらどうだ?」

「ああ、助かった。ありがとう」

「こっちへ来な、旦那」

彼は掃除用具と業務用の流し台を収めた用具入れを私に見せると——スティードはきっとここから例の疑わしい電話をかけたのだろう——そこから彼の着ているのと同じ青い作業着と野球帽を取り出した。「これを着ろ」そして次に車輪のついた大きなゴミ箱を指して言った。「頭を低くして、これを荷物用エレベーターまで押すのを手伝ってくれ」

トイレを出ると誰もがきょろきょろとあたりを見まわしていた。警備員はまぬけな警官さながらに走りまわり、スピーカーからは窃盗犯がビル内に潜んでいるので落ちついて行動するようにと呼びかける声が流れていた。私の心臓は早鐘を打っていたが、すぐ近くを通り過ぎたローナや警備員が振り返ってこちらを見るようなことはなかった。連中には私の姿が見えない。私は透明人間になったのだ。

ジーザスと私は荷物用エレベーターまでゴミ箱を押した。それからジーザスは私を一階で降ろすと、ビル内部のワイヤーやパイプがむきだしになった暗い廊下まで連れてきて、通りへ出る道を教えてくれた。

58　グレッグ

タクシーでアパートメントに戻ると、私はインターネットへアクセスした。するとものの二分で、市街地図が画面に現れ、ビルとアリスのノーザー夫妻の家へ行く道がわかった。魔法瓶いっぱいに濃いコーヒーを注ぎ、ガレージから車を出すと私は出発した。メリット・パークウェイまで来たとき、うっかりコーヒーをこぼして手に火傷をし、もう少しでポルシェに追突しそうになった。そのポルシェを追い越すと運転手ににらまれた。

目指す家はすぐに見つかった。まわりを石垣に囲まれた、ジョージ王朝様式の煉瓦造りの家だ。アリスと夫はおそらく仕事に行っているはずだ。そこで私は円形のドライブウェイに車を停めた。だが、正面玄関には行かずに裏口にまわった。キッチンに続く裏口のドアには鍵がかかっていなかった。

なかにはいったとたん、ナターリアに出くわした。

彼女は唖然として私の顔を見た。「ナターリア」と私は静かに言った。「ギルがここにいるのはわかってる。連中がきみたちに何を言ったかは知らないが、彼らを信用しちゃいけない。彼らと一緒にいたら危険だ。すぐにギルをここに連れてきてくれ。そして私と一緒にここを出よう」

何も言わず、顔色も変えず、彼女はキッチンを出ていった。私は迷った。ここで待ったほうがいいのだろうか？　それとも彼女についていって自分でギルを探したほうがいいだろうか？

悩んでいるうちにナターリアが戻ってきた。

アリスと一緒に。

アリスは態度こそ冷静だったが、その眼は怒りに燃えていた。「ミスター・ワゴナー」と彼女は切り出した。「お会いできてうれしいわ。あなたのことはすべてギルから聞いています」

私はなんと答えていいかわからなかった。

「残念ながら、わたしの上司であるビル・ビグローは、目下あなたに対して相当腹を立てていますけどね」そして彼女は続けた。「どのような状況下であれ、あなたとは話をしないようにと通告する社内メモがまわっているの。だから、あなたにはお引き取り願うしかないわ」

「ミセス・ノーザー、私はあなたと話がしたいわけじゃない。ギルと話がしたいんだ」

「残念だけどそれは無理。ギルはあなたと話をしたくないそうだから。彼はあなたに利用されたこともわかってるし、あなたに協力したことがまちがいだったということもわかってる。だから、今すぐここから出ていって。警察を呼ばせるようなことはしないで。あなたはすでに個人宅に不法侵入しているのよ」

「ミセス・ノーザー」私は時間を稼ぐために言った。「あなたがどのくらい状況をご存じなのか知りませんが、あなたの会社の関係者が近日中に証券取引委員会《SEC》の捜査の対象となるのはまちがいないんです。重要参考人を隠そうとしていたなんてＳＥＣに思われたらあなた自身もまずいことになる」

彼女は私のことばを検討するような顔をしてみせた。「たいしたはったりね」

そして電話のところへ行って受話器を持ち上げた。

そのとき、ギルが戸口に現れた。「待って、アリス」と彼は言った。「少しだけグレッグと話がしたい」

「ギル、そんなこととんでもないわ」と彼女は言った。「最悪の事態についてはもう話し合ったはずよ。あなたやほかの誰かの身に何が起ころうと彼は気にもとめないわよ。記事を書き上げたら、きっと二度とあなたのまえには姿を現さない」

ギルはどちらのことを信じたらいいかわからないようだった。

「ギル」と私は言った。「私はきみには常にすべてを正直に話してきた。ちがうかい？　頼むから私を信じてくれ」

「グレッグ、おれはあんたのことを信じていないわけじゃないんだ。ただ、あの会社には三年間もお世話になってるし、社員のみんなにもよくしてもらってる。だからあんたの書いた記事で彼らが困るようなことにはなってほしくないんだ」

「ギル、記事の件はもうなくなった。彼らの勝ちだよ。とにかく今はただきみをここから連れ出したいだけだ。彼らは危険なんだよ」

「ギル、彼の言うことは全部たわごとよ」とアリスは言った。「嘘よ。全部嘘っぱち。あなたを利用しようとしているだけよ。わからないの？」

「ギル、とにかくここを出よう。あとですべて説明するから」

「彼の言うことを聞いちゃ駄目よ、ギル。彼がここに来たのは記事を書くためにあなたが必要だからよ」とアリスは言った。

ギルの気持ちを推しはかることはできなかった。アリスとビグローが彼に何を言ったのかも……。

59　ギル

……ミセス・アリスとミスター・ビグローは言った。グレッグに話をしたせいでおれは刑務所に行くことになるかもしれないと。刑務所にはいったことなら一度だけある。おれは酔っぱらって通りにいた。十九歳のときだ。紙コップで酒を飲んでいるとパトカーが近くに停まった。おれと友だちはにぎやかな通りの角に立っていた。すると停まったパトカーのなかから警官が身分証を見せろと言ってきた。それでおれは彼に身分証を渡した。まさか違反切符を切られるわけじゃないだろうと思っていると、警官はおれの年齢を訊いてきた。そこでおれは言った。あんた、字が読めないの？　すると警官はパトカーから降り、おれの首根っこをつかんで隅のほうに連れていくとひどい悪態をついた。そしておれに手錠をかけた。

警官ってやつは人を犬っころみたいに扱う。

おれたちはまず部屋に入れられ、そこで質問をされた。そしてまた別の部屋に入れられ、さらに質問をされた。そのあとに人が大勢いる部屋に収容された。警察につかまったら裁判官に会うまでそこで待たなければならない。そこでじっとしていなくてはならないし、汚い床に寝なければならない。その部屋には数分おきに人の出入りがあった。誰かを怒らせて、蹴りを入れられたりしても文句を言うことはできない。そこではそれが当たりまえだからだ。いきなり殴られても、誰にも泣きつくことはできない。

　おれはそこで二十九時間過ごした。おかげで十八人もの男たちのまえでくそをするはめになった。人間、くそをしなかったら死んじまう。トイレの便座は汚くて、くそをするにも立ってしなきゃならなかった。それから眠ることもできなかった。まわりの人間がしゃべって、しゃべって、しゃべりまくっていたからだ。彼らはくだらない冗談を飛ばしていた。留置所にいる連中はみな早く時間が経てばいいと思っているからしゃべりまくる。そこでは朝のまだ早い時間、六時半くらいに床を掃除する連中がやってくる。そうしたらもう床に寝ていることはできない。床が乾くまで立って待たなければならない。それにその床のにおいときたら最悪だ。

　あんな場所には二度と戻りたくない。でもグレッグは言う。もう、私のことを信じてないのか？おれは彼を信じてる。でも、とにかくびびっちまっていた。ミセス・アリスは言う。彼はあなたのことなんかどうでもいいと思ってるのよ、ギル。記事を書きたいだけなんだから。

　おれはどうしたらいいかわからなかった。

　するとミセス・アリスが言った。ギル、例のことはあなたにとって大事なことじゃなかったの？ふたりで一緒に過ごしたことは？

　おれは思った。や、ば、い。というのもふたりが言い合いをするあいだ、ナターリアはずっとそばにいたからだ。ふたりとも彼女の存在を忘れている。

　ナターリアの顔が真っ赤になった。本気で怒ると顔が赤くなるのだ。彼女は言った。いったいいつ彼女と一緒に過ごしたの？

おれは言った。ちがう、ちがう、そんなんじゃないよ。おれとアリスはただの友だちだ。そうだよね、アリス？　だが、アリスはただ笑っていた。口には出さないものの、まるでこう言っているみたいだった。わたしたちのあいだに何があったか、彼女に知られちゃったわね。

ナターリアは言った。あんた、気はたしか？　し、ん、じ、ら、れ、な、い。もう、お、わ、り、よ。

そしておれに向かってわめいた。どうしてわたしにそんなひどいことができるの？　なんで彼女みたいな年増女とファックするのよ。だいたい、どうしたらこんな年増とファックができるの？　若くてきれいなわたしがここにいるのに。でもこんなババアとファックするなんて。

するとミセス・アリスが言った。口調は上品だったが彼女が怒っているのは明らかだった。ちょっと、今なんて言ったの、ナターリア？

ナターリアは言った。なんでわたしにこんなひどいことを？

おれは言った。ちがう、ちがう、きみが考えているようなことじゃないんだよ、ナターリア。

でも彼女はものすごい顔つきをしていた。眼玉が飛び出ている。彼女は言った。この世から、消、え、て、よ。そして自分の髪をつかんで引っぱった。抜けた髪が手のなかにあった。それを見ておれは震え上がった。

彼女は絶叫した。ふ、た、り、と、も、こ、ろ、し、て、や、る。そしてキッチンにあった馬鹿でかいナイフをつかみ、自分の腕を切りつけた。彼女の腕から血が流れる。痛みなど感じないことをおれたちに示しているのだ。まともな状態じゃない。

グレッグは彼女を落ちつけようとやさしく話しかけていた。おれも必死で言った。ナターリア、ここはコロンビアとはちがうんだ。法律もちがう。ここじゃ、人を殺そうなんて普通は考えないんだよ。

だが、彼女にとってそんなことはどうでもよかった。彼女の頭にあるのはおれを殺すことだけだった。自分の命さえどうにでもなれと思っていたのだ。人は究極の状態になると自分の命などどうでもよくなるものだ。頭にあるのは今のこの状況だけ。おれはもう何も言えなかった。何を言っても、たとえ金でもなんでも出すからと言っても、彼女はおれの話に耳を傾けないだろう。ナターリアみたいな女は借りを返さないと気がすまない。彼女にとってはそれがすべてなのだ。

そのときグレッグがおれの顔を見た。おれも彼の顔を見た。そしてふたりですばやくナターリアに飛びつき、床に押し倒した。ナイフを落としたナターリアは狂ったような叫び声をあげた。アリスも叫んでいた。そこへやってきた子供たちも叫んでいた。ナターリアはおれたちに噛みつこうとした。顔を真っ赤にして抵抗をやめなかった。

そして気絶した。心臓に障害があるのだ。まえにも彼女が気絶するのを見たことがあった。おれはてっきり彼女が心臓麻痺を起こして死んだのかと思った。

おれとグレッグはガムテープを持ってきて彼女の両手、両脚をぐるぐる巻きにした。そしてふたりで彼女を車まで運んだ。おれはグレッグに言った。アリスはおれにまったく新しい生活を約束してくれた。でもそのためには嘘をつけと言ったんだ。おれは嘘はいやだった。嘘をつくのはいいことじゃないから。

ナターリアが眼を覚ました。彼女は依然としておれに向かって死ねとわめいた。ナターリア、おれが警察を呼んだら、きみは一生刑務所で暮らすことになるんだぞ。そう言うとおれはグレッグの携帯を借りて、ナターリアの母親に電話をかけた。そして母親が電話に出ると、なんとか彼女に事情を説明しようと言った。聞いてください、おれはあなたの娘さんにものすごくひどいことをしました。彼女に隠れて浮気をして、それが彼女にバレたんです。今、彼女はおれを殺したいと思ってます。でもそれは正しいことじゃない。もし彼女に殺されそうになったら、そのまえにおれは彼女を殺します。娘さんがこのまま暴れた場合も、彼女を殺さなきゃならない。そしたら死体も捨てなきゃならない。すると母親は泣き出した。おれはナターリアを電話に出した。彼女は両手を縛られていたので耳元に電話を持っていかなければならなかった。たぶん、母親はいつものようにおれの悪口を彼女に吹き込んだんだろう。実際には母親はこう言った。あんなくそガキ、つき合う価値なんてないじゃないか。なんであんなのとつき合って時間を無駄にするんだい？　あの子はたしかに見かけはいいけど、見かけのいい男ってのはいつでも頭痛の種なんだ。顔の悪い男とつき合ってこそ、未来は開けるんだ。

母親はナターリアを七三パーセントまで落ちつかせた。おれたちは車を降りた。ナターリアは自分だけの世界にいるようで、眼がうつろだった。そしておれの顔を見ると言った。信じられない。それ以外は何も言わなかった。

60　グレッグ

　ひどい気分だった。私はギルの命を危険にさらした。そしてギルとナターリアから仕事を奪ってしまった。彼らは車のなかでほとんど口を利かなかった――まあ、それが私のせいでないのはたしかだったが。

　私はナターリアの母親のアパートメントでふたりを降ろした。ギルと一緒にガムテープを外してやるとナターリアはギルの顔も見ずに大股で歩き去った。

「まいったよ」と彼は言った。

「きみはほんとうにアリスと寝たのか？」と私は訊いた。

「あんたにまで嘘はつかないよ」

「なんてこった！　そのことはナターリアには絶対に言わないほうがいいぞ。彼女が落ちついたらもう一度ちゃんと否定するんだ。そうすれば彼女もきみの言うことを信じるさ。ある程度は」

「で、グレッグ、記事を書かないっていうのはほんとうかい？　それともおれをあの場から連れ出すために嘘をついただけ？」

「いや、嘘じゃない。きみはビグローのために、私に話したことはすべてでっち上げだと書いた書類にサインしただろう？」

「でも、それは怖かったからだよ。サインしなかったら刑務所にぶち込まれるって言われたんだ」

「刑務所なんかに入れられるもんか。それは保証する。それから私は、きみがサインをしたからって責めるつもりはないよ。彼らに脅されていたことは知ってるからね」

「でももし頼まれたら、出るところに出て真実を話すよ」

「そうしてもらっても役には立たないんだ。あの書類があれば、彼らは法廷で私がきみをそそのかしたと主張できるし、それに対してきみをそそのかしたのは彼らのほうだと私が主張したら、裁判官はどちらを信じていいかわからなくなる。でも問題はそれだけじゃないんだ。記事を書くためにはビグローを自白させる必要があったのに、私にはそれができなかった」

「自白って何を?」

「彼がうっかり口をすべらせれば私の推測が正しいことを証明できたんだ。だから、彼を引っかけてしゃべらせようとした。でも、失敗した。彼はあまりに手強かった」

「おれがミスター・ビグローに話をするよ。彼もおれになら話してくれるはずだ」

「いや、もういいんだ。でも、ありがとう」

こうなった以上、エドに状況を説明しなければならなかった。

彼のオフィスに行くまえに、私はブロードウェイのど真ん中のベンチに坐った。はじめて掲載された自分の記事を読んだ場所だ。記者としてのキャリアを締めくくるのはキャリアがはじまった場所がふさわしいような気がした。私は長いことそのベンチに坐っていた。

エドのオフィスに着くと、彼はちょうど雑誌の経営者との電話を切ったところだった。「すごいぞ！」と彼は言った。「〈グッチ〉と二百万ドルの契約をしたよ。次の号で十二ページの広告を掲載する。彼らは靴磨きの若者が〈グッチ〉の靴を磨く写真をご所望だ」

「エド、例の記事は掲載できません」

「どういうことだ？」彼は信じられない、という顔をした。

「あの件からは手を引かなければならなくなったんです」

「おいおい、勘弁してくれよ。いったいどうして？」

「私は情報源である人たちを危険な目に遭わせてしまった。ビグローが彼らに近づき、脅して証言を撤回させたんです」

「なんてことだ」

「責任はすべて私が取ります」

「けっこう。それを聞いて安心したよ。だが、次号の記事の穴はどう埋めるつもりだ？　クレーター級の穴だぞ」

「あなたにも申しわけないと思っています。辞職を申し出るつもりです」

「まあ、ちょっと待て。何が起きたかちゃんと話してくれ」

事情を話すとエドは私の辞職を思いとどまらせた。そしてギルが情報源であることをビグローに見つかったのは私の責任ではないだろうと言ってくれた（彼は正しかった。私はのちにギルから彼がアリスに秘密を漏らしたことを聞かされた）。エドは今回の件についての記事とすべてのメモをハリーに渡すように言った。代わりに捜査結果についての独占記事を書かせてもらうためだ。そうすれば、最終的に私は今回のことを記事にできる。そしてそのほうがいい記事になるはずだった。（数日後、私はすべてをハリーに渡した。ハリーは上司と相談することもなく、独占的に記事を書かせると言ってくれた）。

残る問題は、私のせいで、脅され、困惑するあのふたりをどうするかだ。私はギルに電話をした。そして〈ブラジル・グリル〉のバーで落ち合うことにした。

だが、レストランのドアから姿を現したギルの顔には満面の笑みが浮かんでいた。

61　ギル

おれは言った。グレッグ、びっくりしないでくれよ。おれは明日、ブラジルへ帰る。実は、ミスター・ビグローから電話で呼び出されて、ブラジルへ帰るなら五十万ドルやるって言われたんだ。彼はあんたが記事を書かなくなったことを知らないのさ。ミスター・ビグローはおれにこう言った。ブラジルへ帰って、何か財産になるものをふたつ、三つ買いなさい。そしてのんびりするなり、運動するなり、ビーチで愉しむなり、大学へ行くなり、好きにするといい。そんなによろこばないでよ、グレッグ。正直言って、その金をもらっていいものかどうかわからないんだから。今までそんな大金見たこともないし。

グレッグは言った。ギル、これ以上ないくらいいい話じゃないか。でも、あと一週間かそこいらはここにいてFBIと話をしたほうがいいんじゃないか？　FBIはこれからミスター・ビグローとジェフ・スティードについて捜査を開始するんだ。彼らはきみにもいくつか質問するかもしれない。

彼らが何か悪いことをしたのはわかってる。でも、それはあくまで彼らのあいだでのことだ。会社の連中はみんな頭がいいし、金を稼いでるし、大学も出てる。それにほとんどの連中がものすごくいい暮らしをしてる。彼らがお互いに一億ドルを盗み合おうと、お互いに仲よくしようとおれにはどうでもいいことだ。嘘じゃない。それが当たりまえの世界なんだ。連中がほかの誰かから五千万ドル盗んで身ぐるみはごうと、おれはただ高みの見物を決め込むよ。彼らはみんな大学を出てるし、頭がいいし、金も稼いでるし、野心家だ。この世のなかでもっとも野心の強い人たちだ。他人のことなんかおかまいなしだし、誰よりもタフだ。たとえば彼らが誰かを踏みつけにしたらこう言うだろう。もちろん、悪いことをしたのはわかってる——でも、だからどうした？　彼らは誰にも文句は言わせない。自分を価値のある人間だと思っているからだ。実際、トレーダーは映画スターよりも大金を稼いでる。世間にはあまり知られてないけど。アメリカでは彼らこそスターなんだよ。

　ギル、私のせいできみもナターリアも職を失った。だからその金を受け取るのは妥当なことだと思うよ。

　この金がおれにとってどれほど大事か、とても口では説明できないよ。これだけの金があれば故郷に帰れる。そして向こうに行ったら今までやったことのないようなことができる。

　きっとＦＢＩにとってきみの証言はさほど重要ではないだろう。だから帰国してもだいじょうぶだ。ただ、私としてはきみがいなくなると寂しいよ。きみがいなかったらいったい誰が２パック（本名はトゥパック・シャクール。ヒップホップ歌手）の歌の意味を教えてくれるんだ？

　泣かないでくれよ。おれは冗談のつもりでそう言った。だが、おれ自身もすごく悲しかった。きっとこの人に会えなくなったら寂しくなるだろう。

62　ギル

翌朝、おれたちは空港へ向かった。結局おれはずっと好きだったものをすべて残してブラジルに帰ることになる。ずっと好きだったもの――この国を。

母さんにはフロリダへ旅行に行くと嘘をついた。まえにも一度嘘をついてブラジルに帰ったことがある。おれは親離れしてるから、母さんのことは心配しない。待つこともしない――それがおれのやり方だから。母さんにブラジルに行くことは言えなかった。言ったら絶対におれを引き止めるからだ――たとえどんな理由や事情があろうと。そしてきっと怒り狂う。だから母さんにはブラジルに着いてから電話でほんとうのことを言うつもりだ。もし母さんが納得してくれれば、それでいい。納得しなくてもおれにはどうにもできないけれど。

グレッグとファビオは空港まで一緒に来てくれた。ナターリアもおれも泣いた。おれは男だからいつもはそう簡単には泣かないのだけれど。空港まで車を運転するあいだ、おれはずっと静かだった。何もしゃべらなかった。おれは最後の瞬間をこの眼に焼きつけたいと思う人間だ。またアメリカに戻ってくるかどうかなんてわからない。だから自分の眼で最後の瞬間をしっかり見ておきたかった。車のなかではあのファビオでさえも泣いていた。

空港に着くとおれは荷物を預け、搭乗手続きをした。そのあいだ、アメリカでの生活のことを考えていた。アメリカで暮らすことをこんなに簡単にあきらめることになるなんて思っていなかった。正直に言うとあきらめるのはつらい。飛行機は三時間以内に飛び立つことになっていた。

胸がキュッとなり、咽喉に何か詰まっているような感じがした。ゲートに向かう時間になるとナターリアはファビオをぎゅっと抱きしめた。おれはやつに言った。クールにな。ブラジルで会おうぜ。一度は泣きやんだナターリアは、最後になってまた泣き出した。おれはグレッグをしっかりと抱きしめて言った。あんたがしてくれたこと、ほんとうに感謝してる。あんたにはたくさんのことを教えてもらった。するとグレッグも泣き出した。彼が泣くのを見ることになるなんて思ってもいなかった。

でも一番つらかったのは飛行機の窓から外を見たときだ。おれは外を見たとたん下を向いた。そしてこの先の人生でやらなければならないことを考えようと努めた。

63　グレッグ

ギルがブラジルに帰ったあと、私は彼の新しい銀行口座に五十万ドルを送金してやった。ハリーの部下から連絡を受けたビグローが金を取り戻そうとしてもできないようにしておきたかった。

半年後、ハリーがブルックリンにある有名なステーキハウス、〈ピーター・ルガー〉で会おうと言ってきた。祝杯をあげるためであることはまちがいなかった。

レストランに着くと、ハリーは恐ろしく高いフランスのボルドーワインをボトルで注文した。

「ほう、政府は交際費にずいぶんと金を使うようになったんだな」と私は言った。

「連中がここの勘定を払うのは特別におれたちの労をねぎらってのことだ。明日、どの新聞も第一面にビグロー引退のニュースを載せるはずだ」

「なんだって？　ほんとうか？　詳しく聞かせてくれよ」

「かいつまんで話すよ。われわれはジェフ・スティードがジョー・カントニーに情報を漏らしたことを突き止めた。おまえさんの推測どおりだ。彼はどの株が〈メドヴェド、モーニングスター〉の社外秘リストにあるかをカントニーに伝えた。つまり企業の合併と買収に関する情報を事前に教えてやっていたんだ」

「トイレの用具入れにいるところを清掃係に見つかったとき、スティードがどんな情報を流していたのかは突き止めたのか?」

「皮肉なもんでね、そのときスティードは情報を流してはいなかった。つき合っていたロシア人のストリッパーを尾行させていた私立探偵と話をしてたんだよ。彼女、実はかなり有名なんだ。おまえさん、ひょっとして『ウラジミールの妙技　パート16』を見てないか?」

「残念ながら」なんと、ハリーがポルノ映画を見るなんて。いったいお次はなんだ?

「とにかくスティードは、彼女がほかの男と浮気をしていると疑っていた。それに彼女にかなりの金を騙し取られたとわれわれに言ってたよ。しかもスティードにとっての災難はそれだけじゃない。彼女はスティードを起訴するための重要証人になったのさ。スティードはきっと彼女に出会わなければよかったと後悔していることだろう」

一連の事件の発端となった出来事が私の推測していたようなものではなかったということも皮肉といえば皮肉だった。そもそも記事にしようなんて思ったのがまちがいだったのだろうか? たぶん父は正しい。私はさほど優秀ではないのだ。何においても。

「ビグロー脅迫の件についてもスティードを起訴するのか?」

「いや、彼には訴追免除を持ちかけた。たしかに最初は脅迫からはじまったのかもしれないが、結果的にビグローはあの五千万ドルを〈パーシモンズ〉へ投資した。ギルがバハマから持ち帰ったのはそのための書類だ。投資自体は違法ではない。だが、ビグローの投資の対象は多数の外国企業だった。われわれは、彼が順次、〈パーシモンズ〉に有力情報を流そうとたくらんでいたとにらんでいる。だが、われわれとしては彼が情報を流すのを待っているわけにはいかなかった」

「それじゃ、ビグローの主な起訴理由は〈セント・ジョーズ〉の株のインサイダー取引になるのか？」

「そういうことだ」

「へえ、そりゃお手柄だな、ハリー」

「感謝してるよ」ハリーと私はワインで乾杯した。

「ビグローはどのくらい服役することになるんだろう？」

「実を言うと、彼が服役することはない。代わりに引退する」

「どういうことだ？」

「今から説明する。だが、当局は二度とこの話をしないし、話をしたことも認めない。うちのトップはビグロー逮捕は世間の注目を惹きすぎると考えたんだ」

「トップというのは？」

「ほんとうに上のほうの人間さ」

「嘘つけ」

「信じようと信じまいとおまえさんの勝手だ」

「ハリー、おれはいつもあんたを尊敬してた。それなのにあんたがそんなことに同意するなんて信じられない」

「決定をくだすのはおれじゃない。それにおれは同意したわけじゃない。だが、筋は通っていると思う。ビグローを刑務所にほうり込んだら投資家の信頼はがたがたになる。それでなくてもここ数年、企業の不祥事が続いているんだ。だが、ビグローもいずれ報いを受ける。それは信じてくれ。われわれは内密に彼と交渉し、合意に達した。彼は本日付で会社から退く」

「あんたが約束してくれた独占記事は？」

「それについては謝らなきゃならない。おれはおまえさんに独占的に記事を書かせてやれるような立場にはないんだ」

「そんなのフェアじゃない」

「たしかにな。でもそれが現実だ。すべてを話したのは、今回のことはおまえさんの協力なしには実現しなかったからだ。それに、おまえさんには知る権利がある」

「おれからしたら、あんたたちのほうがビグローよりよっぽど性質《たち》が悪いよ」

「申しわけないと思ってるよ。まあ、だからといって何かしてやれるわけじゃないが」

「それはどうかな。今夜あんたが話したことをオフレコにするなんておれは言ってないよ。あんたの許可があろうとなかろうと、おれは真実を公表する」

「好きにしろ。こっちはこっちですべてを否定するまでさ。それにそんなことをしたら、ビグローはおまえさんと雑誌社の双方を告訴し、われわれに支払った金を取り戻そうとするだろうよ。われわれも彼の有利になるような証言をするしな」

ハリーは眼鏡を下に置いて言った。「悪かったよ。ほんとうにすまん。しかしな、細事にこだわり大事を逸することにいったいなんの意味がある？」

64　ギル

たとえるなら、宝くじの数字を選ぶようなものだった。当たるかどうかは誰にもわからない。くじを買って選んだ数字を見ながらテレビで発表された番号を確認する。うれし泣きをすることになるかどうかは神のみぞ知る、だ。

でも、だからこそくじに当たればすごくいい気分——最高の気分になれる。おれはまさにそんな気分だった。こんな大金が手にはいるなんてとにかく信じられない。

五十万ドルはブラジルでは百五十万ドルくらいの価値がある。

おれはサンパウロに着いた。サンパウロに帰るのはまた別の意味でことばにならないほどいい気分だった。空港には十年以上会っていない人たちが出迎えに来ていた。おれとしてはそんなに大勢の人たち——十五人か二十人はいた——に迎えられたくはなかった。父さんもいたし、エディもいた。やつに会えたのはうれしかった。おれはわんわん泣いた。たっぷり五分は泣いていた。きっと誰もがこういう瞬間を待ち望んでいるんだろうが、いざ自分にその瞬間が訪れると調子が狂っちまって、おれはなんだかまぬけな気持ちになった。

例の金のことは誰にも言わなかった。ギルは大金を持ってる、とか、ギルは注目を浴びるべきだ、なんて人に思われたくなかった。どうせならアメリカに住んでいたということで注目の的になりたかった。ブラジル人はアメリカの生活について聞きたがる。それがブラジル人の性分なのだ。

帰国して二ヵ月経ったころ、おれはナターリアと結婚した。結婚に踏み切るには勇気が要った。ブラジルにはおれが結婚したいと思うような女性がたくさんいたからだ。ブラジルではアメリカよりも盛大に結婚を祝う。結婚式には四百人以上の客が出席した。式は農場のような屋外でおこなわれ、出席した人たちは一日じゅう肉を食べていた。ブラジル人は結婚式となると早起きして、牛を二頭殺し、臓物を抜き取って、屋外でバーベキューをする。それがブラジル式なのだ。そして式にはあらゆる種類のたくさんのものが用意される。上等な肉にライス、ビーンズ、サラダ、パスタ、ビール、そしてワイン。グレッグとアニーとおれの母さんはわざわざアメリカから駆けつけてくれた。とにかくものすごく盛大な結婚式だった。おれはマイクを手に、ものすごくしあわせだとみんなに伝えた。こっちでヒップホップの曲がかかっていたかと思うと、あっちではブラジル音楽が流れていた。

結婚するとおれたちはまずビーチの近くに農場を借りた。そしてそこで暮らしながら周囲を観察し、そこがホテルを建てるのにふさわしい場所かどうかを検討した。おれは大きなホテルではなく十室ほどの地味なホテルを建てるつもりだった。ビーチはサンパウロから近い場所にある。たとえて言うならハンプトンズみたいなところだ。

ホテルで働いてもらうために雇ったのは、ずっと連絡を取りつづけていた知り合いや、家族や友だちといった信頼できる人たちがほとんどだった。彼らおれの提供するのライフスタイルや給料とは無縁の人たちだったってことはわかっていた。でも、それでもまったく支障はなかった。彼らはちゃんと仕事をこなしてくれた。そしてその仕事をものすごく必要としていた。おれは彼らに大金を払いはしなかったが、働き口を与え、すばらしい生活ができるようにしてやった。なぜって、彼らはホテルで働くまえはとてもみじめな思いをしていたからだ。警備員として働いている男は、以前は月に二百ドルの収入を得るために毎日重い荷物を運ばなければならなかった。

ホテルの建築にかかった費用は全部で二十二万ドル。すべてに最高級のものを使い、完成までに二年かかった。屋内には立派なプールとこぢんまりしたスポーツジムを設け、すべての部屋にＤＶＤ付きの薄型テレビを備えた。高級な酒類は盗まれないように注意しなければならなかった。ホテル内にはカメラを設置した。ゲストのプライバシーを多少は侵害することになるが、カメラがあったほうがより安全だからだ。それにおれは何か都会的なことをしてみたかった。ただし、やりすぎは禁物だ。おれの望みはあくまで親しみやすいホテルだった。

ファビオがホテルにやってきた。やつは女遊びをしたがって言った。夜まで待とうぜ。野郎たちに伝えとけよ、セックスできるぞって。ここにはＶＩＰルームもあるんだから。かみさんたちは睡眠薬を飲ませて朝までぐっすり眠らせておくんだ。うまくやれよ。みんなで夜を愉しむんだ！　でもおれは言った。駄目だ。そんなことはしない。

ナターリアにホテルを仕切らせるわけにはいかなかった。彼女はすごい威張り屋だからだ。そりゃあもう半端じゃないくらい。それに彼女はおれの友だちを全員馘にしようとした。ホテルで働くスタッフはたいてい仕事を終えるとちょっと坐ってひと休みする。だが、彼女はスタッフが休んでいるのを見るとこう言わずにはいられない。ちょっと、こっちは給料を払ってるのよ。坐ってたら駄目じゃない。彼女はいつもスタッフに張りついて、おれに文句ばかり言っていた。おれは彼女の話を聞いてやってから言った。わかった、配置換えをするよ。ほんとうに配置換えをするつもりだった。おれは思う。完璧な人間なんていない。それにスタッフには自分のことを特別な人間だと思ってほしくない。おれのいないところで、おれの悪口を言ってほしくもない。そういうのは勘弁してもらいたい。おれはナターリアにブラジルのビキニなどを扱う小さなブティックをまかせることにした。

おれはここのボスだ。だが、スタッフのひとりみたいに振る舞っている。ゲストに自分がオーナーであることは言わない。彼らにはオーナーではなく、ホテルのマネジャーだと思ってもらいたい。マネジャーだってたいしたものだが、オーナーとなると客たちは一歩引いてしまうからだ。

そういうのはおれの望みじゃない。おれはアメリカ人の金持ちのミスター・グレッグから金を出してもらったとみんなに言っている。ブラジルではほんとうのことは何も言えない。ど派手なこともできない。とにかく流れに身をまかせて人に親切にすることが大切なのだ。

おれはがめつい人間じゃない。ひと晩五十ドルというホテルの料金はさほど高くはないと思う。宿泊だけの場合、客に請求するのはその料金だけだ。ホテル内には小さなレストランがあり、ゲストは毎朝朝食が食べられるようになっている。ランチタイムも営業する。でも、厨房でつくる料理はちょっと変わっている。ブラジルの料理はアメリカの料理とはまったくちがうからだ。おれはある女性をアメリカから呼び寄せた。おれが二度めに渡米したとき、母親のように親切にしてくれた女性だ。彼女は以前、ニューアークのブラジル料理の店で働いていた。ブラジル料理も出しているが、そこに来る客のほとんどがアメリカ人だった。

バーはホテルの屋内と屋外の両方に設けた。屋内のバーはゲスト用で屋外のバーはそれ以外の人たち用だ。警護のためにゲスト用のバーには警備員をひとり雇った。

ホテルには常に改装が必要だ。古くなったからといってその都度建て替えるわけにはいかない。だからおれは必要があれば休みなしに働くつもりだ。のんびりするつもりはない。それにここで働いてくれている人たちのことを常に指揮しなければならない。厨房で働く人やクリーニング係や受付係を。ただし、彼らには打ち解けた態度で接する。彼らに不快な思いはさせない。ゲストにも不快な思いをさせてほしくないからだ。それにそういう態度で接すればスタッフはよろこんで働いてくれるし、おれのことを好きになってもくれる。彼らに無理強いはしたくない。結果としておれはゲストをきちんともてなすスタッフを揃えることができた。スタッフはみなおれがよく知る人たちだ。おれはゲストにもたくさん話をする。それがおれのやり方だからだ。とにかくいろいろな話をして親切にもてなす。打ち解けた態度で接する。おれが親切にすればするほどそのぶんお客もたくさんうちのホテルに来てくれるはずだ。

グレッグとアニーは半年ごとにやってくる。今じゃ、ふたりはちっちゃな双子の女の子のパパとママだ。嘘じゃない！　グレッグはおれが経験した話をもとに小説を書いている。おれはグレッグに言った。金持ちだったら決してできなかった経験をおれがしたということ、おれがいかに変わったかということを読者に知ってもらいたい。今のおれは以前みたいに年じゅう悪態をついたりはしない。そんなのが恰好いいとはもう思わないからだ。自分が努めて落ちついた態度を取っているのか、それともそういう態度が自分のなかに定着したのか、どちらなのかはわからない。でも、おれはまえよりずっと落ちついた人間になった。いろいろなことに対しても責任を取れる人間になった。服装も変わったし、耳を掻く癖もやめた。手振りをまじえて話をすることも覚えた。以前のおれはまるでラッパーみたいな動きをしていた。すごく攻撃的な感じだ。でも今のおれは物静かだ。グレッグみたいに上品に手を動かせる。おれはグレッグを通じて世間の人たちに知ってもらいたいと思う。おれのなかの大きな変化を。本気で望めば自分自身の力で大事なことを学べるということを。

以前おれが相手にしていたのは、テレビに出てくるような有名人ではないものの、大金を稼ぐ人たちだった。彼らのなかにはおれを笑いものにしたり、馬鹿にしたりする連中もいた。でもそれは彼らが無知だからだ。逆にほかのみんなと同じようにおれに接してくれる人たちもいた。多くの金持ちは自分たち以外の人間はくだらないと思っている。けれどもおれが一緒に働いていた人たちはちがった。彼らはおれにほんとうに親切にしてくれたのだ。

謝辞

この本を書くにあたって多くの人にご尽力いただいた。本書が靴磨き職人の生活を深く掘り下げていることは今さら言うまでもあるまい。私は複数の靴磨き職人にインタビューしたが、モデルになったのはひとりの人物である。だが、本人のたっての希望により、ここでは彼がフラメンギスタ（ブラジルのサッカーチーム、フラメンゴのサポーター）であること、父親と母親、そしてエレオンティーナ・ローレリ・マーティンに感謝しているということを記すにとどめる。

まだ構想の段階でこの本を支持し、タイトルをつけてくれたふたりの偉大な友人――ジョナサン・バーナムとケヴィン・マコーミック――に感謝を捧げる。

ブライアン・バロー、サム・キャッシュナー、キム・ケスラー、アン・リー、デイヴィッド・マーゴリック、ヴィッキー・ウォード、そしてネッド・ゼーマンは惜しみなく自らの経験を語ってくれた。彼らの経験は登場人物の性格に活かされている。特にサムとネッドの経験はあらゆるシーンのヒントになった。ネッドの最高のジョークは厚かましくも本書のなかで使わせてもらった。

私はわずかでも興味を持ってくれた人にはさまざまな形で原稿を無理矢理読んでもらった。誠にこまやかですばらしい編集をしてくれたジム・ウィンドルフ、デイヴィッド・マーゴリック、そしてエイミー・ベルに感謝を。また、以下の人たちの見識と後押しにも感謝したい――クリス・ギャレット、ウォルター・オーウェン、ジョナサン・フランゼン、キャシー・シェコヴィッチ、ベス・クセニアック、ジョン・ファニング、カート・ブランガード、フレッド・ターナー、グレッグ・ワゴナー、クリス・ベイトマン、リン・ネスビット、リチャード・モリス、フランチェスカ・スタンフィル、マーク・グッドマン、ジョン・オーヴェド、クリス・ジョージ、キーナン・メイヨー、ジョン・ケリー、ピーター・ニューカム、リサ・ホワースとクレア・ホワース、ウィル・シュワルブ、リサ・クィーン、そしてミッチ・カプラン。

私に小説を書くチャンスを与えてくれた父と母、そしてグレイドン・カーターに、また、確固とした支えとなってくれた私のエージェントであり、古き友人でもあるメアリー・エヴァンズにかぎりない感謝を捧げる。

卓越した才能の持ち主であるドン・デリーニ、ポーラ・ウェインステイン、ジェフ・レヴァイン、そしてレン・アマートに絶大なる賛辞を。彼らはヘラクレス級の献身を捧げてくれた。〈ハーパーコリンズ〉においては、私には無理だと思われた二度にわたる推敲を可能にしてくれたクレア・ウォッシェル、いつも気持ちよく一緒に仕事をしてくれたローレッタ・チャールトン、そして最初から熱心に私の小説を支持してくれたカール・レナーズとティナ・アンドレディスに感謝を捧げる。

訳者あとがき

サブプライムローン問題や原油高に揺れるアメリカだが、金融会社の給与を見るかぎり、いまだそのバブルぶりは健在のようだ。たとえば、ある米系大手証券会社の最高経営責任者《CEO》の二〇〇七年の報酬は七十七億円を超えている。サブプライムローン関連の資産担保証券の急落を見込んだ投資で年間最高益を上げた功績を評価されてのことらしい。また、ヘッジファンドの報酬トップとなると、その額はさらに桁がちがって、数千億円という天文学的な数字になる。

以上は極端な例かもしれないが、本書の舞台となる〈メドヴェド、モーニングスター、アンド・ビグロー〉で働くトレーダーの多くが百万ドル以上のボーナスをもらい、贅沢三昧《ぜいたくざんまい》の生活をしている。そしてその日常が、彼らとは対照的な存在――靴磨きでブラジルからの移民――ギルの眼を通して描かれていくわけだが、おもしろいのは、エリート集団、洗練された集団と思われがちなトレーダーたちの破天荒で美徳のかけらもない生活ぶりだ。〈スターバックス〉に行かずに五十セントのコーヒーやドーナツを買いに通りに駐まったバンへ走る吝嗇《りんしょく》なトレーダー、独身さよなら《バチェラー》パーティで乱交のかぎりを尽くすトレーダー、前夜の夜遊びがたたって金曜の朝はドラッグの力なしには仕事ができないトレーダー。そんなトレーダーたちの人間性を浮き彫りにしていく軽妙で独特なギルの語りは、作者のダグ・スタンフによれば、実在のモデルの靴磨き職人の魅力に負うところが大きいということだ。

実在のモデルといえば、もうひとりの語り手グレッグ・ワゴナーのモデルとなっているのは雑誌《ヴァニティ・フェア》の副編集長を務める作者スタンフ本人である。本書には執筆中にすでに〈ワーナー・ブラザーズ〉から映画化のオファーがあり、スタンフは当初、自身の実年齢（当時五十四歳）に設定していたグレッグの年齢をマット・デイモンくらいの年齢の俳優が演じられるように三十代半ばまで引き下げたという。また、ある書評によれば、花形トレーダー、ジェフ・スティードにもモデルと目される実業家がいるらしい。その実業家は、趣味の悪い派手な家具で飾り立てたマンハッタンの大邸宅を所有し、慈善団体の役員を務め、セックススキャンダルで世を騒がせた経歴のある億万長者で、スティードと相通ずるところが多い。また、彼は自分のプロフィールを載せた《ヴァニティ・フェア》に直々に抗議にやってきたこともあるということだ。

そういったモデルの存在を認めたうえで、スタンフはインタビューのなかで本書を純粋にフィクションだと言い切っている。だが、同時に一国の予算よりも多い巨額の資金を集め、利益を思いのままに享受する証券会社やヘッジファンドの体質に疑問を抱き、証券取引委員会《SEC》の監視の甘さを嘆いている。彼が金融界の面々に一矢報いてやろうという意図を持ってこの物語を書いたのは明らかだ。本書のなかでも元捜査官のハリーがこんなことをぼやくシーンがある――「ウォールストリートの大物たちについてはもうあきらめてるよ。あいつらのほとんどがインサイダー取引を犯罪だと考えてさえいない。インサイダー取引を犯罪だと認識しない国だってあるくらいだ」

物語はギルの親友である清掃係エディの解雇に端を発し、やがて巨大な金融会社をも揺るがすインサイダー取引へと発展していく。そこに特ダネをものにしたいと願うグレッグや過去の犯罪を隠蔽しようと企むCEOの思惑が絡み、事態は複雑な方向へと進んでいく。そしてただの傍観者だったギルは嵐のなかの小船さながらに彼らに翻弄され、保身をはかりつつも、自らの正義を貫こうとする。数々の経験を経て成長するギルの姿はきっと読者のみなさんの心をしっかりととらえて離さないことだろう。

それからこれは余談だが、金融会社の面々にはたまに変り種がいる。たとえば実話に基づくウィル・スミスの主演映画『幸せのちから』では、医療機器のセールスからホームレスまで身を落とした男がひょんなことからある金融会社の研修生となり、正社員として雇用される。また、本書のなかでも、CEOのビグローがメールルームから働きはじめてマネージャーにまで昇りつめ、三十億ドルの資産を持つまでになったいとこの話をギルに聞かせているが、メールルームで働いていた青年がマネージング・ディレクターにまで昇進したり、コンパニオンだった女性が優秀な株式仲買人へと転身したり、といった成功物語はあながちフィクションの世界にかぎったことではないらしい。それでは本書の主人公ギルは最後に成功を手にすることができるのか？　それとも……？　とにかく魅力的なギルの物語をとくとお愉しみいただきたい。

本書の訳出にあたっては、ランダムハウス講談社の編集者染田屋茂氏に大変お世話になった。また、翻訳家の田口俊樹氏には多大な励ましをいただいた。末筆ながら両氏に感謝したい。

二〇〇八年七月

椿　香也子

〔著者紹介〕
ダグ・スタンフ Doug Stumpf
書籍編集者を経て、現在雑誌《ヴァニティ・フェア》の副編集長。
ニューヨーク在住。本書が初めての長篇小説。

〔訳者紹介〕
椿 香也子　つばき・かやこ
立教大学法学部法学科卒業。モルガン・スタンレー証券会社に勤務後、2005年に翻訳家に。

ウォールストリートの靴磨《くつみが》きの告白《こくはく》

2008年8月20日　第1刷発行

著者　ダグ・スタンフ
訳者　椿 香也子
発行者　武田雄二
発行所　株式会社ランダムハウス講談社
〒162-0814 東京都新宿区新小川町9-25
電話03-5225-1610（代表）
http://www.randomhouse-kodansha.co.jp

印刷・製本　豊国印刷株式会社

ISBN978-4-270-00393-0